Un pas vers la liberté

Pour le bonheur de Morgan

ANDREA LAURENCE

Un pas vers la liberté

Traduction française de
MURIEL LEVET

PASSIONS

HARLEQUIN

Collection : PASSIONS

Titre original :
FROM MISTAKE TO MILLIONS

HARPERCOLLINS FRANCE
83-85, boulevard Vincent-Auriol, 75646 PARIS CEDEX 13
Service Lectrices — Tél. : 01 45 82 47 47

www.harlequin.fr

ISBN 978-2-2804-3653-3 — ISSN 1950-2761

Prologue

Ça ne pouvait pas être vrai.

Jade Nolan observait le rapport de test génétique qu'elle venait de recevoir par courrier. Le kit de prélèvement ADN lui avait été offert à Noël par son frère cadet, Dean. Toute la famille en avait reçu un en cadeau cette année-là. Dean, qui s'intéressait à la généalogie, voulait savoir de quelles régions du monde ils étaient originaires. Mais comme ils étaient quasi certains des racines irlandaises et allemandes de la famille, il ne pouvait pas y avoir beaucoup de surprises.

Il n'y avait en effet rien de surprenant dans les mots que Jade était en train de contempler. « Surprenant » ne semblait pas être un mot approprié. Ce n'était pas assez fort. Il aurait mieux valu parler de choc.

— Jade, tu vas bien ?

Relevant les yeux du document, elle regarda d'un œil vide sa meilleure amie, Sophie Kane. Comme tous les mardis soir, elles s'étaient retrouvées pour regarder leur émission préférée en sirotant du vin. Mais la soirée avait apparemment pris un tournant inattendu.

— Non, répondit-elle en secouant la tête. Je vais mal.

Comment aurait-il pu en être autrement ? D'après ce rapport, elle n'avait de lien de parenté avec aucun autre utilisateur enregistré dans les bases de données de la société. Ce qui semblait impossible puisqu'elle était la dernière de sa famille à avoir posté son échantillon d'ADN. Ses parents et son frère l'avaient fait plusieurs semaines avant elle. Ils auraient dû apparaître dans la section « famille » du rapport. Cette section qui était désespérément vide.

Sans parler du fait que son ADN ne révélait aucune ascendance irlandaise ou allemande. À en croire ce papier, elle était issue de lignées anglaises, suédoises et hollandaises. Elle avait vu le rapport de son frère ; il ne correspondait pas du tout à cela.

— Qu'est-ce que ça dit ? insista Sophie en posant une main réconfortante sur son épaule. Parle, ma belle.

Pour essayer de se débarrasser de ce nœud qui s'était subitement formé dans sa gorge, Jade ravala sa salive avec peine. Elle n'arrivait pas à parler. Tous ces doutes qu'elle avait eus au cours de sa vie venaient de lui revenir à l'esprit. Toutes ces fois où elle ne s'était pas sentie à sa place au sein de sa famille. Toutes ces interrogations sur ses différences physiques. Toutes ces personnes qui l'avaient taquinée en lui disant qu'elle était la fille du facteur. Sa blondeur et ses yeux marron qui contrastaient avec les cheveux presque noirs et les yeux verts de tous les autres membres de la famille. Tout cela venait de prendre une autre dimension.

Sa mère avait eu beau lui assurer que sa grand-mère était blonde, lui montrer des dizaines de vieilles photos en noir et blanc pour lui prouver qu'elle tenait sa silhouette fine et gracile de la famille de son père, rien n'y avait fait. Les cheveux de sa grand-mère étaient blond cendré, d'une nuance beaucoup plus foncée que le blond platine des siens. Les ancêtres de son père étaient pauvres et dénutris, et non pas naturellement minces comme elle.

Elle s'était toujours sentie différente des siens. Elle

avait à présent la preuve absolue de ce qu'elle avait toujours su. Elle n'était pas une Nolan.

D'un bond, elle se leva, et le rapport lui glissa des mains.

— Je crois que j'ai été…

Elle eut du mal à prononcer le mot, qui résonna curieusement à ses oreilles.

— … adoptée.

Adoptée. C'était comme un coup porté en plein visage. Pourquoi ses parents lui avaient-ils caché ça ? Elle avait presque trente ans. Elle avait été mariée, avait divorcé. À l'époque où son ex-mari et elle parlaient d'avoir des enfants, sa mère lui avait même raconté des anecdotes sur sa naissance. Son père, par exemple, qui s'était évanoui dans la salle d'accouchement. Tout cela était un mensonge. Un long mensonge très élaboré.

Mais pourquoi ?

Elle ne comprenait pas. Mais d'une façon ou d'une autre, elle allait percer le mystère.

- 1 -

Être patron était une chose ennuyeuse à mourir.

Dans son bureau qui occupait le dernier étage de ce bâtiment de Washington, Harley Dalton feuilletait des rapports. Sans les lire. Diriger une société n'était pas vraiment sa tasse de thé. S'il avait fondé la sienne, c'était juste pour ne plus avoir à recevoir d'ordres de personne, après son long séjour dans la marine.

Il n'avait jamais pensé que ladite société deviendrait un jour si prospère. Dalton Security, qui faisait travailler plusieurs centaines de personnes, disposait désormais de quatre agences aux États-Unis et d'une à Londres. C'était la société à appeler si vous vous retrouviez tout à coup dans une situation compliquée. Les problèmes étaient réglés de façon rapide et efficace, dans le cadre de la loi, naturellement, même si l'on touchait souvent aux limites de ce cadre.

Tout avait changé quand Dalton Security s'était occupé de l'enlèvement d'une jeune fille de quatorze ans, qui avait fugué avec son entraîneur de football, lui-même âgé d'une cinquantaine d'années. L'extrême médiatisation de l'affaire avait poussé des centaines de volontaires à organiser des battues dans tout le Midwest pour rechercher la jeune fille. Et les caméras de télévision étaient toujours là quand Dalton Security avait retrouvé le pervers et l'avait théâtralement déposé devant le poste de police. La jeune fille était rentrée chez elle saine et sauve. Les actions de la société avaient décollé. Tout s'était bien terminé.

Ou plus ou moins, puisque Harley se trouvait à présent coincé dans cet inconfortable costume derrière ce grand bureau. Elle lui paraissait bien loin, l'époque où il était sur le terrain, armé de son Glock, à appréhender des suspects. Il n'était plus qu'un gratte-papier, désormais.

Jamais il n'aurait imaginé qu'être milliardaire était si ennuyeux.

La voix de son assistante, dans l'Interphone, le ramena doucement à la réalité.

— Monsieur Dalton ?

— Oui ? répondit-il en faisant de son mieux pour ne pas paraître désagréable.

Ce n'était tout de même pas la faute de Faye s'il se sentait étranglé par sa cravate en soie.

— J'ai un certain M. Jeffries au téléphone.

Jeffries ? Ce nom ne lui disait rien.

— Qui est-ce ?

— Il dit être le directeur de l'hôpital St. Francis à Charleston.

Pourquoi le directeur d'un hôpital de Charleston chercherait-il à le contacter ? Certes, c'était dans cette ville que Harley était né et avait grandi, mais il n'y avait pas mis les pieds depuis dix ans. Sa mère, cependant, y vivait toujours. Il lui avait offert un magnifique domaine dans lequel il n'était toujours pas venu lui rendre visite. Et s'il lui était arrivé quelque chose ? Non, dans ce cas, ce ne serait pas le directeur de l'hôpital qui le contacterait. Alors, qu'est-ce que cela pouvait bien être ? En temps normal, il ne prenait pas les appels des personnes qu'il ne connaissait pas. Mais sa curiosité l'emporta.

— Passez-le-moi.

Un instant plus tard, son téléphone sonnait.

— Dalton.

— Bonjour. Je suis Weston Jeffries, directeur de l'hôpital St. Francis de Charleston. J'aurais aimé vous parler d'un… problème compliqué que nous rencontrons.

— Les nouveaux dossiers doivent d'abord passer par notre service clients.

Si cet homme voulait qu'on lui installe un dispositif de sécurité ou qu'on enquête sur l'un de ses employés, il n'avait aucun intérêt à le joindre personnellement.

— Je vois. Mais en qualité de directeur comme moi, vous devez comprendre qu'il s'agit d'une situation très délicate. Nous avons déjà reçu bien plus d'attention médiatique que nécessaire.

Médiatique ? Il allait vraiment falloir qu'il prête davantage attention à ce qui se passait dans sa ville natale.

— Racontez. Que je voie ce que je peux faire.

— Nous avons été contactés par une femme qui prétend avoir été échangée avec un autre bébé à sa naissance dans notre hôpital en 1989. Elle a d'abord pensé avoir été adoptée, mais ses parents maintiennent avoir donné naissance à une fille à St. Francis ce jour-là. Ce qui ne laisse, dans son esprit, qu'une seule possibilité : qu'elle ait été échangée avec un autre bébé à la maternité. Nous recherchons quelqu'un pour enquêter sur les faits, aussi discrètement que possible. La jeune femme a déjà contacté la presse locale et nous ne voulons pas rendre la situation plus compliquée qu'elle ne l'est déjà.

Si la situation lui paraissait en effet sérieuse et potentiellement dangereuse pour la réputation de l'hôpital, Harley ne comprenait toujours pas pourquoi cet homme insistait pour lui parler personnellement. Mais comme il s'ennuyait à mourir, il décida de l'écouter.

— Pensez-vous que l'hôpital soit en faute ?

— C'est difficile à dire. Notre système de sécurité n'était pas aussi perfectionné qu'aujourd'hui. Cette jeune femme est par ailleurs née au beau milieu de l'ouragan Hugo. La situation était donc extrêmement particulière à l'hôpital ce jour-là.

L'ouragan Hugo ? Drôle de coïncidence. Sa petite amie du lycée était née à ce moment-là. Tout à coup, il se retrouva assailli de souvenirs de cette blonde gracile qui avait été la star de tous ses fantasmes d'adolescent. Belle, intelligente et à des années-lumière de son univers. Quand elle l'avait laissé tomber, il avait essayé de l'oublier en refermant la porte sur cette époque révolue, mais il se surprenait à songer à elle bien plus souvent qu'il n'aurait dû.

Comme à cet instant, par exemple.

Il n'écoutait pas un mot de ce que son interlocuteur disait.

— Comment s'appelle cette femme ? l'interrompit-il.

— Jade Nolan.

Ces mots lui firent l'effet d'un coup de poing dans l'estomac. Jade. De toutes les femmes de Charleston, il avait fallu que ce soit elle. En dépit du bon sens, il comprit immédiatement que sa société allait prendre l'affaire. Et que, pour la première fois depuis des années, il allait s'en occuper personnellement.

Ce n'était peut-être pas très sain, d'un point de vue émotionnel, mais il fallait qu'il la revoie. Cela faisait près de douze ans qu'elle l'avait quitté pour cet insipide petit Lance Rhodes. Il avait entendu dire qu'ils s'étaient mariés. Lance était exactement ce qu'elle voulait. C'est-à-dire tout ce que lui-même n'était pas.

Curiosité morbide ou prétexte pour fuir son bureau ? Il n'aurait su le dire, mais sa décision était prise : il allait prendre la route de Charleston.

— Monsieur Dalton ?

— Oui, excusez-moi. Nous acceptons l'affaire. On vous appellera pour vous donner davantage de détails, mais je serai à Charleston dans la semaine.

— Vous envisagez de vous occuper de cette affaire personnellement ?

— Oui.

— Merci beaucoup, monsieur Dalton. J'ai hâte de vous rencontrer.

Après avoir raccroché, Harley s'adossa à son siège pour réfléchir aux conséquences de ce qu'il venait de faire. Accepter l'affaire n'était pas le problème. Il n'avait aucun doute sur le fait que son équipe découvrirait ce qui s'était réellement passé, si tant est qu'il se soit passé quelque chose. Mais s'impliquer personnellement était une autre histoire. Il pouvait toujours essayer de se convaincre que cela lui permettrait de revoir sa mère et sa ville natale, il savait parfaitement que, s'il y allait, c'était pour Jade.

Ce n'était pas une fille pour lui. Il l'avait compris dès le lycée. Il passait beaucoup de temps en colle, alors qu'elle accumulait les récompenses. Ils évoluaient dans des milieux diamétralement opposés : elle avec les adolescents intelligents, lui avec les délinquants juvéniles. Et pourtant, dès l'instant où il avait posé les yeux sur elle à ce cours de français, il avait compris qu'il ne serait plus jamais le même.

Peut-être était-ce ses yeux de biche qui contrastaient avec son teint pâle et ses cheveux blond glacé. À présent encore, il se souvenait de la sensation de ces douces mèches soyeuses entre ses doigts. Sous ses longs cils, elle le regardait toujours avec un mélange de curiosité et d'anxiété. L'anxiété, il y était habitué, avec la réputation qu'il se traînait. C'était la curiosité qui l'intriguait.

Il n'avait aucune difficulté en français, mais il avait prétendu en avoir, juste pour pouvoir l'aborder sous prétexte de lui demander des cours particuliers. Elle était issue d'une famille modeste. Et il n'avait lui-même pas beaucoup d'argent, mais il était parfaitement disposé à dépenser le peu qu'il avait pour passer davantage de temps avec elle.

Pendant six mois, il l'avait donc payée dix dollars par semaine pour qu'elle l'aide en français. Il avait ainsi obtenu un A de moyenne, ce qui ne gâtait rien, même si ce n'était pas son objectif premier. Il voulait juste passer du temps avec elle, et il ne pensait pas qu'elle aurait accepté en d'autres circonstances. Mais il s'était trompé. Lors d'une orageuse soirée d'été, il avait trouvé le courage de l'embrasser, et tout avait changé. À commencer par lui.

Il avait passé la plus grande partie de sa jeunesse à courir les rues, livré à lui-même en l'absence de sa mère, obligée de cumuler deux emplois pour vivre. Mais quand il était avec Jade, ses passe-temps habituels ne lui semblaient plus aussi attractifs. Il préférait de loin l'adrénaline que lui apportaient ses baisers ou la peur d'être surpris par ses parents quand il se faufilait dans sa chambre la nuit. Elle était tout ce qu'il n'avait jamais pensé désirer. Ses expériences sentimentales passées avaient impliqué des filles avec beaucoup trop de maquillage et beaucoup trop de temps à disposition.

Jade ne pensait à rien d'autre qu'à l'avenir. Elle souhaitait tellement éviter les difficultés financières qu'avaient rencontrées ses parents qu'elle ne pensait qu'à ses résultats scolaires, l'université où elle s'inscrirait et ce qu'elle ferait de sa vie. Elle n'avait aucun doute sur le fait qu'un jour elle deviendrait le Dr Jade Nolan.

La question qu'il se posait pour sa part était de savoir comment il pourrait s'intégrer à son avenir. Et apparemment, elle partageait ses inquiétudes. Peu de temps après ses premiers pas à l'université, elle avait rompu avec lui. Et comme il avait toujours eu le sentiment de ne pas être assez bien pour elle, il n'avait pas cherché à se battre pour la garder. C'était le pire de ses regrets. Ou tout bien considéré, le seul. Car il avait toujours préféré regarder vers l'avant. Et c'était d'ailleurs ce qu'il avait fait.

Une semaine plus tard, il avait frappé à la porte du bureau de recrutement de la marine et était parti sans se retourner. Il ne l'avait pas revue depuis leur rupture mais il ne l'avait pas oubliée pour autant, loin de là.

Cependant, même dans ses rêves les plus fous, il n'aurait jamais imaginé croiser à nouveau son chemin.

La sonnette retentit.

Jade se leva pour aller ouvrir. L'hôpital l'avait informée de la venue du détective qu'ils avaient embauché. Elle ne savait pas vraiment ce qu'elle allait lui dire, puisqu'elle n'avait bien sûr aucun souvenir des événements, mais au moins, elle allait pouvoir le rencontrer et se faire une idée de la façon dont il allait mener l'enquête.

Au bout du compte, c'était donc l'hôpital qui avait fait appel à cette société. En qualité d'avocate, sa meilleure amie, Sophie, lui avait comme toujours prodigué de bons conseils en lui suggérant de contacter les médias locaux quand la direction de l'hôpital avait tenté de l'ignorer. Vingt-quatre heures à peine après son interview, Jade avait été contactée par le service juridique de l'établissement, qui l'avait l'informée qu'un détective privé neutre avait été engagé pour déterminer ce qui s'était réellement passé.

Machinalement, donc, elle alla ouvrir la porte, mais s'arrêta net quand elle reconnut l'homme qui se trouvait sous son porche. Une étrange sensation s'empara d'elle. Un choc. Comme si elle avait foncé dans un mur de brique qu'elle ne s'était pas attendue à trouver sur son chemin.

— Bonjour, Jade.

Comment aurait-elle pu s'attendre à trouver ça sur son chemin ? Elle ouvrit la bouche mais ne put prononcer aucun mot. Même pas « bonjour ». Car elle avait beau se dire que c'était impossible, qu'elle se trompait, c'était bien son ex-petit ami, Harley Dalton, qui se trouvait sous son porche.

Cela faisait une éternité qu'elle ne l'avait pas vu. Depuis qu'elle avait intégré l'université, pour être précise. Beaucoup de choses avaient changé chez lui depuis. Il était plus grand. C'était presque devenu un colosse. Elle avait entendu dire qu'il s'était engagé dans la marine après leur rupture. Cela se voyait à ses larges épaules mises en valeur par cet impeccable costume gris. Il la surplombait déjà d'une tête au lycée, mais il lui semblait que leur différence de taille s'était encore accentuée depuis.

Beaucoup de choses n'avaient pas changé, cependant. Ces yeux bleus limpides et perçants. Ce nez cassé. Ce sourire diabolique qui, jadis comme à présent, promettait plus de choses qu'elle ne pouvait en accepter.

Mais sa façon de la regarder n'était plus la même. La lueur qui brillait dans ses yeux n'était pas un signe de désir. Elle évoquait davantage de l'animosité. Mêlée à de la curiosité. C'était assez déroutant, mais peut-être lui en voulait-il toujours d'avoir rompu avec lui dans ce lointain passé ?

— Jade ? insista-t-il en lui jetant un regard interrogateur.

Embarrassée, elle fit un effort pour se ressaisir.

— Bonjour, Harley, parvint-elle enfin à répondre.

— Donc, tu te souviens de moi, dit-il avec un petit sourire en coin.

Comme si elle pourrait un jour l'oublier… Il avait été son premier amour. Et peut-être même le seul, si elle voulait être honnête avec elle-même. Mais naturellement, il n'était pas question qu'elle lui parle de ça.

— Évidemment que je me souviens de toi. Qu'est-ce que tu fais là ?

— St. Francis m'a embauché, ou plutôt a embauché ma société, pour enquêter sur des accusations de faute professionnelle que tu aurais proférées à leur encontre.

Elle avait perdu sa trace depuis qu'elle l'avait quitté, mais tout bien considéré, ce genre de travail semblait parfaitement dans ses cordes. Comment se faisait-il, cependant, que l'hôpital ait réussi à dénicher le seul homme qu'elle avait scrupuleusement cherché à éviter pendant des années ?

— Ah, fit-elle en essayant de ne paraître ni déçue ni inquiète.

De toute façon, elle ne pouvait rien faire pour le moment. Elle pourrait toujours appeler l'hôpital plus tard pour se plaindre, mais en attendant, elle ne voyait aucun moyen de se débarrasser de Harley.

— Ils m'ont dit que quelqu'un allait venir, mais sans préciser le nom. Je ne m'attendais pas… Entre, finit-elle par dire en s'effaçant pour le laisser passer.

Au même moment, un souffle d'air s'engouffra dans la petite maison, charriant un parfum boisé qui, mêlé à son odeur virile et familière, la ramena à l'époque de ses dix-huit ans. Les baisers échangés dans sa voiture. Les vitres qui se couvraient de buée sous l'effet de leurs souffles mêlés…

Et soudain, toute l'assurance et la confiance qu'elle avait pu acquérir au fil des années se dissipèrent pour ne plus rien lui laisser d'autre que des papillons dans l'estomac et la pleine conscience de parties de son corps qu'elle avait ignorées pendant trop longtemps. Peut-être depuis la dernière fois qu'elle avait touché Harley. Lance avait beaucoup de qualités, mais pas tellement au lit.

Ce qui, à l'époque où elle l'avait choisi, ne l'avait pourtant pas gênée. Elle avait volontairement troqué la passion pour la stabilité et la sécurité. Mais ces retrouvailles subites avec Harley venaient de lui rappeler tout ce qu'elle avait sacrifié dans sa quête d'une vie meilleure.

Cela avait été un lourd tribut à payer. Et à présent qu'elle se retrouvait dans la même pièce que lui, elle se sentait quasiment submergée par sa présence. Elle avait besoin d'un moment seule, sans quoi elle ne tiendrait pas une demi-heure sans se ridiculiser.

— Tu veux boire quelque chose ? Un thé glacé ? demanda-t-elle.

— Volontiers. Merci.

— Assieds-toi, dit-elle en lui indiquant le canapé. Je reviens tout de suite.

D'un pas précipité, elle se dirigea vers la cuisine en luttant pour effacer de son esprit l'image du sourire qu'il lui avait adressé. Longtemps, elle avait regretté la cuisine ouverte de son ancienne maison, mais désormais, elle était ravie que cette cloison de bois se dresse entre eux.

Elle prit son temps pour servir les deux verres et alla jusqu'à disposer des biscuits dans une assiette. Un bon prétexte pour grappiller quelques secondes de plus de tranquillité. Même si, tôt ou tard, il faudrait bien qu'elle retourne dans le séjour pour l'affronter.

Que devait-elle penser de cette visite impromptue et de l'expression dure qu'elle avait perçue sur son visage ? Les questions se multipliaient dans son esprit. Pensait-il qu'elle avait menti concernant les circonstances de sa naissance ? Elle ne devait pas oublier que c'était l'hôpital qui le payait. Ou bien était-ce parce qu'il lui en voulait toujours ? Mais si tel était le cas, pourquoi avait-il accepté de prendre l'affaire ? Était-ce parce qu'il était toujours attiré par elle ? Si oui, devait-elle se méfier ? Elle ne se sentait pas vraiment prête à affronter ça. Il y avait déjà suffisamment d'aspects de sa vie qui semblaient échapper à son contrôle.

— Tu as besoin d'aide ? fit soudain sa voix derrière elle, la ramenant brusquement à la réalité.

En tournant la tête, elle le trouva sur le pas de la porte. Luttant pour dissimuler ses émotions, elle lui tendit l'assiette de biscuits.

— Tu n'as qu'à prendre ça. Je vais apporter le thé.

— Hum… Des shortbreads, fit-il d'un air ravi.

— C'étaient tes biscuits préférés, il me semble ? demanda-t-elle.

Mais elle regretta immédiatement ses propos. Elle ne voulait pas qu'il sache qu'elle se souvenait de ce genre de choses après tout ce temps.

— Et c'est toujours le cas. Je suis surpris que tu t'en souviennes encore.

Avec gourmandise, il croqua dans l'un des biscuits, attirant son attention sur sa bouche virile.

Beaucoup d'eau avait coulé sous les ponts, et pourtant, il lui semblait que rien n'avait changé quand elle le regardait. Elle pouvait presque encore sentir sa bouche sur elle comme si c'était la veille. Il avait un véritable don pour les baisers.

Depuis combien de temps n'avait-elle pas reçu de baiser ?

Un vrai baiser ? Long, lent, enflammant ? Elle ne s'en souvenait même plus. Cela remontait à très longtemps. Bien avant que son mari se détourne d'elle pour s'enfoncer dans la drogue.

Au fond d'elle, elle avait envie de connaître à nouveau ce frisson. De se sentir de nouveau désirée. Mais elle savait que Harley n'était pas la bonne personne pour raviver ce feu. Si elle le laissait faire, les flammes la consumeraient tout entière et c'était un risque qu'elle n'était pas disposée à prendre. Elle ne l'avait pas fait à l'époque, elle ne le ferait pas à présent.

Ayant terminé son biscuit, il lui adressa un sourire qui l'amena à se demander s'il n'avait pas lu dans ses pensées. Elle n'avait jamais été très douée pour dissimuler ses émotions, mais il fallait qu'elle fasse des efforts. Surtout en sa présence. Il était là pour l'interroger sur ses allégations concernant l'hôpital, et elle avait l'impression d'être redevenue la naïve adolescente qui l'aidait à réviser son français tout en fantasmant sur son corps de rêve.

N'ayant pas d'autre choix, elle le suivit dans le séjour. Comme il s'était assis à l'extrémité du canapé, elle opta pour le fauteuil qui se trouvait à sa droite. Mais en posant le thé sur la table basse, elle se demanda comment lancer la conversation. Devait-elle aller droit au but, en évoquant immédiatement l'enquête ? Ou valait-il mieux commencer par lui demander ce qu'il était devenu ?

Elle n'eut, au final, pas à prendre de décision.

— Comment vas-tu ? lui demanda-t-il.

Depuis son divorce, tout le monde lui posait sans arrêt cette question, mais elle avait fini par comprendre que personne ne voulait vraiment savoir la vérité.

— Bien, répondit-elle donc, machinalement. La plupart du temps, en tout cas. Beaucoup de choses ont changé depuis la dernière fois que nous nous sommes vus, mais je ne m'en tire pas trop mal.

Sans rien dire, il baissa les yeux vers ses mains. Et fronça les sourcils. Elle ne portait plus son alliance, en effet. Depuis bien longtemps.

— J'avais entendu dire que tu avais épousé Lance, mais tu n'as pas d'alliance.

— Je l'ai épousé, c'est vrai. Quand j'étais en dernière année. Mais nous avons rompu il y a deux ans.

L'air surpris, il plissa les yeux. Curieux qu'en tant que détective il n'ait pas pensé à fouiller dans son passé avant de la rencontrer.

— Je suis navré de l'apprendre.

Elle se contenta d'opiner. Elle n'avait aucune envie d'évoquer les détails sordides de son histoire avec Lance. L'affaire, de toute façon, avait été relayée par la presse locale. S'il voulait s'informer à ce sujet, il n'aurait aucun mal à le faire.

— Et toi ? Tu as une famille ?

Tout en riant, il secoua la tête.

— Oh ! non. J'ai passé huit ans dans la marine à voyager partout dans le monde, ce qui ne m'a pas laissé beaucoup de temps pour fonder une famille. Et ensuite, j'ai fondé cette société. Pendant longtemps, ça m'a occupé sept jours sur sept, vingt-quatre heures sur vingt-quatre. Mais heureusement, maintenant que l'affaire est bien lancée, je n'ai plus à tout superviser constamment.

Elle s'était toujours demandé ce qu'il ferait de sa vie. Certains pariaient qu'il finirait en prison. D'autres qu'il n'accomplirait jamais rien de bien. Elle voyait pour sa part en lui davantage de potentiel et était ravie d'apprendre qu'il était devenu entrepreneur.

— Si j'ai bien compris, ta société est une agence de détectives privés ?

— Pas tout à fait. Les cinq agences dont nous disposons accomplissent aussi beaucoup de missions qui relèvent plutôt du domaine de la sécurité. Sécurité et protection personnelle, et dispositifs de sécurité des bâtiments. Mais nous nous occupons aussi d'affaires de chantage, disparitions, enlèvements, etc. Des tas de choses différentes dans lesquelles la police ne peut pas ou ne veut pas intervenir, pour une raison ou pour une autre. Nous passons beaucoup de contrats avec des politiques et des personnes très aisées qui recherchent la discrétion. Bref, les enquêtes privées ne sont que l'un des aspects du domaine de compétences de Dalton Security.

Dalton Security ? Elle connaissait le nom de cette société. N'était-ce pas celle qui avait retrouvé une jeune fille disparue et livré son ravisseur à la police ? L'affaire avait fait l'ouverture de tous les journaux télévisés pendant des semaines.

Sur le coup, elle n'avait pas fait le rapprochement avec Harley. Tout bien considéré, il avait encore mieux réussi qu'elle l'avait espéré. Son beau costume et sa Rolex en or venaient en témoigner. Elle était contente pour lui. Elle savait que sa mère avait lutté pour l'élever seule. Quand ils étaient au lycée, elle était caissière dans un supermarché et faisait des ménages le soir.

— Mon affaire paraît bien banale au regard des autres choses que traite ta société. Pourquoi le dirigeant de Dalton Security, en personne, a accepté de s'en occuper ?

Il la regarda dans les yeux, et elle sentit un délicieux frisson courir le long de son dos. Quand il la regardait de cette façon, elle avait l'impression qu'il pouvait lire dans ses pensées. Qu'elle ne pouvait rien lui cacher. Qu'elle était un livre ouvert. C'était à la fois agaçant et valorisant. Elle s'était, pendant si longtemps, sentie invisible.

Harley, lui, la voyait.

— Ça ne te semble pas évident ? Si j'ai pris l'affaire, c'est pour pouvoir te revoir.

- 2 -

Revoir Jade était bouleversant.

Harley ne savait pas vraiment à quoi s'attendre quand il était allé frapper à sa porte. Adolescente, elle était belle. Suffisamment pour alimenter tous ses fantasmes de lycéen, et même quelques-uns de sa vie d'adulte. Au fond de lui, il avait espéré qu'elle ne soit plus aussi séduisante que dans ses souvenirs. Qu'elle soit devenue fumeuse, qu'elle ait mal vieilli. Cela lui aurait facilité la tâche en lui permettant de faire son travail puis de repartir chez lui en tournant définitivement la page sur cet épisode du passé.

Mais quand elle lui avait ouvert la porte… rien n'aurait pu le préparer à la beauté fulgurante de la femme qu'elle était devenue. Ses cheveux avaient conservé leur éblouissante couleur blond platine. Ils étaient ramenés en une simple queue-de-cheval basse, mais les petites mèches qui s'en étaient échappées suffisaient à le captiver. Avec son teint pâle et ses grands yeux, on aurait dit une poupée en porcelaine.

Cette merveilleuse vision, qu'il trouvait immensément frustrante, rendait la situation beaucoup plus compliquée. C'était la curiosité et l'ennui qui l'avaient mené à sa porte. Mais sa beauté pouvait le retenir bien plus longtemps que ce qui était nécessaire pour boucler l'enquête. Il était douloureusement conscient que l'attirance qu'il y avait entre eux n'avait rien perdu de sa force et de son intensité. Le regard brûlant qu'elle lui avait adressé quand il était venu la retrouver dans la cuisine en constituait une preuve suffisante.

Une preuve qu'il aurait préféré ne pas voir. Être attiré par elle ne lui avait pas bien réussi la première fois. Pas parce que ce n'était pas réciproque ; il aurait pu se remettre de ça. S'il avait souffert, c'était parce qu'elle avait choisi Lance alors que c'était lui qu'elle désirait. Cela en disait long. Et ce n'était pas parce que son ex ne faisait plus partie du tableau que la situation avait changé. Il était tout à fait probable qu'elle préfère toujours un col blanc stable et sérieux à un homme comme lui. Le destin les avait réunis, mais ça ne voulait pas dire pour autant que les choses seraient différentes pour eux cette fois-ci.

Et pourtant, à la façon dont elle le regardait désormais, il avait eu l'impression qu'elle ignorait à quel point elle était belle et qu'elle ne comprenait pas comment il pouvait être toujours attiré par elle après tout ce temps. C'était vraiment dommage. Que lui était-il arrivé depuis la dernière fois qu'il l'avait vue pour qu'elle puisse douter d'elle à ce point ? Que lui avait fait l'homme respectable et convenable qui lui avait servi de mari ?

— Tu as pris l'affaire pour me revoir ? demanda-t-elle, l'air incrédule.

Elle semblait totalement déstabilisée par la situation. Mais à bien y réfléchir, il avait eu plusieurs jours pour se préparer à ces retrouvailles, alors que, de son côté, elle avait été prise par surprise.

— Parce que je voulais que ton affaire soit traitée par le meilleur homme de ma société, à savoir, moi.

Il ne voulait pas qu'elle croie qu'il était venu pour

lui avouer qu'il l'aimait toujours dans l'espoir de reprendre les choses là où ils les avaient laissées. Ce n'était pas le cas. Il avait fait une croix sur elle il y avait bien longtemps de ça. Le quotidien, dans la marine, avait suffi à effacer de son esprit tout ce qui n'avait pas trait à la survie.

La lueur de déception qui vint ternir son regard juste avant qu'elle hoche la tête en souriant ne lui échappa pas. L'attirance était donc bien réciproque, même si elle semblait avoir du mal à l'accepter.

— D'accord. Je te remercie pour ton aide.

Le ton de sa voix lui parut faux. Elle n'était pas à l'aise. À cause de sa présence ou des raisons de sa présence ? Il n'aurait su le dire, mais comme il n'envisageait pas de partir, il lui sembla bon d'apaiser ses inquiétudes.

— J'ai été embauché par l'hôpital, mais je tiens à t'assurer que je me montrerai absolument impartial dans mon jugement sur l'enquête. Je suis payé pour découvrir la vérité, qu'elle soit ou non favorable à l'hôpital.

Elle poussa un lourd soupir, et ses épaules semblèrent se détendre un peu.

— Je suis soulagée de l'apprendre. Je n'aurais jamais eu les moyens d'engager quelqu'un pour une contre-enquête. Et si j'avais pris un avocat, je suis certaine que sa motivation première aurait été d'extorquer un maximum d'argent à l'hôpital. Ça ne m'intéresse pas. La seule chose que je veux, c'est la vérité.

Surpris par ses propos, il observa le séjour, qui était correct, mais sans rien de spécial. Les meubles paraissaient usés, et il avait remarqué en se garant que sa voiture était un modèle ancien. La sécurité financière semblait être pour elle une priorité quand elle l'avait quitté pour le plus performant Lance, mais son ex ne paraissait pas contribuer beaucoup à son mode de vie, désormais. En qualité de jeune divorcée, elle aurait dû être intéressée par un dédommagement de l'hôpital.

— Tu n'envisages pas de demander des dommages et intérêts ?

— S'ils sont en faute, je ne refuserai pas cet argent, répondit-elle en haussant les épaules. Ça me permettra d'acheter une maison ou de préparer ma retraite. Mais ce qui m'intéresse vraiment…

Elle s'interrompit, secoua la tête.

— La vérité, c'est que les résultats de ces tests ADN n'ont fait que confirmer ce que j'avais toujours ressenti au fond de moi.

— C'est-à-dire ? demanda-t-il, intrigué.

Elle fixa son regard sombre sur lui, et les émotions qu'il y lut lui serrèrent le cœur.

— Que j'étais différente. Je me suis toujours sentie comme une pièce de puzzle ayant atterri dans la mauvaise boîte. Je n'arrivais pas à m'intégrer, et maintenant, je sais pourquoi. J'ai donc besoin de savoir d'où je viens vraiment.

— Qu'en pensent Arthur et Carolyn ?

Le père et la mère de Jade n'avaient jamais semblé beaucoup l'apprécier (il n'était pas le genre de garçon qu'on a envie de voir avec sa fille quand on est parents d'une adolescente), mais ils lui étaient toujours apparus comme des gens bien. Jade les aimait beaucoup, et il n'avait jamais douté du fait qu'ils l'avaient toujours traitée comme leur petite princesse.

— Mes parents, qui m'ont élevée, seront toujours mes parents. Mais je veux savoir qui est ma famille biologique. D'où je viens. Ce que ma vie aurait dû être. Pour pouvoir donner un sens à tout ça.

Que pouvait-il répondre à cela ? Il avait toujours pensé qu'elle contrôlait sa vie. Elle était intelligente et ambitieuse. Elle tirait le meilleur parti de chaque occasion qui se présentait à elle. À en croire le diplôme encadré qui était accroché au mur, elle était docteur en pharmacologie. Il l'avait toujours vue comme une personne qui savait qui elle était et ce qu'elle voulait. Mais il s'était trompé. Et la prise de conscience de cette erreur avait quelque chose de déstabilisant. Il se sentait soudain tenté de remettre en question tout ce qu'il considérait comme des faits. Mais surtout, il avait envie de découvrir la vérité pour lui permettre de tourner la page et d'aller de l'avant.

— T'es-tu toujours sentie si perdue, Jade ?

L'espace d'un instant, elle évita son regard. Peut-être savait-elle instinctivement qu'elle ne pouvait pas lui mentir. Il avait passé beaucoup de temps dans la marine à étudier et mettre en pratique des techniques d'interrogatoire. Elle lui avait peut-être menti jadis, mais c'était impossible désormais.

— Pas quand j'étais avec toi, finit-elle par répondre. C'est certainement le seul moment de ma vie où les choses m'ont paru justes.

Il comprenait parfaitement ce qu'elle voulait dire. Il avait passé ces dix dernières années à se battre pour garder le cap après la tempête de leur rupture. Il avait perdu le nord quand elle l'avait quitté pour Lance, et il ne s'en était jamais vraiment remis. Certes, il avait réussi sa vie. Il était allé de l'avant. Mais au fond de lui, il percevait toujours le vide qu'elle avait laissé dans son univers. Un vide qu'il n'avait pas réussi à combler par autre chose. Aucune des femmes avec qui il était sorti depuis n'y était parvenue. Sa vie sexuelle avait été riche et épanouissante, mais il n'avait jamais plus éprouvé le désir d'aller au-delà de l'aspect purement physique des choses.

Et il n'avait jamais imaginé que Jade puisse se sentir perdue, elle aussi.

— Je découvrirai la vérité. Je vais déterminer ce qui s'est passé et pourquoi. Et tu retrouveras ta famille.

Instinctivement, il prit sa main, qui lui parut petite et délicate dans la sienne, large, rugueuse et mue par un instinct protecteur qu'il n'avait pas senti venir. Il était venu là en pensant satisfaire sa curiosité et son besoin de travailler à nouveau sur le terrain, et peut-être de tourner la page la concernant. Mais quand elle serra sa main dans la sienne, une douce sensation remonta le long de son bras et lui réchauffa le cœur. Il se souvenait bien de ce sentiment, qu'il n'avait jamais ressenti qu'au contact de sa peau.

Tout allait de travers. Il avait perdu de vue ses objectifs à l'instant même où elle lui avait ouvert la porte. C'était exactement le contraire de ce qu'il avait espéré. Il ne pouvait pas être attiré par elle, cela se finirait aussi mal que la première fois.

À moins que…

Il pouvait peut-être céder à cette attirance s'il la dissociait de tout attachement émotionnel. Ils n'étaient, après tout, plus des enfants. Il avait couché avec beaucoup de femmes auxquelles il n'était pas attaché, et cela lui avait parfaitement convenu. Si elle était ouverte à l'idée de goûter à nouveau aux plaisirs du bon vieux temps, une aventure sans lendemain serait peut-être exactement ce dont il avait besoin pour tourner définitivement la page de son histoire avec elle. C'était une proposition risquée, qu'elle rejetterait peut-être catégoriquement, mais il fallait qu'il trouve un moyen de vivre les quelques semaines à venir sans qu'elle n'occupe totalement ses pensées.

— Merci, dit-elle doucement.

— J'en fais la promesse. Et je suis un homme de parole.

Ce fut à ce moment-là que, dans la cuisine, une sonnerie de téléphone retentit.

— Excuse-moi, dit-elle en se levant pour aller répondre.

Anxieux, il se leva lui aussi et se mit à arpenter le séjour de long en large pour consumer l'excès d'énergie qu'il sentait courir dans ses veines. Le contact avec sa peau, même s'il avait été parfaitement innocent, avait déclenché une réaction en chaîne dans son système nerveux. Il se sentait tendu, comme s'il s'apprêtait à tirer sur un ennemi ou à sauter en parachute. Mais dans cette situation, il n'y aurait pas de décharge d'adrénaline libératrice. En tout cas, pas tout de suite. S'il ne voulait pas l'effrayer, il fallait qu'il garde ses mains dans ses poches jusqu'à la fin de l'entretien.

Il resongea au regard troublé qu'elle avait eu quand elle avait évoqué son divorce. Apparemment, les espoirs qu'elle avait placés en Lance avaient été déçus.

Les choses auraient-elles été différentes si elle l'avait épousé, lui, à la place ?

Ces pensées n'étant d'aucune utilité, il décida de les écarter de son esprit. Le jeune homme qu'il était n'aurait jamais été suffisamment bien pour quelqu'un comme elle. Il marchait sans cesse sur une corde raide, incapable de décider ce qu'il voulait faire de sa vie. La seule chose dont il était sûr, c'était qu'il souhaitait passer tout son temps avec elle. Mais elle en avait décidé autrement. Si sa vie avait pris le cours qu'elle avait pris, c'était uniquement parce qu'elle avait fait le choix de se tourner vers quelqu'un d'autre. En d'autres circonstances, il ne se serait jamais engagé dans la marine, n'aurait jamais monté sa société et bâti cette nouvelle vie. S'il n'avait pas eu le sentiment qu'il devait s'améliorer et améliorer sa situation pour être digne d'une femme comme elle, il n'aurait certainement pas fait autant d'efforts.

Il aurait sans doute dû la remercier pour ça, mais il ne le ferait pas. À la place, il allait tout donner pour résoudre l'affaire et obtenir les réponses qu'elle méritait.

Et s'il était un homme intelligent, il s'arrêterait là.

— Et c'est tout ? Il t'a juste tenu la main et posé quelques questions ? lui demanda Sophie. Je m'attendais à autre chose quand tu m'as dit que ton premier amour s'était présenté chez toi pour s'occuper de ton affaire.

— C'est tout, mais c'est suffisant, répondit Jade dans un soupir. Je ne pense pas que mon cœur aurait pu en endurer davantage.

Avide de détails croustillants, Sophie l'avait retrouvée pour leur habituelle soirée du mardi. Comme elle ne vivait à Charleston que depuis quelques années, elle ne connaissait pas Harley, mais savait que Jade avait eu un premier amour avant Lance. À l'évidence, elle voulait en savoir davantage, mais Jade n'avait pas beaucoup envie d'en parler. La vie de Sophie se résumait à son travail d'avocate, qui lui prenait énormément de temps, lui laissant peu d'occasions de se distraire. Par conséquent, elle appréciait beaucoup les anecdotes sur les autres, qui lui permettaient en quelque sorte de vivre sa vie par procuration.

— Est-il aussi mignon que dans tes souvenirs ?

Jade resongea à l'homme solide qu'elle avait trouvé sur le pas de sa porte.

— « Mignon » ne me paraît pas être un terme approprié. Les bébés ou les chatons sont mignons. Harley serait plutôt… sexy. Sexy comme les mannequins qui font la couverture des romans sentimentaux.

Rien qu'à repenser au moment où il lui avait pris la main, elle sentait une douce chaleur l'envahir. C'était un contact innocent. Un geste de réconfort dont le but n'était certainement pas de l'émoustiller ou de la provoquer. Mais son impact avait été immense. Cela faisait longtemps qu'aucun homme ne l'avait touchée. Et plus longtemps encore qu'aucun homme ne l'avait regardée comme Harley l'avait fait. Apparemment, son corps se souvenait toujours de cette sensation, qui lui donnait envie de mettre en marche le ventilateur, malgré la température fraîche de ce mois de février.

— Je pense que tu devrais coucher avec lui, dit Sophie, coupant court à ses pensées.

— Quoi ? fit-elle en sursautant. C'est une plaisanterie…

— Pas du tout. Je pense qu'après tout ce que tu as vécu une bonne aventure avec un homme sexy est exactement ce qu'il te faut.

— Harley n'est pas le genre d'homme avec qui je pourrais débuter une relation.

— Qui t'a parlé d'une relation ? J'ai dit une aventure. Une nuit ou deux. Mais tu n'es pas obligée de le garder.

Agacée, Jade leva les yeux au ciel. La proposition était tentante, certes, mais idiote. Elle ne voyait pas comment un homme aussi beau et ayant aussi bien réussi aurait pu avoir envie d'elle. Même pour une courte aventure. Et de plus, il n'avait certainement aucun désir de répéter ses erreurs du passé.

— Pour tout t'avouer, je ne saurais même pas quoi faire avec un homme comme lui. Je manque d'expérience, et si tu veux mon avis, il n'est pas du genre à former des débutantes.

— Il faut absolument que je voie une photo de lui. J'ai l'impression qu'il n'est pas réel, dit Sophie en commençant immédiatement à taper une recherche sur son téléphone. Harley Dalton… Je ne trouve rien. Pas de Facebook. Même pas de photo de lui sur le site de sa société.

— Ça ne m'étonne pas. Avec le travail qu'il fait, j'imagine qu'il préfère limiter sa visibilité sur Internet. Tu vas donc devoir me croire sur parole.

— Pour le moment. Mais d'ici mardi prochain, tu auras sûrement eu le temps de me retrouver une photo de classe.

Embarrassée, Jade décida de changer de sujet.

— L'important, c'est que l'hôpital me prend au sérieux, maintenant. Embaucher un détective privé est un grand pas en avant.

Tout en souriant, Sophie prit une gorgée de vin.

— Je t'avais bien dit que je savais ce que je faisais. Il n'y a rien de tel qu'une humiliation publique. Ils vont élucider l'affaire, et tu n'auras pas à débourser un cent. Aucune raison de t'inquiéter.

Jade n'en était pas si sûre. Elle en était presque arrivée à espérer que ses parents lui aient menti et qu'elle ait été adoptée. Cette hypothèse lui semblait beaucoup plus simple à accepter. Mais ils maintenaient qu'elle était bien le bébé avec lequel ils avaient quitté la maternité. Elle avait une petite tache de naissance sur la hanche que sa mère avait remarquée juste avant son retour à la maison. En revanche, sa maman n'arrivait pas à se souvenir si le bébé qu'elle avait mis au monde avait cette même marque au-dessus de ses petites jambes.

— Comment veux-tu que je ne m'inquiète pas ? Cette histoire ne peut que mal se terminer. Mes parents affirment que je n'ai pas été adoptée. Le seul moment où il a pu m'arriver quelque chose, c'est quand j'étais à la nursery de la maternité. Cela semble incroyable, mais quelqu'un a dû commettre une erreur, et deux familles en ont payé le prix.

— L'hypothèse d'une erreur ne me paraît pas si incongrue. Notamment pendant l'ouragan.

Tout en secouant la tête, Jade soupira. Comment une telle chose avait-elle pu lui arriver ? Un échange à la naissance… ça n'arrivait que dans les séries télé. Mais son amie n'avait pas tort concernant le cyclone. Il était de catégorie 4 quand il avait frappé Charleston. Entre les pannes de courant, les inondations et les blessés qui affluaient vers les hôpitaux, la ville était dans un état de désolation et de chaos.

Des circonstances qui semblaient parfaitement se prêter à une erreur, et si erreur il y avait eu, elle n'avait pu concerner qu'elle, qui avait toujours été un véritable aimant à problèmes. Mais être échangée à la naissance avec une autre ? Cela paraissait tout de même incroyable.

C'était d'ailleurs l'opinion qu'avait affichée l'hôpital quand elle leur avait exposé le problème. Si elle n'avait pas contacté la presse, ils auraient ignoré son histoire, qu'ils avaient dans un premier temps qualifiée d'absurde. Mais ils avaient fini par embaucher Dalton Security, une société qui avait la réputation de faire son travail, quoi qu'il en coûte. Harley avait toujours été prompt à enfreindre les règles quand il jugeait qu'une cause en valait la peine. À présent, cela semblait être le credo de sa société. Il ferait ce qu'on lui avait demandé et découvrirait la vérité. Mais combien de vies se retrouveraient au passage bouleversées ?

— Je n'aurais peut-être pas dû…, murmura-t-elle en posant son verre de vin sur la table.

— Pas dû quoi ?

— Je suis peut-être en train de déterrer une chose qui aurait mieux fait de rester enfouie là où elle était. Ça fait presque trente ans que ça s'est passé. Je recherche des réponses, mais… Et si je ne trouvais que des choses horribles ? Des choses qui pourraient briser plusieurs familles ?

— Ou les réunir. Tes parents savent que tu les aimes, et ils continueront de t'aimer, quoi que tu puisses trouver. Tu ne risques rien à ce sujet. Mais je suis prête à parier que, d'un certain côté, ils ont aussi envie de savoir ce qui est arrivé à leur fille biologique. Ils ne t'échangeraient pour rien au monde, si je puis m'exprimer ainsi, mais la vérité leur permettra d'être en paix avec leur esprit. Tu vas gagner de la famille, pas en perdre.

— Tu ne peux pas le savoir. Si ça se trouve, mes parents vont trouver leur vraie fille beaucoup mieux que moi et la préférer.

— C'est la chose la plus ridicule que j'aie jamais entendue. N'importe qui serait ravi de t'avoir pour fille. Je ne sais pas avec qui tu as été échangée, mais tes parents ont touché le gros lot avec toi.

Sophie n'avait pas tort. C'était son manque d'assurance qui lui faisait dire ça, mais ses parents auraient certainement été choqués de l'entendre.

— Tu as sûrement raison. C'est juste que je n'aime pas l'idée de ne pas savoir comment tout cela va se terminer.

L'air exaspéré, Sophie croisa les bras sous sa poitrine.

— Mais tu ne le sauras jamais si tu ne cherches pas. Et même si tu mettais un terme à l'enquête maintenant, ce serait trop tard. Tu as ouvert la boîte de Pandore, tu ne pourras plus jamais prétendre ne pas savoir la vérité. Alors tu ferais mieux de suivre la piste que tu as trouvée, pour voir où elle te mène, si tu ne veux pas te retrouver rongée par les doutes et les remords plus tard.

Jade lui lança un regard noir. Mais au fond d'elle, elle savait que Sophie avait raison. À l'instant où elle avait lu les résultats des tests ADN, elle avait atteint un point de non-retour.

— Tes parents biologiques sont là, quelque part. Tu as toujours voulu connaître ce lien avec ces personnes dont tu avais l'impression qu'elles manquaient à ton univers. Tu as davantage de famille, à présent. Davantage de personnes dont tu dépends. Davantage de personnes à aimer.

— À t'entendre, on dirait que tout va se terminer comme dans un Disney. Je vais découvrir que je suis en réalité une princesse. Des oiseaux vont me confectionner une robe et un prince m'enlèvera sur son beau cheval blanc. Mais mes vrais parents pourraient être des personnes horribles. Et même si ce n'est pas le cas, cela risque de se terminer par des procès et des larmes, voire une incarcération, si l'échange a été fait délibérément.

— Peut-être. Mais je suis une optimiste. Et je pense que tout cela est bon pour toi. Tu as besoin de bonnes choses dans ta vie après tout ce qui s'est passé avec Lance.

Tout en grognant, Jade se leva.

— Je n'ai pas envie de parler de ça ce soir.

— On ne le fera pas. Mon intention n'était pas de lancer le sujet. La seule chose que je dis, c'est que tu mérites d'être heureuse. Je pense qu'il y a de belles choses pour toi à l'horizon. Même si ta vraie famille n'est pas à la hauteur de tes espérances, il peut toujours y avoir des points positifs. Tu obtiendras peut-être de l'hôpital d'importants dédommagements qui te permettront d'acquérir une maison. Ce serait déjà bien.

Machinalement, Jade reprit la bouteille pour remplir leurs verres à moitié vides.

— Ça ne me ferait pas de mal, c'est sûr. L'addiction de Lance a siphonné toutes nos économies. Je gagne bien ma vie, maintenant, mais s'offrir une maison est un rêve difficile à réaliser quand on habite une ville comme Charleston.

Elle s'interrompit, soupira.

— Les choses n'étaient pas censées se passer comme ça, tu sais ? Tout le monde disait que Lance était le choix le plus judicieux pour moi. Il était plus âgé, avait reçu une bonne éducation et occupait déjà un bon poste. En l'épousant, j'aurais dû obtenir le foyer sûr, stable et aimant que je voulais pour moi et ma future famille. Nous n'aurions pas à nous battre contre les problèmes financiers comme mes parents. Tout devait se terminer parfaitement bien.

— Personne n'aurait pu prévoir ce qui est arrivé à Lance, ma belle. On ne parle pas de crise des opioïdes sans raison. Beaucoup de gens se retrouvent piégés là-dedans. Il n'a plus jamais été le même après cet accident de voiture.

— Non, c'est vrai.

Cela avait été le début de la fin de leur mariage, même si Jade ne l'avait pas tout de suite compris. Elle était alors trop occupée à achever sa dernière année d'études pour percevoir les signaux d'alarme. Il avait besoin de ces antidouleurs après son opération du dos, mais plus il en prenait, plus il avait du mal à rester concentré sur son travail. À cause de cette source de stress, certainement, il avait encore augmenté sa consommation de médicaments. Et au moment où il avait vraiment entamé sa descente aux enfers, elle avait pour sa part obtenu son diplôme et s'était lancée avec succès dans sa carrière de pharmacienne. Lance n'ayant pas supporté qu'elle réussisse mieux que lui, il s'était encore un peu plus enfoncé dans son problème de drogue.

Et un beau jour, la police était venue la réveiller à 2 heures du matin pour l'interroger sur un cambriolage qui avait eu lieu à la pharmacie où elle travaillait. Apparemment, Lance lui avait pris ses clés pour voler des antidouleurs. Le médecin, qui avait cerné le problème, avait refusé de lui en prescrire d'autres, ce qui avait motivé cette tentative désespérée. Elle avait demandé le divorce avant même qu'un avocat commis d'office lui soit attribué. Les problèmes de dépendance de Lance étaient complexes, certes, mais cette volonté de mettre sa carrière en péril lui était apparue comme un acte de jalousie malveillant et délibéré. Il ne supportait pas qu'elle réussisse, et elle était lasse d'essayer de flatter son ego.

— L'ironie du sort, c'est que j'ai rompu avec Harley parce qu'il était censé être le mauvais garçon qui ne réussirait jamais rien dans la vie. Lance était le bon gars, qui avait un avenir. Harley était le diable au visage d'ange qui me conduirait sur des chemins tortueux. Il y a des fois où je ne peux pas m'empêcher de me demander… ce qui se serait passé si j'avais fait un choix différent. Les choses se sont-elles déroulées comme elles étaient censées le faire ? Ou ai-je commis la pire erreur de ma vie en m'éloignant de lui dans ce lointain passé ?

Si c'était le cas… pouvait-elle considérer l'apparition soudaine de Harley sur le pas de sa porte comme une seconde chance de rétablir l'ordre naturel des choses ? Mais surtout, oserait-elle prendre ce risque ?

- 3 -

Harley avait l'impression d'être redevenu un adolescent idiot et peu sûr de lui.

Il était pourtant un adulte. Dirigeant d'une société cotée en Bourse qu'il avait lui-même fondée. Il n'avait aucune raison de ne pas se sentir totalement confiant et bien dans sa peau. Mais en se garant devant la maison des Nolan, force lui fut de constater qu'il se sentait aussi nerveux que quand il venait y chercher Jade à l'époque du lycée.

Peut-être parce que la petite maison de brique n'avait nullement changé, avec son hangar et ses massifs soignés. Il connaissait bien le quartier dans lequel elle était située. L'appartement où il vivait avec sa mère était tout proche, ou l'avait été, avant qu'on le détruise pour bâtir un centre commercial.

Le quartier semblait plus calme à présent, comme si, en devenant adultes, tous les enfants qui couraient les rues dans le temps s'étaient empressés de le déserter. Mais les maisons s'étaient délabrées, leurs propriétaires, vieillissants, n'ayant sans doute pas les moyens de les entretenir.

Jadis, il se sentait chez lui ici. Mais une rutilante Jaguar noire avait remplacé son vieux pick-up cabossé et un costume sur mesure, son jean déchiré. Tout bien considéré, le quartier n'était pas la seule chose qui avait changé.

En s'approchant de la porte d'entrée, que M. Nolan lui avait ouverte des dizaines de fois en le regardant d'un œil sévère, il se dit qu'il avait bien fait de demander à Jade de le retrouver ici. Il l'avait déjà interrogée, mais sa présence lors de l'entretien avec ses parents rendrait les choses plus faciles.

Ou du moins était-ce ce qu'il croyait jusqu'à ce qu'elle lui ouvre la porte.

Elle devait être venue directement de son travail, car elle portait un pantalon de costume noir, des chaussures à talon et un pull ajusté dont la teinte carmin était exactement la même que celle de son rouge à lèvres. Ramenés en chignon, ses cheveux blond glacé mettaient en lumière ses traits fins et délicats. Elle paraissait sûre d'elle, légèrement distante… et était tout simplement époustouflante de beauté. Le cœur battant à tout rompre, il dut rester un long moment à la regarder.

— Tu entres, ou tu préfères rester là dans le froid ? finit-elle par demander.

— J'hésite encore. Ton père a toujours son fusil de chasse ?

Elle jeta un coup d'œil à sa droite avant d'acquiescer.

— Il est toujours là, à côté de la porte. Mais je doute qu'il soit encore tenté de s'en servir sur toi. Je pense que tu ne risques rien à entrer.

En passant le seuil, il s'approcha d'elle pour chuchoter à son oreille et profita de l'occasion pour humer son enivrant parfum.

— S'il savait les choses que je t'ai faites à l'époque, il n'hésiterait pas une seule seconde à tirer.

Ouvrant de grands yeux étonnés, elle fit un pas en

arrière. Ses joues avaient pris une nuance plus rose, et ses lèvres pincées évoquaient une désapprobation amusée.

— Tu ferais mieux de garder ça pour toi. Entre et assieds-toi. Je vais les chercher.

Une fois seul dans le séjour, il constata que la maison n'avait pas beaucoup changé. Mêmes meubles et objets de décoration, hormis la vieille télévision, qui avait été remplacée par un modèle à écran plat.

— Tiens, un revenant, fit soudain une voix d'homme derrière lui.

En se retournant, il se retrouva face à une version vieillie et grisonnante du M. Nolan de ses souvenirs. Plus aucune trace de désapprobation dans ses yeux, cependant, ce qui le mit un peu plus à l'aise. Tout en souriant, il échangea avec lui une poignée de main.

— Ravie de vous revoir, monsieur, même si j'aurais préféré que cela se fasse en d'autres circonstances.

— Je suis bien d'accord, répondit M. Nolan d'un air grave. Ça a été vraiment très dur pour Carolyn, et surtout Jade. On n'imagine pas qu'une telle chose puisse nous arriver.

— Je ferai tout mon possible pour trouver des réponses pour votre famille.

Tout en hochant la tête, le père de Jade lui tapota le bras.

— Tant mieux. Assieds-toi. Carolyn va arriver. Elle prépare du café.

Harley prit place dans un fauteuil, en face du canapé sur lequel M. Nolan s'était installé. Un instant plus tard, sa femme et Jade arrivaient avec un plateau. Mme Nolan rejoignit son époux sur le canapé, tandis que Jade s'asseyait dans un fauteuil, à côté de Harley.

— Je sais qu'il est un peu tard, mais il fait très

froid et je me suis dit que tu aurais besoin de quelque chose pour te réchauffer.

— Merci, madame Nolan.

La mère de Jade lui adressa un large sourire qui laissait entendre qu'elle appréciait l'homme qu'il était devenu.

— Tu peux m'appeler Carolyn, maintenant. Tu n'es plus un adolescent qui tourne autour de ma fille.

Tout en acquiesçant, il lui rendit son sourire, mais il y avait quelque chose dans ses yeux qui l'amena à s'interroger sur la sincérité de ses propos. Une impression qui ne fit que se renforcer quand elle tourna son regard vers sa fille. Comme si elle regrettait cette époque, ou regrettait de l'avoir considéré comme une mauvaise fréquentation pour Jade.

Intéressant.

— Si ça ne vous ennuie pas, j'aimerais enregistrer cet entretien. Si je n'ai pas à prendre de notes, je serai plus concentré sur la discussion.

Comme ils acquiesçaient, il enclencha l'application dictaphone de son portable, qu'il posa doucement sur la table basse.

— Et si vous commenciez par me raconter le jour où vous êtes entrés à la maternité ?

— C'était la panique totale, dit Carolyn. Tout le monde redoutait l'arrivée de l'ouragan. Arthur avait cloué des plaques de bois aux fenêtres et calfeutré les portes avec des sacs de sable pour empêcher l'eau d'entrer. On avait des stocks de nourriture et tout fait pour nous préparer. Et c'est à ce moment-là que le travail a commencé.

Elle s'interrompit, secoua la tête.

— Il me restait une semaine. J'étais certaine que ce serait après l'ouragan, mais non, Jade était prête.

Elle regarda sa fille et prit un air peiné.

— Enfin, pas Jade. Notre fille biologique. J'ai vraiment du mal à m'y faire. Je n'arrive pas à penser que la petite fille que j'ai élevée n'était pas la Jade que j'ai portée dans mon ventre pendant tout ce temps. Qui a pu faire une chose pareille ?

Des larmes se mirent à couler de ses yeux. Les larmes n'étaient pas la spécialité de Harley. Il était bien plus doué pour aider les témoins à se concentrer que pour les consoler.

— J'imagine que ça doit être difficile pour vous, dit-il. Mais essayez de vous concentrer sur vos souvenirs de ce qui s'est passé à la maternité.

Tendrement, le père de Jade passa le bras autour des épaules de sa femme.

— Nous sommes arrivés à l'hôpital avant le début de la tempête, dit-il. Comme c'était notre premier enfant, nous pensions que le travail allait durer longtemps, mais notre fille est arrivée assez vite, et sans problème, si l'on exclut le fait que je me suis évanoui. C'est difficile à croire, mais l'accouchement en lui-même a été la seule chose simple de cette journée. Environ vingt minutes plus tard, il y a eu une coupure de courant. Le vent s'est mis à hurler. Des fenêtres se sont brisées. C'était un véritable enfer. Comme il n'y avait pas de fenêtres dans la nursery, on nous a recommandé d'y déposer notre bébé pour sa sécurité. Carolyn a été très attristée : elle avait à peine eu le temps de la serrer dans ses bras. Si elle avait passé davantage de temps avec elle, peut-être…

Comment pouvaient-ils se sentir coupables ? Harley ne savait pas ce qui s'était passé, mais il était certain qu'ils n'avaient rien fait de mal.

— Vous n'avez rien à vous reprocher. Les bébés se

ressemblent tous, surtout quand ils viennent tout juste de naître. Il faut du temps pour que leur individualité et leur personnalité ressortent. Vous aviez enduré beaucoup d'épreuves ce jour-là et n'aviez aucune raison de vous méfier du personnel de la maternité.

M. Nolan opina, mais à son grand regret, Harley comprit qu'il s'en voulait toujours.

— Après le passage de l'ouragan, les choses ne se sont pas beaucoup améliorées. L'électricité étant toujours coupée, seuls les appareils indispensables étaient reliés au groupe électrogène. La plupart des employés de l'hôpital étaient occupés aux urgences. Il n'y avait plus que deux ou trois infirmières à la maternité, et je dirais qu'il devait y avoir neuf ou dix mamans avec leurs bébés.

— L'un des employés a-t-il retenu votre attention pour une raison ou pour une autre ? Y a-t-il quelque chose qui vous a semblé bizarre ?

Comme pour mieux réfléchir, Carolyn plissa les yeux.

— Rien de spécial, en dehors de l'ouragan. Les employés paraissaient tendus, mais ils semblaient vraiment déterminés à bien faire les choses. Il y a même une infirmière, je ne me souviens plus de son nom, qui a pris le temps de s'asseoir dans ma chambre pour bavarder avec moi. Elle était tellement gentille. Comment se fait-il que je ne me souvienne plus de son nom ? Bref, tout le monde était très bien. Tu as remarqué quelque chose, toi, Arthur ?

Son mari secoua la tête.

— Tout le monde semblait très compétent. C'est tout ce que je peux dire. Mais si quelque chose me revenait en mémoire, je vous le ferais savoir.

— Quand avez-vous pu récupérer Jade ?

— Le lendemain, répondit Carolyn. À ce moment-là,

le courant avait été rétabli et tout semblait être revenu à la normale. J'ai passé la plus grande partie de la journée avec elle. Et c'est là que j'ai remarqué la tache de naissance sur sa hanche. Ça veut dire que l'échange avait déjà été fait, c'est bien ça ?

C'était bien ça, oui. Harley savait parfaitement à quoi ressemblait la tache en question, mais il n'était bien sûr pas question qu'il en parle devant les Nolan. La marque, en forme de croissant de lune, était située tout en haut de la cuisse de Jade. Il avait eu la chance et le plaisir de l'embrasser des dizaines de fois au cours de sa jeunesse.

— Je pense, oui, se borna-t-il à dire.

Carolyn se remit à pleurer. Son mari la serra plus fort contre lui. La conversation se poursuivit ensuite pendant une demi-heure, mais Harley avait déjà obtenu ce qu'il lui fallait. L'échange avait eu lieu juste après l'accouchement, au cœur même de la tempête. Ce qui allait lui permettre de limiter la portée de ses recherches pour tout ce qui concernait le personnel de l'hôpital et les visiteurs ayant accès aux bébés.

Il aurait naturellement dû se concentrer sur la suite du récit des parents, mais il ne pouvait s'empêcher d'observer le visage de Jade alors qu'ils parlaient de cette journée. De la naissance de cette enfant qui n'était pas elle. De la venue au monde de ce bébé qu'ils avaient attendu avec tant d'impatience mais qui n'était pas rentré à la maison avec eux. C'était dur à entendre pour elle, il le voyait bien. Cela devait être dur pour eux aussi, mais c'était l'expression peinée du visage de Jade qui retenait son attention.

Il détestait la voir comme ça. Il n'était pas un preux chevalier venu pour la sauver, il le savait très bien. Mais il pourrait peut-être faire quelque chose pour améliorer sa situation. Il avait fait des recherches sur elle depuis leur entretien et avait été choqué par ce qu'il avait appris. Apparemment, tous les espoirs qu'elle avait placés en Lance avaient été cruellement déçus. Elle lui avait accordé toute sa confiance, et il avait détruit leur avenir ensemble. Si Harley en était estomaqué, il n'arrivait même pas à imaginer ce qu'elle devait ressentir.

À sa place, d'aucuns auraient sans doute vu là la juste punition pour sa rupture avec lui dans le passé. Mais il l'avait beaucoup trop aimée pour souhaiter son malheur. Il voulait juste qu'elle soit heureuse. Et à présent, il voulait l'aider.

Découvrir la vérité pour elle dans l'espoir qu'elle trouve enfin le bonheur.

Quand l'entretien fut terminé, Jade raccompagna Harley à sa voiture. La nuit tombait tôt en cette saison, et il faisait déjà noir. Elle avait hâte que le printemps et la chaleur reviennent pour pouvoir passer un peu de temps dans son jardin. À ce moment-là, l'enquête de Harley serait certainement terminée.

— J'espère que mes parents t'ont été utiles, lui dit-elle.

— Oui. En tout cas, autant qu'ils puissent l'être compte tenu du fait qu'ils ne sont pas impliqués. Cette conversation me permet de réduire mes recherches à un moment bien défini dans le temps. L'échange a eu lieu presque immédiatement après ta naissance. Sans doute en plein cœur de la tempête, quand le désordre régnait. Les malfaiteurs ont agi de façon opportuniste, si tu veux mon avis.

— Les malfaiteurs ? Tu penses que c'est délibéré ?

J'avais plutôt pensé à une erreur humaine, favorisée par le désordre généré par l'ouragan. Mais tu penses vraiment que quelqu'un a fait ça délibérément ?

— Oui, répondit-il en croisant les bras sur son large torse, avant de s'adosser à sa rutilante voiture.

— Mais dans quel but ? Je ne vois pas ce que qui que ce soit aurait eu à y gagner.

— Ça, je ne le sais pas encore. Mais je finirai par le découvrir. En tout cas, mon intuition me dit que c'était un acte délibéré. Ils ne savaient peut-être pas à l'avance quels bébés allaient être échangés et quand, mais ils ont vu en l'ouragan une opportunité, qu'ils ont saisie.

Ils. Il n'arrêtait pas de répéter ce mot avec une expression à la fois effrayante et intrigante. De qui parlait-il ? Elle n'arrivait pas à imaginer quel genre de personne pourrait accomplir une telle chose. Mais à bien y réfléchir, le genre humain l'avait beaucoup déçue ces temps derniers. Ce qui lui faisait penser que…

D'un geste preste, elle glissa la main dans sa poche arrière pour en sortir la lettre qu'elle avait reçue la veille.

— Avant de partir, je voudrais que tu regardes ça. Je l'ai reçu par courrier hier. Je ne sais pas si ça pourrait jouer un rôle dans l'enquête…

Précautionneusement, il déplia la lettre, qu'il parcourut du regard plusieurs fois, le visage de plus en plus sombre à mesure que les secondes s'écoulaient. Quand il finit par relever les yeux vers elle, il semblait complètement hors de lui.

— Pourquoi ne me l'as-tu pas dit plus tôt ?

Quand elle comprit que sa colère était dirigée vers elle, elle se raidit. Elle ne s'attendait pas à ça. Pour mettre un peu de distance entre eux, elle recula.

— Je voulais que tu parles à mes parents d'abord.

Ils ne sont pas au courant pour la lettre et je ne veux pas qu'ils le soient.

Ils avaient suffisamment de soucis comme ça pour le moment. Inutile d'en rajouter en leur parlant de cette lettre de menaces anonyme. Elle ne jugeait de toute façon pas la situation préoccupante. Elle venait d'apparaître à la télévision. Ce message provenait certainement d'un tordu qui l'avait vue au journal.

— Tu as une idée de qui aurait pu te l'envoyer ?

Elle secoua la tête. Il n'y avait qu'une phrase, écrite à la main.

Laisse tomber, sinon…

Rien qui aurait pu permettre d'identifier son auteur.

— Peut-être quelqu'un de l'hôpital qui voudrait que je me rétracte. Quand j'ai contacté la presse, c'est la crainte de l'humiliation publique qui les a forcés à coopérer. Je suis certaine que les dirigeants seraient ravis si je jetais l'éponge. Ou bien quelqu'un qui m'a vue à la télé. En tout cas, je ne pense pas qu'il faille prendre ça au sérieux.

— C'est très sérieux, Jade, répliqua-t-il en étrécissant les yeux. Et je vais te dire pourquoi. Pour commencer, la personne qui te l'a envoyée connaît ton adresse. Tes coordonnées figurent-elles dans l'annuaire, papier ou en ligne ?

À ces mots, elle sentit son corps se crisper. Elle avait tellement d'autres sujets de préoccupation qu'elle n'avait pas songé à cet aspect. Un frisson glacial lui parcourut le dos. Elle aurait dû emporter un manteau, mais elle n'avait pas imaginé que cette conversation serait aussi longue.

— Pas que je sache. C'est une location, alors j'imagine que mon nom n'est pas associé publiquement à la maison. Mais d'un autre côté, on peut trouver n'importe quelle information sur Internet si on s'en donne les moyens.

Les coins de sa belle bouche virile s'étaient légèrement affaissés et, d'instinct, elle fut tentée de passer le pouce dessus. Ce fut son regard, sombre et orageux, qui l'en dissuada.

— As-tu gardé l'enveloppe ? demanda-t-il.

Tout en acquiesçant, elle la sortit de sa poche.

— Tiens. Qu'est-ce que tu vas en faire ?

Sans répondre, il glissa la main dans la poche intérieure de son manteau, dont il sortit un sachet plastique de preuves juridiques, dans lequel il glissa la lettre et l'enveloppe avant de le sceller.

— Je vais l'envoyer au labo avec les prélèvements ADN que j'ai effectués sur toi et tes parents. Il me faudra peut-être te demander tes empreintes digitales pour pouvoir les exclure.

— Tu as ton propre labo ?

Et tu gardes des sachets de preuves dans ton manteau ?

Elle trouvait cela très surprenant également. Mais elle jugea préférable de ne pas soulever ce point. Elle avait le sentiment qu'il ne comprendrait pas pourquoi cela lui paraissait si étrange.

— Je ne peux pas faire autrement, répondit-il en acquiesçant. Les enquêtes de police sont généralement retardées par les délais des labos judiciaires. Ce labo nous permet, à moi et mes enquêteurs, de ne pas avoir à attendre. Nos recherches peuvent ainsi avancer plus vite. C'est l'une des premières choses dans lesquelles j'ai investie quand la société a commencé à connaître un certain succès.

Elle essaya de ne pas paraître impressionnée, mais

c'était difficile. L'homme qu'elle avait sous les yeux était tellement différent de l'adolescent de ses souvenirs. En apparence, en tout cas. Car au fond de lui, elle le sentait, il était resté le rebelle qu'il avait toujours été. Voiture de sport hors de prix ou pick-up cabossé, il devait toujours conduire aussi vite. Et enfreindre les règles dès que l'occasion se présentait. Cette idée la rendait nerveuse à l'époque où elle sortait avec lui, et c'était toujours le cas à présent. Il y avait quelque chose de dangereux chez lui. Et de délicieusement excitant.

— Quoi qu'il en soit, les résultats de l'analyse nous aideront sûrement. La personne qui t'a envoyé la lettre est peut-être celle qui a procédé à l'échange. Ou quelqu'un d'autre, qui sait quelque chose sur l'affaire.

Il s'interrompit, et l'expression de son visage s'adoucit.

— Est-ce la première que tu reçois ?

— Oui.

— D'autres choses qui t'ont paru bizarres ? Coups de téléphone ? Impression d'être suivie ?

Tout en soupirant, elle essaya de se souvenir de ce qui s'était passé depuis qu'elle était passée dans le bulletin d'informations locales et que son histoire s'était répandue dans tout Charleston. La semaine avait été chaotique, mais elle n'avait nullement eu l'impression d'être en danger.

— Non. Je mène une vie très calme et ennuyeuse, comparée à la tienne.

— Bien, fit-il dans un bref hochement de tête. Mais c'est ce que tu voulais, après tout, non ? La sécurité, le confort. Toutes ces choses que tu me jugeais incapable de t'offrir.

Elle avait anticipé ce moment. Il s'était jusqu'ici montré très professionnel, mais elle savait bien qu'il finirait par évoquer leur rupture. Comment aurait-il pu en être autrement ?

— J'ignore ce que tu étais capable de m'offrir. Nous n'étions encore que des enfants, et j'ai pris ce qui m'a semblé être la meilleure décision possible sur le moment. Il s'est avéré que je m'étais trompée sur Lance, mais j'aurais pu me tromper sur toi, également. Cependant, quelque chose me dit que tu n'avais pas envie d'une vie paisible à cette époque, et que tu n'en as toujours pas envie maintenant.

Il haussa les épaules, ce qui ne fit que confirmer son intuition.

— Un peu de passion ne peut pas faire de mal, répondit-il en s'approchant dangereusement.

Un instant plus tôt, elle pensait qu'il lui en voulait toujours d'avoir rompu avec lui, mais à présent, elle pouvait sentir toute la chaleur qui irradiait de son corps. Elle plongea le regard dans les profondeurs bleues du sien, obscurci par la tombée de la nuit. Il suffisait qu'il la regarde ainsi pour qu'une douce sensation vienne se nicher au creux de son ventre. Il pouvait apporter de la passion dans sa vie, oui. Une fougue qui lui avait cruellement manqué. Mais hélas, avec lui, il y avait toujours le risque qu'elle ne puisse endurer plus.

— Je, euh… te crois sur parole, répondit-elle.

Alors que, de tout son corps et de toute son âme, elle brûlait d'envie de se jeter dans ses bras, elle se fit violence pour s'écarter de lui. Il y avait dans son regard quelque chose qui évoquait du défi. Mais ce défi, elle ne pouvait l'accepter, et c'était pour ça qu'elle devait reculer.

L'air résigné, il soupira. Mais elle savait bien qu'il ne s'arrêterait pas là. À un moment ou à un autre, il reprendrait ses assauts. Pourrait-elle encore fuir ?

— Bon, j'imagine que tu as froid, alors je vais y aller. Je fais juste l'aller et retour pour récupérer mes affaires, et je te retrouve chez toi.

Décontenancée, elle le regarda quelques instants sans rien dire. Elle avait dû manquer quelque chose quand elle s'était immergée dans ses brûlants souvenirs de leur passé. S'était-elle perdue dans ses beaux yeux bleus au point de ne pas entendre qu'il envisageait de se rendre chez elle ?

— Tu me retrouves chez moi ? Pourquoi ?

— Tu es en danger, Jade, répondit-il en tapotant la poche poitrine où il avait rangé la lettre de menace. La situation est sérieuse. Tu as besoin de quelqu'un pour te protéger.

— Toi ?

Ça devait être une plaisanterie. Ça ne pouvait être que ça.

— Évidemment, moi. Je n'ai aucun homme sur place pour le moment. Ça te pose un problème ?

Ce regard de défi, encore.

Cela lui posait un problème, oui. Pour des dizaines de raisons différentes. Mais elle décida de formuler la moins compliquée de toutes celles qui lui venaient à l'esprit.

— Je n'ai absolument pas les moyens de m'offrir un garde du corps, Harley. Ce qui s'est passé avec Lance a eu raison de toutes mes économies.

Comme surpris par ces paroles, il fronça les sourcils.

— Je pensais que tu me connaissais mieux que ça, Jade. Je ne fais pas ça pour l'argent.

— Mais je…

Il l'interrompit un posant doucement son index sur ses lèvres.

— Vois ça comme un travail bénévole. Un truc que je pourrais déduire de mes impôts.

Bien qu'elle eût très envie de s'approcher de lui pour le laisser poser ses lèvres sur les siennes plutôt que son doigt, elle s'éloigna encore d'un pas.

— Et je n'ai pas mon mot à dire là-dedans ? Je n'ai pas souvenir de t'avoir demandé de…

— Stop ! Je pense te connaître suffisamment pour dire que tu ne prendras pas la situation au sérieux. Alors je vais le faire pour toi.

Tout en lui souriant, il ouvrit la portière de sa voiture.

— Je serai là dans une heure.

Médusée, elle regarda la voiture s'éloigner et disparaître dans le lointain. La peur lui tenaillait le ventre, désormais, en dépit de l'excitation intense qui continuait de courir dans ses veines.

Passer du temps avec lui était dangereux. Et elle allait devoir en passer bien plus qu'elle ne l'avait anticipé. Qu'allait-elle faire ? C'était une chose de le voir dans le cadre de brèves visites, c'en serait une tout autre de cohabiter avec lui. De dormir à quelques mètres de lui. Parviendrait-elle à résister à l'attirance qu'il y avait entre eux ?

Il allait falloir que cette enquête se termine rapidement. Car dans le cas contraire, sa libido frustrée ne lui permettrait pas de tenir bien longtemps, c'était certain.

- 4 -

— Laisse-moi te dire les choses clairement, fit Harley, l'air ulcéré. Tu es une femme vivant seule dans une maison qui ne dispose ni d'une alarme ni de quoi que ce soit susceptible de te protéger en cas de danger.

Jade avait compris qu'il viendrait passer la nuit chez elle. Mais elle ne s'attendait pas à ce qu'il procède à un examen approfondi de la maison. Même si, à bien y réfléchir, c'était son métier. Jusqu'ici, rien d'inquiétant n'avait été décelé, mais apparemment, il se sentait tout de même obligé de lui faire un sermon sur la sécurité.

Elle ne l'écoutait pas vraiment, cependant. Elle était trop occupée à le regarder travailler, son regard fixé sur sa mâchoire crispée et ses sourcils froncés. Il avait l'air tellement sérieux. Mais elle devait reconnaître qu'il était très méticuleux dans son travail. Il était allé jusqu'à inspecter chacune des fenêtres pour voir si elles disposaient ou non de verrous.

— Le quartier est calme, se sentit-elle obligée de dire pour sa défense. Je n'ai jamais entendu parler d'activités criminelles qui auraient pu me pousser à acheter une alarme.

Elle s'était au départ inquiétée de la venue de Harley chez elle. Toutes les pièces semblaient plus petites quand il s'y trouvait et elle n'avait aucun moyen de le fuir. Cette présence était un rappel constant de son passé, de sa situation actuelle et de ce qu'aurait pu être son avenir. Mais tout cela semblait de peu d'importance à présent qu'il pinaillait sur chaque aspect de sa maison.

Cette petite maison, elle l'aimait. C'était la première fois qu'elle avait un endroit pour elle toute seule. À la fin de ses études, elle avait quitté sa colocation pour la maison de Lance, et quand il avait dû déménager pour son travail, ils en avaient acheté ensemble une nouvelle à Virginia Beach. Mais cette maison était à elle et rien qu'à elle. Tout comme sa vie. Elle n'avait plus de mari pour lui dire ce qu'elle avait à faire et elle n'avait aucune envie que Harley reprenne ce rôle.

— Il va falloir changer tout ça, Jade, dit-il en secouant la tête. Si tu n'es pas à l'aise avec les armes à feu, pas de problème, mais il va tout de même falloir que tu aies quelque chose pour assurer ta sécurité. Pourquoi pas un Taser ? En général, le bruit suffit à dissuader les agresseurs.

Les agresseurs ? Comment avaient-ils pu passer d'une lettre de menaces à une violation de propriété avec agression physique ?

— Écoute, c'est juste une lettre, et tu es là, maintenant. C'est tout ce dont j'ai besoin, non ?

— Je suis là, oui, mais je ne serai pas là tout le temps. Tu as besoin d'être davantage protégée, répondit-il en sortant son téléphone de sa poche pour commencer à taper quelque chose.

— Qu'est-ce que tu fais ?

— J'écris à Isaiah, de mon équipe de surveillance de la côte est. Il enverra quelqu'un pour sécuriser la maison de sorte que tu ne sois pas en danger quand tu t'y trouves seule.

Sous le coup de l'étonnement, elle s'immobilisa. Cela semblait tellement excessif. Et onéreux.

— Harley, je…

— Ça ne te coûtera rien, l'interrompit-il.

Décidément, il avait un véritable don pour anticiper ses inquiétudes avant même qu'elle les formule.

— Comment est-ce possible ?

Cela coûterait bien quelque chose à quelqu'un. Elle n'était peut-être pas riche, mais pas non plus pauvre au point d'accepter qu'on lui fasse la charité. Et surtout, que Harley lui fasse la charité.

— Je préférerais que tu ne contestes pas ce point, dit-il en portant sur elle un regard dur. Ça me facilitera la tâche. C'est mon métier, je te rappelle. L'auteur de cette lettre cherche à t'intimider pour te pousser à abandonner ta quête de réponses. Si tu envisages de la poursuivre, et je pense que tu devrais, il va falloir que tu fasses preuve d'ingéniosité.

Tout en soupirant, elle secoua la tête. Il était trop tard pour gaspiller davantage d'énergie là-dedans. S'il voulait placer des snipers dans les arbres pour qu'ils arrêtent d'éventuels intrus, il n'avait qu'à le faire. La journée avait été longue, et elle était très fatiguée.

Si elle s'était montrée plutôt détachée concernant la lettre quand elle lui en avait parlé, c'était parce qu'elle était restée la plus grande partie de la nuit éveillée, à essayer de se convaincre que ce n'était rien. Elle ne s'attendait pas à ce qu'une telle chose se produise, et par conséquent, elle avait été prise de court. Quand elle avait fini par s'endormir, il était presque l'heure de se réveiller. Elle avait l'habitude de se lever tôt pour aller travailler, mais ça n'avait pas rendu les choses moins difficiles quand son réveil avait sonné à 5 heures.

Elle releva les yeux vers Harley, qui tapait toujours frénétiquement sur son téléphone. Il lui avait expliqué que son travail consistait en partie à poser des systèmes de sécurité et de surveillance. Rien d'étonnant, donc, à ce qu'il veuille en faire placer un ici. De cette façon, il serait peut-être suffisamment serein pour ne pas se sentir obligé de dormir chez elle tous les soirs. En tout cas elle l'espérait.

Ou pas.

Elle ne savait pas trop, en fait. Sa présence était déroutante. Bien plus qu'elle ne l'aurait imaginé. Elle pensait l'avoir oublié des années plus tôt, mais à chaque fois qu'elle se trouvait près de lui, son corps réagissait comme s'il se souvenait. Elle éprouvait alors un besoin désespéré de poser les mains sur lui. De sentir ses mains sur elle. Des idées, elle s'en rendait compte, qui paraissaient totalement inadaptées pour l'homme qui avait été embauché pour enquêter sur son affaire. Manifestement, elle avait commis une erreur en se privant totalement de compagnie masculine après son divorce. C'était certainement pour cette raison qu'elle se sentait comme ça, prête à se jeter dans ses bras à tout instant.

Mais si la tentation était difficile à réprimer pour son corps longtemps négligé, son côté rationnel savait que c'était une mauvaise idée. Il n'était pas fait pour elle. Elle avait déjà refoulé ses désirs pour lui une fois ; elle pouvait recommencer. Mais pas en coupant les ponts avec lui comme elle l'avait fait en partant pour l'université. Impossible de le fuir, à présent. Il était tout proche d'elle et allait le rester pendant longtemps.

Mais elle allait rester forte. Elle n'avait pas le choix. Mieux valait ne pas gêner le déroulement de l'enquête en y adjoignant des sentiments personnels. De toute façon, pour tout ce qui le concernait, les sentiments étaient une très mauvaise idée. Il était peut-être attiré par elle, mais elle avait la nette impression que c'était contre son gré. S'ils se remettaient ensemble, ils iraient droit dans le mur, en reproduisant les erreurs du passé.

— Ça, c'est fait, finit-il par dire en rangeant son téléphone dans sa poche. Ils seront là après-demain, pour sécuriser la maison.

Pensive, elle se contenta d'acquiescer. Tout bien considéré, ce n'était pas une si mauvaise idée. Cela lui permettrait d'avoir l'esprit un peu plus tranquille.

— Merci. Il se fait tard. Si tu as tout ce qu'il te faut, je vais te laisser te préparer pour la nuit.

Elle avait hâte qu'il aille se coucher. Hâte qu'un mur se dresse entre eux.

— D'accord, répondit-il en reprenant le petit bagage à main qu'il avait apporté.

Soulagée, elle le conduisit jusqu'à sa chambre. Cette petite maison lui avait toujours semblé parfaite pour elle, avec ses deux chambres et son unique salle de bains. Elle était seule, c'était tout ce dont elle avait besoin. Mais à présent qu'elle y songeait, elle regrettait de ne pas avoir choisi un logement plus grand. Dans cet espace confiné, leurs deux lits ne se trouveraient qu'à quelques mètres l'un de l'autre.

— Voici la chambre d'amis, dit-elle en ouvrant la porte de la petite pièce qui n'avait jamais encore abrité d'invités.

Elle s'en servait principalement comme d'un bureau et d'un débarras, mais elle y avait tout de même mis un canapé-lit, au cas où elle aurait à loger quelqu'un.

— J'ai déplié le canapé et je t'ai fait le lit. Si tu as froid, il y a une autre couverture dans le placard. Comme tu l'as certainement remarqué, il n'y a qu'une seule salle de bains. Il nous faudra la partager.

Après avoir jeté un coup d'œil autour de lui, il se tourna vers elle.

— Et ta chambre est en face.

— Oui, répondit-elle timidement.

— Très bien. Parfait.

Après avoir posé son bagage sur le lit, il alluma la lampe de chevet. L'air mal à l'aise, il fit ensuite le tour du lit, qui paraissait ridiculement petit pour un homme de sa taille. Et quand il finit par s'y asseoir, les ressorts émirent un grincement sonore de protestation. Morte de honte, elle ferma les yeux. Pourquoi n'avait-elle pas acheté un lit plus grand ? Il aurait alors occupé la plus grande partie de la pièce, certes, mais cela aurait tout de même été plus confortable pour un invité. Surtout si l'invité en question était une montagne de muscles.

Il aurait sans doute été beaucoup plus à l'aise dans la suite du luxueux hôtel où il devait loger. Mais tout bien réfléchi, ç'aurait aussi été le cas dans un sac de couchage posé à même le sol dans le jardin. C'était injuste. Il n'aurait pas dû avoir à souffrir pour la protéger.

— Tu n'es pas obligé de faire ça.

Il releva ses beaux yeux bleus vers elle, chercha son regard pendant un moment et finit par lui adresser un sourire qui lui fit fondre le cœur.

— Je sais. Bonne nuit, Jade.

Un moyen gentil de la dissuader d'essayer de le dissuader. Il savait ce qu'il voulait, et il resterait quoi qu'il lui en coûte. Elle devait au moins lui reconnaître le mérite de son dévouement.

— Bonne nuit, Harley.

Elle referma la porte, traversa le couloir, referma la seconde porte. Et une fois dans la sécurité de sa chambre, elle sentit enfin ses muscles se décrisper. Elle ne s'en était pas rendu compte avant de se retrouver seule, mais elle était tendue comme une peau de tambour quand elle était en sa compagnie. C'était épuisant, sur un plan à la fois physique et émotionnel, de se trouver si proche de lui après tout ce temps. L'attirance qu'il y avait entre eux, longtemps refoulée mais toujours prête à refaire surface, était en décalage constant avec sa volonté de protéger son cœur. L'équilibre entre ces deux choses étant difficile à trouver, elle avait le sentiment de marcher sur une corde raide et n'était pas sûre de pouvoir tenir longtemps sans chuter.

Le regard fixé sur la porte close, elle se laissa tomber sur le lit. Elle aurait dû s'estimer heureuse de ressentir enfin quelque chose. Après ce qui s'était passé avec Lance, elle s'était longtemps sentie totalement engourdie, comme bloquée dans un état de choc qui ne lui permettait pas d'éprouver la moindre émotion.

Une torpeur dont elle était brutalement sortie quand elle avait reçu les résultats des tests ADN.

Alors, toutes ses émotions s'étaient éveillées et son corps était devenu une véritable boule de nerfs. Elle se sentait toujours au bord de la crise de larmes, ou de la crise de fou rire, elle ne savait pas trop à quoi s'attendre. Pouvait-elle prendre le risque de libérer ces émotions brutes ?

Tout en soupirant, elle finit par se glisser dans le lit. Avec un peu de chance, la fatigue lui permettrait de s'endormir rapidement et d'oublier qu'il n'était qu'à quelques mètres de là.

Mais curieusement, elle ne pensait pas que ce serait le cas.

Un bruit sourd réveilla Harley de son sommeil agité, et au même instant, ses fesses heurtèrent violemment le sol. Il lui fallut un moment pour comprendre que le sommier du canapé-lit avait cédé sous son poids et qu'il se trouvait désormais par terre.

Une seconde plus tard, des coups résonnaient à la porte.

— Harley, tu vas bien ?

— Je vais bien, oui. Mais je ne pourrais pas en dire autant du lit.

Lentement, Jade ouvrit la porte et alluma le lustre. Son visage était dépourvu de fard, et ses longs cheveux clairs retombaient souplement sur ses gracieuses épaules. À la regarder, l'espace d'une seconde, il lui sembla la retrouver telle qu'elle était à l'âge de dix-sept ans. Belle. Naturelle. Conforme au souvenir qu'il avait d'elle quand il repensait à leur relation.

Mais soudain, elle éclata de rire.

Dans un premier temps, elle avait essayé de se retenir en couvrant sa bouche de sa main, mais c'était apparemment plus fort qu'elle. Surpris, il jeta un coup d'œil autour de lui. Elle avait raison : il avait l'air ridicule sur ce matelas à moitié affaissé, complètement emmêlé entre les draps et les couvertures. Son rire se joignit à celui de Jade. Il était beaucoup trop grand pour un lit comme celui-ci ; il aurait dû s'en rendre compte avant de s'y coucher. Dans un premier temps, il avait essayé de ne pas trop bouger, mais quand il s'était endormi, il n'avait pas pu s'en empêcher. Et le sommier avait fini par céder sous son poids.

Ils rirent ensemble pendant un bon moment, libérant des émotions qui dissipèrent la tension qui s'était interposée entre eux. Il ne regrettait pas de s'être ridiculisé. À partir du moment où cela avait permis de rompre la glace…

Tout en secouant la tête, il commença à examiner le canapé. Il ne parviendrait pas à le réparer : les ressorts du sommier avaient transpercé le tissu plastifié qui retenait le matelas. Mais peu importait, il lui en achèterait un autre. Plus solide, plus grand et plus confortable.

Tout en poussant un lourd soupir, il rejeta les couvertures sur le côté. Un silence tomba alors sur la pièce ; elle s'était arrêtée de rire. De nouveau, il s'observa. Il avait oublié qu'il ne portait qu'un boxer. Machinalement, il releva les yeux vers elle. La bouche entrouverte, elle avait le regard fixé sur son torse. Il était vrai qu'il devait avoir changé depuis la dernière fois qu'elle l'avait vu. Tout son corps avait changé. Il n'était plus un adolescent filiforme. Il était un homme aux larges épaules et au torse musclé.

Au bout d'une seconde ou deux, elle sourit. Elle semblait apprécier le spectacle. Et il en était ravi. Mais il ne savait pas trop quoi faire de ce regard embrumé qu'elle portait désormais sur lui. Il ne voyait que deux solutions : en tirer pleinement parti ou l'ignorer.

Instinctivement, il se leva en s'enveloppant entre les draps. Ces mouvements semblèrent la faire sortir de sa torpeur. Quand leurs regards se rencontrèrent de nouveau, amusé, il ne put s'empêcher de sourire. Elle avait piqué un fard en semblant comprendre qu'il l'avait surprise à le regarder. Avec n'importe quelle autre femme, il aurait tiré parti de cette occasion pour s'approcher en retirant les draps afin de la laisser regarder et toucher à sa guise. Il n'était pas farouche, surtout quand il avait envie de quelque chose. Ou de quelqu'un.

Mais elle n'était pas n'importe qui. Et la situation était beaucoup trop compliquée entre eux pour ça. S'il avait appris une chose de son expérience dans la marine, c'était que sa vie était bien plus agréable quand il en avait le contrôle. Il avait eu beaucoup de mal à supporter les situations stratégiques sur lesquelles il n'avait aucune prise. Alors, quand il avait mis un terme à sa carrière militaire, il avait appliqué ce principe à tous les aspects de sa vie, et les choses s'étaient beaucoup mieux passées pour lui. Mais il avait la nette impression que garder le contrôle serait beaucoup plus difficile si Jade conservait une place importante dans sa vie.

— Le lit est fichu. Je vais aller me mettre sur le canapé du séjour.

Il ne serait sans doute pas beaucoup plus confortable, mais au moins, il ne s'effondrerait pas. Ou en tout cas, il l'espérait.

— Ne dis pas de bêtises, répliqua-t-elle en secouant la tête. Ce canapé est bien pour s'asseoir, mais il n'est pas fait pour dormir. Il y a un grand lit dans ma chambre. Tu auras beaucoup plus de place, dedans.

Surpris, il resta quelques instants à la dévisager. Voulait-elle vraiment qu'il partage son lit ? Après la façon dont elle l'avait regardé un instant plus tôt, il n'était pas sûr que ce soit une bonne idée. Elle ne voulait peut-être pas l'admettre devant lui, voire pour elle-même, mais elle avait envie de renouer un lien physique avec lui. Et il avait très envie de la laisser faire.

— Je ne sais pas trop…

Elle releva le menton d'un air de défi.

— Nous sommes des adultes, Harley. On peut dormir dans le même lit sans qu'il y ait de problème. Si ça peut te rassurer, je te promets de ne pas te toucher.

Après avoir levé la main devant elle en guise de serment, elle recula d'un pas en l'invitant à la suivre.

Il avait désormais une bien meilleure vue sur la petite nuisette en coton qu'elle portait. Courte, avec en bas une petite bande de dentelle qui frôlait ses cuisses. Le tissu, rose pâle, était suffisamment transparent pour qu'il devine le cercle sombre de ses tétons, qui pointaient en dessous. La lumière tamisée de la chambre ne faisait que souligner ses formes, qu'il devinait en transparence, sa taille fine et la courbe parfaite de ses hanches.

— Je ne te promets rien, finit-il par dire d'une voix grave et étouffée.

Il était un homme de parole, qui ne faisait jamais de promesses en sachant qu'il ne pourrait pas les tenir. Serrant son oreiller contre lui, il essaya de dissimuler la preuve évidente de son excitation. Comment un simple vêtement innocent avait-il pu déclencher une telle réaction ?

Mais à bien y réfléchir, elle aurait pu être en costume de clown qu'il aurait toujours eu envie d'elle. Il devait voir la vérité en face, même si cette vérité était déplaisante. Même s'il aurait préféré pouvoir se dire que l'attirance entre eux n'était plus aussi forte que par le passé, tout cela n'était que mensonge. Il n'avait pas voulu le reconnaître, mais elle lui avait fait du mal quand elle l'avait quitté pour Lance. Il avait essayé de se convaincre qu'il n'avait pas besoin dans sa vie de cette femme qui ne le jugeait pas assez bien pour elle. Mais tout cela n'avait pas fonctionné. Parce que cette femme était Jade.

— Allez, lança-t-elle avant de quitter la pièce en riant, manifestement inconsciente des fiévreuses pensées qui lui avaient traversé l'esprit.

Que faire ? En réalité, il n'avait pas vraiment d'autre solution pour dormir s'il voulait rester chez elle pour la protéger. Une fois que la maison serait sécurisée, il pourrait retourner chez sa mère, mais en attendant, il avait besoin d'un endroit pour trouver un repos bien mérité. À contrecœur, donc, il lui emboîta le pas.

Sur son lit, les draps brodés de fleurs, qui avaient été rejetés à droite, recouvraient en partie des oreillers, qu'elle semblait avoir repoussés sur ce côté qu'elle n'occupait pas.

Tandis qu'il restait là à observer, elle entreprit de lui dégager une place en déposant ces oreillers dans un fauteuil. Mais au moment où elle attrapa le dernier, l'ourlet de sa nuisette remonta un peu trop haut, laissant entrevoir la courbe de ses fesses, moulée dans une culotte en coton bleu ciel. Pas de string ou de dentelle affriolante. Une culotte simple et innocente. Le genre de culotte qu'il avait rêvé de faire glisser le long de ses cuisses à l'époque où ils étaient au lycée.

À bout de nerfs, il serra les poings. L'univers cherchait à le mettre à l'épreuve. Ça ne pouvait être que ça. Il ne voyait pas d'autre explication.

— Je t'en prie, dit-elle en tapotant le lit, une invitation que le jeune homme qu'il avait été se serait damné pour obtenir.

Ravalant sa salive avec peine, il s'approcha du lit. Elle avait raison. Il était grand et spacieux. Mais au fond de lui, il savait qu'aucun lit au monde n'était assez grand pour qu'il résiste à la tentation que représentait sa présence à son côté.

— Merci, répondit-il en se glissant sous les draps.

Ils étaient doux et sentaient la lavande, le parfum qu'elle avait toujours porté.

Allongé sur le dos, il resta immobile, crispé. Il avait peur de se détendre, peur d'effleurer son corps en bougeant. Fermant les yeux, il essaya de se forcer à trouver le sommeil.

Un instant plus tard, dans la sombre immobilité de la chambre, il entendit résonner sa douce voix.

— Tu sais, je n'avais jamais imaginé que je partagerais un jour un lit avec toi.

Tout en riant, il ouvrit grand les yeux.

— Moi non plus. Si je t'avais ramenée après 11 heures du soir, ton père m'aurait fait arrêter. Ou serait lui-même parti à ma recherche. Avec son fusil de chasse.

Elle se mit à rire à son tour, un joli son mélodieux qui lui remémora des souvenirs d'eux, allongés à l'arrière de son vieux pick-up, à regarder les étoiles. Ses grands yeux de biche. Un sentiment de bonheur et de fierté à l'idée d'avoir conquis la fille la plus jolie et la plus intelligente de tout le lycée.

Sachant parfaitement que c'était une mauvaise idée, il se tourna sur le côté pour la regarder. Malgré l'obscurité, il pouvait discerner son visage face à lui, ses cheveux blond platine étalés sur l'oreiller. La tête appuyée sur sa main, elle l'observait avec curiosité. Il brûlait d'envie de prendre son beau visage entre ses mains, faire sensuellement glisser son pouce sur ses lèvres pulpeuses. Mais au lieu de cela, il serra les poings sous son oreiller.

— C'était une erreur, tu sais ? murmura-t-elle.

— Quoi donc ? demanda-t-il, intrigué.

— De choisir Lance.

— J'ai appris ce qui s'était passé entre vous. Je suis désolé pour ça.

— Ce n'est pas ce que je voulais dire. Je t'ai fait du mal, et je n'ai jamais voulu ça.

Ne s'attendant pas à recevoir des excuses, il ne savait pas trop comment les accepter.

— Sur le moment, c'était la meilleure décision, répondit-il donc sans vraiment y croire.

— Peut-être. Et peut-être qu'en fin de compte les choses se sont passées comme elles devaient se passer. Mais allongée là à côté de toi après tout ce temps, je me dis que j'aurais aimé un dernier baiser avant de te laisser partir. C'est ça que je regrette. Plus que tout le reste.

Sans même réfléchir, il s'approcha d'elle pour joindre leurs lèvres. Il avait ce regret, lui aussi, et à présent qu'elle était toute proche, il ne pouvait plus le refouler. Il fallait qu'il la touche, qu'il la goûte, ne serait-ce que pour se convaincre que les souvenirs qu'il avait d'elle étaient surfaits. Les images et les sensations dont il se souvenait avaient été enjolivées par le temps passé. Il avait fait d'elle un fantasme parce qu'il ne pouvait pas l'avoir. La réalité allait sans nul doute le décevoir. Une fois ce baiser passé, l'attirance disparaîtrait, et il pourrait se concentrer sur l'affaire.

Ou pas. Car apparemment, il s'était trompé. Tout en poussant un doux gémissement contre sa bouche, elle se lova entre ses bras, enroulant son corps brûlant autour du sien, l'attirant plus près d'elle. Il pouvait à présent sentir chacune de ses courbes voluptueuses appuyées contre lui sous le fin coton de sa nuisette. Tenant toujours son beau visage dans l'une de ses mains, il fit glisser l'autre le long de sa taille de guêpe, mais s'arrêta au niveau de l'ourlet brodé de dentelle. S'il franchissait cette limite, il ne pourrait plus revenir en arrière.

Elle était exactement comme dans ses souvenirs, mais en bien mieux encore. Son geste impulsif ne lui apporterait pas la paix de l'esprit comme il l'avait pensé. Bien au contraire, il était en train de se retourner contre lui. Sur cette pensée, il dut se faire violence, mais il parvint à s'écarter d'elle.

Au moment où leurs lèvres se séparèrent, la réalité reprit ses droits sur lui. Qu'est-ce qui lui avait pris ? Il était là pour la protéger et comprendre ce qui s'était passé le jour de sa naissance. Pas pour lui faire l'amour et débuter entre eux quelque chose qu'il pourrait ensuite regretter. Ce n'était, certes, qu'un baiser, mais il sentait que le contrôle de la situation commençait déjà à lui échapper. La façon dont son corps sensuel avait réagi, les doux gémissements qu'il lui avait tirés… Il fallait qu'il mette de la distance entre eux avant que les choses aillent trop loin. Sûr de cette décision, il prit son oreiller et se leva.

— Où vas-tu ? demanda-t-elle d'une voix haletante.

— Sur le canapé.

Elle le regarda s'éloigner du lit d'un air mécontent. Tout en elle semblait lui intimer l'ordre de revenir. De franchir la limite.

— Ce n'était qu'un baiser. Tu n'es pas obligé de partir.

Tout en secouant la tête, il continua à avancer vers la porte.

— Si, répondit-il.

Et sans même se retourner, il se rendit dans le séjour, où il se recroquevilla sur lui-même pour pouvoir tenir sur le canapé. Dans un soupir, il ferma les yeux et essaya de trouver le sommeil.

L'univers cherchait bien à le mettre à l'épreuve. Mais il ne se laisserait pas piéger.

- 5 -

Ce baiser était un aller simple pour une nuit sans sommeil.

Jade regrettait d'en avoir eu envie. Mais cette envie était beaucoup trop forte, pressante. Si ça n'avait pas été le cas, elle n'aurait jamais lancé cette ridicule conversation. Elle aurait fermé les yeux et se serait endormie, en gardant ses mains sur elle comme elle l'avait promis. Mais il avait fallu qu'elle le provoque jusqu'à ce qu'il cède, et son baiser était allé bien au-delà de ses espérances. Les bénéfices, cependant, avaient été de courte durée, car un instant plus tard, elle se retrouvait seule au lit, le cœur battant à tout rompre, le sexe palpitant d'un désir insatisfait.

Quand il était parti, elle était restée allongée sur le dos à regarder le ventilateur du plafond et à se demander ce qu'il lui avait pris. Dans le passé, c'était elle qui l'avait quitté. Lui faire miroiter les plaisirs dont elle l'avait elle-même privé était cruel pour lui comme pour elle. Ils n'avaient aucun intérêt à s'embrasser, et encore moins à aller plus loin. Ils avaient tous deux évolué depuis l'époque où ils étaient au lycée. Une relation physique entre eux ne serait rien de plus qu'une complication supplémentaire qu'elle ne pouvait en aucun cas affronter alors qu'il était là vingt-quatre heures sur vingt-quatre et sept jours sur sept pour la protéger.

Mais sur le moment, rien de tout cela n'avait compté. La seule chose qu'elle voulait était l'embrasser. Le caresser. Se sentir à nouveau désirée, après des années à penser qu'elle n'était pas assez bien pour un homme. Lance avait arrêté de la toucher après son accident de voiture. Ses blessures, importantes, avaient nécessité une opération du dos, qui n'avait pas complètement réglé le problème et n'avait pas vraiment apaisé sa douleur. Des mois plus tard, alors qu'elle avait commencé à espérer qu'ils puissent reprendre les choses là où ils les avaient laissées, il l'avait jugée moins attirante que la drogue dans laquelle il avait commencé à sombrer. Il ne lui avait rien dit de tel, cependant. Quand elle essayait de le séduire, il répondait simplement qu'il avait mal ou s'esquivait d'une façon ou d'une autre. Il se couchait tard sachant qu'elle se couchait tôt. Il s'éloignait à chaque fois qu'elle s'approchait.

C'était peut-être une erreur stupide, mais ce qui s'était passé au cours de la nuit avec Harley lui avait semblé délicieusement bon. Pour la première fois depuis bien longtemps, elle s'était sentie désirable.

Mais à présent que le jour s'était levé, elle se sentait désirable et fatiguée.

En temps normal, elle prenait sa douche juste après s'être levée, mais ce matin-là, elle avait besoin de caféine en premier. Après avoir enfilé un peignoir en éponge, elle avança en traînant les pieds jusqu'au séjour, où elle trouva Harley sur le canapé, déjà réveillé. Le plus surprenant, cependant, était qu'il semblait prêt à commencer sa journée. Bien coiffé et habillé d'un pantalon kaki et d'une chemise bleu marine, il était occupé à feuilleter des papiers. Sa couverture était pliée sur un coin du canapé, et une tasse de café vide était posée devant lui. Manifestement, il n'avait pas beaucoup dormi, lui non plus.

— Bonjour, dit-il tandis qu'elle approchait de la cuisine.

— Bonjour.

Machinalement, elle se versa une tasse de café, et quand elle se retourna, elle le trouva debout derrière elle, sa présence imposante dominant la petite pièce.

— Tu n'as pas dormi du tout ? Ce canapé est beaucoup trop petit, je te l'avais bien dit.

— J'ai dormi suffisamment. De toute façon, je me lève rarement après 4 heures. Quatre ou cinq heures de sommeil par nuit me suffisent. Et si c'est moins, je fais avec.

— Je suis jalouse, dit-elle en secouant la tête. Si je n'ai pas mes huit heures de sommeil, je suis un vrai zombi.

— J'imagine que tu es loin d'avoir le compte. C'est ma faute.

— C'est plutôt la faute du canapé-lit, répondit-elle avant d'incliner la tête sur le côté. Tu as remarqué ces cernes sous mes yeux ? C'est le signe que je ne suis ni tout à fait morte ni tout à fait vivante.

Après avoir observé son visage pendant un long moment, il finit par secouer la tête.

— Je ne vois rien du tout. Tu es aussi belle que tu l'as toujours été.

— C'est que tu n'es pas bien réveillé, alors. Je sors du lit, j'ai les cheveux tout emmêlés et je porte un peignoir en éponge. Il n'y a rien de beau là-dedans.

— J'ai fait mon footing, j'ai pris ma douche, j'ai bu mon café, j'ai nettoyé mon arme et j'ai étudié ces documents. Je suis parfaitement réveillé. C'est juste toi qui es têtue.

— Têtue ? répéta-t-elle, surprise.

— Parfaitement. Je ne sais pas ce qui s'est passé entre toi et Lance. Mais ce que je sais, en revanche, c'est qu'il n'a pas su tirer parti de l'occasion qui se présentait à lui. S'il avait su apprécier le cadeau que tu lui as fait en partageant ta vie avec lui, il l'aurait chéri comme un trésor. Il t'aurait dit à quel point tu es belle, intelligente et extraordinaire. Et alors, tu aurais cru les gens quand ils t'auraient fait des compliments au lieu de les contredire. C'est vraiment dommage, tout ça.

Ces paroles la touchèrent au plus profond de son être. Elle n'avait pas vu les choses de cette façon, mais il n'avait pas tort. Elle n'aurait pas dû laisser l'influence de Lance ternir sa nouvelle vie.

— Tu as raison. Et si on reprenait depuis le début ? Dis-moi encore que je suis belle.

L'air amusé, il sourit.

— Et maintenant, tu mendies des compliments… Mais très bien, d'accord. Tu es très belle, ce matin.

— Merci, répondit-elle en s'efforçant de lui rendre son sourire.

— Tu vois ? Ce n'est pas si compliqué que ça.

— Accepter un compliment, pour moi, c'est un peu comme observer les règles, pour toi. On le fait quand on y est forcés, mais ce n'est pas instinctif.

— Je peux très bien observer les règles, répliqua-t-il en fronçant les sourcils.

Cette réponse la fit rire.

— Oui, bien sûr. C'est pour ça que tu étais toujours en colle.

— C'était avant la marine. Dans l'armée, si tu n'observes pas les règles, tu en paies les conséquences. Tu obéis à la chaîne de commandement, ou quelqu'un se retrouve blessé.

— Tu veux dire que ta période mauvais garçon est derrière toi ? demanda-t-elle, intriguée.

Un sourire espiègle se dessina sur son visage, un sourire qui lui donna envie de se fondre dans ses bras. Tout en se rapprochant d'elle, il la fixa de son regard bleu ciel si pénétrant.

— Mauvais garçon un jour, mauvais garçon toujours. On ne se refait pas. Je suis juste devenu plus fort pour déterminer si la récompense en vaut la peine, au regard de la punition. C'est généralement le cas.

Impuissante, immobile, elle le regarda s'approcher encore, son regard désormais rivé sur ses lèvres. Comme si sa vie en dépendait, elle s'accrocha à sa tasse de café. Car Dieu seul savait ce qui pouvait arriver si elle avait les mains libres. Les poserait-elle sur lui ? Pour le caresser ? Les mauvais garçons ont leur charme. Ce qu'elle jugeait regrettable. Les choses, dans le cas contraire, auraient été beaucoup plus faciles dans sa vie.

— Aujourd'hui, je termine le travail à 4 heures, dit-elle brusquement, pour changer de sujet. Je ne sais pas ce que tu envisages de faire, mais puisque tu refuses de retourner dans ta confortable suite d'hôtel avec room-service, je vais te donner un double des clés.

Elle en sortit un jeu d'un tiroir et les lui remit. Quand il les lui prit des mains, elle remarqua qu'il avait tout fait pour ne pas la toucher, malgré ses provocations de la veille au soir. Elle comprenait, cependant. Après l'expérience de la nuit passée, elle pensait pouvoir dire que se toucher les mènerait sur un chemin qu'aucun d'entre eux n'avait envie de suivre.

— Je n'étais pas dans un hôtel, mais chez maman. Quoi qu'il en soit, je te remercie pour les clés. J'ai beaucoup à faire en ville, aujourd'hui, mais je veillerai à être là à ton retour.

Pensive, elle resta quelques instants à le regarder. À l'écouter parler, on aurait dit qu'un monstre pouvait sortir d'un placard à tout moment. Il n'avait jamais été du genre à exagérer, mais manifestement, cette petite lettre l'avait mis sur ses gardes.

— Tu n'es pas obligé. Tu es payé pour enquêter sur l'affaire, pas pour me surveiller.

Tout en glissant les clés dans sa poche, il poussa un lourd soupir.

— Je sais pourquoi je suis payé. Et je serai de retour à 16 heures.

Après une seconde de réflexion, elle décida de ne pas insister. Elle serait plus tranquille si elle le savait ici, elle devait l'admettre.

— Très bien. Et qu'est-ce que tu fais de beau, aujourd'hui ?

— J'envisageais de me rendre à l'hôpital pour rencontrer la direction et étudier les données. Ils doivent m'accorder un accès aux archives. Elles n'étaient pas numérisées à cette époque, malheureusement, alors j'imagine que je vais avoir beaucoup de papiers à étudier dans un vieux bureau en sous-sol.

— Une journée qui promet d'être bien longue et ennuyeuse, murmura-t-elle avant de lui présenter la cafetière. Tu en veux encore ?

Haussant nonchalamment les épaules, il lui tendit sa tasse vide.

— Je ne peux pas passer mon temps à traquer des criminels et à appréhender des suspects. Parfois, c'est la partie paperasse qui se révèle la plus productive. C'est là, généralement, que se trouve la vérité.

— Parce que les gens ne disent pas la vérité ?

— Ils disent ce qu'ils savent de la vérité. Ou ce qu'ils croient être la vérité.

C'était une façon bien cynique de considérer les choses.

— Et quels sont tes projets pour demain ?

— Pourquoi cette question ?

— C'est mon jour de congés. Tu vas rester là assis à me surveiller toute la journée, ou tu vas travailler sur l'affaire ?

— Je n'y ai pas réfléchi, répondit-il en prenant un air préoccupé. Je n'imaginais pas que tu aurais un jour de congé en pleine semaine, mais je ne peux en vouloir qu'à moi-même, puisque je ne t'ai rien demandé.

— Je peux t'aider dans tes recherches.

Elle avait hâte d'avoir des réponses et n'était absolument pas gênée à l'idée de creuser avec lui dans son passé.

Cependant, aussitôt après sa proposition, il s'était crispé.

— Non, répondit-il en secouant vivement la tête. Je ne peux pas t'impliquer dans mes recherches. Tu es trop proche de l'affaire. Ça ne serait pas juste.

— Alors maintenant, tu suis les règles ? Tu refuses de les enfreindre pour moi ? J'ai pourtant l'impression que la récompense pourrait surpasser la punition.

Cette remarque lui valut un soupir d'exaspération.

— Je ne veux pas que mes découvertes puissent être remises en question, d'accord ? Je vais donc réfléchir à une solution.

— Très bien. Comme tu veux. Bon, il faut que j'aille me préparer pour travailler. À ce soir, lança-t-elle en quittant la pièce pour se diriger vers sa chambre.

Une fois seule, elle se laissa retomber sur le lit en soupirant. Il était chez elle depuis moins de vingt-quatre heures, et elle était déjà complètement déstabilisée. Ne lui restait plus qu'à espérer qu'il soit aussi doué pour enquêter que pour se montrer séduisant et exaspérant. Car plus vite il lui apporterait des réponses sur sa naissance, plus vite il quitterait sa maison. Elle pourrait alors reprendre le cours de sa vie. Non qu'elle en ait une très importante, mais cette vie était la sienne, et elle en avait le contrôle.

Tournant son regard vers le réveil, elle s'aperçut qu'il était temps qu'elle se prépare à aller travailler. Il fallait qu'elle prenne une douche. Et après la conversation qu'elle venait d'avoir avec lui, ce serait une douche froide.

— Bien, bien, bien. M. Jeffries ne m'avait pas dit qu'il avait rendez-vous avec le prince charmant aujourd'hui, s'exclama la femme aux cheveux noirs qui se trouvait derrière le bureau de la réception.

Elle portait un pull rose vif et de grosses boucles d'oreilles assorties en partie dissimulées par ses cheveux. Et elle souriait largement en le fixant.

Surpris par l'audace de cette femme qui devait avoir une cinquantaine d'années, Harley essaya néanmoins de lui rendre son sourire en faisant comme si de rien n'était. Les femmes de son âge adoraient flirter avec lui, et il jouait généralement le jeu. Il avait compris depuis bien longtemps qu'il pouvait obtenir beaucoup de réponses à ses questions en se montrant aimable avec les dames, alors prêtes à se mettre en quatre pour lui trouver ce qu'il cherchait.

— En temps normal, on m'appelle plutôt Harley Dalton.

— Asseyez-vous, monsieur Dalton. M. Jeffries ne

va pas tarder. Désirez-vous un café ou autre chose pour patienter ?

— Non merci, madame White, répondit-il après avoir consulté l'écriteau en cuivre qui était posé sur son bureau.

— Mlle White, rectifia-t-elle. Mais vous pouvez m'appeler Tina, mon beau.

Assis droit sur sa chaise, il pria pour que M. Jeffries ne soit pas long.

Fort heureusement, une minute plus tard, la porte s'ouvrait sur un homme qui devait certainement être le directeur de l'hôpital.

— Bonjour. Entrez, monsieur Dalton.

Harley échangea avec lui une poignée de main avant de le suivre dans son bureau. Mais avant d'en passer le seuil, il jeta un bref coup d'œil par-dessus son épaule pour s'assurer que Tina ne les suivrait pas. Ce qui lui valut un regard langoureux. Mais à son grand soulagement, la réceptionniste resta assise.

— Merci de me recevoir, dit-il au directeur une fois qu'il l'eut invité à s'asseoir.

— Je suis désolé d'avoir mis tant de temps à vous recevoir. J'étais pris par d'autres affaires, vous savez comment c'est. Merci d'avoir accepté le dossier et de vous en charger personnellement. Je sais que vous avez passé votre enfance dans la région. Et comme tout le monde, j'ai appris vos impressionnants résultats en lisant les journaux. Alors quand nous avons compris que nous avions besoin d'une aide extérieure, votre société est la première qui m'est venue à l'esprit. Comme tous les hôpitaux, nous sommes régulièrement accusés d'erreurs médicales, mais cette affaire est différente. Ce n'est pas tous les jours que des bébés sont échangés, vous savez !

— Avec un peu de chance, nous ne mettrons pas longtemps à découvrir la vérité.

— Nous vous avons préparé un bureau ici, juste de l'autre côté du couloir. J'y ai fait monter tous les dossiers qui ont été archivés à cette époque pour que vous puissiez les consulter. Si vous avez besoin de quoi que ce soit, n'hésitez pas à demander à Tina. Elle a reçu pour instruction de vous mettre à l'aise et de vous donner tout ce dont vous aurez besoin.

Luttant pour s'empêcher de sourire, Harley acquiesça. Manifestement, l'assistante administrative de Jeffries avait pris ces instructions très à cœur.

— Y a-t-il autre chose que je puisse faire pour vous aider à commencer votre enquête ?

Passant en revue ses notes, Harley finit par tomber sur un point qu'il avait souligné un peu plus tôt.

— Qui était le directeur de l'hôpital à cette époque ? J'aimerais lui parler, si possible.

— Orson Tate. Un homme formidable. Je suis sûr qu'il sera ravi de discuter avec vous.

D'un geste preste, M. Jeffries appuya sur le bouton d'un Interphone.

— Tina, pourriez-vous me trouver les coordonnées d'Orson Tate ? M. Dalton en aurait besoin. Autre chose ? ajouta-t-il en relevant la tête vers lui.

— Oui. Avant de partir, j'aurais une dernière question à vous poser, Monsieur Jeffries.

— Je vous en prie, appelez-moi Weston.

— Très bien. J'ai parlé avec Mme Nolan, et il semblerait qu'elle ait reçu une lettre de menaces visant à la dissuader de poursuivre ses recherches. Vous n'êtes pas au courant, je présume ?

L'air surpris, le directeur ouvrit de grands yeux mais ne chercha pas à détourner le regard.

— Non. Et je suis navré de l'apprendre. J'espère sincèrement que vous ne soupçonnez personne de St. Francis d'être à l'origine de ces menaces.

Il paraissait évident que cet homme n'était au courant de rien.

— Merci de m'avoir reçu, Weston.

Après avoir serré la main du directeur, Harley quitta le bureau. Comme il s'y attendait, Tina l'attendait avec les informations requises. Et un large sourire.

— Si vous avez besoin de quoi que ce soit d'autre, n'hésitez pas, mon beau.

S'étant forcé à lui rendre son sourire, il se hâta de gagner le bureau qui lui avait été attribué. L'hôpital lui avait déjà envoyé certains documents par courrier, mais les informations d'ordre privé et les dossiers des employés ne pouvaient être consultés que sur place. Il trouva dans le bureau trois grands cartons. En les fouillant, il ne découvrit pas de vidéos de surveillance comme il l'avait espéré, mais il ne lui fallut pas longtemps pour comprendre pourquoi.

Une rapide étude du système de sécurité de 1989 lui permit de déceler ses nombreuses failles. Heureusement, le dispositif actuel était bien plus performant. À l'époque de la naissance de Jade, chaque étage était pourvu de caméras de surveillance, mais les bandes étaient effacées toutes les vingt-quatre heures pour être réutilisées. Même si le coupable avait été filmé, les images auraient été presque immédiatement détruites. Mais de toute façon, il ne pensait pas que les caméras aient fonctionné ce jour-là. Car à cause de l'ouragan, le courant avait été limité aux appareils essentiels de l'hôpital. Dont ne faisait certainement pas partie le dispositif de surveillance.

Les mesures de sécurité n'étaient pas beaucoup

plus performantes. Les bébés avaient des bracelets d'identification correspondant à ceux de leurs parents mais il n'y avait ni alarme ni protocole d'action pour les cas où quelqu'un tenterait de s'enfuir avec un bébé ou de lui retirer son bracelet.

Il n'y avait donc que deux possibilités : soit les bracelets avaient été échangés et mis aux mauvais bébés dès le départ, soit une personne ayant accès à la nursery avait procédé à cet échange alors que les bébés se trouvaient dans leurs berceaux. Mais qui aurait pu faire une chose pareille ?

C'était une bonne question. Qui avait profité du chaos généré par l'ouragan pour échanger des bébés alors que, au sein de l'hôpital, la vie de nombreuses personnes était en danger ? Les bracelets d'identification étaient bien fixés et ne pouvaient être retirés qu'au moment du départ des bébés avec leurs parents. Ce n'était donc apparemment pas une erreur. Quelqu'un avait procédé à cet échange de façon délibérée, mais pourquoi ? Il observa les cartons, certain que la réponse se trouvait à l'intérieur. Ne lui restait plus qu'à déterminer ce qu'il devait chercher.

Armé d'un café qu'il était allé chercher à la cafétéria, il se plongea dans le travail, prenant des notes détaillées. Quelques heures plus tard, il avait mal aux yeux, mais il commençait à mieux cerner la situation. Et même à se faire une petite idée de l'identité des parents de Jade.

Même s'il était payé par l'hôpital pour comprendre ce qui s'était passé, à l'instant même où son regard s'était reposé sur Jade, ses priorités avaient changé. Il voulait toujours découvrir la vérité et savoir qui était derrière tout ça. Mais pour elle, et non plus pour l'argent. Le regard qu'elle avait eu quand elle lui avait confié qu'elle ne s'était jamais sentie à sa place l'avait totalement bouleversé. Connaître sa véritable famille lui permettrait-il de trouver la paix de l'esprit ou le sentiment d'enracinement qui lui avait toujours manqué ? Il ne savait pas, mais il allait faire de son mieux pour l'aider. Il n'avait pas réussi à la rendre heureuse autrefois, mais peut-être en avait-il le pouvoir, désormais.

Il n'y avait que cinq petites filles à la maternité au moment de l'ouragan. Il avait de la chance : le créneau horaire que lui avaient fourni les parents de Jade était étroit. Cinq était un nombre parfaitement gérable.

Dans l'espoir de prendre contact avec les familles et de les rencontrer, il recopia leurs noms et leurs coordonnées, même si ces dernières dataient de la fin des années 1980. Il espérait obtenir des échantillons d'ADN pour pouvoir éliminer une à une les autres petites filles. Qui n'étaient d'ailleurs plus des petites filles, mais des jeunes femmes. La principale intéressée n'ayant aucune idée que ses parents biologiques étaient là, quelque part, à se demander ce qu'elle était devenue.

Tout en soupirant, il ouvrit son ordinateur et envoya la liste à son bras droit, Isaiah Fuller, de l'agence de Washington. Les chances que ces femmes habitent toujours avec leurs parents étaient minces. Mais ses équipes de recherches croiseraient les différents fichiers et n'auraient sans doute aucun mal à retrouver leurs coordonnées actuelles. Ce ne serait pas long. Ensuite, il pourrait les rencontrer et mettre des visages sur leurs noms.

Avec un peu de chance, à la fin de la semaine, il connaîtrait l'identité des véritables parents de Jade. Mais les énigmes du motif, et de l'identité du coupable, prendraient certainement plus de temps à être résolues. Trente ans étaient passés, les indices composant la piste avaient dû s'effacer. Mais il trouverait. Pour Jade.

- 6 -

Jade avait perdu l'habitude d'être attendue à son retour du travail, mais quand elle se gara devant chez elle, la Jaguar de Harley était déjà là. Cette vision fit naître en elle des émotions contradictoires, un sentiment de foyer chaleureux que la petite maison ne lui avait jamais vraiment offert auparavant. Mais d'un autre côté, sa petite voiture semblait bien minable à côté du luxueux coupé. Et c'était un peu ce qu'elle ressentait face à Harley. Jadis, elle et sa petite berline quatre portes étaient belles et désirables. À présent, elles avaient toutes deux beaucoup de kilomètres au compteur et une carrosserie un peu usée.

Et pourtant, malgré tous les angles sous lesquels elle avait considéré les événements de la veille, il lui semblait évident que Harley avait eu envie d'elle. Au moins dans un premier temps. Après, il s'était retranché sur le canapé du séjour, réduisant à l'état de fantasme toute chance de démarrer quelque chose entre eux.

Et c'était sans doute mieux ainsi. Car même si Sophie semblait penser qu'une aventure entre elle et lui serait une bonne chose, Jade savait au fond d'elle que c'était une très mauvaise idée. C'était un peu comme ses chips préférées. Elle ne pouvait pas se contenter d'une seule, ou même de deux ou trois. Si elle plongeait la main dans le paquet, il fallait qu'elle dévore tout son contenu. Parfois, mieux valait donc ne pas prendre la première chips. Voire ne pas en avoir dans la maison. Mais hélas, elle ne pouvait pas se débarrasser de Harley. Lui, et son mètre quatre-vingt-dix de problèmes dont elle n'avait pas besoin dans sa vie, même en échange d'une aventure passionnée.

En ouvrant la porte, elle trouva la maison silencieuse et presque plongée dans le noir. Apparemment, il n'était pas rentré depuis longtemps. Son manteau et sa sacoche se trouvaient toujours dans le fauteuil du hall, et elle discernait de la lumière derrière la porte close de la salle de bains. En approchant, elle entendit la douche couler.

Lasse de porter ses vêtements professionnels, elle entra dans sa chambre pour ôter son tailleur en tweed rose pâle, qu'elle troqua contre un short de sport et un débardeur. On était en plein hiver, mais la maison lui semblait plus chaude que d'habitude, avec Harley à l'intérieur. Pour parachever la transformation, elle releva ses longs cheveux blonds en une queue-de-cheval haute qui dégageait son visage.

Elle venait de sortir de la chambre quand elle se heurta à un mur de muscles. Harley, qui sortait de la douche, quasiment nu, les cheveux encore humides. Comme elle avait perdu l'équilibre, il la rattrapa et la ramena près de lui en l'enveloppant dans la chaleur de ses bras.

Surprise, elle releva la tête vers lui et se retrouva face à son regard bleu fermement fixé sur elle sous les mèches de cheveux humides qui retombaient sur son visage. Il y avait là une intensité différente de celle qu'elle avait perçue quand il l'avait embrassée. Et encore différente de la colère qui s'était emparée de lui quand elle lui avait parlé de la lettre anonyme. Il était pleinement concentré sur elle et, sous son regard hypnotique, elle sentait son cœur cogner de plus en plus fort dans sa poitrine. S'il avait pris la fuite la veille au soir, il ne semblait absolument pas disposé à résister à son attirance pour elle en cet instant.

Incapable d'en endurer davantage, elle rompit le lien en baissant les yeux vers les paumes de ses mains, appuyées contre la peau nue et brûlante du large torse de Harley. Ce fut alors qu'elle remarqua des cicatrices qu'elle n'avait jamais vues auparavant. Coupures, marques de points de suture, et même ce qui ressemblait à une blessure par balle. Il ne lui avait pas beaucoup parlé de son séjour dans l'armée, mais à l'évidence, il n'était pas resté dans la sécurité d'un bureau.

Rien d'étonnant, tout bien considéré. Il était du genre à se jeter dans le vide sans hésiter. À défoncer les portes de présumés terroristes. Il était accro à l'adrénaline, et c'était certainement pour cela qu'il avait choisi de faire carrière dans ce domaine. C'était là un aspect de sa personnalité qui l'inquiétait déjà autrefois, et qui continuait de l'inquiéter. Elle avait envie d'un homme qui rentrerait à la maison tous les soirs, sans qu'elle ait à se demander si ce jour était « le » jour où elle allait recevoir le coup de téléphone tant redouté.

Mais le fil de ses pensées était dévoyé par le désir qu'il manifestait pour elle. Son short en coton était déjà légèrement humide du contact avec la serviette mouillée qu'il avait nouée autour de sa taille. Et malgré les deux couches de tissu qu'il y avait entre eux, elle pouvait nettement sentir la preuve de son excitation, durement appuyée contre son ventre. Tous les doutes qu'elle avait pu avoir quant à son désir pour elle étaient désormais dissipés. La question essentielle, à présent, était de déterminer si elle pouvait céder à celui qu'elle avait pour lui. Et si oui, le faire sans se mettre en péril sur le plan émotionnel. Elle ne pensait pas, non.

— Je suis désolée, finit-elle par dire en essayant de s'écarter de lui pour rompre le lien qu'il y avait entre eux.

Mais elle n'y parvint pas. Car il garda les bras fermement serrés autour de sa taille.

— Pas moi, répondit-il d'un air grave.

Prise de court, elle se crispa. Que pouvait-elle dire à présent ? Serait-elle suffisamment courageuse pour lui faire part de ses désirs ? Elle avait envie de lui, même si elle savait qu'elle ne pourrait pas le garder. Elle avait envie de savoir ce que cela faisait de se sentir désirée à nouveau. Elle avait envie de suivre le conseil de Sophie et de se lancer.

Rassemblant tout son courage et tout son pouvoir de séduction, elle finit donc par relever les yeux vers lui en faisant doucement glisser ses paumes sur les muscles fermes et bien dessinés de son torse pour descendre jusqu'à ses abdominaux. Quand elle atteignit le rebord de la serviette, elle le sentit se crisper et frissonner sous ses mains. Ensemble, ils retinrent leur souffle jusqu'à ce que, d'un geste net et précis, elle dénoue la serviette, qui retomba sur le sol autour de ses pieds.

Alors, son regard s'adoucit et un sourire espiègle se dessina sur son visage.

— Tu n'as pas l'air si désolée que ça.

Avant de secouer la tête, elle passa sensuellement sa langue sur ses lèvres.

— En fait, je suis désolée que ça ait pris si longtemps, répondit-elle.

Et elle sauta le pas. Hissée sur la pointe des pieds, elle l'embrassa.

Le barrage céda à l'instant même où leurs lèvres

entrèrent en contact. Le désir, brusquement libéré, lui fit oublier toutes les raisons pour lesquelles ils devaient rester à l'écart l'un de l'autre. Passant les bras autour de son cou, Harley essaya d'attirer sa bouche plus près encore de la sienne. Comme pour se refamiliariser avec un paysage dont il avait été privé pendant longtemps.

Elle était totalement submergée par les voluptueuses sensations qui déferlaient sur elle. Avant de sentir le lit contre son dos, elle eut à peine conscience du fait qu'il l'avait reconduite à sa chambre.

C'était vraiment en train de se passer. L'espace d'un instant, elle eut l'impression d'avoir dix-huit ans à nouveau, de se donner pour la première fois à lui. Une brûlante décharge d'adrénaline lui traversa le corps quand il lui retira son débardeur pour le jeter par terre. Elle était totalement consumée par lui à cette époque, et les sensations qu'elle ressentait désormais étaient similaires. Il était le mauvais garçon, le séduisant voyou qui avait envie d'elle alors que personne au monde ne la regardait. Adolescente, elle avait été incapable de résister à son charme. Elle lui était littéralement tombée dans les bras.

Mais les choses étaient tout de même un peu différentes à présent. Elle n'était plus une jeune vierge éperdue d'amour qui entretenait des espoirs naïfs. Le sentiment de ne pas être à sa place avait beau demeurer, elle était une adulte, désormais, et elle savait que ce n'était pas un moyen de résoudre ses problèmes. Elle était simplement une femme avec des désirs qu'un homme comme lui pouvait combler si elle l'y autorisait.

— Hum, fit-il d'une voix grave et sensuelle en regardant ses seins.

Elle avait toujours été complexée par sa poitrine, qu'elle jugeait trop petite à son goût, mais il ne paraissait pas le moins du monde déçu. Fiévreusement, il la prit entre ses mains, lui tirant un gémissement de plaisir. Ses seins étaient petits, mais extrêmement sensibles. Sous ses caresses, ses tétons, déjà durcis par le désir, pointèrent vers sa bouche, comme pour réclamer ses baisers.

Un instant plus tard, il se hissait au-dessus d'elle, couvrant son corps tout entier de sa peau brûlante et encore légèrement humide. Elle pouvait sentir son sexe dur en haut de sa cuisse, la preuve de son désir qui ne faisait qu'attiser son excitation. Appuyé sur un coude, il se mit à titiller du bout de la langue ses bouts de sein durcis. Sous le coup du plaisir, elle cambra le dos, serrant un peu plus les hanches contre les siennes.

Elle ne se souvenait plus de la dernière fois qu'elle avait autant désiré un homme. Y en avait-il eu une ? Même l'attirance qu'elle avait ressentie pour lui plus jeune était sans commune mesure avec ce qu'elle éprouvait à présent. Ils étaient tout jeunes à cette époque. Désormais, il était un homme. Un homme grand, fort et musclé dont la femme qu'elle était devenue avait désespérément envie.

Il s'écarta d'elle juste le temps de lui retirer son short et sa culotte en les faisant langoureusement glisser le long de ses cuisses. Impatiemment, elle s'en débarrassa d'un coup de pied avant d'enrouler l'une de ses jambes autour de lui.

— Tu as une protection ? demanda-t-elle alors.

C'était un peu tard pour ce genre de question mais, en rentrant du travail, elle ne s'était pas attendue à ce qu'une telle chose se produise.

— Mon arme est dans l'autre chambre, répondit-il d'un air parfaitement sérieux.

Sensuellement, elle l'embrassa sur l'épaule.

— Tu as très bien compris ce que je voulais dire. Un préservatif.

— Oui, finit-il par dire en souriant.

Et il s'écarta d'elle pour observer son corps nu et exposé à son regard sans chercher à dissimuler l'admiration et le désir qu'il semblait lui inspirer. Après quoi il repartit vers l'autre chambre, où il avait laissé son bagage.

Il ne tarda pas à en revenir, avec une poignée de préservatifs à la main.

— Ambitieux, murmura-t-elle quand il les eut posés sur la table de chevet.

— J'ai beaucoup de temps à rattraper. Des choses à rattraper aussi. Je pense à mes performances d'adolescent. Je me suis beaucoup amélioré depuis.

À ces mots, elle sourit. Elle avait espéré, et même rêvé, que le sexe avec lui serait fiévreux et merveilleux, mais ce qui la surprenait le plus, c'était le naturel de la situation. Elle se sentait parfaitement à l'aise avec lui. La bonne humeur et le désir se mêlaient en une ambiance qu'elle n'aurait jamais imaginé connaître. Le bonheur. C'était encore mieux que l'extase. Extase qui finirait par arriver, elle n'en doutait pas, mais ce moment lui paraissait tout aussi délectable.

— Tu es sûr ? demanda-t-elle d'une voix taquine.

— Tu me mets au défi ?

Tout en haussant les épaules, elle se recoucha sur le lit.

— Peut-être.

En guise de réponse, il glissa les mains entre ses cuisses pour les écarter. La fixant toujours de ses yeux d'azur, il se mit à caresser son sexe humide et brûlant de désir. De doux gémissements s'échappèrent de sa gorge, et il poursuivit ses caresses, évitant scrupuleusement de la toucher là où elle le désirait le plus.

Cette douce torture se poursuivit quelques instants, et juste au moment où elle se dit qu'elle ne pouvait plus en endurer davantage, il appuya fort sur son clitoris, et sous le coup du plaisir, elle se cambra totalement.

Ivre de passion, elle haletait, gémissait, ondulait des hanches. Glissant ses doigts en elle, il se mit alors à masser son clitoris de la paume de sa main, mettant ainsi en éveil toutes les terminaisons nerveuses de son corps. Au bout de quelques secondes à peine, elle sentit l'orgasme approcher.

— Je viens, dit-elle d'une voix haletante.

— Viens pour moi, ma chérie.

Elle n'avait de toute façon pas le choix. Une dernière caresse, et elle sentit le plaisir exploser en elle, tel un déferlement de sensations aussi intenses que voluptueuses. Elle se sentit littéralement ébranlée par la force de cet orgasme, bien plus puissant et merveilleux que tout ce qu'elle avait pu connaître jusqu'ici.

Il n'avait pas menti. Sur ce point, il s'était beaucoup amélioré, et elle appréciait ce changement.

En se laissant retomber sur le lit, le corps encore vibrant de tout le plaisir qu'il venait de lui donner, elle prit en main son sexe ferme, qu'elle se mit à masser de haut en bas. Malgré tout le temps qui était passé, elle se souvenait des caresses qu'il aimait.

Et sur ce point-là, il n'avait pas changé. Au bout de quelques secondes, il s'écarta d'elle en poussant un juron. Manifestement, il appréciait un peu trop. D'un geste preste, il attrapa l'un des préservatifs et se hâta d'en ouvrir l'emballage pour l'enfiler.

Elle l'accueillit à bras ouverts quand il vint couvrir son corps. Ils se complétaient parfaitement, chacune de ses courbes se moulant dans les angles durs de son corps viril. Et quand il s'enfonça en elle, il s'inséra tout aussi parfaitement dans son corps. Relevant les jambes, elle le laissa venir plus profondément encore et s'accrocha à son dos.

Plus il allait et venait en elle, plus il la serrait fort contre lui. Soudain, il attrapa une poignée de ses cheveux et tira doucement en arrière pour exposer son cou. Entre bonheur et douleur, elle gémit, mais ne tarda pas à comprendre que, plus il tirait, plus le plaisir montait en elle, la rapprochant d'un nouvel orgasme.

Soudain, elle sentit ses dents se poser sur sa gorge et perçut la vibration d'un sourd grognement contre sa peau.

— Plus fort, gémit-elle.

Et manifestement, c'était exactement ce qu'il voulait entendre.

Tirant encore sur ses cheveux, il la maintint parfaitement immobile tout en s'enfonçant profondément en elle. Ce fut à ce moment-là que la nouvelle explosion de sensations voluptueuses se produisit, et les spasmes de cet orgasme, plus merveilleux encore que le premier, semblèrent précipiter le sien. Dans un sourd grognement, il s'enfonça en elle une dernière fois, et tout fut terminé. Un instant plus tard, il s'effondrait sur elle, enfouissant le visage dans le creux de son cou.

Tout en prenant une longue bouffée d'air, elle laissa son corps se détendre. Mais son esprit restait agité. Elle ne s'attendait pas à ça. À rien de tout ça. Et à présent que c'était terminé, elle ne savait pas quoi faire. Le prendre dans ses bras, dormir, se lever pour aller préparer le dîner, le remercier pour ces deux orgasmes, se rhabiller ? N'ayant jamais eu d'aventure d'un soir, elle n'avait aucune idée de la façon dont elle devait réagir.

Après réflexion, elle finit par se décider à déposer

un tendre baiser sur sa joue avant de se lever pour aller prendre une douche. Un peu d'eau chaude et d'espace lui permettraient peut-être de s'éclaircir les idées pour déterminer le chemin à suivre.

Chemin qui, de toute façon, la ramènerait certainement dans son lit.

Harley se sentait perdu.

Le sexe n'avait jamais été une chose compliquée dans son esprit. C'était un plaisir physique, la rencontre de deux désirs, rien de plus. Et c'était ainsi qu'il l'avait envisagé avec Jade. Mais les choses semblaient toujours prendre une dimension complexe quand cela la concernait. Ou à présent, en tout cas. Car il n'avait pas souvenir que cela ait été le cas la première fois. Il y avait à cette époque des sentiments entre eux. Une amourette, sans doute.

Mais c'était il y avait bien longtemps de ça. La situation était différente, à présent. Ils étaient tous les deux adultes et, par un accord tacite, ils savaient que cette aventure serait limitée dans le temps. Une fois l'enquête terminée, il retournerait à Washington. Elle, de son côté, retrouverait sa véritable famille et commencerait une nouvelle vie. Cette relation temporaire devait être simple et agréable, sans aucune notion d'espoir ou de romantisme.

Mais force lui était de constater que c'était précisément l'absence d'émotions de Jade qui le dérangeait.

Ce n'était pas qu'elle était froide ou qu'elle ne semblait plus attirée par lui. Bien au contraire. Avec le temps, elle était devenue une maîtresse passionnée et expérimentée. Il préférait d'ailleurs ne pas trop s'interroger sur la façon dont elle avait appris certaines des choses qu'elle lui avait faites la veille au soir. Si Lance ne s'était pas trouvé en prison, il aurait été bien tenté de se défouler sur lui.

Non, ce qui le dérangeait le plus, c'était le mur qu'elle semblait avoir dressé entre eux. Elle était plus proche de lui sur le plan physique qu'elle l'avait jamais été, mais plus fermée que par le passé. Il aurait certainement dû se sentir soulagé qu'elle ne s'attache pas trop rapidement, mais cette réaction inverse avait quelque chose de déstabilisant et ne correspondait pas du tout à la Jade de ses souvenirs. Les émotions de la fille qu'il connaissait étaient un livre ouvert pour lui. Et elles n'étaient qu'amour et confiance.

La nouvelle Jade était plus âgée, plus dure, moins disposée à s'ouvrir à lui ou à qui que ce soit. Mais ce n'était pas à cause de quelque chose qu'il avait fait. Cela ne pouvait donc être que la faute de Lance. Cet homme avait foulé aux pieds son innocence. Et de ce fait, elle ne retrouverait sans doute plus jamais l'état d'esprit qui permet de ressentir quelque chose allant au-delà du pur physique.

Même avec lui.

Tout bien considéré, il n'était peut-être toujours pas assez bien pour elle. Et il aurait sans doute mieux fait de se concentrer sur l'affaire plutôt que sur son ex. C'était, après tout, pour cela qu'il était payé.

Une sonnerie familière le tira brusquement de ses pensées. C'était Isaiah. Harley attendait son appel, mais pas si tôt. Son bras droit, cependant, avait toujours été du genre rapide.

— Dalton, dit-il en décrochant.

— Salut, répondit Isaiah d'une voix parfaitement claire, malgré l'heure matinale.

Harley se mit à rire. Si Isaiah était officiellement

son employé, Harley l'avait toujours considéré comme un ami. L'un des meilleurs qu'il avait.

— Salut.

— Bon, j'ai eu ton message concernant le dispositif de sécurité et la liste de personnes dont il faut trouver les coordonnées. J'ai une bonne et une mauvaise nouvelle. Par laquelle dois-je commencer ?

Harley soupira.

— La mauvaise nouvelle en premier. C'est la règle.

— D'accord. Nous sommes en rupture de stock sur quelques-uns des produits dont nous avons besoin pour le dispositif de sécurité de la résidence de Charleston. Donc, je ne suis malheureusement pas en mesure de t'envoyer quelqu'un tout de suite.

— Combien de temps cela va-t-il prendre ? demanda Harley, anxieux.

— C'est l'affaire de quelques jours. On sera sûrement là lundi, mais tout dépend du temps qu'il nous faudra pour nous réapprovisionner.

Comme il s'était installé chez elle, ce délai ne paraissait pas vraiment inquiétant, mais malgré tout, il n'aimait pas ça. Et si cela s'était produit pour un autre client ? Une personne ne disposant pas de garde du corps pour assurer sa sécurité en attendant que le matériel soit installé ?

— Bon. Mais dès mon retour, j'aurai une petite discussion avec le magasinier. Nous ne devons jamais nous retrouver à court de quoi que ce soit. Il nous faut des stocks, d'accord ?

— Je ferai passer le message à Roger.

— Et cette bonne nouvelle ?

— Je t'ai trouvé les coordonnées actuelles de tous les parents et de la plupart des filles.

— Excellent. Tu m'envoies ça par mail ?

— C'est fait.

En éloignant le téléphone de son oreille, Harley constata qu'il avait en effet un nouveau message. Satisfait, il passa brièvement en revue la liste des noms et adresses. Elle était incomplète, comme Isaiah l'avait laissé entendre. Manquait la fille de la famille Steele.

— Et Morgan Steele ? Elle n'y est pas.

— Comme je te l'ai dit, je n'ai que la plupart des filles. C'est la seule exception. Je vais avoir besoin d'un peu plus de temps pour elle. La dernière adresse que j'ai trouvée pour Morgan était la résidence de ses parents, à Charleston, mais c'était avant qu'elle parte à l'université. Après ça, la seule chose que j'ai pu trouver est une boîte postale à l'université de Caroline du Sud.

— Je doute qu'elle soit toujours à l'université.

— Et tu as raison. D'après les archives, elle a obtenu son diplôme il y a plusieurs années. Mais depuis, elle n'a rien fait qui permette de la pister. Ceci étant, la famille Steele, qui est extrêmement riche, possède plusieurs trusts. Je parie qu'elle habite dans une maison détenue par l'un des trusts de son père ou se trouvant sous la coupe de l'une de ses entreprises. J'imagine qu'elle utilise les cartes de crédit de ces sociétés et que tous ses comptes en banque sont à l'étranger.

— Pas de permis de conduire ?

— Si, mais l'adresse qui y est mentionnée est celle de la résidence familiale. D'après mes recherches, elle travaille au siège social de l'entreprise familiale, à Washington, alors j'imagine que je pourrais obtenir ses coordonnées à partir de là. Laisse-moi juste un jour ou deux, d'accord ?

— Steele… Ce nom me dit quelque chose.

Depuis qu'il avait recopié ces informations à l'hôpital, il n'avait pas eu le temps de faire ses propres recherches.

— Et pour cause ! C'est la famille qui a fondé Steele Tools, tu te rends compte ? Apparemment, l'entreprise a été lancée à Charleston il y a plus de cent ans par leur arrière-arrière-grand-père. Ils ont commencé par vendre leurs outils par correspondance, et maintenant, ils sont dans tous les magasins de bricolage du pays. La famille Steele compte parmi les plus riches et les plus puissantes de Caroline du Sud. Ou devrais-je dire d'Amérique. Ils ont leur lot de cadres, mais il y a aussi un sénateur, un juge, des médecins, des avocats, et j'en passe. La plupart travaillent cependant pour la société, comme Morgan.

Plus Harley écoutait Isaiah, plus il sentait son cœur se serrer. Il n'avait jamais imaginé que sa liste de candidates comprendrait une fille issue d'une famille si aisée. Dans ce cadre, un échange de bébés paraissait beaucoup plus sensé. En tout cas, il comprenait mieux pourquoi l'une des familles aurait été visée. Quand on est si célèbre, on est la cible de toutes sortes de prédateurs qui espèrent obtenir quelque chose de vous.

— Trouve-moi tout ce que tu peux sur la famille Steele, notamment sur les quarante dernières années. Chaque petit détail peut être important.

— C'est le genre de famille dont le nom est mentionné dans les journaux à chaque fois que l'un de ses membres lève le petit doigt.

— Ça m'est égal. Je veux tout savoir. Mets plusieurs hommes dessus, s'il le faut. Et concentre-toi surtout sur Morgan Steele. Si c'est bien notre fille, je veux tout savoir sur elle. Et dépêche-toi de me trouver les pièces dont nous avons besoin pour le dispositif de sécurité. Je ne peux pas surveiller cette maison vingt-quatre heures sur vingt-quatre.

— Chef, oui, chef ! répondit Isaiah avec un brin d'ironie dans la voix.

Mais Harley ne doutait pas qu'il le ferait. Il savait qu'il pouvait compter sur le talent et l'efficacité de son bras droit.

— Une dernière question, et je te laisse, ajouta cependant Isaiah.

— Qu'est-ce qu'il y a ?

— Que fais-tu vraiment, là-bas, Harley ?

Ah. Apparemment, ils venaient donc de passer d'une conversation d'employeur à employé à un bavardage entre amis. Mais il ne lui semblait pas avoir donné son accord.

— J'enquête sur une affaire. Que veux-tu que je fasse ? répliqua-t-il.

Mais il avait très bien compris ce qu'Isaiah voulait dire.

— Hum. Mais pourquoi le président d'une société cotée en Bourse se rendrait-il en personne à Charleston pour enquêter sur une petite affaire comme ça ?

— Parce que le président en question en a assez de la paperasse. Et je te ferais remarquer que ce n'est pas une petite affaire. Si la famille Steele est vraiment concernée, ça risque de prendre beaucoup d'ampleur.

Il y eut quelques secondes de silence avant qu'Isaiah se remette à parler.

— Allez, raconte. Qui est cette femme ? Tu ne vas tout de même pas me dire que tu serais allé là-bas si ça avait été quelqu'un d'autre.

Harley ne pouvait pas le dire, non, et ils le savaient tous les deux. Il n'aimait pas mentir, et encore moins à son meilleur ami. Il ne le ferait pas, donc. Mais il n'était pas pour autant obligé de tout lui raconter…

— C’était ma petite amie avant que je m’engage dans la marine.

— J’en étais sûr ! s’exclama Isaiah. J’étais sûr qu’il y avait autre chose. Bon, et tu as toujours des sentiments pour elle, c’est ça ?

— Je t’en prie. Tu m’as déjà vu m’amouracher d’une femme ?

Depuis Jade, il avait multiplié les aventures, mais n’avait jamais eu de véritables relations. Il n’en avait ni le temps, ni l’énergie, ni l’envie. Et de toute façon, il n’avait rencontré personne qui lui donne envie de plus qu’un peu de plaisir physique.

Jusqu’à ce qu’il se réveille ce matin-là, avec un sentiment qu’il n’avait jamais ressenti jusqu’ici. Celui d’avoir été exploité. La donne, apparemment, avait été renversée.

— Non. Tu es plutôt froid et détaché pour tout ce qui concerne les femmes. Un peu trop froid, même, si tu veux mon avis.

— Je n’en veux pas.

Isaiah se mit à rire.

— Tu ne m’as pas l’air de très bon poil, ce matin.

— Je me sens très bien, merci. C’est juste que je n’ai aucune envie de philosopher avec toi sur ma vie sentimentale. C’est beaucoup trop tôt. J’avoue que j’étais curieux de savoir ce que Jade était devenue. Et j’avoue que j’essaie de lui rendre service en l’aidant à comprendre ce qui s’est passé et en assurant entre-temps sa sécurité. Mais ça s’arrête là.

— Donc, tu ne couches pas avec elle ?

Harley prit le temps de réfléchir à ce qu’il allait répondre. Il ne voulait pas mentir.

— Si c’était le cas, qu’est-ce que ça ferait ? finit-il par répliquer.

Isaiah poussa un lourd soupir. Harley n'eut aucun mal à l'imaginer, posant ses pieds sur son bureau, relevant pensivement les yeux vers le plafond.

— J'ai l'impression que cette histoire est bien plus compliquée que tu ne veux l'admettre.

- 7 -

— Oui, j'aimerais laisser un autre message à M. Steele. Merci d'insister sur l'importance de mon appel. C'est au sujet de sa fille, Morgan. Oui, c'est Harley Dalton, de Dalton Security. Je travaille sur un problème ayant trait à l'hôpital St. Francis, et il est impératif que je parle à M. ou Mme Steele d'une affaire privée et particulièrement urgente.

Harley appuya sur le bouton « raccrocher » avec plus de force que nécessaire avant de jeter rageusement son smartphone sur le tableau de bord de sa voiture. On était loin, cependant, de la satisfaction de raccrocher un bon vieux téléphone à fil. Dommage car il avait vraiment besoin de se défouler. C'était la sixième fois en trois jours qu'il appelait l'une ou l'autre des résidences de la famille Steele sans jamais parvenir à joindre personne d'autre que des assistantes ou des gouvernantes. Pour l'heure, il ne voyait donc aucune autre possibilité que de ranger son téléphone dans sa poche pour se rendre au dernier de ses rendez-vous.

L'enquête avançait, cependant. Mais il n'arrivait pas à s'enthousiasmer de ses progrès. La faute à Isaiah, sans doute. Durant tout le week-end, Harley n'avait cessé de repenser à la conversation privée qu'il avait eue avec son ami et qui l'avait totalement déstabilisé en le poussant à remettre en cause les véritables raisons de son implication dans cette enquête et de sa présence à Charleston. Il aurait pu envoyer n'importe qui, Isaiah avait raison. Ce qui n'avait pourtant pas empêché Harley de lui dire de se mêler de ses affaires avant de lui raccrocher au nez.

Et à présent, deux jours plus tard, il n'avait toujours pas de réponse. Il ne savait tout simplement pas pourquoi il s'était à ce point impliqué. Et il avait malheureusement beaucoup d'autres sujets d'inquiétude.

Son enquête n'avait pas piétiné. Au contraire, elle avait beaucoup avancé. Grâce aux informations de contact que lui avait fournies Isaiah, il avait pu appeler toutes les familles, parler à certaines et laisser des messages à d'autres. Après cela, il avait pris rendez-vous avec chacune de celles qu'il avait pu joindre. Il les avait à présent toutes rencontrées. Toutes, sauf les Steele. Il n'était pas vraiment surpris, mais cela ne faisait que confirmer ses soupçons concernant cette riche famille. Une fois qu'il aurait fait ce qu'il avait à faire ce jour-là, il allait se pencher plus sérieusement sur leur cas.

Tous ces entretiens s'étant déroulés à l'extérieur, il avait dû trouver une solution pour la sécurité de Jade. Comme elle ne travaillait ni le vendredi ni le dimanche, il avait dû prendre en compte son planning pour élaborer le sien. Il avait essayé de planifier tous ses entretiens pendant sa journée de travail du samedi, mais il n'avait pas eu beaucoup de succès auprès des personnes concernées. Dans une surenchère de prudence qu'elle avait jugée inutile, il avait donc insisté pour qu'elle passe la journée du vendredi chez ses parents. Elle avait dans un premier temps protesté et insisté pour l'accompagner, mais elle avait fini par céder. Ce qui lui avait permis de mener ces entretiens seul.

Ainsi, chaque visite aux familles s'était déroulée de

la même manière : il avait interrogé les parents, parlé avec leurs filles quand c'était possible et prélevé des échantillons ADN. Il ne pouvait pas se fier à des indices tels que la ressemblance physique avec les Nolan. La génétique était une chose bien trop capricieuse. Il lui fallait des preuves. Des preuves scientifiques incontestables.

Cependant, si on lui avait demandé son avis, il aurait affirmé sans hésiter que toutes les familles qu'il avait rencontrées jusqu'ici pouvaient être éliminées. Aucune des personnes qu'il avait vues n'avait les grands yeux de biche dont il s'était épris dans sa jeunesse. Si l'on procédait par élimination, ne restait donc plus que l'insaisissable famille Steele. Il espérait se tromper, mais à la seconde même où Isaiah lui avait expliqué à quel point ils étaient riches et puissants, il avait su d'instinct que c'était la piste qu'il devait suivre. La plus difficile, naturellement. La seule famille qui n'avait pas répondu à ses appels. Celle dont la fille ne semblait avoir laissé aucune trace de son existence.

Mais malgré tout, il allait attendre les résultats des tests ADN avant de faire part de ces informations à qui que ce soit. Il allait envoyer tous les prélèvements à son labo, après quoi il irait rencontrer l'ancien directeur de l'hôpital pour discuter avec lui de ses souvenirs de l'ouragan.

Quelques minutes plus tard, donc, il se garait devant la villa d'Orson Tate, ancien P-DG de l'hôpital St. Francis.

La maison était impressionnante, dotée de tout le charme des demeures traditionnelles de cette belle région du Sud. Blanche, avec un grand porche à colonnes, elle jouxtait un terrain de golf. Il alla sonner et n'eut pas à attendre bien longtemps. Un instant plus tard, un homme portant des lunettes et une épaisse chevelure blanche lui ouvrit.

— Monsieur Dalton ? demanda-t-il.

— Oui, c'est moi.

— Entrez, je vous en prie.

Une fois dans le hall, Harley échangea avec lui une poignée de main.

— Merci de m'accorder un peu de votre temps, monsieur Tate.

— Oh ! je n'en manque pas. Je ne peux tout de même pas jouer au golf tous les jours. Enfin, c'est ce que dit ma femme… Venez. Nous serons plus à l'aise dans le jardin d'hiver. Ma femme nous a servi du thé et des biscuits.

La grande pièce vitrée donnait sur un luxuriant jardin au milieu duquel coulait une fontaine. À droite, sur le terrain de golf, des petits drapeaux rouges claquaient dans le vent.

Quand ils se furent installés dans les fauteuils en rotin, Harley, comme à son habitude, sortit son téléphone pour enregistrer la conversation.

— Bien. De quoi s'agit-il, monsieur Dalton ? demanda le vieil homme après avoir pris une gorgée de thé. Jeffries ne m'a pas dit grand-chose au téléphone.

L'actuel directeur de l'hôpital voulait certainement se montrer le plus discret possible à l'égard de la situation.

— M. Jeffries m'a embauché pour enquêter sur une possible affaire d'échange de bébés qui aurait eu lieu à la maternité en 1989. Au moment de l'ouragan Hugo.

Tout en faisant une petite grimace, M. Tate secoua la tête d'un air incrédule.

— C'était quelque chose. Le chaos absolu. Je pense que nous menions bien notre barque à St. Francis, mais si un incident avait dû se produire, ça aurait été le moment idéal. Comme nous sommes tout proches de la côte, nous avons été frappés de plein fouet. Tout le monde était sur le pont. J'ai même dû mettre la main à la pâte pour aider le personnel à sécuriser le bâtiment. On peine à imaginer à quel point la situation était effrayante.

Harley, en effet, avait du mal à se représenter la scène. N'étant alors âgé que de quelques mois, il n'avait conservé aucun souvenir de l'ouragan, mais sa mère lui en parlait de temps en temps. Comme tous les habitants de Charleston. On n'avait même pas besoin de prononcer le mot « ouragan ». C'était juste Hugo. Comme si un monstre avait débarqué sur la plage et mis à sac la ville.

— M. Jeffries m'a donné accès à tous les fichiers. Il n'y avait pas grand-chose en termes de dispositif de sécurité à cette époque, en tout cas rien qui ait survécu aux trente dernières années. Mais malgré ça, je suis persuadé que cet acte a été commis par quelqu'un de l'intérieur. Sans doute l'un des médecins ou des infirmiers qui travaillaient à la maternité. C'étaient les seuls individus qui avaient accès aux bébés.

L'homme âgé acquiesça pensivement.

— Nous considérions notre matériel comme de véritables bijoux de technologie à cette époque, mais ce n'est rien comparé à ce qui se fait maintenant. Si ça continue, dans quelques années, on finira par mettre des traceurs GPS dans les couches des bébés. Je n'aime pas du tout l'idée que l'un de nos employés ait pu être impliqué dans ce genre d'histoire, mais vous avez raison. C'est soit ça, soit le résultat d'une grossière incompétence, et j'ai du mal à imaginer que cela ait pu se produire. Les bébés avaient tous des bracelets d'identification qui correspondaient à ceux de leurs parents. On leur laissait ces bracelets pendant leurs bains, leurs soins et même les opérations chirurgicales, si nécessaire. Quand ils quittaient la maternité avec leurs parents, il fallait les retirer avec une pince spéciale. Ils ne s'ouvraient pas tout seuls. C'était impossible.

Ce discours ne faisait que confirmer les soupçons de Harley quant au caractère délibéré de l'échange. Il ne voyait pas comment les choses avaient pu se dérouler autrement. Il allait donc falloir qu'il enquête sur les employés.

— J'ai collecté les fiches de toutes les personnes qui travaillaient à la maternité à l'époque de l'ouragan, dit-il en sortant de son sac un tas de photocopies. J'imagine bien que vous ne vous rappelez pas tous vos employés, mais en les revoyant en photo, vous vous souviendrez peut-être de quelque chose qui pourra nous aider dans notre enquête.

L'air concentré, M. Tate prit le tas de photocopies, exclusivement constitué de photos tirées des permis de conduire des employés.

— Les Drs Parsons et Ward. Deux excellents médecins. Je ne les ai jamais vu perdre leur sang-froid, même dans des conditions de stress inimaginables, murmura-t-il avant de passer à la page suivante. Karen était l'une de nos meilleures sages-femmes. Karen… Yarborough, il me semble. Elle a pris sa retraite après quarante années à faciliter les accouchements à la maternité. Je me souviens très bien d'elle. Mais ces deux autres, là… Non, je ne vois pas. Mais…

Il se concentra sur la dernière photo.

— Celle-ci me dit quelque chose, mais je n'arrive à remettre le doigt dessus. Comment s'appelle-t-elle ?

Harley se pencha sur la photo de cette jeune femme rousse, dont l'apparence semblait désormais bien désuète.

— Nancy Crowley, dit-il en feuilletant ses notes. Elle a travaillé à l'hôpital de 1987 à 1990, mais seulement quelques mois à la maternité. Apparemment, elle aurait démissionné peu de temps après l'ouragan.

— Oui, fit M. Tate en tapotant la photo de son index. Je me souviens, maintenant. Elle n'a pas démissionné, non. Je suis navré de vous dire cela, mais elle s'est suicidée. La rumeur disait qu'elle était alcoolique et qu'elle avait des problèmes chez elle. Mais je ne me souviens plus bien des détails, maintenant.

Harley eut du mal à dissimuler sa surprise. En consultant ses notes, il s'aperçut qu'elle était « partie » une semaine à peine après l'ouragan.

— Puis-je vous demander ce qui s'est passé ?

— Elle s'est jetée de l'un des toits de l'hôpital. J'ai vu disparaître plusieurs de mes employés durant mes vingt-cinq années de direction. Certains d'entre eux se sont suicidés. C'est un travail très stressant, vous savez. Mais Nancy est la seule qui a mis fin à ses jours à l'hôpital. C'est difficile à oublier. Ça a été un traumatisme pour le personnel, notamment les employés qui l'ont retrouvée. Nous avons dû ouvrir une cellule psychologique. Ses collègues ne comprenaient pas. Ils disaient qu'elle était toujours très joviale et sympathique avec eux et les patients. Si elle était vraiment alcoolique, elle le cachait bien. Personne ne s'était douté de rien avant qu'il soit trop tard.

Harley écoutait attentivement. C'était là une piste intéressante, qu'il avait bien l'intention de suivre plus tard. Il allait demander à ses hommes de trouver tout ce qu'ils pourraient sur la mort de cette Nancy. Car la coïncidence de timing ne pouvait certainement pas être ignorée.

— Avez-vous autre chose à m'apprendre à ce sujet ? Une enquête de police a-t-elle été ouverte ?

Tout en hochant la tête, M. Tate lui rendit la photo.

— Oui, mais ça n'a pas été bien long. Le toit était une zone d'accès restreint. Elle a été filmée par les caméras de surveillance, et elle était seule. Ils sont allés parler à son frère et son petit ami, qui ont paru choqués. Ils ne s'attendaient pas à ce qu'une telle chose arrive, eux non plus. C'est le genre d'événement qu'on ne peut pas prévoir. Tout le monde a ses démons.

Quand le réveil sonna le lundi matin, Jade ouvrit les yeux dans un lit vide et froid. Harley était là quand elle s'était endormie, mais à en juger par la fraîcheur des draps, il avait déserté les lieux depuis bien longtemps. Machinalement, elle enfila son peignoir pour partir à sa recherche.

Elle le trouva assis à la table de la cuisine, à regarder fixement son café comme si toutes les réponses de l'univers s'y trouvaient cachées. Après s'en être elle-même servi une tasse, elle prit place en face de lui.

— Qu'est-ce qui t'arrive ? demanda-t-elle en le regardant d'un œil curieux. Tu as mal dormi ?

— Oui. Trop de trucs à l'esprit.

Elle comprenait. Au pire de sa relation avec Lance, elle avait failli devenir folle par manque de sommeil. À chaque fois qu'elle posait la tête sur l'oreiller, tous ses soucis se mettaient à bouillonner dans son esprit.

Ne lui restait plus qu'à espérer que les soucis de Harley ne la concernaient pas, elle aussi. Les quelques jours passés leur avaient permis d'établir une routine quotidienne simple et agréable au terme de laquelle ils finissaient toujours dans les bras l'un de l'autre.

— Tu as avancé dans l'enquête ? demanda-t-elle.

Il releva les yeux vers elle, fronça les sourcils. Il avait, jusqu'ici, été plutôt discret concernant ses découvertes. De son côté, elle avait essayé de se montrer compréhensive, mais c'était difficile, compte tenu de l'impact que pouvaient avoir sur sa vie les informations qui étaient en sa possession. De toute façon, s'il avait découvert quelque chose d'important, il lui en aurait certainement parlé. Et inversement, il ne lui aurait jamais fait part d'une information sans s'être au préalable assuré de son exactitude. Néanmoins, son silence lui paraissait étrange. Et vaguement inquiétant.

— Je crois qu'on peut dire ça, oui.

— Alors ? Raconte…

— J'ai passé tout le week-end à discuter avec des personnes qui pourraient avoir des informations sur ce qui s'est passé.

— Comme qui ?

— Les couples qui ont eu des filles à St. Francis au même moment que tes parents. Le personnel de l'hôpital. Tous les gens qui ont accepté de répondre à mes appels.

Elle ravala sa salive avec peine, le café lui brûlant la gorge. Parmi les personnes avec qui il avait parlé, figurait certainement son père ou sa mère. C'était difficile à croire, mais c'était ainsi.

— Ah, finit-elle par dire. Et tu as appris quelque chose d'intéressant ?

Son regard sombre acheva de la convaincre qu'il ne savait pas trop quoi penser de ce qu'il avait découvert.

— Oui et non. Tu as déjà entendu parler de Steele Tools ?

— Je dois avoir un ou deux de leurs tournevis, répondit-elle en haussant les épaules. Pourquoi ?

— Mes hommes ont fait quelques recherches sur eux. Leur réussite est épatante, et elle est née ici, à Charleston.

Il poursuivit son récit sur cette entreprise familiale, mais elle ne l'écoutait plus vraiment. Si l'histoire de Steele Tools avait l'air de le fasciner, elle ne voyait pas pourquoi elle devrait s'en soucier. Ni pourquoi elle semblait si importante à ses yeux.

— C'est super, mais qu'est-ce que ça a à voir avec l'affaire ?

Comme s'il hésitait à en dire davantage, il pinça les lèvres. Mais elle ne pouvait pas se contenter de ça. Il en avait trop dit ou pas assez.

— Allez, raconte.

L'air réticent, il soupira.

— J'ai réussi à contacter et à éliminer quasiment toutes les familles qui ont eu une petite fille à St. Francis le jour de ta naissance. Toutes sauf une. Trevor et Patricia Steele étaient à la maternité le jour de l'ouragan et ils ont mis au monde un enfant. Une petite fille qu'ils ont baptisée Morgan.

Morgan. Jade avait toujours aimé ce nom. Était-ce pour ça ? Était-ce le prénom qu'elle aurait dû avoir ? Celui qu'on lui avait donné le jour de sa naissance ? Plus elle y pensait, plus le nom de Jade lui paraissait étrange et étranger.

— Le problème, c'est que je n'ai pas réussi à entrer en contact avec eux. J'ai laissé des messages à leurs secrétaires et assistantes, mais ils ne m'ont pas rappelé. C'est très énervant, parce que je sens que je suis tout proche de la vérité.

Elle essaya de réfléchir à ce qu'il venait de lui dire.

Si toutes les autres familles avaient été éliminées, c'était que Morgan Steele était la seule petite fille qui avait pu être échangée à la naissance avec elle. Ce qui voulait dire que Jade était…

— Si je ne me trompe pas, et je ne pense pas me tromper, tu es la fille de milliardaires, Jade.

Sous le choc, elle resta quelques instants à le regarder sans le voir. Elle attendait une conclusion. Quelque chose qui renverserait la donne. Mais il se contentait de la regarder de ses grands yeux bleus comme s'il s'attendait à une réaction plus spectaculaire de sa part.

— Des milliardaires ? finit-elle par dire.

— Oui.

Pour essayer de saisir toutes les implications de ses propos, elle se laissa tomber sur une chaise. Pour l'heure, ce n'était qu'une supposition de sa part. Il n'avait pas de preuve, pas d'ADN pour le confirmer. Mais même si cela se révélait vrai, elle n'arriverait jamais à le croire. C'était le genre de chose qui ne pouvait pas arriver.

— Laisse-moi deviner. Et je suis aussi princesse de la Génovie, c'est ça ?

— De la Géno-quoi ? Écoute, je ne plaisante pas, Jade. Je pense que tu as été délibérément arrachée aux Steele à ta naissance. Ça paraît logique.

— Ah oui ? répliqua-t-elle d'une voix qui lui parut à elle-même hystérique. Pour toi, peut-être, mais pas pour moi.

— Très bien. Essaie de me suivre. Tu ne comprenais pas pourquoi tes parents avaient été visés. Je ne pense pas qu'ils aient été personnellement visés. Je pense que la véritable cible était la famille Steele. Tes parents et leur fille n'étaient qu'un pion dans le jeu.

— Mais pourquoi quelqu'un aurait-il fait ça ?

L'air las, il soupira.

— C'est le seul point que je n'ai pas encore réussi à élucider. Mais une famille comme ça ferait une cible idéale pour un kidnapping ou ce genre de choses.

— Un kidnapping, oui. Mais qui aurait eu quoi que ce soit à gagner à échanger des bébés ? Personne.

— Je sais. Ça ne paraît pas logique. Je ne dispose pas encore de tous les éléments, mais je sais que je suis sur la bonne piste. Je le sens dans mes tripes.

— C'est peut-être juste que tu as faim, dit-elle ironiquement.

Mais il lui jeta un regard noir. Manifestement, son humour n'était pas aussi bien perçu quand il portait sur l'enquête.

— Tu sais quoi ? J'aurais pensé que tu serais davantage intéressée par ce que j'avais à te dire, mais tu te comportes comme si tout cela n'était qu'une plaisanterie. Pour bien faire, je n'aurais pas dû te dire quoi que ce soit, mais il me semblait qu'il était important pour toi de savoir. C'est tout de même une grande découverte.

Instinctivement, elle se leva pour placer doucement une main sur son épaule.

— Je sais, excuse-moi. Merci de m'avoir parlé de tout ça. C'est juste que ça fait beaucoup de choses à encaisser. Je ne savais pas vraiment à quoi m'attendre quand tout cela a commencé, mais je n'aurais jamais imaginé que tu déterrerais des histoires de riches familles et de projets de kidnapping. Je suis un peu déstabilisée. Je ne sais pas ce que je dois faire ou penser de tout ça.

— Tu n'as rien à faire du tout. À part méditer là-dessus et t'habituer à cette idée. Je ne voudrais pas que tu sois choquée quand la vérité éclatera et que des dizaines de journalistes viendront te voir en te demandant ce que ça fait de se retrouver tout à coup milliardaire.

Elle était touchée par sa prévenance. Sincèrement. Mais le choc de cette nouvelle n'avait fait qu'ajouter à la liste de ses inquiétudes.

Morgan Steele. Ce nom évoquait une femme puissante qui avait le contrôle de sa vie. La descendante d'une riche famille. Une héritière bien éduquée et sophistiquée. Jade n'était rien de tout ça et ne pouvait imaginer qu'elle le deviendrait un jour. Ça devait être une erreur. Une fausse piste.

Mais quand elle observait Harley, elle ne voyait que détermination et sérieux. Il était sûr de lui.

Et si c'était vrai ? Quelles conséquences cela aurait-il sur elle ?

— Tu n'as pas l'air très contente de la nouvelle. À ta place, pourtant, je pense que la plupart des gens seraient ravis de se découvrir membres cachés de l'une des plus puissantes familles du pays.

C'était donc qu'elle n'était pas comme tout le monde.

— C'est juste que ça m'inquiète un peu. Je ne me suis jamais sentie à ma place dans ma famille, qui était pourtant modeste. Comment pourrais-je m'intégrer dans une famille immensément riche ? Je ne sais pas ce que c'est que d'être riche. Je ne sais pas ce que c'est que d'être une femme élégante et raffinée. Je vais passer pour le vilain petit canard, et c'est la dernière chose que je souhaite. Je voulais juste trouver ma place…

— Je ne supporte pas de t'entendre dire ça. Tu es belle et intelligente. Il te suffirait de mettre une robe de soirée pour t'intégrer dans n'importe quelle soirée huppée.

Tout en soupirant, elle baissa les yeux vers la table en bois usé. Comme la plupart des meubles qu'elle avait chez elle, elle l'avait récupérée chez ses parents. Elle n'avait pas acquis beaucoup de biens matériels au cours de sa vie. Le peu qu'elle avait reçu en cadeau de mariage, elle l'avait laissé à Lance. Elle n'avait pas eu envie de prendre ces objets du passé avec elle quand elle avait quitté la Virginie.

Mais à présent qu'elle savait qu'elle était une Steele… Elle n'arrivait pas à imaginer l'impact que la nouvelle aurait sur sa vie, mais elle espérait que Harley avait raison. Elle avait, plus que tout, envie de se sentir intégrée. Avec un peu de chance, une jolie robe et un beau sourire feraient l'affaire.

Mais pour quelque raison inconnue, elle en doutait.

- 8 -

Quand Jade rentra du travail le lundi après-midi, elle trouva Harley exactement là où elle l'avait laissé le matin : assis à la table de la cuisine, entouré de papiers, le regard fixé sur son ordinateur. Il ne releva même pas les yeux quand elle entra, ne semblant s'apercevoir de sa présence qu'au moment où elle posa son sac sur la table.

— Ça avance ? demanda-t-elle.

— Oui, répondit-il en soupirant, avant de fermer l'ordinateur. Tu rentres tôt.

Déçue par cette observation, elle se tourna vers l'horloge du four.

— Je dirais plutôt que je suis en retard. Il est presque 17 heures. Apparemment, tu étais tellement immergé dans ta tâche que tu n'as pas vu le temps passer. Tu as déjeuné, au moins ?

Comme s'il lui fallait du temps pour réfléchir à la question, il garda le silence quelques instants.

— Oui, finit-il par dire. Enfin, j'ai mangé un paquet de shortbreads que j'ai trouvé dans ton placard.

— Écoute, j'apprécie ton implication dans l'enquête, mais tu dois manger. Il n'y a rien dans le frigo que je puisse te préparer pour le dîner, mais que dirais-tu de sortir ? J'ai l'impression qu'une petite pause ne te ferait pas de mal.

— Tout à fait d'accord, dit-il en se levant pour s'étirer. D'autant plus que j'envisageais moi-même de t'emmener dans un très bel endroit pour dîner ce soir.

Prise de court, elle se crispa. Un très bel endroit ? Qu'entendait-il par là ? Et qu'est-ce que cette proposition impliquait ? Devait-elle considérer cette sortie comme un rendez-vous galant ? Ils couchaient déjà ensemble. Et flirtaient un peu. Mais jamais une chose aussi traditionnelle qu'un rendez-vous galant n'avait été évoquée auparavant. Mais était-ce vraiment de cela qu'il s'agissait ? Embarrassée par tous ces doutes, elle décida de se concentrer sur les aspects purement concrets de la question.

— Un très bel endroit ? Tu parles du Red Lobster ou… je ne sais même pas ce qu'il y a de bien en ville. Beaucoup de choses ont changé pendant mon absence.

— En réalité, je m'étais dit qu'on pourrait profiter de l'occasion pour t'immerger un peu dans le style de vie mirobolant qui sera le tien si tu appartiens à la famille Steele. Pour te familiariser avec ce genre de choses.

Pas de rendez-vous galant, donc. Elle était à la fois déçue et soulagée.

— C'est sûrement un peu prématuré, mais j'imagine que ça ne peut pas me faire de mal.

— Super. Va te préparer, je me charge de la réservation.

Une fois dans sa chambre, elle se demanda ce qu'elle allait porter. En fouillant dans ses affaires, elle finit par tomber sur la toujours très utile petite robe noire. La sienne était satinée, avec des manches ballon et un décolleté qui mettait en valeur ses clavicules gracieuses. Ni trop longue ni trop courte, elle soulignait sa taille fine et la courbe de ses seins. Avec des escarpins et quelques accessoires, elle devrait convenir aux plus beaux restaurants de Charleston, dans lesquels elle ne s'était jamais rendue auparavant.

Après avoir noué ses cheveux en chignon à la base de son cou, elle retoucha son maquillage et sortit ses plus beaux bijoux, que ses parents lui avaient offerts pour son mariage : des boucles d'oreilles en perles et un bracelet assorti.

Elle était belle. Sans doute plus belle qu'elle ne l'avait jamais été. Cela serait certainement suffisant pour se faire accepter dans le restaurant qu'il avait choisi. Mais ce ne serait là qu'un coup d'essai. La femme qu'elle voyait dans le miroir pourrait-elle passer pour un membre de la famille Steele ? C'était là la question essentielle.

En retournant dans le séjour, elle trouva Harley dans un costume noir et une chemise anthracite. Pas de cravate ce soir-là, et elle aimait ça. Le col, ouvert, lui permettait de discerner le bas de son cou, certainement empreint de l'odeur de son parfum mêlé au musc de sa peau. Il lui fallut se faire violence pour résister à l'envie d'y enfouir le visage pour humer cet enivrant cocktail.

Après l'avoir vu à la maison dans des tenues plus décontractées, cela faisait vraiment du bien de le retrouver élégant et soigné. À l'image d'un caméléon, il se fondait dans son environnement. Le voir ainsi lui rappelait le moment où elle avait ouvert sa porte et l'avait trouvé sous son porche. Difficile de croire que c'était seulement une semaine plus tôt. Et toujours ces papillons dans l'estomac…

Mais il ne sembla rien remarquer. Il était trop occupé à la fixer d'un regard viril et appréciateur.

— Tu es… très belle.

Ravie, elle sourit.

— Est-ce que ça ira pour l'endroit où tu m'emmènes ? demanda-t-elle en désignant sa tenue.

— Parfaitement. Je suis sûr que tu seras la plus belle femme du restaurant.

Elle avait du mal à croire à ce compliment, mais après leur discussion à ce sujet, elle décida de ne pas le contredire. Comme il avait l'air d'y croire, ça ne pouvait être que vrai. Au moins à ses yeux.

— Merci.

Tout sourire, il lui offrit son bras et la conduisit jusqu'à la Jaguar.

— Alors, où as-tu réservé ? lui demanda-t-elle alors qu'il s'engageait sur la voie rapide qui menait au centre-ville.

Le regard toujours fixé sur la route, il sourit.

— J'ai un ami qui vient d'ouvrir un restaurant dans un ancien entrepôt. Je suis sûr que tu vas aimer.

Une vingtaine de minutes plus tard, ils laissaient les clés à un voiturier devant Harrison Chophouse. Sur la vitrine, des affiches mentionnaient les divers prix que l'établissement avait remportés, dont celui de meilleur restaurant gastronomique et de restaurant le plus romantique.

À l'intérieur, l'éclairage était tamisé, les panneaux de bois sombre et le feu qui brûlait dans la cheminée ne faisant que renforcer l'aspect intime et chaleureux des lieux. Sur chaque table, une nappe de lin blanc, une chandelle et un bouquet de fleurs fraîches. La plupart étaient déjà prises, et plusieurs personnes attendaient devant le bar d'être placées.

Il s'approcha d'un homme qui semblait être le maître d'hôtel, et à la grande surprise de Jade, ils furent immédiatement conduits vers une table placée dans un espace intime et chaleureux, où on leur remit la carte.

Elle venait à peine de commencer à la lire quand un autre homme s'approcha d'eux en se présentant comme le sommelier du restaurant.

— Puis-je vous proposer une petite sélection de notre cave ? Je vous recommande vivement l'Opus One 2014, qui est un merveilleux rouge de Californie, ou encore le cabernet sauvignon Silver Oak ?

— Tu aimes le vin rouge ? lui demanda Harley.

Elle acquiesça.

— Mais je te laisse choisir.

Pour tout avouer, elle ne savait pas vraiment si elle appréciait ou non le vin rouge. Elle avait rarement eu l'occasion de boire du vin dans sa vie. Lors de soirée entre amis, elle prenait souvent un verre de blanc, mais il y avait bien longtemps qu'elle n'avait pas assisté à ce genre d'événement. Depuis que les choses avaient commencé à mal tourner avec Lance, à bien y réfléchir. Mais elle était très disposée à tester tout ce qui conviendrait à ce genre de soirée. Cela faisait partie de l'expérience, après tout.

Après avoir brièvement consulté la carte, il commanda un vin au nom imprononçable. L'air ravi, le sommelier disparut quelques instants, avant de revenir avec la bouteille en question, qu'il ouvrit religieusement avant de la faire goûter à Harley.

Quand l'homme eut disparu en laissant la bouteille, elle reprit la carte des vins et ne tarda pas à retrouver le nom que Harley avait prononcé. C'était une bouteille à quatre cent dollars qui était loin d'être la plus onéreuse de la liste.

— Tu vas vite t'habituer, dit-il en souriant, comme s'il avait lu dans ses pensées.

— À quoi ? demanda-t-elle, intriguée.

— Ta nouvelle vie. S'il s'avère que tu es vraiment

l'héritière des Steele, beaucoup de choses vont changer. J'ai eu un peu de mal à m'y faire, moi aussi, surtout après toutes ces années passées dans la marine. J'étais tellement habitué à vivre dans des conditions difficiles que le simple fait de rentrer aux États-Unis a été un véritable luxe pour moi. Après ça, quand ma société a pris son essor et que j'ai compris que j'avais plus d'argent que je ne pourrais jamais en dépenser, il m'a fallu du temps pour me forger une nouvelle représentation du monde. J'avais toujours porté sur lui le regard d'un homme issu d'un milieu défavorisé. Et par certains aspects, je crois qu'on peut dire que c'est toujours le cas, même si j'essaie d'élargir mes horizons. À présent, quand je veux quelque chose, je n'ai aucune difficulté à l'obtenir. Je peux manger dans des beaux restaurants et porter de luxueux costumes. Je peux débourser plus que le montant de mon ancien loyer pour une simple bouteille de vin. Mais la clé, pour moi, c'est de ne jamais rien considérer comme un fait accompli.

Pourrait-elle procéder de la même façon ? Elle n'en était pas sûre.

— Tu n'as jamais l'impression d'être un imposteur ?

— Si. Tous les jours. Et j'ai longtemps pensé que les gens allaient finir par s'en apercevoir et m'exclure de leur milieu. Mais ça n'est jamais arrivé. Ça sera pareil, pour toi, Jade. Tu ne te sens peut-être pas à ta place, mais tu ne tarderas pas à t'intégrer. Et pour cela, je crois que tu devrais commencer par boire une gorgée de ce vin hors de prix et te détendre un peu.

Tout en secouant la tête, elle baissa les yeux vers le menu.

— Je ne pense pas que ce soit aussi simple que ça. Et je ne suis pas si sûre que ma vie va changer.

Même si tu trouves la preuve absolue que les Steele sont bien mes véritables parents, il n'est pas certain qu'ils m'accueillent à bras ouverts. Et même si c'est le cas, je doute qu'ils me donnent une chambre dans leur villa, qu'ils me passent un chéquier et qu'ils révisent leur testament pour m'inclure dedans. Au mieux, ils me considéreront comme la cousine lointaine qu'on n'invite qu'une fois par an. Et je conserverai le niveau de vie moyen que j'ai lutté pour obtenir.

Sur ces bonnes paroles, elle prit son verre et en but une gorgée. Le vin était merveilleux. Sans rien de commun avec les bouteilles à douze dollars qu'elle avait pu goûter jusqu'ici.

Et sur son estomac vide, il ne tarda pas à opérer sa magie, réchauffant son sang et détendant ses muscles. Peut-être était-ce pour cette raison que les personnes riches aimaient tant le vin. Cela les aidait à atténuer le stress de leurs existences luxueuses et compliquées.

De l'autre côté de la table, il la regardait désormais d'un air exaspéré.

— Tu n'as même pas encore rencontré ces gens que tu te prépares déjà à être rejetée. Pourrais-tu m'expliquer pourquoi ?

— Je ne sais pas trop, répondit-elle en toute honnêteté. Je n'arrive pas à croire à ce rêve. Toute ma vie, j'ai lutté pour faire les meilleurs choix et prendre les meilleures décisions, et ça m'est toujours retombé dessus. Je ne vois pas pourquoi ce serait différent. Inconsciemment, je dois me dire que, si je m'attends au pire, je serai peut-être agréablement surprise.

— Est-ce aussi comme ça que tu ressens les choses à mon sujet ? Au sujet de nous ? Tu préfères penser que ça se finira mal, car si ce n'est pas le cas, au moins tu n'auras pas été déçue ?

Elle le regarda en plissant les yeux. Il était tellement beau dans ce costume, malgré son insistance pour évoquer des sujets désagréables. Tout en essayant de se reprendre, elle étudia longuement les traits et les angles de son visage. Il lui était plus facile de se concentrer sur son nez cassé, l'ombre de barbe qui commençait à obscurcir sa mâchoire virile, ses yeux d'un bleu si limpide. Elle n'avait aucune envie de réfléchir à ce qu'il y avait entre eux.

— J'ignore comment les choses vont se terminer entre nous, finit-elle par dire. Mais tu as raison : au fond de moi, je sais qu'il est plus prudent de ne pas y accorder trop d'importance. Quand tu auras élucidé l'affaire, tu retourneras à Washington, et je resterai ici, avec ma crise d'identité. Voir dans notre relation plus qu'une simple résurgence du passé serait le meilleur moyen de souffrir, tu ne penses pas ?

Sans répondre, il passa un long moment à contempler son visage d'un air concentré. Était-il d'accord avec ce qu'elle venait de dire ou était-il énervé ? Impossible de le déterminer. Au bout d'un temps, il finit par hocher brièvement la tête.

— À quoi buvons-nous, ce soir ? demanda-t-il en prenant son verre de vin.

Elle réfléchit une seconde avant de relever le sien.

— À l'avenir ?

Cette proposition sembla le satisfaire, car il sourit.

— À l'avenir, répéta-t-il en faisant tinter son verre contre le sien. Et aux agréables surprises qu'il te réserve.

— Qu'il nous réserve, rectifia-t-elle.

À leur retour, tout n'était plus que chaos et désolation. Hors de lui, Harley regarda Jade, dans sa jolie robe et ses escarpins à talons hauts, enjamber d'un pas hésitant les débris qui jonchaient son séjour. Quelqu'un s'était introduit chez elle pendant leur absence et avait tout saccagé. Dans le but manifeste de l'effrayer.

Et en la regardant se pencher pour ramasser d'une main tremblante une photo de sa famille dans un cadre brisé, il craignit que le coupable soit arrivé à ses fins. Jade était une femme forte et sûre d'elle, mais tout le monde avait ses limites.

La police venait de quitter les lieux. Ils avaient pris des notes et des photos, mais n'avaient rien proposé pour aider Jade à surmonter la situation. Le séjour ne ressemblait plus que de très loin à ce qu'il était quand ils étaient partis au restaurant, quelques heures plus tôt. Et on pouvait dire la même chose de toutes les autres pièces de la petite maison. Manifestement, rien n'avait disparu, mais tout avait été mis sens dessus dessous. Les meubles avaient été retournés, les tiroirs arrachés, la vaisselle brisée. Et un message avait été tagué sur le mur du séjour :

ABANDONNE TANT QU'IL EST ENCORE TEMPS.

La simple vision de cette peinture rouge souillant le mur de cette jolie petite pièce suffisait à faire bouillir son sang dans ses veines. Elle était revenue à Charleston pour commencer une nouvelle vie. Pour se reconstruire après que Lance eut détruit tout ce qu'ils avaient bâti ensemble. Et à présent, un événement qui s'était produit trente ans plus tôt venait menacer cette nouvelle chance. Après ça, pourrait-elle un jour se réinstaller seule dans cette maison et s'y sentir bien ? Il en doutait. Même avec le meilleur matériel de sécurité qu'il pourrait lui proposer.

Saletés de délais. Si ses hommes étaient venus comme

prévu quelques jours plus tôt, les lieux auraient été truffés de caméras qui auraient immortalisé l'arrivée des intrus. Le système aurait protégé la maison et, plus important encore, protégé le sentiment de sécurité de Jade. Elle avait affirmé que le quartier était sûr et qu'elle n'avait pas besoin de ce dispositif. Mais après ça, il y avait peu de chances qu'elle cherche à nouveau à le contredire.

— Je ne comprends pas, murmura-t-elle en laissant tomber la photo pour s'asseoir sur ce qui restait du canapé. Pourquoi ? Pourquoi quelqu'un a fait ça ?

— Pour te faire peur. Si c'est la même personne qui t'a envoyé la lettre, et je pense que c'est le cas, cela correspond à une surenchère de menaces. Comme tu n'as pas abandonné, ils veulent te faire comprendre qu'ils ne plaisantent pas.

— Mais qui cela intéresse-t-il ? se lamenta-t-elle. Pourquoi quelqu'un consacrerait autant d'énergie à m'empêcher de découvrir qui est ma véritable famille ? Je ne suis pas la princesse Anastasia.

Tout en secouant la tête, il alla doucement s'asseoir à côté d'elle.

— Quand nous aurons compris le motif, nous comprendrons certainement ce qui t'est arrivé quand tu étais bébé et pourquoi. Les personnes qui ont fait ça ne veulent pas que la vérité éclate. C'est parce que tu es à l'origine de l'enquête qu'ils t'ont prise pour cible. C'est aussi simple que ça.

— Aussi simple que ça, répéta-t-elle d'une voix morne en fixant d'un air absent l'inscription à la peinture qui barrait le mur.

Il n'aimait pas la voir ainsi. Ce n'était pas sa Jade. La Jade qu'il aimait était une battante, et ces sales types l'avaient brisée. Serrant les poings, il observa le paysage de désolation qui s'étendait autour de lui. Cela avait rarement été le cas dans sa vie, mais il se sentait totalement impuissant. Généralement, il y avait toujours quelque chose qu'il pouvait faire pour rectifier la situation. Il était si furieux qu'il avait envie de se défouler sur le ou les responsables, avant de les envoyer dans la pire prison du monde, pour qu'ils y croupissent jusqu'à la fin de leurs jours.

Mais pour l'heure, il fallait qu'il trouve un moyen d'aider Jade.

Il venait de se faire cette réflexion quand elle se pencha vers lui pour appuyer doucement la tête contre son bras.

— Je suis contente que tu sois là, murmura-t-elle. Je ne sais pas ce que j'aurais fait si j'avais trouvé ça en rentrant seule.

Elle avait raison. Au moins, il était avec elle. Elle n'aurait pas à endurer ça seule. Il avait bien fait de suivre son instinct quand elle avait reçu cette lettre de menaces. Elle n'avait apparemment pas apprécié qu'il s'impose dans sa vie, mais il ne regrettait pas son choix.

Suivant de nouveau son instinct, il enfouit son visage dans ses doux cheveux blonds, dont il huma le parfum. Une odeur fruitée et familière qui l'aida à détendre ses muscles jusqu'alors totalement noués. Il n'avait pas besoin de se préparer au combat. En tout cas, pas ce soir.

— Je suis content d'être là, moi aussi. Je vais trouver qui t'a fait tout ça, Jade, et veiller à ce qu'on ne te fasse plus jamais de mal.

En guise de réponse, elle se serra un peu plus contre lui. Il espérait avoir la chance de partager à nouveau son lit ce soir-là, mais ce n'était pas la première chose qu'il avait à l'esprit. Car à l'image des objets qui se trouvaient autour d'eux et qui lui appartenaient, elle paraissait brisée.

Elle lui avait dit qu'elle contacterait son assurance le lendemain matin, mais il savait que la compagnie ne lui serait pas d'une grande utilité. Il allait lui-même appeler son assistante pour qu'elle envoie une société de nettoyage qui remettrait les lieux dans un état correct tandis que son équipe installerait le dispositif de sécurité qui était arrivé un jour trop tard.

Mais entre-temps…

— Fais tes bagages, Jade. On part.

Relevant la tête, elle le regarda d'un air désorienté.

— Cette maison n'est plus sûre. Nous ne pouvons pas rester ici ce soir.

— Mais où va-t-on aller ?

— Chez ma mère, finit-il par dire après une seconde de réflexion.

— Je ne sais pas si c'est une bonne idée. C'est un peu bizarre. Je ne voudrais pas qu'elle se fasse de fausses idées sur nous.

— Ce ne sera pas le cas.

— Et je ne veux pas m'imposer.

Tout en poussant un soupir d'exaspération, il croisa les bras sur son large torse. Pourquoi fallait-il qu'elle le contredise sans cesse ?

— Nous ne nous imposerons pas. La maison de ma mère est immense. C'est moi qui l'ai payée. C'est moi qui la fais entretenir. Si tu restes discrète, elle ne remarquera même pas ta présence.

— On ne pourrait pas plutôt prendre une chambre d'hôtel ?

— Non. Je m'étais installé chez elle avant de venir chez toi. Et on va y retourner ensemble.

— Mais…

— Il n'y a pas de « mais ». Ces menaces sont sérieuses, Jade. Le seul moyen d'y mettre un terme est de boucler l'enquête. Or, je ne peux pas le faire tout en assurant ta protection vingt-quatre heures sur vingt-quatre. La maison de ma mère est une ancienne plantation située sur plusieurs centaines d'hectares de terres boisées. Elle est clôturée et sécurisée par un dispositif renforcé. C'est une véritable forteresse. Et je ne vois pas d'autre endroit où je pourrais te laisser sans m'inquiéter. Par ailleurs, je pense que tu ferais mieux de ne pas aller travailler pendant les quelques jours à venir. Tu serais trop exposée.

Avec un profond soupir, elle sembla enfin capituler.

— Très bien. J'appellerai demain pour dire que je suis malade. Pour combien de temps dois-je faire mes bagages ?

Pour toujours, eut-il envie de répondre. Car il ne l'imaginait pas se réinstaller un jour ici. Mais il se garda bien de le lui dire.

— Pour au moins deux ou trois jours. Après ça, s'il te manque quelque chose, on pourra revenir le chercher.

— Ça pourrait durer plus de trois jours ?

— Tout dépend de mon enquête, répondit-il en haussant les épaules. Tant que nous ne saurons pas la vérité, et tant que le responsable de tout ça ne sera pas derrière les barreaux, je ne vois pas où on pourrait aller. Chez tes parents, ils te retrouveraient. Alors que chez ma mère, c'est impossible. Pour commencer, il faudrait qu'ils sachent que tu es là, et ensuite, qu'ils trouvent où elle habite. Or, elle est aussi absente que moi des bases de données informatiques. Je ne vois pas comment on pourrait la localiser.

Tout en acquiesçant, elle prit la direction de sa

chambre. Il allait certainement lui falloir un peu de temps pour retrouver les choses dont elle avait besoin.

À mi-chemin de la porte, brusquement, elle se tourna vers lui.

On aurait dit qu'elle voulait lui avouer quelque chose. Ses yeux étaient débordants d'émotion. Mais sans souffler mot, elle fit demi-tour et le serra violemment contre elle. Le visage enfoui dans son cou, elle s'accrochait désormais à lui. Elle n'avait rien dit du tout, mais il avait parfaitement compris le message.

Il aurait préféré que cela se fasse en d'autres circonstances, mais il avait enfin brisé le mur qu'il y avait entre eux. Ses derniers remparts s'étaient effondrés, et elle l'avait laissé entrer.

Le problème était qu'il ne savait pas ce qu'il devait faire ensuite.

- 9 -

Quand Harley lui avait dit qu'il avait acheté à sa mère une plantation, Jade avait cru à une métaphore pour désigner une grande maison ou à une simple exagération. Mais quand la Jaguar passa le portail de la Rose River Mansion, elle comprit qu'il avait dit vrai. C'était une authentique demeure du XVIIIe siècle, située sur une ancienne plantation.

La villa, cependant, ne ressemblait pas vraiment aux demeures traditionnelles de la région, blanches, avec leurs frontons et leurs porches à colonnades. Elle n'était pas architecte, mais le mot « gothique » était le seul qui lui venait à l'esprit, malgré la structure en bois peinte à la chaux et le toit de tuiles rustique. À mi-chemin entre la chapelle médiévale, la maison victorienne et le chalet européen, elle était pourvue de tant de détails qu'on aurait pu la contempler pendant des heures sans cesser de faire de nouvelles découvertes.

Alors qu'ils remontaient à pied l'allée de graviers, elle observa la forêt de chênes qui jouxtait la demeure. Des marches de brique menaient à un grand porche bordé d'arches brisées. Mais la maison comptait également quelques touches modernes. À commencer par la serrure, qui évoquait moins la ferronnerie traditionnelle que la haute technologie, et dans laquelle elle reconnut immédiatement l'œuvre de Harley. Le connaissant comme elle le connaissait, il avait également dû faire remplacer les vitres originelles par du verre blindé.

Sous son regard attentif, il avait tapé un code à six chiffres sur la serrure avant de passer son pouce devant un appareil qui devait être un lecteur d'empreintes digitales. Un instant plus tard, la porte s'ouvrait d'elle-même, et il lui faisait signe d'entrer.

Ils se retrouvèrent alors dans un immense hall, éclairé d'un impressionnant lustre à pampilles, et duquel s'élevait un escalier en colimaçon. Elle n'arrivait même pas à s'imaginer vivre dans un lieu comme celui-ci. Entre cette maison et le minuscule appartement où il vivait avec sa mère à l'époque du lycée, il y avait un véritable gouffre. Elle savait qu'il avait bien réussi dans les affaires, mais elle n'aurait jamais pensé que c'était à ce point-là.

— Ta maison à Washington est-elle comme celle-ci ? demanda-t-elle en admirant le sol pavé de marbre.

— Absolument pas. Je préfère le moderne. Ma maison doit avoir une centaine d'années, mais elle ne les fait pas.

— Je suis sûre que tu l'as dépouillée de tout son charme en la truffant de gadgets.

— Je n'ai pas eu à le faire. Son précédent propriétaire était un cadre de la CIA. Elle était déjà complètement rénovée et aussi sûre qu'une forteresse quand je l'ai achetée.

— Je vois.

Leur conversation fut interrompue par une voix féminine.

— Harley, c'est toi, mon chéri ?

La mère de Harley venait d'apparaître en ouvrant de larges portes vitrées. Si elle paraissait plus âgée que dans les souvenirs de Jade, le temps ne lui avait rien ôté de sa beauté. Après s'être immobilisée un instant pour les observer, elle concentra son regard sur elle.

— Jade ? fit-elle avec un sourire radieux.

— Oui, c'est moi, madame Dalton.

Sans cesser de sourire, la mère de Harley s'approcha d'elle pour la prendre dans ses bras. Elle était tout à fait conforme aux souvenirs qu'en avait gardés Jade, mais à présent, elle portait un luxueux parfum et des boucles d'oreilles en diamants. Quand elle finit par s'écarter, elle la regarda un long moment.

— Tu es magnifique. Vraiment magnifique, finit-elle par dire, avant de se tourner vers son fils. Harley Wayne Dalton, pourquoi ne m'as-tu pas dit que tu venais avec Jade ce soir ? J'aurais fait préparer une chambre pour elle. Le majordome est parti se coucher. Il est 11 heures passées.

— Ça a été une décision de dernière minute, maman. Quelqu'un s'est introduit chez elle et a vandalisé sa maison. Je ne voulais pas qu'elle reste là-bas ce soir.

— Mon Dieu, c'est horrible ! s'exclama-t-elle avec cet accent du Sud si prononcé dont Jade se souvenait bien. Harley a raison, tu seras beaucoup mieux ici. Comme Gabby est allé se coucher, je vais monter te préparer moi-même une chambre.

Elle s'interrompit et se mit à les regarder à tour de rôle d'un œil curieux.

— À moins que tu préfères partager la chambre de Harley ? dit-elle avec une lueur d'espoir dans les yeux.

— On va partager une chambre, maman. Je ne veux pas te déranger.

L'air vexé, Mme Dalton fronça les sourcils, et à cet instant, Jade fut frappée par la ressemblance qu'elle présentait avec son fils. Mêmes pommettes hautes, même regard bleu perçant.

— Vous ne me dérangez pas du tout. Et puis, ce n'est pas souvent que j'ai de la compagnie.

— C'est très gentil de votre part, madame Dalton. Mais je vous avoue que je n'ai qu'une envie : aller me coucher. Je suis vraiment épuisée.

— Je comprends, répondit-elle d'une voix douce. Va lui montrer ta chambre, Harley. Et si vous avez besoin de quoi que ce soit, n'hésitez pas à venir me le demander.

Après avoir acquiescé, il prit les bagages et commença à monter le grand escalier. Admirant au passage le décor, Jade lui emboîta le pas.

— Ma chambre est située dans l'aile ouest, juste là, finit-il par annoncer en ouvrant une porte d'un coup d'épaule.

C'était une grande pièce, dont l'espace était en partie occupé par un immense lit recouvert d'un édredon bleu assorti à la peinture des murs. Les meubles, en revanche, étaient pour la plupart peints en blanc.

Après avoir posé les bagages sur le lit, il se tourna vers elle.

— Le dressing est là, lui dit-il en lui indiquant une porte. Et la salle de bains là, ajouta-t-il en pointant du doigt une autre.

Tout en hochant la tête, elle se débarrassa des escarpins qu'elle portait toujours et soupira de contentement quand elle sentit ses pieds s'enfoncer dans l'épaisse moquette. En ouvrant la porte de la salle de bains, elle découvrit un véritable palais de marbre, avec une immense baignoire à bulles et une douche à l'italienne suffisamment grande pour deux.

— Je prendrais bien un bain, murmura-t-elle.

— Ça te ferait sûrement du bien.

Après s'être lui-même débarrassé de ses chaussures, il sortit son ordinateur de sa sacoche, ainsi que son pistolet, qu'il posa sur la table de chevet. Fort heureusement, toutes ses affaires étaient restées dans sa voiture au cours de la soirée. Si, par malheur, il les avait laissées chez elle, les intrus auraient certainement emporté ou détruit son travail concernant l'enquête.

Il semblait toujours aussi inquiet et à cran, et elle n'avait aucun mal à le comprendre. Si tout ce qui s'était passé ce soir-là avait été particulièrement traumatisant pour elle, les choses avaient été différentes pour lui. Même s'il ne considérait pas la situation comme une sorte d'échec de sa part, ce qui n'était pas le cas, il devait être irrité au plus haut point. Il avait jusqu'ici mis tout ce qu'il avait dans l'enquête, mais, les enjeux ayant encore augmenté, il ne serait pas en paix tant qu'il n'aurait pas obtenu de réponses.

Refermant la porte de la salle de bains derrière elle, elle essaya de laisser ses soucis à l'extérieur de cette oasis de marbre. Après avoir rempli la baignoire d'eau et d'un peu d'huile de rose qu'elle avait trouvée sur une étagère, elle ôta ses vêtements, ramassa ses cheveux en un chignon flou et s'immergea dans le bain.

Elle était épuisée, sur un plan à la fois physique et émotionnel, et ce bain était exactement ce qu'il lui fallait. Sa petite maison lui offrait la plupart des choses dont elle avait besoin, mais pas de baignoire à bulles. Cela lui rappelait celle qu'elle avait jadis dans sa maison avec Lance. Encore une chose à ajouter à la liste de ce qu'elle avait perdu au fil du temps.

Mais quand elle essaya de se laisser aller en fermant les yeux, elle s'aperçut qu'elle ne pouvait pas se détendre aussi facilement qu'elle l'avait espéré. Elle était inquiète. Pas au sujet de l'enquête. Pas vraiment au sujet de l'intrusion. Certes, elle était menacée par une personne dont elle ignorait l'identité, mais elle ne doutait pas du fait que Harley ferait tout ce qui était en son pouvoir pour la protéger. Et c'était là tout le problème. Il était prêt à tout. Et c'était très inquiétant.

Quand ils avaient retrouvé sa maison saccagée, il avait fait volte-face. Un changement brutal qui l'avait amenée à remettre en question l'idée qu'il s'était posé et menait désormais une vie calme et rangée de dirigeant de société. À l'instant même où ils avaient passé le seuil de la maison, il était devenu un combattant, l'avait poussée derrière lui pour fouiller la maison, son arme à la main, afin de s'assurer que le coupable n'était pas toujours sur les lieux. N'ayant rien trouvé, il avait fini par appeler la police et ranger son arme, mais elle voyait bien qu'il était toujours extrêmement tendu.

Elle appréciait ses efforts, mais l'agitation qu'elle voyait dans ses yeux lui faisait peur. Le mauvais garçon qu'elle avait connu jadis avait toujours aimé vivre dangereusement. Le choix d'une carrière militaire semblait bien correspondre à ce besoin d'adrénaline. À présent, son argent et sa réussite lui fournissaient peut-être moins d'occasions de vivre des aventures, mais il avait toujours le goût du risque. Tout bien considéré, passer de l'interrogatoire de présumés terroristes à un travail purement administratif avait dû être une chose difficile pour lui. Un changement qu'il n'avait pas dû vivre comme un épanouissement.

Elle l'avait toujours su. Elle l'avait compris quand elle l'avait quitté dans ce lointain passé et aussi quand elle l'avait invité à partager son lit quelques jours plus tôt. C'était pour cette raison qu'elle s'était montrée si prudente. Avec le temps, il avait un peu lustré sa surface, mais au fond de lui, il n'avait pas changé. La vie sûre, calme et paisible à laquelle elle aspirait n'avait aucun attrait pour lui.

Prenant une inspiration forcée, elle essaya de laisser l'eau chaude et le parfum de l'huile détendre ses muscles et dissiper ses angoisses. Garder ses distances avec lui était difficile, mais nécessaire. Elle avait dans sa vie suffisamment d'épreuves à endurer pour ne pas avoir en plus à affronter l'inévitable souffrance à laquelle elle serait confrontée si elle s'attachait à lui. Qu'il rompe avec elle ou qu'elle le perde dans un événement malheureux, elle finirait seule et brisée, et elle n'avait aucune envie de revivre ça.

Quand l'eau commença à refroidir, elle abandonna ses efforts de relaxation. Le mieux, sans doute, était d'aller se coucher. Le sommeil. Elle ne voyait pas meilleur moyen de fuir ses propres pensées.

En retournant dans la chambre, enveloppée dans une serviette, elle le trouva assis au bureau, face à son ordinateur. Mais il n'avait pas les sourcils froncés cette fois-ci. Il y avait dans ses yeux une lueur d'intérêt qui retint son attention. Quelque chose de différent. Elle ne voyait qu'une explication : il avait dû découvrir une information.

— Je crois qu'il va falloir que je sorte du cadre pour résoudre cette affaire, murmura-t-il pensivement. Si les Steele ne veulent pas me contacter, c'est moi qui vais aller à eux.

— Comment ça ? demanda-t-elle en ouvrant son sac pour en sortir une tenue de nuit. Tu ne peux tout de même pas entrer dans leur maison ou leurs bureaux comme ça.

— En temps normal, ce serait impossible, tu as raison, répondit-il en tournant son ordinateur dans sa direction.

Après avoir enfilé un T-shirt large, elle se pencha pour regarder. Il était sur le site du bal caritatif annuel de Steele Tools, événement qui devait avoir lieu le vendredi soir à la résidence des Steele.

— Isaiah vient de m'envoyer ce lien ainsi que des informations sur Morgan. C'est le seul soir de l'année où l'on peut entrer chez eux comme ça, pour reprendre tes mots, à partir du moment où on a payé son billet d'entrée. En qualité de responsable du service social de l'entreprise, Morgan sera présente, j'en suis certain. De même que le reste de la famille. Tout ce que j'ai à faire, c'est repasser mon smoking et rédiger un chèque pour obtenir ce billet d'entrée.

— Tu risques de te faire remarquer si tu arrives seul.

Elle ne doutait pas du fait qu'il serait très beau et très élégant, mais aucun homme ne se rendait à ce genre de soirée sans être accompagné. Et certainement pas un homme comme lui.

— Tu vas avoir besoin d'une cavalière si tu veux passer les portes d'entrée.

L'air indécis, il resta quelques instants à la regarder. Manifestement, il voyait bien qu'elle avait raison, mais n'avait aucune envie de l'admettre.

— Je ne peux pas t'emmener à cette fête, finit-il par dire.

Tout en faisant une petite moue, elle croisa les bras sous sa poitrine.

— Pourquoi pas ? Tu as dit que, dans une jolie robe, tu pouvais m'emmener n'importe où.

— Et je le pense sincèrement. Mais j'ai également dit que je ne devais pas trop t'impliquer dans l'affaire. J'y vais pour poser des questions et essayer de nouer le contact avec les Steele. Est-ce vraiment dans ces conditions que tu souhaites rencontrer ta potentielle famille ? Tomber par hasard sur ta mère biologique en faisant la queue devant un buffet ?

Elle n'avait pas envisagé les choses de cette façon, mais plus elle y réfléchissait, moins cela lui paraissait important.

— Pour tout te dire, je pense que ce serait mieux ainsi. Je serai moins stressée si je peux dans un premier temps les observer sans avoir à lâcher cette bombe en leur annonçant que je suis leur fille.

— Et tu penses que tu pourras garder ton calme et tenir ta langue ? Faire comme s'ils n'étaient rien pour toi, même si j'arrive à coincer Morgan pour avoir avec elle une discussion privée ? Si ses parents refusent de coopérer, il est déterminant que j'arrive à la convaincre de nous apporter son aide.

Sûre d'elle, elle acquiesça.

— Oui. Mais même si ce n'était pas le cas, il faudrait que tu m'emmènes, Harley. Tu ne peux pas me laisser toute seule. Tu as dit toi-même que c'était trop dangereux.

— Je pourrais te laisser ici. Tu es parfaitement en sécurité avec maman.

— Bon. Mais avec le peu de temps qu'il te reste, qui d'autre pourrais-tu convaincre de t'accompagner à cette soirée ?

C'était là son dernier argument. Et apparemment, il le convainquit. Car tout en gardant un air méfiant, il finit par acquiescer.

— Tu as raison. Je n'ai pas beaucoup d'autres options. Je n'arrive pas à croire que je m'apprête à dire ça, mais, Jade Nolan, acceptez-vous d'être ma cavalière ?

*
* *

Harley se sentait extrêmement mal à l'aise dans ce grand magasin. Il essayait de rester dans un coin pour se faire discret, mais il était tout simplement trop grand pour le minuscule couloir où s'alignaient les cabines d'essayage. À chaque fois qu'une femme sortait de l'une d'entre elles, il était obligé de s'adosser au mur pour la laisser passer.

— Je suis obligé d'être là ? demanda-t-il à voix haute, ce qui lui valut un regard courroucé de la part de la vendeuse.

— Oui, répondit Jade de l'autre côté du rideau. C'est toi qui m'as généreusement proposé de m'offrir cette robe pour la fête. Alors j'imagine que tu as tout de même ton mot à dire.

C'était déjà l'argument qu'elle avait donné pour le convaincre de l'accompagner à ce grand magasin. Avant d'entrer dans les cabines, elle avait rapidement sélectionné quelques robes. Mais l'idée de la regarder essayer des tenues élégantes et sexy était beaucoup plus attrayante dans ses fantasmes que dans la réalité.

— Bon, grommela-t-il.

Il ne comprenait pas pourquoi ce magasin qui vendait des robes plus chères que sa première voiture ne disposait pas d'un vestiaire plus grand. Il voulait faire appel à un professionnel pour lui acheter cette robe, mais elle avait catégoriquement refusé. C'était déjà assez triste qu'il ait à lui offrir une tenue, avait-elle dit. Dans un premier temps, d'ailleurs, elle avait tout bonnement refusé sa proposition. Mais il avait insisté : il lui fallait une robe suffisamment élégante pour qu'elle se fonde dans la foule de toutes ces personnes si aisées. Et comme elle ne possédait rien qui convenait, c'était soit rester chez elle, soit accepter.

Après cet ultimatum, elle avait fini par céder. Mais elle ne l'avait pas pour autant laissé prendre les devants. Elle avait insisté pour choisir elle-même.

Tout en soupirant, il croisa les bras. Pourvu que l'une des robes qu'elle avait sélectionnées lui plaise. Il ne s'imaginait pas revivre ça dans un autre magasin.

— Tu comptes sortir de là avec l'une d'entre elles ? demanda-t-il.

— Dès que j'en aurais trouvé une digne de t'être présentée.

Après une éternité d'attente, le rideau finit par s'ouvrir, la révélant dans toute sa splendeur. Elle portait une robe longue rouge brodée de perles, dont l'encolure carrée mettait en valeur les courbes de ses petits seins fermes et de sa gorge gracile. Les perles et sequins, qui s'entrecroisaient en subtiles arabesques, finissaient par tomber en cascades à ses pieds.

Elle était époustouflante, il ne voyait pas d'autre mot.

Le cœur battant à tout rompre, il ne pouvait détacher son regard d'elle. Tout à coup, elle était devenue l'élégante jeune femme qu'il avait toujours devinée en elle. Si elle ne s'était jamais sentie à sa place, c'était juste parce qu'elle n'avait pas été élevée par la famille dans laquelle elle aurait dû grandir. Même avec ses cheveux relevés en un chignon flou et ses pieds nus, il n'avait aucun mal à l'imaginer monter les marches d'un grandiose escalier pour assister à cette soirée huppée.

Il serait fier de l'avoir à son bras. Mais à présent, il avait presque peur que sa beauté et sa grâce les fassent trop remarquer, les empêchant de se fondre dans le décor pour le bien de l'enquête.

Mais surtout, il avait très envie de la reconduire derrière le rideau de la cabine et d'enfreindre toutes les règles du magasin. Lui faire l'amour dans un moment tel que celui-ci valait largement la peine d'être raccompagné vers la sortie par deux vigiles énervés.

N'ayant apparemment aucune conscience de son trouble, elle s'était mise à s'examiner sous tous les angles dans le miroir. Au bout de quelques secondes, elle releva vers lui des yeux inquiets.

— Je ne sais pas trop, murmura-t-elle. Qu'est-ce que tu en penses ?

— J'adore, répondit-il en toute honnêteté.

Plissant les yeux, elle le regarda d'un air suspicieux.

— Tu dis ça parce que tu en as assez d'attendre. J'aurais pu sortir dans un sac à patates que tu aurais été prêt à l'acheter.

— Pas du tout. C'est loin de ressembler à un sac à patates. La couleur te va à ravir, et la coupe est particulièrement flatteuse.

— C'est une Elie Saab, intervint l'employée qui venait de s'approcher. Et il a raison : elle vous va à ravir. Vous êtes magnifique dedans.

— Tu vois ? lui dit-il.

Tout en secouant la tête, elle se retourna vers le miroir. Et quand il la vit de dos, il eut l'impression que ses poumons s'étaient changés en pierre. Le regard rivé sur sa peau nue largement exposée, il ne pouvait plus respirer. Il dut se faire violence pour ne pas céder à l'impulsion de tendre le bras pour la caresser.

Il se voyait déjà danser avec elle à la fête. Son corps collé à ces courbes voluptueuses. Ses paumes appuyées contre cette parfaite chute de reins. Il n'aimait pas danser. D'ordinaire, il n'en voyait pas l'intérêt. Mais cette robe changeait complètement la donne.

— Je ne sais pas, dit-elle d'une voix toujours

hésitante. Elle est très jolie, mais est-ce la tenue la plus appropriée pour rencontrer ma famille pour la première fois ?

C'était bien ce qu'il pensait. Son indécision n'avait nullement trait à un jugement d'ordre esthétique. L'important, pour elle, était l'impression qu'elle allait donner.

Tout en soupirant, il posa la main sur son épaule avant de se tourner vers le miroir pour la fixer.

— Cette soirée n'est qu'un moyen d'établir un premier contact. Nous ne sommes pas obligés de leur dire qui tu es si tu es nerveuse. Mais si c'est vraiment ta famille, Jade, ils t'aimeront quoi que tu puisses porter. Que tu sois dans cette magnifique robe ou le sac à patates que tu as évoqué tout à l'heure, ils t'apprécieront pour la femme formidable que tu es.

Ses yeux, dans le miroir, s'étaient emplis de larmes. Tout en battant furieusement des paupières comme si elle cherchait à les contenir, elle hocha la tête.

— Elle te plaît vraiment ? demanda-t-elle en désignant la robe, un sourire plus confiant aux lèvres.

— Oui. Et je serais heureux de te l'offrir. Et encore plus heureux de te la retirer.

Lentement, elle se tourna vers lui pour lui faire face.

— Hum. Si tout se passe bien à la soirée, tu en auras sûrement l'occasion.

Avide du contact avec sa peau nue, il passa les bras autour de sa taille. Comme il avait chaud, sa peau lui parut fraîche, et au moment où il la toucha, il sentit un délicieux frisson le traverser. Pour dissiper le désir qui faisait désormais rage en lui, il prit une profonde inspiration.

— Tu veux dire qu'après m'avoir fait miroiter ce

fruit si tentant, tu me demandes d'attendre la fin de la soirée chez les Steele pour le goûter.

Ses grands yeux de biche fixés sur les siens, elle lui sourit.

— Tu n'auras pas à attendre bien longtemps, mais il est hors de question que je te laisse chiffonner cette robe avant que j'aie eu l'occasion de la porter.

— Je ne la chiffonnerai pas si tu commences par l'enlever.

La tension sexuelle, qui ne cessait de monter, fut brutalement dissipée par la vendeuse, qui se racla la gorge bruyamment.

— Elle est parfaite, insista-t-il. Prends-la.

Tout en hochant la tête, Jade se dégagea de son étreinte.

— Je me rhabille, et on y va.

Après lui avoir adressé un bref et espiègle clin d'œil, elle disparut derrière le rideau.

Il n'avait jamais eu autant envie d'elle. Et n'avait jamais connu un tel désir au cours des années où ils avaient été séparés. Il avait rencontré des femmes magnifiques. Intelligentes. Talentueuses. Elles étaient toutes séduisantes à leur façon, mais aucune d'elles n'arrivait à la cheville de Jade. L'attirance qu'il éprouvait pour elle était complexe : chimique, physique… et même émotionnelle. Mais aussi dangereuse. S'il ne se montrait pas prudent, il pourrait facilement céder à une telle puissance.

Et que se passerait-il ensuite ?

Il n'en savait rien. Rien de tout cela ne faisait partie de ses projets quand il l'avait embrassée pour la première fois. Il espérait alors combler ses besoins pour pouvoir ensuite l'extirper de ses pensées. Mais à présent qu'il avait commencé, il ne pouvait plus s'arrêter. Il ne pouvait plus s'en passer. Il était devenu dépendant.

Non, il ne savait pas ce que l'avenir leur réservait, mais quelque chose avait changé, car désormais, il avait hâte de le découvrir.

- 10 -

La maison était sombre et plongée dans le noir quand ils rentrèrent avec la nouvelle robe. Jade s'était attendue à trouver Mme Dalton dans le séjour, occupée à lire ou regarder la télé, mais ils ne virent personne à leur arrivée.

Après avoir inspecté toutes les pièces, Harley consulta son téléphone.

— Elle est allée au restaurant et au cinéma avec un homme qu'elle a rencontré sur OurTime.com, murmura-t-il en relevant la tête vers elle. Elle demande qu'on ne l'attende pas.

— Tant mieux pour elle, répondit-elle en souriant.

Mais il ne paraissait pas aussi enthousiaste.

— Dès son retour, je m'informerai sur cet homme et entreprendrai de faire quelques recherches sur son passé.

— Tu es beaucoup trop méfiant.

— Sais-tu combien nous devons gérer d'affaires liées à des rencontres sur Internet ? Chantage, escroqueries, disparitions, fausses identités, harcèlement, bigamie… J'en passe et des meilleures. Sans parler de tous ces pervers qui se contentent d'envoyer des photos de leurs parties intimes.

Étonnée, elle resta quelques instants sans rien dire. Si l'idée de faire des rencontres sur Internet avait pu lui paraître attrayante, avec ces informations en main, elle allait y réfléchir à deux fois avant d'essayer.

— Avec le recul, je ne regrette pas de ne m'être inscrite sur aucun de ces sites.

— De toute façon, tu n'as pas besoin d'y être, grommela-t-il.

Brusquement, elle se tourna vers lui.

— Et pourquoi pas ? C'est comme ça que les gens se rencontrent, de nos jours. Je suis divorcée depuis presque deux ans. Je ne me sentais pas encore prête à rencontrer des hommes, mais le moment est peut-être venu. Je discuterai avec ta mère de la façon dont les choses se passent quand elle sera rentrée.

Une lueur de jalousie vint enflammer ses beaux yeux clairs, et c'était exactement l'effet qu'elle avait visé en prononçant ces mots. En réalité, elle n'avait pas vraiment envie de faire des rencontres en ligne. Ce qu'elle voulait, c'était qu'il lui dise pourquoi elle n'en avait pas besoin. Qu'il lui dise qu'elle n'était pas célibataire. Qu'elle n'avait pas besoin de site de rencontres, puisqu'elle l'avait, lui. Et qu'il avait des sentiments pour elle.

Elle aurait aimé que les choses soient ainsi. Mais ce n'était pas le cas. Et elle aurait été idiote d'entretenir de tels espoirs.

L'espace d'un instant, pourtant, elle crut qu'il allait lui prouver le contraire. Le regard rivé sur elle, il semblait hésiter à lui dire quelque chose.

— Tu peux rencontrer des tas d'hommes dans la vie réelle sans avoir à en passer par là, dit-il cependant, à sa grande déception. Surtout si tu portes une robe comme ça.

Elle eut malgré tout un petit sourire de satisfaction. Manifestement, elle avait touché une corde sensible avec cette robe longue. Il s'était montré charmeur, comme toujours, mais quand elle était sortie de la cabine, elle avait discerné dans ses yeux une lueur virile d'appréciation. Même si elle avait détesté la robe, ce qui était loin d'être le cas, elle l'aurait prise juste pour la façon dont il l'avait regardée quand il l'avait vue avec.

— En parlant de ça, je vais aller la suspendre dans le dressing de ta chambre. Tu veux m'aider ?

— Tu as besoin d'aide ? demanda-t-il en fronçant les sourcils.

Elle tourna vers lui son regard le plus aguicheur.

— La maison est très grande. Je ne voudrais pas me perdre. Et comme nous sommes seuls tous les deux…

Il mordit immédiatement à l'hameçon. Sans même lui laisser le temps de faire un pas vers l'escalier, il la souleva dans ses bras. Tout en poussant un petit cri de surprise, elle leva le bras un peu plus haut pour éviter qu'ils trébuchent sur la robe.

Mais quand il commença à monter l'escalier, elle se lova dans ses bras musclés. Mieux valait humer le parfum viril de sa peau et se délecter à l'avance de tous les plaisirs qui allaient suivre plutôt que de penser à une douloureuse chute dans l'escalier. Un instant plus tard, il ouvrait d'un coup de pied la porte de sa chambre et la déposait doucement sur le lit.

— Qu'est-ce qui te prend ? demanda-t-elle alors.

— Tu as dit que tu avais besoin d'aide, et je ne voulais pas que tu te perdes, répondit-il en souriant. J'essaie toujours de me montrer serviable, surtout face à une demoiselle en détresse.

Tout en secouant la tête, elle se releva pour aller suspendre la robe dans le dressing.

— C'était digne de Rhett Butler.

— Tu as de la chance que j'aie fait ça comme ça. En temps normal, je me contente de hisser les gens sur mon épaule comme des sacs de pommes de terre. C'est comme ça que je portais mes compagnons d'armes quand ils étaient blessés.

— Bien joué. Les femmes n'apprécient pas tellement d'être portées comme des sacs de pommes de terre.

Il s'approcha d'elle, posa les mains sur sa taille, enfonçant doucement les doigts dans la laine de sa robe en mailles.

— C'est bien ce que je me disais.

N'y tenant plus, elle passa les bras autour de son cou. Elle sentit alors sa robe remonter le long de ses cuisses à mesure que ses mains brûlantes glissaient sur son collant. Sans la quitter du regard, il finit par la lui ôter totalement. Et quand elle tomba par terre, il fit glisser sur elle son regard bleu, comme pour s'émerveiller d'un trésor qu'il venait de découvrir. Elle portait un soutien-gorge noir sans bretelles et un string assorti. Et à en juger par l'expression de son visage, il appréciait ce choix.

Posant ses mains à plat sur ses clavicules, il les fit glisser sur ses seins. Pouvait-il sentir son cœur, qui cognait si fort dans sa poitrine ? Elle se posa la question juste avant qu'il glisse la main dans le tissu soyeux de son soutien-gorge. Passant un bras derrière son dos, elle le dégrafa d'un geste net et le laissa tomber sur le sol, un mouvement qui lui valut un murmure d'appréciation.

— Magnifique, murmura-t-il en portant sur son corps un regard plein d'admiration.

De la paume de ses mains, il couvrit alors chacun de ses seins. Et au contact de sa peau rugueuse, ses tétons devinrent aussitôt durs et raides de plaisir, et chaque effleurement envoyait de délicieuses décharges d'électricité dans son corps tout entier. À chaque seconde qui passait, elle sentait l'excitation monter, son sexe devenir plus chaud et plus humide de désir. Elle était surprise de la rapidité avec laquelle son corps réagissait à ses caresses. Il lui suffisait d'une caresse, d'un regard, d'un sourire pour le changer en un véritable brasier.

Enfin, il se pencha pour l'embrasser. Mais ce baiser fut différent. Peut-être parce que c'était leur premier moment intime depuis la nouvelle. Ou bien parce que les quelques jours passés avaient changé les choses entre eux. Le sentiment d'urgence avait disparu, remplacé par une douceur dont elle comptait bien savourer chaque instant avec lui.

Ivre de désir, elle s'appuya contre lui, moula son corps contre les muscles durs de Harley. Se délectant de l'instant présent, elle fit glisser ses doigts sur ses joues rugueuses et caressa sensuellement son cou avant de s'attaquer aux premiers boutons de sa chemise.

Sa bouche n'avait pas quitté la sienne, et il continuait de l'embrasser fiévreusement, même quand elle arriva au dernier bouton et que, d'un geste fougueux et impatient, elle tira sur les deux pans de sa chemise pour la jeter au sol.

Il finit alors par rompre leur baiser et, tout en reprenant son souffle, il se débarrassa du reste de ses vêtements pour s'asseoir sur le lit. Adossé aux oreillers, il la dévorait désormais des yeux, et le regard appréciateur qu'il portait sur son corps lui donnait l'impression d'être plus sexy que jamais. Elle s'était toujours sentie trop maigre, trop androgyne, pas assez féminine. Mais il la regardait à présent comme si elle était la femme la plus désirable qu'il ait jamais vue et elle avait très envie de confirmer cette impression.

Elle commença donc par lui tourner le dos, exposant à son regard la courbe de ses fesses, à peine dissimulée par le string noir qu'elle portait. Après quoi elle retira doucement et sensuellement les épingles qui retenaient ses cheveux. Un instant plus tard, ses cheveux ondulés retombaient en cascades platine sur ses épaules nues. Quand elle secoua un peu la tête, elle l'entendit reprendre bruyamment son souffle.

Alors elle passa ses pouces sous son collant et sa culotte, qu'elle commença à faire doucement glisser le long de ses cuisses. Ce faisant, elle se pencha en avant, jusqu'à les retirer. Quand elle finit par se retourner vers lui, elle remarqua qu'il avait les poings serrés, la mâchoire crispée.

— Viens ici, dit-il d'une voix rauque et sensuelle.

Elle approcha du lit, et il l'attrapa par la taille pour la hisser sur ses genoux. Écartant les cuisses pour le chevaucher, elle plongea le regard dans les profondeurs azur du sien. Tant d'émotions non dites y semblaient piégées. Si elle les contemplait suffisamment longtemps, parviendrait-elle à savoir ce qu'il ressentait vraiment pour elle ? Elle voyait bien qu'il avait envie d'elle. Et qu'il avait de l'affection pour elle. Mais cela allait-il au-delà ? Et si c'était le cas, laisserait-elle son cœur lui dicter ce qu'elle avait à faire, cette fois-ci ?

Dans le passé, elle avait fait ce qu'elle pensait être le mieux en écoutant son esprit plutôt que son cœur. Suivant les conseils bien intentionnés de sa famille et de ses amis, elle avait porté son choix sur ce dont elle pensait avoir besoin dans sa vie. Pas ce dont elle avait envie. Car jadis comme à présent, c'était Harley qu'elle voulait. Non seulement dans son lit, mais aussi dans sa vie. Elle avait envie de partager sa vie. De partager son nom. Elle avait envie de vivre son avenir avec lui, même si elle ignorait tout de ce qu'il leur réservait.

Parce qu'elle était amoureuse de lui. Si elle voulait se montrer honnête envers elle-même, elle devait admettre qu'elle l'aimait et qu'elle l'avait toujours aimé. Elle avait essayé de s'en dissuader, en se disant que c'était une passade de jeunesse et en se remettant sur le « bon » chemin avec Lance, mais cela ne l'avait jamais rendu aussi heureuse que les moments qu'elle avait partagés avec Harley, loin de là.

Elle l'aimait.

Cette prise de conscience aurait dû l'emplir de joie. Au moins, elle savait ce qu'elle attendait de la vie, à présent. Et pourtant, elle sentait des larmes lui monter aux yeux. Tout en joignant leurs lèvres, elle serra fort les paupières pour les empêcher de couler sur ses joues, où il aurait pu les voir.

Il la serra plus fort contre son torse musclé avant de relever ses hanches juste assez haut pour s'enfoncer en elle. Elle se mit alors à onduler à un rythme lent, une douce torture, qu'elle renforça même en s'arrêtant un instant pour mieux se délecter des sensations qu'il lui offrait. À cet instant, ils étaient liés l'un à l'autre comme elle en rêvait. Cela ne durerait pas éternellement, cependant, aussi fallait-il qu'elle savoure chacune des secondes qu'elle passait avec lui.

Ce fut ainsi qu'ils vinrent ensemble, corps, cœurs et souffles mêlés. En faisant onduler leurs corps sur le lit, en chevauchant ensemble les montagnes de plaisir jusqu'à ce que ses cuisses la brûlent, jusqu'à ce que son sexe palpite, jusqu'à ce qu'elle ne puisse plus en endurer davantage. Et quand le plaisir finit par exploser en elle, ce ne fut pas dans un cri, mais dans un doux murmure qu'elle souffla à son oreille en s'accrochant à son cou tandis qu'il prononçait son nom comme ne peut le faire qu'un homme qui a des sentiments.

Quand tout fut terminé, il se tourna sur le côté, serrant son dos contre son large torse dans ses bras puissants et protecteurs.

— Jade ? fit-il alors dans un murmure rauque derrière elle.

— Oui ? répondit-elle.

Et elle sentit son cœur se serrer.

Il n'était pas du genre à aimer les discussions sur l'oreiller. Ce qu'il allait lui dire maintenant était donc nécessairement important.

— Je sais que tu t'inquiètes pour ta rencontre avec les Steele et les conséquences qu'elle pourrait avoir sur toi et ton avenir. L'intégration est pour toi un sujet de préoccupation. Mais tu es une fille super. Ne laisse jamais personne dire ou faire quoi que ce soit qui te laisse penser le contraire.

C'était très gentil de sa part de dire ça. Et c'était quelque chose qu'elle avait besoin d'entendre, naturellement. Mais à cet instant précis, ce n'était pas ce qu'elle avait espéré. Il lui avait semblé que c'était le bon moment. La parfaite occasion de lui dire qu'il en voulait davantage. Qu'il avait des sentiments pour elle. Qu'il l'aimait. Mais elle n'avait eu droit qu'à un beau compliment et des encouragements.

Si c'était ainsi, elle ne pouvait pas, ne devait pas lui dire ce qu'elle ressentait. Pas tout de suite, en tout cas. Peut-être quand l'enquête serait terminée. Pour l'heure, il était plus important qu'il se concentre sur ce pour quoi il avait été embauché.

De cette façon, s'il repartait pour Washington sans

même se retourner, elle serait soulagée de n'avoir rien dit et de ne pas s'être ridiculisée devant lui.

— Tu sais, si je ne le voyais pas de mes propres yeux, je ne le croirais même pas.

Surpris, Harley s'arrêta au beau milieu du hall d'entrée de la petite maison de Jade. La voix qu'il venait d'entendre ne correspondait pas au contexte. Scrutant la cuisine par la porte ouverte, il finit par reconnaître Isaiah, juché sur un escabeau.

— Qu'est-ce que tu fais là ?

— J'installe les appareils que tu as demandés. Et je viens de terminer, d'ailleurs, répondit-il en sautant à terre. L'équipe de nettoyage ne devrait pas tarder.

Harley secoua la tête.

— Ce n'est pas ce que je voulais dire. Comment se fait-il que tu sois venu en personne ? Ce n'est pas ton job. Tu es censé rester à Washington pour superviser le travail de recherches. Pas poser des caméras et des alarmes à Charleston.

— Comme j'ai cru comprendre que tu étais pressé, je suis venu aider les autres.

Harley regarda son ami sans chercher à dissimuler son incrédulité.

— Tu es mieux placé que quiconque pour savoir qu'on ne peut pas me mentir.

Isaiah, qui affichait à présent un large sourire, semblait avoir abandonné toute velléité de dissimuler les véritables raisons de sa présence.

— Exact. Mais tu pensais vraiment que je passerais à côté de cette occasion ?

— Quelle occasion ?

— De voir le grand Harley Dalton amoureux.

Agacé, Harley poussa un lourd soupir.

— Alors tu t'es déplacé pour rien, je crois.

Prenant un air défiant, Isaiah croisa les bras sur son torse.

— Tu n'es pas le seul à qui on ne peut pas mentir. Je te connais depuis suffisamment longtemps pour savoir si tu ne dis pas la vérité. Et si tu es amoureux. Je ne pensais pas que ça arriverait un jour, mais force m'est de constater que je me suis trompé.

Harley n'avait pas envie d'en parler. Ni avec Isaiah ni avec qui que ce soit. Car il ne savait pas ce qu'il ressentait vraiment pour Jade. Il avait des sentiments pour elle. Et du désir, naturellement. Il ne rêvait que de retourner à elle pour la prendre dans ses bras et l'embrasser. Mais ce n'était pas de l'amour. C'était juste… Il ne savait pas ce que c'était, mais il n'avait absolument pas besoin que son meilleur ami vienne le lui expliquer.

— Alors, où est la petite chanceuse ? Je pensais que tu l'aurais emmenée.

— Elle est avec ma mère.

Isaiah ouvrit de grands yeux.

— Tu l'as présentée à ta mère ?

— On sortait ensemble au lycée. Donc, Jade connaît ma mère. Mais si elle est avec elle, c'est parce qu'il fallait bien que je la mette en lieu sûr après l'intrusion. Et la maison de ma mère est certainement le lieu le plus sûr de toute la ville.

— Pour ça, je te fais confiance. Bon, et l'affaire ? Raconte. Je pensais que c'était une petite histoire de rien du tout. Comment en est-on arrivé à une intrusion et des menaces ? demanda-t-il en désignant l'inscription qui avait été taguée sur le mur.

Suivant son regard, Harley secoua la tête. Il aurait

aimé avoir une réponse à lui apporter. La maison était restée dans l'état de chaos où il l'avait laissée. Jade n'y avait pas remis les pieds depuis. Il ne la laisserait pas faire tant que le danger ne serait pas écarté. C'est-à-dire… Quand, exactement ? Quand le système de sécurité serait en état de fonctionnement ? Quand l'enquête serait terminée ? Il ne savait pas trop. Il n'était pas tranquille lorsqu'elle n'était pas dans son champ de vision.

Mais cela avait peut-être moins trait à ses inquiétudes concernant sa sécurité qu'aux insinuations d'Isaiah sur ses sentiments pour elle. Quoi qu'il en soit, il se sentirait beaucoup mieux quand le malade qui avait fait ça serait derrière les barreaux. Ou, en tout cas, il l'espérait.

— Ce n'est pas une simple histoire d'infirmière étourdie qui aurait échangé des bébés, finit-il par dire. Il s'agit d'un acte délibéré. Cette information que tu m'as donnée sur la famille Steele a confirmé tous mes soupçons. Le bébé des Steele a été délibérément pris pour cible. Mais j'ignore pourquoi. À ce que je peux en voir, il n'y a jamais eu de suite. Les parents de Jade sont rentrés à l'hôpital avec le bébé qu'ils croyaient être le leur et ils ont poursuivi leur vie. Je ne comprends pas le but de cet échange. Ni de ça, ajouta-t-il en désignant le désordre qui régnait dans la maison vandalisée. Quelqu'un essaie de l'intimider pour lui faire abandonner ses recherches. Cela paraît évident. Mais pourquoi tant d'efforts pour que l'on ne découvre pas la vérité ?

— Parce que la vérité révélerait l'identité du responsable de l'échange, peut-être. Cela fait trente ans, certes, mais ça ne veut pas dire pour autant que ce responsable a envie que la police débarque chez lui.

— Peut-être. Ou alors, la famille Steele connaît la vérité mais ne veut pas qu'elle soit révélée.

— Pourquoi ? S'ils sont au courant que leur propre fille leur a été arrachée, pourquoi ne voudraient-ils pas savoir ce qui s'est vraiment passé ?

Indécis, Harley haussa les épaules.

— Tu m'as dit que la famille comptait des hommes politiques et autres personnages respectables. Les gens comme ça ne sont pas comme nous. Ils veulent peut-être éviter le scandale à tout prix, même s'il leur faut pour cela élever l'enfant d'un autre. Voire menacer Jade pour la faire taire.

— C'est ridicule.

— Je sais, dit Harley en acquiesçant.

Il n'avait aucune envie de penser que la famille Steele était derrière ces menaces, mais on ne pouvait pas non plus dire qu'ils se montraient très coopératifs.

— Mais je ne vois pas pour quelle autre raison ils ignoreraient mes appels. J'ai appelé Patricia et Trevor Steele, chez eux et à leurs bureaux. Je tombe toujours sur des gouvernantes ou des assistantes qui prennent les messages, mais on ne me retourne jamais mes appels. Je leur ai dit qui j'étais et ai insisté sur l'importance de l'affaire, mais je n'ai obtenu aucune réponse. On dirait qu'ils ne veulent pas savoir la vérité.

— Et leur fille, Morgan ? Elle doit sûrement avoir envie de découvrir ce qui s'est passé et de rencontrer sa véritable famille.

— C'est aussi ce que je me suis dit. Et quand tu m'as donné son numéro de téléphone professionnel, j'ai essayé de la joindre, elle aussi. Mais on m'a répondu qu'elle était absente pour affaires.

— Et le lien que je t'ai envoyé pour la soirée caritative ?

— C'est super. Je vois ça comme un joker. Je suis sûr qu'elle va revenir à Charleston pour la soirée. Les Steele sont attachés aux apparences ; tout le clan sera réuni pour le bal annuel de charité. Si j'ai bien compris, ils lèvent des fonds pour envoyer des entrepreneurs pourvus de leurs outils construire des logements destinés aux moins fortunés.

— Vu comme ça, ils n'ont pas vraiment l'air de sales types.

Certes. Et c'était ce qui dérangeait le plus Harley. Il ne comprenait pas comment des personnes qui œuvraient tant pour le bien des plus démunis pouvaient se montrer aussi cruelles envers leur propre fille. Il se pouvait bien sûr qu'ils n'aient pas compris les raisons de son appel, mais il avait clairement évoqué Morgan et la maternité. Comment se faisait-il qu'ils n'aient pas eu la curiosité de le rappeler pour voir de quoi il retournait ? Le mépris qu'ils affichaient semblait en contradiction totale avec l'image qu'ils renvoyaient à la face du monde.

— Alors tu comptes aller à cette soirée ? demanda Isaiah, coupant court à ses pensées.

— Oui. Mon smoking est repassé, je suis prêt. J'espère pouvoir avoir une conversation avec Morgan et trouver quelques éléments de réponse.

Mais Isaiah ne semblait pas convaincu par son plan.

— Tu es un véritable colosse, Harley. Tu as de l'argent, bien sûr, mais tu ne leur ressembles pas. Tu vas te faire remarquer parmi tous ces gens aisés et bien éduqués. Personne ne va croire que tu es invité. Au mieux, ils te prendront pour un vigile sous couverture. Tu es beaucoup trop voyant.

— C'est pour ça que j'y vais accompagné.

— Ne me dis pas que tu comptes y aller avec Jade ! s'exclama Isaiah, l'air méfiant.

— Elle a insisté pour venir, et elle a eu raison. Elle m'a dit la même chose que toi. Que sans cavalière pour me fondre dans la masse, je ne passerais pas la porte d'entrée, ticket ou pas.

— Une cavalière, oui. Mais Jade, non. Elle est beaucoup trop impliquée sur le plan personnel. Tu ne penses pas que l'emmener est une mauvaise idée ? C'est peut-être sa famille qu'elle va rencontrer pour la première fois. Tu viens pour récolter des informations ; elle vient pour voir la vie qu'on lui a volée. Et si vos objectifs étaient contradictoires ? Et si elle paniquait et saccageait ta couverture ? Imagine qu'elle dise ou fasse quelque chose qui attire l'attention sur vous sans t'avoir laissé le temps d'accomplir ta mission. Si tu avais le choix entre Jade et ta mission, que ferais-tu ?

— Il n'y aura rien de plus qu'une foule de gens riches venus pour discuter entre eux et rédiger de gros chèques pour se déculpabiliser. Je ne vois pas comment je pourrais en arriver à devoir choisir entre Jade et mon enquête.

— Alors réfléchis encore, se contenta de dire Isaiah, en croisant les bras sur son torse.

- 11 -

L'argent.

La villa des Steele était impressionnante. Mais exactement comme Jade se l'était représentée : une immense maison traditionnelle à laquelle menait une longue allée bordée de chênes. Blanche, avec de hautes colonnes qui se dressaient vers le ciel et de gigantesques baies vitrées. Plusieurs voitures remontaient l'allée, et une foule de personnes faisaient la queue pour monter les marches du perron. Des voituriers en costumes verts accueillaient les invités.

Quand Harley remit les clés à l'un d'entre eux, elle avait le cœur qui cognait si fort dans sa poitrine qu'elle avait peine à respirer. Voilà, elle y était. Il était quasiment certain que ses véritables parents étaient Trevor et Patricia Steele. Les photos d'eux qu'elle avait vues sur Internet n'avaient fait que confirmer ses soupçons. Elle ressemblait trait pour trait à Patricia, en plus jeune.

Dans quelques instants, elle passerait le seuil de leur maison et les verrait en personne pour la première fois. Elle ne pensait pas qu'elle aurait du mal à les reconnaître dans la foule. Mais eux, que penseraient-ils quand ils la verraient ? Elle n'en avait aucune idée.

C'était elle qui avait insisté pour venir. Elle avait juré à Harley de garder son sang-froid. Mais à présent, elle n'arrivait même pas à se résoudre à ouvrir la portière.

Il lui fallut attendre que le voiturier le fasse à sa place et lui tende la main pour trouver le courage de se mettre en mouvement. Alors, serrant dans sa main sa minaudière brodée de perles, elle sortit de la Jaguar pour affronter son futur.

Harley, heureusement, ne tarda pas à venir la réconforter en lui prenant le bras.

— Tu vas bien ? lui demanda-t-il d'une voix douce.

— Pourquoi cette question ?

— Tu as l'air un peu tendue.

Elle essaya de sourire pour apaiser ses inquiétudes.

— Je suis juste un peu stressée, mais ça va aller, répondit-elle après avoir pris une inspiration forcée. Bon, quel est le plan ?

— Observer. Essayer de parler à la famille, surtout Morgan, si possible. Et c'est tout. Je n'envisage pas de faire une scène. La seule chose que je veux, c'est établir le contact avec eux sans que leur personnel vienne s'interposer. Je suis certain qu'une fois qu'ils auront compris le sérieux de la situation, ils nous apporteront leur pleine coopération.

Une fois sous le porche, on leur demanda leurs tickets d'entrée et, passé le seuil, ils furent accueillis par des serveurs qui leur remirent des flûtes de champagne. Après quoi ils se dirigèrent ensemble vers le bruit et la musique, qui semblaient provenir de l'autre extrémité de la maison.

— Délicieux, dit-elle après avoir pris une gorgée de champagne. Je ne m'attendais pas à ce que ce soit si bon. Je pourrais facilement m'y habituer.

— Il peut l'être. Les tickets d'entrée sont à dix mille dollars par couple, et je ne suis même pas sûr qu'on nous serve à dîner.

Médusée, elle se tourna brusquement vers lui. À

ce qu'elle avait pu en voir, il y avait au moins deux cents invités.

— Tu es sérieux ?

Il acquiesça.

— Il collecte des fonds pour des causes sociales, et la plupart des personnes présentes ici ont de l'argent à dépenser et des déductions d'impôts à espérer. On ne construit pas de logements pour les démunis en demandant vingt dollars par tête.

Nerveusement, elle prit une autre gorgée de champagne, en espérant que l'alcool lui calmerait les nerfs. C'était la vie pour laquelle elle était apparemment née. Et pourtant elle lui paraissait totalement irréelle. Une impression qui ne fit que se renforcer quand ils ouvrirent les portes vitrées qui menaient à la salle de bal.

La pièce, immense, était éclairée par de grands lustres à pampilles, ses larges fenêtres encadrées par de lourdes et complexes draperies en velours. Dans un coin, un orchestre jouait devant la piste de danse, autour de laquelle étaient disposées des dizaines de tables rondes recouvertes de nappes grises et rouges et décorées de fleurs rouges. Les couleurs de la société Steele Tools, naturellement. Ce spectacle était presque aussi prenant que la musique et les centaines de voix dont le son arrivait à eux par vagues.

— Tu es prête ? lui demanda Harley.

Avant de répondre, elle vida d'un trait ce qui restait de sa flûte, qu'elle déposa sur le plateau d'un serveur qui passait par là.

— Aussi prête que je puisse l'être.

Tout en souriant, il lui fit traverser la foule pour la conduire à une table libre. Après quoi il la laissa un instant pour aller leur chercher deux autres flûtes au bar. À son retour, il garda le silence, comme s'il voulait lui laisser du temps pour s'acclimater.

— Et maintenant, qu'est-ce qu'on fait ? finit-elle par dire timidement.

Il observa la pièce pensivement. À leur droite, sur un grand buffet, était présenté un assortiment d'amuse-bouches. À leur gauche, sur la piste, plusieurs personnes s'étaient déjà mises à danser.

— M'accorderais-tu cette danse ? finit-il par demander.

— Je ne danse pas très bien.

— Moi non plus. Mais ça nous permettra de nous mêler à la foule. Et de repérer plus facilement les Steele.

Tout en se levant, il lui tendit la main. Après avoir fait quelques pas hésitants, ils finirent par trouver un espace libre au centre de la piste qui leur permit de se fondre dans la foule. Le morceau étant lent et langoureux, ils se mirent à se balancer doucement au rythme de la musique.

Avec la main de Harley au bas de son dos, elle finit par se détendre. Pour quelque raison inconnue, les choses lui semblaient toujours plus faciles quand il y avait un contact physique entre eux. Ce qui l'amenait à se demander comment elle allait affronter la suite des événements quand il ne serait plus là pour la soutenir.

— T'ai-je dit à quel point tu étais belle ce soir ?

Relevant les yeux vers lui, elle sourit.

— Assez souvent pour que j'y croie.

— Je sais que le moment est sans doute mal choisi pour évoquer ça, mais j'ai besoin d'épancher mon cœur. Et puis je crois que la musique et le champagne m'ont rendu courageux.

— Qu'est-ce qu'il y a ? demanda-t-elle, anxieuse.

— J'aurais dû me battre pour toi. À l'époque. Je

regrette de ne pas l'avoir fait. Je sais que tu as toujours eu le sentiment de ne pas être assez bien, et je sais ce que ça fait, parce que j'ai moi-même toujours eu le sentiment de ne pas être assez bien pour toi. C'est pour ça que je ne me suis pas battu. J'avais envie de le faire. J'aurais voulu aller à Clemson, frapper à la porte de ta colocation et t'embrasser jusqu'à ce que tu ne te souviennes même plus du nom de Lance. Mais je me suis dit que tu serais mieux sans moi.

Elle ne sut que répondre. Comment aurait-elle réagi s'il avait suivi son cœur ? Que seraient leurs vies à présent ?

— Je ne sais pas ce qui va se passer ce soir, reprit-il. Ou la semaine prochaine. Je ne suis sûr de rien. Mais il y a une chose dont je suis certain : je ne veux pas reproduire la même erreur avec toi. Jade, je…

Le morceau venait de se terminer. Et le discours de Harley fut interrompu par le chanteur, qui appela la famille Steele à monter sur scène.

C'était le moment que Jade avait attendu, et pourtant, elle regrettait de ne pas pouvoir arrêter le temps et toute cette agitation pour pouvoir entendre ce que Harley avait à lui dire. Après avoir jeté un bref coup d'œil aux personnes qui s'étaient rassemblées sur scène, il lui adressa un sourire triste.

— À suivre…, murmura-t-il.

Sous le coup de la déception, elle serra les poings et fit de son mieux pour reporter son attention sur la scène. Les Steele comptaient certainement parmi les gens les plus beaux qu'elle ait eu l'occasion de rencontrer en personne. Ils semblaient tous tout droit sortis d'une couverture de magazine. Elle n'eut aucun mal à reconnaître Trevor et Patricia, qu'elle avait vus en photo. Debout l'un à côté de l'autre, ils discutaient à voix basse. Grand et mince, Trevor avait des cheveux blond vénitien légèrement grisonnants et des yeux sombres. La nuance de blond de Patricia était exactement la même que la sienne, de même que ses pommettes hautes. Elle était très mince, comme elle, et dégageait quelque chose de gracieux et d'élégant.

Leurs enfants étaient rassemblés auprès d'eux. Trois fils, tous très beaux et tous à l'image de leur père. On aurait même dit que deux d'entre eux étaient jumeaux, mais Jade n'en était pas certaine. Peut-être était-ce leurs impeccables smokings et leurs sourires éclatants qui les faisaient paraître si similaires. Elle finit par tourner son regard vers la femme à laquelle parlait l'un des garçons, et ce fut alors qu'elle se rendit compte qu'elle n'était autre que Morgan Steele.

Face à cette beauté sombre, elle resta figée sur place. Avec ses épais cheveux noirs et ses grands yeux verts, Morgan formait un contraste saisissant avec le reste de la famille. Elle ressemblait tellement à la mère de Jade qu'en la contemplant Jade sentit un élan de jalousie la traverser. Elle avait toujours voulu s'intégrer dans un ensemble, ressembler aux autres membres de sa famille. Morgan, elle, aurait été parfaitement à sa place dans ce groupe, et elle ne le savait même pas.

Mais parallèlement, Morgan s'intégrait tout aussi parfaitement à la famille Steele. Elle avait un physique différent d'eux, mais elle avait leur port de tête royal, leur élégance et leur assurance. On aurait dit que sa robe vert émeraude et les étincelants bijoux qu'elle portait avaient été faits pour elle. Elle aurait pu s'intégrer partout où elle l'aurait souhaité tout en restant au centre de l'attention grâce à son charisme et sa prestance.

Jusqu'ici, Jade se trouvait plutôt jolie dans sa robe. Mais face à Morgan, elle se sentit tout à coup minable.

Elle était venue là dans l'espoir de comprendre à quoi elle appartenait. Elle avait vaguement imaginé que, quand elle verrait sa famille biologique, les pièces du puzzle se rassembleraient et sa vie ferait tout à coup sens. Mais ce n'était pas le cas. À cet instant précis, elle n'avait envie de rien d'autre que de s'asseoir à la table usée de la cuisine de ses parents pour jouer à un jeu de société avec eux et son frère. Car tout bien considéré, jamais les siens ne s'étaient comportés avec elle comme si elle était étrangère à la famille. Il n'y avait qu'elle qui semblait remarquer la différence.

Ils n'avaient jamais rien dit de tel, mais ils avaient dû souffrir de la voir rechercher sa véritable famille si activement. Ce n'était pas comme s'ils avaient été de mauvais parents, loin de là. Ils avaient, bien au contraire, été absolument merveilleux. Pour rien au monde elle ne les aurait échangés, et elle espérait qu'ils le savaient.

Elle avait envie d'aller chez eux pour le leur dire. De s'éloigner de tout ça avant qu'il soit trop tard pour faire marche arrière.

Plus elle observait le comportement des Steele, plus elle comprenait que ce n'était pas ce qu'elle voulait. Elle avait commis une erreur. Quelqu'un ne voulait pas que la vérité éclate, et à présent, elle n'était plus sûre d'en avoir envie, elle non plus. Mieux valait donc peut-être qu'elle parte seule.

— Bonsoir à tous, lança Trevor Steele en s'approchant du micro. Je suis Trevor Steele, actuel dirigeant de Steele Tools. Et voici ma fabuleuse famille.

Rayonnant de fierté, il désigna les autres sous les applaudissements de la foule.

— Nous sommes tous ravis que vous soyez avec nous ce soir pour aider les personnes dans le besoin. J'aimerais inviter ma fille, la très talentueuse Morgan, directrice de notre programme de recherches sociales, à prendre le micro pour vous en dire un peu plus sur les raisons pour lesquelles nous sommes rassemblés ici ce soir et toutes les choses que nous pouvons faire pour nous rendre utiles.

Morgan s'approcha gracieusement du micro.

— Il suffit de faire un gros chèque, dit-elle avec un grand sourire.

Tout le monde se mit à rire. Tout le monde semblait passer une bonne soirée. Bien habillés et en compagnie de leurs pairs, les convives avaient apparemment le sentiment de faire une bonne action. La pièce était chargée d'une énergie positive. Et Jade n'avait jamais autant eu envie de quitter un endroit de sa vie.

— J'ai changé d'avis, Harley. Je veux rentrer.

Surpris, il se tourna vivement vers elle.

— Tu quoi ? demanda-t-il à voix basse pour ne pas attirer l'attention sur eux tandis que Morgan continuait de s'exprimer sur scène.

— Je veux rentrer. Tout ça est une erreur. Je ne pense pas que c'était la bonne chose à faire.

Ah. Il savait bien que l'emmener n'était pas une bonne idée, mais il n'avait pas pu lui dire non. Elle était son point faible, et à présent, elle risquait de réduire à néant toutes ses chances d'entrer en contact avec la famille Steele.

— Tu es juste nerveuse, lui dit-il d'une voix apaisante en la prenant doucement par le bras pour l'éloigner de la piste de danse.

Quand ils furent suffisamment loin des potentielles oreilles indiscrètes, il s'arrêta pour la regarder.

— Je comprends parfaitement que tu sois anxieuse. C'est tout de même immense. Je ne peux même pas imaginer tout ce que ça représente pour toi. Mais fuir ne changera pas la réalité, Jade.

S'étant dégagée de son étreinte, elle serra les bras autour de sa taille.

— Ça ne changera peut-être pas la réalité, mais je commence à croire que ça vaut mieux comme ça. Les choses fonctionnent très bien telles qu'elles sont. Les Steele ont l'air heureux. Je ne veux pas leur gâcher leur bonheur. Ou faire souffrir mes propres parents plus que je ne l'ai déjà fait. J'appellerai l'hôpital demain pour leur dire que j'abandonne mes poursuites.

— Il est trop tard pour ça. Allez, Jade, pense aux gens qui ont saccagé ta maison. Ils ont essayé de t'empêcher de découvrir la vérité. Si tu abandonnes maintenant, ce sont eux qui auront gagné.

— Ça m'est égal. Ça fait trente ans. Ce n'est pas ma vie, et ça ne le sera jamais. J'aime autant en rester là.

À bout de nerfs, il serra fort les paupières. Il avait envie de la secouer, mais il ne pouvait pas faire ça. Il fallait qu'il trouve un moyen plus doux de la raisonner. Ils étaient lancés, ils ne pouvaient plus s'arrêter. Qu'elle le veuille ou non, qu'ils abandonnent ou non l'enquête, l'hôpital savait qu'il y avait un problème à présent, et ils iraient jusqu'au bout pour le résoudre.

Instinctivement, il la prit par le bras. Il avait l'impression qu'elle allait quitter le bal en courant comme Cendrillon s'il ne la retenait pas.

— Je ne peux pas en rester là, Jade. C'est mon travail. Un travail pour lequel on m'a embauché à cause de toi. Je suis payé pour découvrir la vérité. Je vais donc le faire, même si tu n'as plus envie de la connaître.

Une ombre de douleur vint ternir l'expression de son beau visage juste avant qu'elle se dégage de son étreinte. Le regard glacial, elle secoua la tête, l'air à la fois incrédule et fâché.

— Jade…, dit-il en essayant de la rattraper.

— Non ! s'exclama-t-elle en s'écartant de lui. Tu as tes priorités ; j'ai les miennes. Je pensais être à un rang plus élevé sur ta liste, mais c'était idiot de ma part. Je n'étais pas la priorité de Lance, non plus. Il préférait la drogue, et toi, tu préfères l'adrénaline.

La foule se mit soudain à applaudir, et l'orchestre se remit à jouer. Ensemble, ils se tournèrent à temps pour voir les Steele descendre de la scène pour se remettre à discuter avec les convives et donateurs. S'il voulait parler à Morgan, il devait le faire tout de suite. Il fallait juste qu'il convainque Jade de lui laisser dix minutes. Parfois, dix minutes suffisaient pour tout changer.

Plein d'espoir, il se retourna vers elle.

— Ce n'est pas vrai.

Avec plus de force encore, elle secoua la tête.

— On verra bien. Mais je t'en prie, vas-y. Va rouler des mécaniques pour sauver la situation. Moi, je rentre. Et chez moi. Je vais demander à l'un des voituriers de m'appeler un taxi.

Après avoir gracieusement pivoté sur ses talons, elle commença à avancer vers la sortie dans sa belle robe rouge.

Et il s'apprêtait à partir à sa poursuite pour la supplier d'attendre encore un peu quand il la vit. Son occasion. Sa chance.

Tout près de lui, Patricia Steele venait de poser sa flûte à champagne sur l'une des tables vides. S'il arrivait à prendre cette flûte avant qu'un serveur le fasse, il pourrait prélever son ADN et confirmer ses soupçons, même si la famille refusait de coopérer. Ils répondraient certainement plus vite au téléphone quand ce seraient les avocats de l'hôpital qui les appelleraient.

Il jeta un bref coup d'œil vers le hall. Jade venait de quitter la salle de bal et se dirigeait vers la sortie. En faisant vite, il pouvait subtiliser le verre et la rattraper avant qu'elle demande un taxi. Elle lui en voudrait certainement d'avoir pris cette flûte alors qu'elle lui avait expressément demandé d'arrêter ses recherches et de quitter les lieux, mais c'était là un risque qu'il était disposé à prendre. Une occasion comme celle-ci ne se représenterait pas tous les jours.

Fendant la foule, il s'approcha de la table pour prendre la flûte, qu'il s'efforça ensuite de tenir de façon naturelle, comme si c'était la sienne. Après quoi il prit le chemin de la sortie et, très discrètement, glissa la flûte dans sa poche intérieure. Il la mettrait dans un sachet scellé aussitôt qu'il serait seul.

Mais d'abord, il fallait qu'il retrouve Jade.

La soirée ne s'était pas du tout déroulée comme il l'avait espéré. Cela aurait dû être un moment de révélation. Ils auraient dû nouer un lien avec sa famille et poser les jalons d'heureuses retrouvailles. Il avait même envisagé de lui avouer ce qu'il ressentait pour elle quand ils étaient sur la piste de danse.

Si le discours avait commencé une minute plus tard, les mots qu'il avait sur le bout de la langue seraient sortis. Il lui aurait dit qu'il l'aimait. Alors, peut-être, quand la peur aurait pris le dessus sur elle, elle aurait compris qu'il faisait tout ça pour elle. Et non malgré elle.

Arrivé à la porte de la maison, il s'arrêta pour interroger le personnel.

— Auriez-vous vu passer une femme en robe rouge ?

Avant de partir à sa recherche, il voulait s'assurer qu'elle était bien sortie, qu'elle ne s'était pas cachée dans les toilettes.

— Elle est passée il y a une minute. Elle avait l'air bouleversée, lui répondit une femme en portant sur lui un regard désapprobateur.

Sans répondre, il s'approcha de l'abri sous lequel les voituriers paraissaient désormais totalement désœuvrés. Jade n'était nulle part.

— Par où est allée la femme en rouge ? leur demanda-t-il.

Tous indiquèrent l'autre extrémité de la maison. Elle avait dû aller là pour avoir une meilleure réception avec son portable.

Au petit trot, il longea la maison, s'attendant à la trouver en train d'appeler un taxi. Et c'était bien ce qu'elle était en train de faire. Mais sans lui laisser le temps de lui dire quoi que ce soit, une camionnette blanche s'arrêta devant elle. Les portes s'ouvrirent brutalement, et dans la traînée rouge de sa robe, Jade fut violemment hissée à l'intérieur par deux hommes en noir. Aussitôt, dans un claquement, les portes se refermèrent, et la camionnette repartit dans un crissement de pneus pour gagner l'allée qui menait au grand portail.

Instinctivement, Harley la suivit en courant, criant le nom de Jade, comme s'il avait une chance de les rattraper. Mais quand les feux du véhicule disparurent dans le lointain, il s'arrêta. Il était à bout de souffle, et son cœur battait à tout rompre. Il avait promis à Jade d'assurer sa sécurité. Il lui avait promis de résoudre l'affaire rapidement pour qu'elle n'ait plus à vivre dans la peur de nouvelles menaces.

Tournant les talons, il repartit au pas de course vers la maison, en hurlant aux voituriers d'appeler la police pour leur signaler un cas d'enlèvement. Il ne pouvait pas revenir sur ce qui venait de se passer, mais il pouvait se racheter en faisant tout ce qui était en son pouvoir pour la ramener chez elle saine et sauve.

Elle se croyait en sécurité avec lui. Il l'avait quittée des yeux juste un instant. Une erreur d'autant plus grossière qu'elle lui avait demandé de partir avec elle.

Mais elle avait eu raison. Il lui avait préféré son travail et la gloire. Ne lui restait plus qu'à espérer ne pas avoir à regretter cette décision pour le reste de sa vie.

- 12 -

Jade roula à l'arrière de la camionnette et se heurta la tête contre la paroi de métal. Ou ce qui lui sembla être la paroi de métal. Difficile à dire avec le bandeau qu'elle avait sur les yeux. Elle n'avait de toute façon pas l'esprit clair, sans doute à cause du linge imbibé de chloroforme qu'ils avaient utilisé pour l'empêcher de se débattre. Ils le lui avaient plaqué sur le visage, cela n'avait duré que quelques secondes, mais les effets du produit avaient été assez puissants pour l'affaiblir. Et à présent, elle avait encore un peu la tête qui tournait.

— Aïe ! cria-t-elle alors que quelque chose de chaud commençait à couler le long de son visage.

Du sang, probablement. Mais avec ses mains liées, impossible de se tenir à quelque chose. À chaque virage, elle était bringuebalée comme une poupée de chiffon, entortillée dans sa belle robe rouge dont les broderies de perles ne faisaient rien pour l'empêcher de glisser sur le sol de métal.

Au-delà de l'incompréhension provoquée par cet enlèvement, l'idée que la jolie robe que lui avait offerte Harley se retrouve abîmée lui tira des larmes de colère.

— Ralentis, ou on va se faire prendre, siffla l'un des hommes.

Sa voix était caverneuse, comme s'il avait fumé trois paquets de cigarettes par jour pendant trente ans.

— C'est si je ralentis qu'on va se faire prendre. Il faut d'abord qu'on s'éloigne de la villa des Steele. Ce type est assez enragé pour nous suivre.

— Je ne vois pas sa Jaguar derrière nous. Je pense qu'on est tranquilles.

— N'importe quoi, répondit l'autre, dont la voix était plus claire. On ne sera pas tranquilles tant qu'on n'aura pas l'argent, que la fille ne sera pas retournée à sa riche famille et qu'on ne sera pas dans un transat sur une plage de Puerto Vallarta. Là, je pourrai respirer. Pour la première fois depuis trente ans.

Elle essaya de s'adosser à la paroi de la camionnette pour trouver un peu de stabilité. Le plus discrètement possible, afin de ne pas interrompre la conversation de ses ravisseurs, dont elle comptait bien retenir chacune des paroles pour pouvoir les rapporter à Harley et à la police une fois qu'elle serait sortie de ce pétrin.

À condition, naturellement, qu'elle en sorte. Elle ne savait pas ce que ces hommes lui voulaient, mais ça ne pouvait pas être du bien. L'un d'entre eux avait parlé d'argent, c'était peut-être juste une histoire de rançon. Mais cela semblait être une drôle d'idée. Sa famille n'avait pas d'argent. En tout cas, pas celle qui l'avait élevée. Ces deux-là en savaient peut-être plus qu'elle sur sa vie.

— C'est là qu'on tourne, dit l'homme à la voix caverneuse.

La camionnette ralentit et sembla passer sur un dos-d'âne.

— Je sais très bien où on tourne, je n'ai pas besoin que tu m'indiques le chemin. Je maîtrise la situation. J'ai compris la leçon après la dernière fois, quand ta sœur nous a plantés tous les deux.

— Nous a plantés ? C'est elle qui est morte, je te rappelle, pas toi.

— Ouais, bon, si elle se sentait coupable au point de faire un truc pareil, elle aurait tout de même pu nous donner quelques infos avant. Par exemple nous dire quels bébés elle avait échangés. On est restés sur notre soif pendant trente ans à cause de ses petits problèmes de conscience, et je ne veux pas prendre ce risque une deuxième fois. Je veux mon argent, et qu'on en finisse.

— Tu crois qu'ils vont payer pour elle ? Ils ne savent même pas qui elle est.

— Elle est de leur sang. Ils paieront. Et s'ils ne le font pas, on demandera au colosse. Tu as vu comme il nous a couru après ? Comme s'il pouvait rattraper la camionnette… Je parie qu'il serait prêt à faire tout ce qu'on lui demanderait.

À ces mots, elle sentit son cœur se serrer. Ils devaient parler de Harley. Elle ne l'avait pas vu dehors. Était-il sorti à temps pour voir ces hommes l'enlever ? Il fallait l'espérer. Dans ce cas, il partirait à sa recherche. Elle ne savait pas si elle pouvait se fier au jugement de ces voyous, mais ils avaient l'air de penser qu'il était amoureux d'elle.

Mieux valait pour eux qu'ils se trompent. Car s'il était vraiment amoureux d'elle, ces hommes auraient mieux fait de prier pour être retrouvés par la police en premier.

La camionnette finit par s'arrêter, et elle entendit le grincement d'une porte de garage métallique qui s'ouvrait. Le véhicule avança de quelques mètres, et le moteur fut enfin coupé. Nouveau grincement de métal. La porte devait se refermer cette fois-ci, la piégeant dans le garage ou l'entrepôt qu'ils avaient pris pour cachette.

Ils n'allaient sans doute pas tarder à ouvrir les portes pour s'occuper d'elle. Paniquée, elle prit une profonde inspiration. Pourvu qu'elle ait la force d'endurer ça. Pour retrouver Harley et ses parents. Ses véritables parents. Car si les Steele étaient apparemment des gens charmants, les visages qu'elle espérait revoir étaient ceux d'Arthur et Carolyn Nolan.

— Bon, on y est, dit l'homme à la voix claire. Ne nous reste plus qu'à passer l'appel.

Harley retourna en courant dans la salle de bal. Abandonnant toute prétention de passer pour un convive normal, il se dirigea droit vers Trevor et Patricia Steele.

— C'est vous qui êtes derrière tout ça ? demanda-t-il sans chercher à dissimuler sa colère.

Les époux tournèrent vers lui de grands yeux surpris. Manifestement, ils n'avaient pas l'habitude qu'on s'adresse à eux sur ce ton.

— Derrière quoi, monsieur ? demanda Trevor d'un air agacé.

— Quelqu'un vient de kidnapper Jade dans votre jardin. Si vous êtes derrière tout ça, dites-le-moi maintenant.

— Kidnapper ? s'écria Patricia en portant sa main à son cœur. Jade qui ?

— Votre fille, Jade. Celle dont j'essaie de vous parler depuis une semaine.

Mêmes expressions de stupeur. Ils paraissaient totalement décontenancés par la conversation. Harley avait beau avoir envie de passer à la vitesse supérieure, il allait devoir revenir en arrière.

— Je m'appelle Harley Dalton, de Dalton Security. Je vous ai appelés à plusieurs reprises cette semaine au sujet d'une affaire concernant l'hôpital St. Francis. Avez-vous eu mes messages ?

— Non, répondit Trevor, l'air vaguement irrité. Mais la semaine qui précède le gala est toujours très chaotique. Mes employés ont dû omettre de me transmettre votre message. Ils ont tendance à filtrer tout ce qu'ils jugent inutile quand nous sommes très occupés. Nous recevons beaucoup d'appels. Vous travaillez pour l'hôpital St. Francis, dites-vous ?

— Oui. Où votre femme a donné naissance à une fille au moment de l'ouragan Hugo en 1989.

— Notre fille, Morgan, est juste ici, intervint Patricia en désignant la jeune femme. Je ne comprends pas ce qui se passe.

Harley n'avait aucune envie d'être la personne qui leur annoncerait la nouvelle, mais plus vite ils seraient sur la même longueur d'onde, mieux ce serait.

— Ce n'est pas votre fille biologique. Pendant l'ouragan, deux bébés ont été échangés à la nursery. Votre fille a été élevée par la famille Nolan, qui a récemment découvert cette machination à l'occasion de tests ADN. La femme que vous connaissez comme votre fille, Morgan, est en réalité leur fille, Jade.

Harley observait attentivement Trevor Steele, dont le visage avait blêmi. Mais sans lui laisser le temps de jauger plus avant ses réactions, un homme accourut vers eux, l'air totalement paniqué.

— Monsieur Steele, la police est là. Ils disent qu'on les a appelés pour une affaire d'enlèvement.

Harley voulut intervenir, mais Trevor le devança en commençant à transmettre des ordres à toutes les personnes qui se trouvaient autour de lui.

— Faites-les patienter dans la bibliothèque, je vous prie. Nous allons les rejoindre dans un instant, dit-il avant de se tourner vers sa femme. Patricia, va chercher Morgan et rejoignez-nous dans la bibliothèque. Je vais demander aux garçons de faire sortir tout le monde. La fête est terminée.

Harley poussa un long soupir de soulagement. Apparemment, la famille le prenait au sérieux. Patricia s'approcha de Morgan, Trevor de ses fils. Un instant plus tard, Trevor le rejoignait.

— Je suis navré de ne pas avoir eu connaissance de vos messages, monsieur Dalton. J'en toucherai un mot à mon personnel une fois cette histoire terminée. Pour le moment, je pense qu'il serait bon que vous veniez avec moi dans la bibliothèque, si vous ne voulez pas vous retrouver pris dans le flot de personnes qui vont quitter la salle une fois que mes fils auront fait leur annonce.

En dépit du caractère dramatique de la situation, les Steele paraissaient calmes et détachés, ce que Harley jugeait à la fois troublant et inquiétant. Il lui fallut attendre d'être assis dans la bibliothèque avec les enquêteurs de la police pour comprendre les raisons de ce curieux comportement.

— Ce n'est pas notre premier kidnapping, monsieur Dalton, lui confia alors Trevor. C'est pour cette raison que je vous parais sans doute assez peu affecté par la situation. Nous avons appris la leçon : nous savons que nous devons agir, et remettre nos émotions à plus tard.

Sous le regard attentif de la famille, Harley fit son rapport à la police, résumant l'affaire sans oublier les menaces, l'intrusion et, naturellement, l'enlèvement. Jade était la fille des Steele, il ne pouvait en être autrement. Et si ce n'était pas la famille Steele qui avait cherché à l'intimider, il n'avait aucune piste quant à l'identité des kidnappeurs.

Les enquêteurs firent venir une équipe de surveillance dans la maison, au cas où quelqu'un appellerait pour une demande de rançon. Et ils promirent que la ville serait passée au peigne fin pour retrouver la camionnette blanche, dont Harley avait eu le temps de noter les numéros de plaque.

— C'est notre faute, murmura Patricia quand ils se retrouvèrent seuls dans la bibliothèque après le départ de la police.

Assise sur le canapé, elle serrait dans ses bras Morgan, qui paraissait complètement choquée. Harley peinait à imaginer ce que la jeune femme, dont la vie avait été totalement bouleversée, pouvait ressentir dans un moment tel que celui-ci.

— Ça a recommencé, reprit Patricia. Exactement comme avec Tommy.

Trevor s'approcha de sa femme et posa doucement sa main sur son épaule.

— Nous avons récupéré Tom sain et sauf, et ce sera pareil aujourd'hui. Nous allons récupérer Jade, et ensuite, nous trouverons ce qui s'est passé à la maternité et pourquoi.

— Si j'ai bien compris, quelqu'un a échangé les bébés et, trente ans plus tard, a kidnappé celle qui est vraiment notre sœur ? demanda l'un des garçons, qui devait être Finn ou Sawyer, Harley n'en était pas sûr.

— Morgan est votre sœur, affirma son père en pointant du doigt la jeune femme sur le canapé. Elle l'est pour tout ce qui importe. Mais cet homme a raison, oui, votre sœur biologique a été enlevée parce qu'elle essayait de retrouver sa famille et que quelqu'un ne voulait pas qu'elle y arrive.

Les yeux rouges, mais secs, Morgan finit par se lever du canapé.

— Je monte, lâcha-t-elle avant de quitter la pièce à la hâte.

— Laisse-la, Patricia, dit Trevor. Ça fait beaucoup de choses à intégrer pour elle. Ce qu'il est important qu'elle sache, et l'impression que nous devons tous lui donner, c'est qu'elle restera à jamais un membre à part entière de notre famille, malgré ce qui s'est passé.

Harley fut ravi par ce qu'il venait d'entendre. Il n'avait à présent aucun doute sur le fait qu'ils accueilleraient Jade avec la même attitude. Elle le méritait vraiment, d'autant plus qu'il l'avait quasiment forcée à endurer cette épreuve. Et s'il s'était contenté de la raccompagner plutôt que de chercher à s'opposer à sa volonté ? Il serait au lit avec à l'heure actuelle, serré dans ses bras, et non ici, à attendre anxieusement une demande de rançon ou des nouvelles de la police.

— J'ai hâte qu'ils appellent, murmura Patricia. C'est vraiment horrible d'attendre.

Comme si les kidnappeurs avaient entendu sa plainte, une sonnerie de téléphone se fit entendre. Mais pas celle de la ligne de la maison, qui avait été mise sur écoute. Contre toute attente, c'était le portable de Harley.

Il ne reconnut pas le numéro affiché, mais il répondit, en enclenchant le haut-parleur pour que chacun puisse entendre son interlocuteur.

— Allô.

— Dix millions de dollars, fit une voix rocailleuse à l'autre bout de la ligne. En petites coupures, non marquées. Mettez l'argent dans un sac en toile noire et laissez-le dans le casier 17 de la gare routière du centre-ville à 10 heures demain matin. Si vous suivez mes instructions et que nous parvenons à récupérer l'argent sans interférence de la police, je vous enverrai par texto les coordonnées du lieu où se trouve la femme. Si les flics nous attendent, ou si nous nous faisons intercepter d'une façon ou d'une autre, vous ne la reverrez jamais.

— Je veux parler à Jade, lâcha-t-il.

Mais son interlocuteur lui rit au nez et raccrocha. Quand la communication fut coupée, un vague espoir vint contrebalancer la terreur qui le prenait aux tripes. Ils ne voulaient que de l'argent. Il en avait des tas. C'était avec joie qu'il allait suivre les instructions pour retrouver Jade. Ne lui restait plus qu'à espérer que les ravisseurs respecteraient bien les règles qu'ils avaient eux-mêmes fixées.

— Dix millions, ça fait beaucoup d'argent à rassembler en moins de deux heures, murmura pensivement Trevor.

— Je sais, dit Harley.

Il avait appris bien vite à réinvestir son argent dans des affaires lucratives. Les gains étaient bien sûr un avantage, mais il savait d'expérience qu'en cas de nécessité il était toujours très long et fastidieux de récupérer ses deniers.

— Je vais réfléchir à ça, mais je pense que je pourrais facilement fournir environ un tiers de cette somme.

— Combien avons-nous dans le coffre, mon chéri ? demanda Patricia à son mari.

— Quatre millions, je pense. Peut-être quatre et demi. Mais on devrait pouvoir en faire transférer davantage sans problème. Le jour vient de se lever, en Suisse, me semble-t-il ?

Il s'interrompit pour s'approcher de Harley.

— À nous deux, nous allons récupérer Jade saine et sauve, dit-il en lui tapotant le dos. Ne craignez rien.

Elle est l'une d'entre nous, maintenant. Et croyez-moi : un Steele n'abandonne jamais un autre Steele. C'est notre credo.

Un bruit se fit entendre, et Jade décolla brusquement son dos de la cloison métallique. Elle aurait aimé pouvoir retirer son bandeau pour voir ce qui se passait, mais c'était impossible avec les liens qui entravaient ses chevilles et ses poignets.

Elle était seule depuis un moment, mais elle n'aurait su dire combien de temps, exactement. Elle avait entendu ses ravisseurs parler d'aller récupérer l'argent. Après ça, ils étaient partis en la laissant seule dans la camionnette. Ils ne lui avaient pas dit grand-chose pendant qu'ils la retenaient captive, mais les quelques mots qu'ils lui avaient adressés lui avaient glacé le sang. Quoi qu'il arrive, elle ne les verrait jamais. Si tout se passait bien pour eux, ils disparaîtraient ; dans le cas contraire, ils lui tireraient une balle dans la tête.

En tendant l'oreille, elle pouvait désormais entendre un bruit de pas.

Pourvu que ce ne soient pas eux. Pourvu qu'ils aient disparu.

— Jade !

Harley. C'était la voix de Harley.

— Harley !

Le bruit de pas se rapprochait. Submergée par le soulagement, elle poussa un lourd soupir et se mit à pleurer. Elle avait jusqu'ici refusé de céder à la panique ; c'était un luxe qu'elle ne pouvait pas s'accorder. Mais à présent, toutes ses émotions semblaient s'être brutalement libérées.

D'un coup, quelqu'un arracha le bandeau qui couvrait

ses yeux. Après tout ce temps passé dans l'obscurité, elle eut du mal à accommoder sa vision à la lumière, mais elle discerna sa silhouette. Harley, accroupi à côté d'elle. Très vite, il défit ses liens, et elle sentit de nouveau le sang affluer vers ses extrémités.

— Ma chérie, je suis tellement content que tu ailles bien. Si tu savais comme je regrette. Je n'aurais jamais dû te quitter des yeux une seule seconde.

Tendrement, il la serra dans ses bras, et elle se blottit avec joie contre lui.

Elle avait passé une longue nuit seule avec ses pensées, à revivre ce qui s'était passé avant et après l'enlèvement. Et elle en était arrivée à deux conclusions : elle n'aurait pas dû réagir si vivement, et son dangereux mauvais garçon était le seul à pouvoir la sauver. Il avait été à la hauteur de ses espérances. Et elle lui en serait éternellement reconnaissante.

— Ce n'est pas ta faute, se força-t-elle à dire malgré sa gorge sèche comme un parchemin. Et tu m'as sauvée.

— Naturellement que je t'ai sauvée, dit-il en prenant tendrement son visage entre ses mains. Je t'aime, Jade. Plus que tu ne l'imagines. J'aurais fait n'importe quoi pour te ramener à la maison avec moi.

Il l'aimait ? Elle avait beau être déstabilisée par la situation, elle ne pouvait tout de même pas passer à côté de ce détail.

— Tu as dit que tu m'aimais ?

— Oui, répondit-il en souriant. Je t'aime, Jade. Plus que tout. Je regrette simplement de ne pas te l'avoir dit avant que tout cela arrive. Toute la nuit, j'ai eu peur de ne plus jamais avoir d'occasion de le faire.

Instinctivement, elle prit à son tour son visage entre ses mains. Il ne s'était pas rasé. Il portait toujours son smoking, mais s'était débarrassé de son nœud papillon.

Ses yeux étaient plissés par l'inquiétude, et il paraissait aussi épuisé qu'elle. Et pourtant, elle le trouvait plus beau encore que jamais.

— Je t'aime aussi, Harley.

Lentement, il se pencha vers elle pour l'embrasser. Ce baiser fut chargé de toutes les émotions qu'ils avaient l'un comme l'autre retenues. On aurait dit qu'elles s'étaient libérées d'un coup. Amour, soulagement, désir, bonheur. Hélas, sa gorge sèche et douloureuse finit par l'obliger à s'écarter de lui.

— Excuse-moi. Je meurs de soif. Je n'ai rien bu depuis le champagne de la fête.

— Je m'occupe de ça, dit-il en portant son téléphone à son oreille. Elle est là. Oui, saine et sauve. Apportez une couverture et de l'eau.

Un instant plus tard, une foule de gens se précipitaient vers elle. Elle reconnut immédiatement la silhouette de ses parents, qui écartèrent Harley de leur passage pour s'approcher. Elle n'avait jamais été aussi heureuse de revoir sa famille.

— Tu vas bien, ma chérie ? lui demanda sa maman en écartant une mèche de son visage pour examiner son front. Tu saignes.

— Ça va, maman. Si tu savais comme je suis contente de te voir.

Tout en souriant, son papa lui caressa doucement l'épaule.

— Il y a ici d'autres personnes qui sont contentes de te voir, murmura-t-il en s'écartant un peu.

Elle reconnut derrière lui Trevor et Patricia Steele. L'air embarrassé, ils se tenaient à une certaine distance. On aurait dit qu'ils avaient envie de lui apporter leur aide, mais craignaient d'interrompre ses retrouvailles avec Harley et ses parents.

Patricia finit par s'accroupir devant elle en lui tendant une bouteille d'eau.

— Tiens, ma chérie. Si tu savais comme je suis contente que tu sois saine et sauve. Nous nous sommes fait un sang d'encre.

Jade fut surprise par ces paroles. Manifestement, il s'était passé beaucoup de choses depuis que ces hommes l'avaient enlevée.

— C'est vrai ?

Tout en souriant, Harley se mit à lui masser le dos.

— Ils savent tout. Et ils ont même payé la plus grande partie de la rançon.

Trevor finit par s'accroupir à côté de sa femme.

— Un Steele n'abandonne jamais un Steele, dit-il en souriant.

Et après avoir observé son visage un long moment, il finit par secouer la tête, l'air à la fois ébahi et heureux.

— Tu ressembles trait pour trait à ta mère au même âge. C'est vraiment bluffant.

En un geste de réconfort, il posa doucement la main sur son épaule.

— Nous avons beaucoup de choses à nous dire, petite fille, mais d'abord, on va sortir d'ici.

Harley l'aida à se remettre debout et l'enveloppa dans la couverture que M. Steele avait apportée. Réconfortée par la douceur de ce cocon de cachemire, elle sortit lentement de l'entrepôt, devant lequel plusieurs voitures les attendaient. Après lui avoir fait un signe de la main, les Steele montèrent dans une Escalade noire avec chauffeur. La camionnette de son père était garée derrière, ainsi que la Jaguar.

— Harley va t'emmener au poste de police pour qu'on prenne ta déposition, lui dit sa mère. Tu nous appelleras après pour nous dire si tout va bien ?

— Bien sûr, maman, répondit-elle avant d'embrasser tendrement ses parents.

Harley lui ouvrit alors la portière de la Jaguar puis s'installa au volant. Mais avant d'enclencher le moteur, il prit sa main et la serra fort dans la sienne.

— Avant de te conduire au poste, il y a quelque chose que je voudrais te dire. Jade… J'aurais été prêt à faire n'importe quoi pour te récupérer.

— Si j'ai bien compris, tu as déjà dépensé des millions pour ça.

— Sans regrets. Et je serai prêt à le refaire.

Elle plongea le regard dans le sien. Ses yeux bleus étaient humides de larmes. Le cœur battant à tout rompre, elle battit des cils pour retenir les siennes.

— Ne va pas le crier sur les toits si tu ne veux pas que ces hommes recommencent. À moins qu'ils n'aient déjà été pris ?

— Pas encore, répondit-il en secouant la tête. La police surveillait la gare routière, mais ils ne pouvaient pas les intercepter tant qu'ils ne m'avaient pas envoyé les coordonnées du lieu où ils t'avaient laissée. À ce moment-là, ils avaient filé depuis longtemps, et la police a perdu leur trace à la sortie de la ville. Mais ils les retrouveront. J'en suis certain.

— Je suis surprise que tu ne sois pas parti à leur poursuite avec eux.

— J'ai eu ma dose d'adrénaline. Suffisamment pour toute une vie. La seule sensation qui pourrait me manquer, désormais, c'est le bonheur que je ressens quand je te serre dans mes bras et quand tu me souris. Si j'ai ça, je pourrai vivre heureux en restant assis derrière un bureau pour le restant de mes jours.

— Tu le penses vraiment ?

— Absolument. Et je vais te le prouver.

Sans rien ajouter, il ouvrit la boîte à gants et en sortit un petit écrin qu'il ouvrit devant elle pour révéler à ses yeux une bague étincelante. Et magnifique. Un diamant princesse monté sur un anneau de platine et serti de brillants et de petits saphirs.

— Quand as-tu trouvé le temps de m'acheter une bague de fiançailles ?

Avec tout ce qui venait de se passer, c'était la dernière chose à laquelle elle s'attendait.

— Avant la fête. Elle est restée dans la poche de mon manteau durant tout ce temps. Je voulais te l'offrir après la soirée, mais les choses ne se sont passées comme prévu.

Elle regardait fixement la bague, pressée de la sentir à son doigt. Mais avant cela, il fallait qu'il lui pose la question qu'elle était plus pressée encore d'entendre.

— Jade Nolan, la nuit dernière a été la pire nuit de ma vie. Je voulais t'épouser avant que tout cela arrive, mais à présent, je ne m'imagine pas vivre un seul jour de ma vie sans toi. Nous avons déjà perdu plus de dix ans ; je ne veux pas perdre une minute de plus. Me ferais-tu l'honneur de devenir ma femme ?

Tout en souriant, elle se pencha vers lui pour l'embrasser. Cette fois-ci, il n'était pas question qu'elle refuse de suivre son cœur.

— Oui, murmura-t-elle contre ses lèvres. Oui, oui et oui.

Épilogue

Jade n'aurait jamais imaginé assister un jour à ce spectacle : ses deux couples de parents, bavardant joyeusement ensemble sous un beau soleil de printemps sur le pont du luxueux yacht des Steele, le *License to Drill*. Et pourtant, c'était vrai. Ils étaient là, ainsi que Harley, tous ses frères et Morgan, pour célébrer ses fiançailles.

Après des semaines à passer en revue les détails et confronter les ADN, les résultats avaient été confirmés, à la grande satisfaction de chacun, et c'était la première fois que les deux familles se réunissaient. Elle avait eu un petit pincement au cœur quand elle avait compris qu'elle allait désormais devoir partager ses parents avec Morgan. Mais les larmes de bonheur qu'elle avait vues dans les yeux de sa mère en avaient valu la peine.

Les deux familles étaient très différentes, mais unies dans leur désir de partager Morgan et Jade, et de bâtir une relation ensemble. Elles seraient, de toute façon, toujours liées par l'étrange coup du sort qui avait abouti à l'échange de leurs deux filles ce jour-là.

Tout en sirotant son champagne, Jade observait tout le monde en souriant. Son frère aîné, Dean, et son nouveau frère, Finn, étaient occupés à pêcher. Ses deux mamans échangeaient des anecdotes sur l'époque où leurs filles étaient bébés. Ses deux papas parlaient whisky au bar. Tout s'était bien mieux terminé qu'elle ne l'avait imaginé.

Il y avait toujours des zones d'ombre, mais elle ne doutait pas qu'elles seraient bientôt éclairées. Ses ravisseurs seraient retrouvés et on déterminerait s'ils avaient un rapport, de près ou de loin, avec l'échange qui avait eu lieu à la maternité. Ils n'étaient toujours pas certains de ce point, même si la conversation qu'elle avait surprise dans la camionnette laissait entendre que les deux crimes étaient liés. Elle avait rapporté à Harley et à la police toutes les informations dont elle s'était souvenue, mais avec le choc, elle avait certainement oublié des détails importants. Après réflexion, Harley s'était remis à travailler sur l'affaire, cette fois-ci avec la pleine coopération des Steele, qui finançaient en partie ses recherches.

Elle n'avait pas très envie de songer à cela, cependant, préférant se concentrer sur son futur mariage avec Harley et sa nouvelle famille.

Tout sourire, elle s'approcha de ses deux mamans.

— Il y avait une sage-femme adorable à St. Francis, disait Carolyn. J'essaie de me souvenir de son nom depuis que tout ça a commencé, mais rien à faire, je n'y arrive pas. Vous l'aviez peut-être aussi ? C'était une rousse, très souriante et très bavarde.

— Ça me dit quelque chose, répondit Patricia. Pendant l'accouchement, elle n'arrêtait pas de parler. J'avais envie de lui dire de se taire. Comment était-ce ? Noreen, Tracy, Nadine ?

— Nancy ? intervint Harley.

— C'est ça ! répondirent ensemble les deux femmes en se tournant vers lui.

— Merci ! s'exclama Carolyn. Depuis le temps que je cherchais son nom…

Laissant ses deux mamans poursuivre leur conversation, Jade prit Harley à part.

— Comment connais-tu son nom ?

— J'ai consulté les fichiers du personnel à l'hôpital. Il y avait une infirmière nommée Nancy qui travaillait à la maternité ce jour-là. Et il se trouve que cette infirmière s'est suicidée une semaine à peine après que Morgan et toi avez été échangées.

Surprise, elle retint son souffle quelques instants.

— Tu crois qu'elle était impliquée ?

— Ça n'a pu être fait que par un membre du personnel.

— Je regrette de ne pas mieux me souvenir de la nuit du kidnapping. Il me semble avoir oublié des bribes de leur conversation, des choses importantes. Si on trouvait d'autres informations, ça me rafraîchirait peut-être la mémoire…

— Peut-être. Voyons ce qu'on peut faire, répondit-il en lui adressant un tendre regard.

Et il sortit son téléphone de sa poche.

— Isaiah, il faudrait que tu me trouves tout ce que tu peux sur une ancienne sage-femme de St. Francis nommée Nancy.

ANDREA LAURENCE

Pour le bonheur de Morgan

Traduction française de
MURIEL LEVET

PASSIONS

HARLEQUIN

Titre original :
FROM RICHES TO REDEMPTION

- 1 -

— Morgan ? Il y a là quelqu'un que j'aimerais te présenter.

Au son de la voix de son frère, Morgan Steele se retourna. Et se retrouva figée sur place. Les yeux grands ouverts, les lèvres tremblantes, elle ne pouvait détacher son regard de l'homme qui se trouvait à côté de son frère.

Elle s'était préparée à un nouveau bavardage poli et ennuyeux avec l'une des relations professionnelles ou amicales de ses parents. Le gala de collecte de dons de Steele Tools se résumait généralement pour elle à des quantités de champagne et de discussions sans intérêt avec des personnes dont elle oubliait le nom dix minutes plus tard. Mais le nom de cet homme, elle le connaissait. Il lui aurait été impossible de l'oublier.

Avec le temps, le jeune homme élancé avait acquis le physique fort et massif des hommes qui vivent d'un travail manuel. Sa barbe parfaitement taillée le faisait également paraître plus âgé et plus sophistiqué que dans ses souvenirs, mais elle aurait reconnu ces yeux n'importe où. Ces joyaux bleu nuit qui avaient jadis si bien su lire en elle.

— Morgan, voici River Atkinson, dirigeant de Southern Charm Construction. C'est lui qui travaillera avec nous cette année sur le projet caritatif de construction de maisons.

Sawyer poursuivit sa présentation. Il n'avait apparemment pas conscience des réactions des deux personnes qui se tenaient devant lui. Ou du moins de la réaction de stupéfaction de Morgan. Car River, pour sa part, affichait simplement un air… suffisant. À en juger par son sourire, il trouvait la situation amusante. Le regard pétillant de malice, il finit par lui tendre la main.

— Ravi de vous rencontrer, mademoiselle Steele.

Il fallait qu'elle lui serre la main. Qu'elle entre dans son jeu, sans faire de scandale. Mais elle n'arrivait pas à se résoudre à le toucher. Toucher cette main qui avait caressé son corps avec tant de passion. Cette main qui avait glissé une bague à son doigt au cours d'une cérémonie toute simple qui avait eu lieu dans les Smoky Mountains. Cette main qui avait accepté de celle de son père cent mille dollars pour disparaître de son existence.

La voix de son frère la tira brusquement de ses pensées.

— Morgan.

Se forçant à sourire, elle échangea une poignée de main avec River. Il fallait qu'elle se comporte avec lui comme avec n'importe quelle relation professionnelle. Sawyer ignorait tout de son passé. Comme ses deux autres frères, d'ailleurs, et quasiment tout le monde, tout bien considéré.

— Moi de même, monsieur Atkinson. Je suis certaine que nos sociétés accompliront de grandes choses ensemble au cours de l'été.

Sa poigne était ferme, et elle avait la sensation qu'il n'avait aucune envie de la lâcher. À dire vrai, elle eut elle-même du mal à rompre ce contact. Il y avait quelque chose dans ce geste, un lien familier, qui ne semblait demander qu'à être à nouveau exploré. Comme si leurs corps se souvenaient l'un de l'autre, même si leurs esprits résistaient à cette idée.

Quand elle finit par libérer sa main, elle eut le réflexe de reprendre sa flûte de champagne, laisser le cristal glacé refroidir la brûlante et agréable sensation que le contact avait laissée sur sa peau. Et pour se donner une contenance, elle but une longue gorgée.

Qui pouvait avoir approuvé ce partenariat ? Impossible que son père soit au courant. Après ce qui s'était passé entre eux à l'époque où elle était à l'université, il aurait jeté River dehors s'il s'était présenté dans son bureau. Mais sa famille avait un don pour taire des secrets, y compris à ses propres membres. Morgan ignorait totalement que Southern Charm Construction et River Atkinson étaient une seule et même entité. Elle avait déjà entendu parler de cette société, mais ne s'était jamais interrogée sur l'identité de son dirigeant.

La voix de leur mère la ramena doucement à la réalité de la situation.

— Sawyer ? Tu peux venir une minute ?

Paniquée, Morgan se crispa. Elle n'avait aucune envie de se retrouver seule avec River. Évidemment, ils ne seraient pas seuls au sens strict du terme, mais cette discussion privée dans une pièce bondée serait la situation la plus intime qu'ils aient connue depuis le jour où sa famille les avait séparés.

— Si vous voulez bien m'excuser…, dit Sawyer en tapant chaleureusement dans le dos de River.

Et il s'éloigna, les laissant seuls à l'écart de la foule. Et à présent, que faire ? Morgan ne savait pas. La situation était embarrassante. Que pouvait-elle dire au garçon, ou plutôt à l'homme, qui l'avait abandonnée dans ce lointain passé ?

Au bout du compte, ce fut lui qui rompit le silence.

— Tu es très belle, dit-il en faisant glisser sur elle son regard sombre, viril et appréciateur. Cette robe émeraude te va à merveille. Elle fait ressortir le vert de tes yeux.

— Merci. J'apprécie pour ma part ta barbe. Cela te donne un air distingué.

Cette remarque était un peu sotte, mais elle ne savait pas quoi dire.

— Distingué ? répéta-t-il en riant. Si par ça, tu entends riche et important, alors c'est exactement ce que je recherche.

Il s'interrompit, baissa les yeux vers sa main.

— Tu ne t'es pas encore mariée ?

Déstabilisée par la question, elle ne put dissimuler sa confusion.

— Tu veux dire remariée ?

L'air détaché, il haussa nonchalamment les épaules.

— Pour l'État du Tennessee et pour ta famille, tu n'as jamais été mariée, Morgan, tout comme moi. C'est le principe de l'annulation. Ça n'est jamais arrivé. C'est pour ça que tu m'as réexpédié la bague. Tu as oublié ?

— Chut, fit-elle en regardant anxieusement autour d'elle pour voir si personne ne les écoutait.

Heureusement, tous les invités semblaient absorbés dans leurs propres discussions. Cependant, elle lui fit signe de s'éloigner encore un peu de la foule.

— Qu'est-ce que c'est que cette histoire, River ? siffla-t-elle quand ils se retrouvèrent dans un recoin isolé.

Croisant les bras sur son large torse, il fixa le regard sur le sien.

— Je ne comprends pas de quoi tu parles.

— Tu as très bien compris. Qu'est-ce que tu fais là ?

— J'ai été invité, répliqua-t-il toujours avec cet horripilant sourire suffisant.

Ulcérée, elle leva les yeux au ciel. Apparemment, il voulait la forcer à énoncer les choses clairement.

— Comment se fait-il que nos sociétés travaillent ensemble, River ? Je n'ai pas été mise au courant. Si on m'avait demandé mon avis, ce partenariat n'aurait certainement pas été approuvé. Qu'est-ce que tu manigances ? Tu cherches un nouveau moyen de t'incruster dans ma famille ?

— Pourquoi aurais-je envie de côtoyer ta famille ? La dernière fois que ça s'est produit, ils m'ont traité comme un moins-que-rien. J'avais oublié que tu étais si arrogante. Toujours à imaginer que tout tourne autour de ton importante famille, dont tout le monde chercherait à profiter. Je ne voulais profiter de rien d'autre que de ton amour, Morgan, mais ton père ne m'a même pas laissé ça.

Il y avait dans son regard quelque chose qui évoquait de la souffrance. Il avait été blessé, certes. Mais il n'avait pas été abandonné, contrairement à elle.

— C'est vrai, je te l'accorde. Mais il t'a laissé un gros chèque, que tu as été bien content d'encaisser.

Son père avait essayé de la raisonner quand ils étaient rentrés à Charleston ce matin-là. River n'était pas assez bien pour elle. Il ne s'intéressait à elle que pour son argent. Se marier en cachette ? Sans contrat de mariage ? Cette petite folie aurait pu avoir de désastreuses conséquences, lui avait-il dit. Mais le garçon qu'elle aimait avait un arrangement à proposer. Son amour pouvait se monnayer cent mille dollars. Et une fois ce prix accepté par son père, il avait cessé de se battre et laissé Morgan partir.

Devant elle, River s'était crispé. Peut-être n'était-il pas très fier de ce qu'il avait fait. Après l'avoir regardée quelques instants en plissant ses yeux de saphir, l'air dépité, il laissa ses bras retomber mollement sur ses flancs.

— Si c'est ce que tu penses vraiment de moi, c'est sans doute mieux que notre mariage ait été effacé de l'histoire. Ça n'aurait jamais marché entre nous. Mais, déjà à l'époque, tu devais t'en douter. Car à ce que j'ai pu en voir, ça ne t'a pas dérangée de laisser ton père payer les pots cassés.

Elle en resta littéralement sans voix. Que pouvait-elle répondre à cela ? Laisser son père payer les pots cassés ? Que savait-il de la situation qu'il avait laissée derrière lui ? Il n'était plus là. Il n'avait aucune idée de ce qu'elle avait enduré après l'avoir perdu. Après avoir tout perdu. Il avait extorqué une grosse somme d'argent à son père et avait repris le cours de sa vie. La laissant seule face aux conséquences de ce désastre.

— Morgan, fit la voix de son frère, coupant court à ses pensées, papa dit qu'on doit monter sur scène pour la collecte des dons.

Submergée par le soulagement, elle se détourna de River. Cette interruption était la bienvenue. Après toutes ces années de non-dits, la conversation avait rapidement dégénéré. De toute façon, ce n'était ni le moment ni le lieu. Si elle ne s'éloignait pas de lui tout de suite, elle risquait de dire quelque chose qu'elle pourrait plus tard regretter.

— Ton discours est prêt ? lui demanda Finn, le jumeau de Sawyer, en s'approchant.

Les deux frères, qui avaient un an et demi de plus qu'elle, étaient parfaitement identiques, avec leurs cheveux blond foncé et leurs yeux noisette doré si semblables à ceux de leur père. Elle reconnaissait Finn à sa fossette sur la joue droite. Sawyer en avait une semblable sur la joue gauche. Autre indice : Finn, ce soir-là, portait un nœud papillon orange vif sur son smoking. Comme toujours, il aurait été prêt à faire n'importe quoi pour exaspérer leur père.

— J'arrive, leur répondit-elle avant de se retourner vers River sans chercher à dissimuler sa colère.

Il l'avait insultée, et le sourire mauvais qu'il affichait désormais lui donnait envie de le gifler. Mais encore une fois, ce n'était ni le moment ni le lieu.

— Nous poursuivrons cette conversation plus tard, monsieur Atkinson.

— Avec plaisir. De toute façon, je n'ai aucune intention de m'en aller.

Luttant pour se ressaisir, elle monta rejoindre sa famille sur scène pour saluer les invités du gala annuel de collecte de dons. Le plus inquiétant, c'était qu'il était certainement sérieux.

Menace ou promesse, elle n'aurait su le dire, mais River Atkinson était de retour dans sa vie, et il n'avait aucune intention de s'en aller.

Tout sourire, River regarda Morgan s'éloigner. Il était ravi. D'abord parce qu'il avait réussi à heurter ses sentiments, exactement comme il l'avait souhaité en venant à cette soirée. Et ensuite, parce que la courbe de ses hanches, qui se balançaient gracieusement dans cette robe du soir en satin, lui rappelait de torrides souvenirs. Elle était devenue plus belle et plus pulpeuse encore que la dernière fois qu'il l'avait vue. Le spectacle qu'elle offrait aurait suffi à faire sourire n'importe quel homme. Y compris un qui avait passé des années à chercher un moyen de lui faire regretter la façon dont elle avait abusé de ses sentiments.

Ces sentiments s'étaient éteints depuis longtemps, à présent. Tout comme la naïveté de sa jeunesse. Il aurait dû se douter que cette histoire avec une riche petite princesse ne pouvait que mal se terminer. Elle cherchait juste à s'émanciper, se rebeller contre les rênes qui l'avaient bridée durant son enfance. C'est à ça que servait l'université, tout bien considéré. Le problème était qu'ils avaient tous deux poussé les choses un peu trop loin. Ils étaient tombés amoureux.

Rien de grave, jusqu'ici. L'amour n'est pas une chose éternelle. Mais le mariage, si. C'est une union officielle, un engagement devant la loi. Ou du moins le pensait-il jusqu'à ce que les avocats de la famille Steele fassent effacer leur petite erreur.

Morgan les avait laissés faire. C'était cela qui lui avait fait le plus de mal. Il avait suffi que son père élève la voix pour qu'elle se mette au garde-à-vous et rejette tout ce qu'ils avaient rêvé ensemble. On l'avait laissé avec un lit vide et un lot de consolation, si l'on peut s'exprimer ainsi. D'aucuns auraient plutôt parlé de pot-de-vin. Une coquette somme pour disparaître sans faire de bruit. S'il avait compris une chose sur la famille Steele, c'était bien qu'ils détestaient le scandale. Il aurait probablement pu obtenir davantage d'argent de son père s'il l'avait demandé. Steele aurait fait n'importe quoi pour qu'il quitte la vie de sa fille.

Mais naturellement, l'idée ne lui avait pas traversé l'esprit. Il ne voulait même pas de cet argent. Accepter cela lui paraissait minable. Ce qu'il voulait, c'était récupérer sa femme. Et l'avenir qu'il avait rêvé avec elle.

Mais quand il avait compris que c'était impossible, il s'était dit qu'il devait faire un choix. Soit rentrer chez lui tête basse, soit prendre l'argent et tirer quelque chose de positif de ce désastre. Steele pensait sans doute qu'il allait tout dépenser en bière bon marché et en pick-up hors de prix, comme tout prolo qui se respecte.

Il s'était bien trompé. River avait beau être pauvre et ne pas avoir fait d'études, il n'était pas stupide. Avec cet argent, il avait fondé sa propre entreprise de bâtiment. Il baignait dans le milieu depuis son enfance, avait suivi son père sur les chantiers dès qu'il avait été en âge de le faire. Grâce à l'expérience de ce dernier, à sa propre motivation et au boom de l'immobilier, il avait transformé ces cent mille dollars en cent millions.

Et pour rester fidèle à ses origines, quand il avait acquis son premier million, il s'était offert un pack de Pabst Blue Ribbon et un rutilant Ford F-250.

Un tonnerre d'applaudissements le tira brusquement de sa rêverie. La famille avait fini de saluer la foule et de réclamer des dons. Il allait donc pouvoir recoincer Morgan. Hélas, après être descendue de l'estrade, la belle brune disparut rapidement de son champ de vision en se fondant dans la foule. Elle ne devait pas être pressée de reprendre leur discussion, mais qu'elle le veuille ou non, ils allaient la poursuivre. Cela faisait dix ans qu'il attendait ce moment.

Il ne la laisserait pas s'en tirer comme ça, mais tout bien considéré, la soirée venait de commencer, rien ne pressait. Aussi décida-t-il d'aller se rafraîchir au buffet. Les amuse-bouches étaient savoureux, mais minuscules. Des plats de riches, qui coûtent une fortune mais laissent ceux qui les mangent sur leur faim.

— Monsieur Atkinson ? fit soudain une voix derrière lui.

En se retournant, il se retrouva face à un homme âgé qui tenait par le bras une jeune femme blonde.

— Kent Bradford, annonça l'homme en lui tendant sa main libre. J'ai entendu dire que vous bâtissiez de formidables demeures.

River sourit.

— Je suis ravi que vous ayez eu vent de mon travail. Formidables, je ne sais pas, mais j'aime à penser que ce sont des demeures bien bâties et à l'image de leur propriétaire. Avez-vous dans l'idée de vous faire construire une propriété, monsieur Bradford ?

— Appelez-moi Kent, je vous en prie. Oui, c'est exact. Et j'aurais aimé savoir s'il vous arrivait de travailler en dehors de la région de Charleston. J'ai acheté un terrain à bâtir près d'Asheville en Caroline du Nord et j'espérais y faire construire une cabane.

— Une cabane ? répéta River, surpris.

Une cabane ne nécessitait pas assez de temps et d'énergie pour un tel déplacement. Cet homme ferait certainement une meilleure affaire en s'adressant à une entreprise locale.

— Je dis une cabane, mais ce n'est pas tout à fait ça, reprit le nommé Kent en riant. Ce que je veux, en réalité, c'est une maison de cinq cent mètres carrés à deux étages. Mais j'aimerais qu'elle ait l'aspect d'une cabane dans les bois. Avec tout le confort moderne, naturellement.

Cela lui parlait davantage.

— Je n'ai jamais rien construit dans cette région, mais je serais ravi d'en discuter avec vous, répondit-il en sortant de sa poche une carte de visite. Appelez-moi la semaine prochaine, nous parlerons de votre projet. Je pourrais demander à mon architecte de vous faire des propositions.

— Parfait, répondit l'homme en glissant la carte dans sa poche. On fait comme ça. À bientôt, alors.

Le potentiel client tourna les talons pour conduire la jeune blonde vers la piste de danse.

River n'était pas venu uniquement pour se confronter à Morgan, contrairement à ce que cette dernière avait l'air de penser.

Il était aussi là pour affaires. Travailler sur le projet caritatif annuel de Steele Tools lui ferait une bonne publicité. Par ailleurs, le simple fait de se trouver dans cette pièce lui permettait de côtoyer quasiment tous les millionnaires de Caroline du Sud. En attendant de parler à Morgan, il allait tirer parti de la réception pour se faire quelques contacts professionnels. Car il y avait certainement parmi les riches invités d'autres personnes qui ne rêvaient que de se faire construire une nouvelle résidence secondaire. Une bonne chose pour lui.

Il était persuadé qu'il aurait une autre occasion de parler à Morgan. Les invités n'étaient pas si nombreux, et la soirée venait de commencer. Mais soudain, l'un des jumeaux monta sur scène. Il se souvenait qu'elle avait trois frères, dont deux étaient de vrais jumeaux, mais il aurait été incapable de les différencier.

— Mesdames et messieurs, je suis navré d'avoir à vous dire ça, mais nous allons devoir nous quitter plus tôt que prévu. Nous avons une urgence familiale qu'il nous faut absolument régler. Si vous pouviez commencer à vous diriger vers la sortie, nous vous en serions très reconnaissants. Morgan vous recontactera dans les semaines à venir pour évoquer avec vous votre soutien à notre projet. Merci infiniment de vous être joints à nous.

Le jeune homme sourit et disparut de la scène.

C'était étrange. Les Steele s'étaient donné beaucoup de peine pour organiser ce prestigieux événement. Et les billets d'entrée étaient hors de prix. S'ils faisaient sortir tout le monde avant d'avoir eu l'occasion d'obtenir des dons, c'était qu'il avait dû se passer quelque chose de grave.

En regardant autour de lui, il finit par retrouver le vert émeraude de la robe de Morgan, qui quittait précipitamment la salle avec sa mère, ainsi qu'un homme au physique imposant qu'il ne connaissait pas. Malgré son impeccable smoking, il avait tout l'air d'un ancien militaire. Les frères suivirent, et tous disparurent dans une pièce reculée de la maison.

Alors que les autres invités partaient, il resta un moment dans la salle de bal, dans l'espoir de voir réapparaître Morgan. Mais bien vite, il se retrouva seul avec les employés du traiteur, qui s'affairaient à ranger et nettoyer. Déçu, il se résolut donc à abandonner. En sortant, il trouva non moins de quatre voitures de police garées devant la villa. Manifestement, cette « urgence familiale » allait donc prendre du temps. Et connaissant les Steele comme il les connaissait, il pensait pouvoir dire qu'ils concentreraient tous leurs efforts à limiter les dégâts que le problème, quel qu'il soit, pourrait occasionner à leur image.

Tout en soupirant, il s'approcha du voiturier. Un instant plus tard, le jeune homme lui ramenait son beau pick-up F-250.

Ce n'était pas comme ça que la soirée était censée se passer. La situation lui paraissait embarrassante et gardait un goût d'inachevé. La discussion avec Morgan avait connu une fin prématurée. Mais d'un autre côté, il n'était pas sûr de la façon dont il aurait souhaité la voir se terminer. Avait-il espéré qu'elle s'évanouisse rien qu'en le voyant ? Ou qu'elle se jette dans ses bras en lui disant qu'elle regrettait et qu'elle était toujours amoureuse de lui ?

Impossible, songea-t-il en tournant un regard amer vers la maison des Steele. Son ego n'était pas démesuré au point de lui laisser croire qu'elle avait beaucoup pensé à lui au cours des dix années passées. Il était un garçon pauvre et peu recommandable qui n'arriverait jamais à rien. Pas le genre de personne auquel on songeait souvent. Une erreur de jeunesse, rien de plus.

L'hypothèse la plus probable était donc qu'elle ait essayé de l'éliminer de ses pensées. De faire comme si rien ne s'était passé, conformément au souhait de sa famille. À l'heure qu'il était, d'ailleurs, elle devait encore chercher à oublier leur rencontre, mais il ne lui faciliterait pas la tâche, cette fois-ci. Il avait pris ses précautions en signant un accord avec un représentant de Steele qui ne le connaissait pas. En dehors de ses parents, rares étaient les personnes qui avaient eu vent de leur aventure. Leur silence avait tourné à son avantage. Grâce à cela, il allait passer la plus grande partie de l'été à collaborer en personne avec la responsable du service social de l'entreprise, à savoir, Morgan.

Quoi qu'il en soit, il espérait qu'elle allait passer les semaines à venir à regretter ce qu'elle lui avait fait. Mais depuis qu'il l'avait revue, il lui semblait que cet été allait se révéler bien plus agréable qu'il ne l'avait imaginé. En tout cas pour lui. Jusqu'ici, il ne savait pas ce que son ancien amour était devenu sur le plan physique depuis toutes ces années. Mais quand elle s'était tournée vers lui dans cette époustouflante robe de satin vert, il avait senti son cœur s'emballer. Ces exotiques yeux verts, ces pommettes hautes, cette peau de porcelaine… C'était comme si le temps n'avait pas eu de prise sur elle. Mais d'un autre côté, elle lui avait semblé très différente. Surtout quand elle l'avait regardé avec cet air horrifié, qui avait distordu son beau visage.

La fille dont il se souvenait, sa femme, était la plus jolie fille qu'il avait jamais vue. À cause de ses longs cheveux noirs, de son regard vif et pénétrant qui semblait percer ses murs défensifs, et de son sourire d'une douceur infinie, il s'était épris au moment même où il avait posé les yeux sur elle. Elle était plus âgée, désormais, et peut-être plus dure aussi, à en juger par les paroles glaciales qu'elle lui avait adressées. Et pourtant, il se sentait presque disposé à retomber dans le même piège. Mais heureusement, il était plus avisé à présent. Elle avait des chaînes. Un lourd bagage. Et si elle accordait son amour facilement, elle pouvait le reprendre tout aussi vite.

Dans l'hypothèse où elle voudrait de lui à présent, ce serait uniquement parce qu'il avait atteint ses objectifs en devenant enfin digne de l'approbation de son père. Pourtant, rien n'avait réellement changé en lui. Il avait juste acquis de l'argent et du prestige. Choses déterminantes aux yeux de M. Steele. Et de sa fille, supposait-il.

Après avoir ouvert le portail automatique, il entra lentement dans sa propriété de Kiawah Island et, une fois le pick-up garé, en descendit pour approcher de la maison qu'il avait lui-même bâtie quand il avait enfin eu le temps et l'argent nécessaires à la réalisation de ce rêve. Beaucoup de choses avaient changé depuis cette horrible nuit où Morgan était partie.

Prenant au pied de la lettre le conseil que Steele lui avait donné avec le chèque, il avait fait bon usage de cet argent. Parce qu'il avait des choses à se prouver à lui-même, plutôt qu'à elle ou à son père. Et il était allé bien au-delà de ses propres espérances. Il n'était plus l'adolescent puéril qu'il était à l'époque. Et le temps était désormais venu pour Morgan et son père de comprendre à quel point la somme qu'ils avaient investie avait fructifié. Alors peut-être, peut-être, regretteraient-ils de l'avoir jugé si durement dans le passé.

Et si ce n'était pas le cas, tant pis. Il n'avait pas besoin de l'aval de qui que ce soit. Et certainement pas d'un sale petit manipulateur comme Trevor Steele.

- 2 -

— Je viens de recevoir le rapport de la comptabilité sur la collecte de dons.

Relevant les yeux de son ordinateur, Morgan vit son assistante, Vanessa, approcher d'elle avec une enveloppe en papier kraft à la main.

— Ça a été plus vite que je le pensais.

— Je vous tiendrai informée dès que votre prochain rendez-vous sera arrivé, se contenta de dire Vanessa en lui remettant l'enveloppe, avant de tourner les talons.

Morgan parcourut le document et ouvrit de grands yeux en arrivant à la dernière ligne. La soirée ayant été écourtée, elle ne s'attendait certainement pas à une telle somme. Sa famille et elle avaient à peine eu le temps de circuler dans la foule pour collecter des dons ou promesses de dons. Elle avait déjà envisagé des mesures d'urgence. Revoir ses objectifs à la baisse. Voire annuler tout bonnement le projet. Chose qui ne lui aurait pas tant déplu dans la mesure où elle était contrainte de travailler avec Southern Charm.

Mais ils avaient collecté bien plus d'argent qu'ils l'avaient espéré. Manifestement, leurs invités s'étaient sentis embarrassés par la tragédie qui avait frappé sa famille. Et quand les riches se sentent embarrassés, ils tendent à rédiger de gros chèques pour soulager leur conscience.

Quoi qu'il en soit, ils avaient récolté suffisamment d'argent pour bâtir au moins trois maisons. Et ce uniquement dans le mois qui avait suivi la soirée de collecte. D'autres dons pouvaient toujours arriver dans les prochaines semaines. À titre de comparaison, ils avaient, l'année précédente, recueilli seulement de quoi faire construire deux maisons, et c'était jusqu'ici leur record.

Un vrai rayon de soleil sur la sombre situation dans laquelle elle se trouvait depuis peu. Elle était encore sous le choc de la révélation qui lui avait été faite lors de cette bouleversante soirée où elle avait appris qu'elle avait été échangée avec un autre bébé à la naissance. L'information était toute récente, et pourtant, elle avait l'impression que des années s'étaient écoulées depuis qu'elle avait découvert la vérité. Toute sa conception de l'univers avait été ébranlée. Surtout quand elle avait pris conscience du fait que toute sa vie avait été une erreur.

D'ordinaire, le temps passait vite. Elle menait une vie agréable et bien remplie, consacrait presque toute son énergie à l'entreprise familiale. Quand elle n'était pas au bureau, elle était à la salle de sport, à essayer d'éliminer son stress et les quelques kilos en trop qui s'accumulaient sur ses hanches. Elle avait toujours envié la silhouette naturellement mince et gracile de sa mère. Mais malgré cela, rien n'aurait pu la préparer à ce qui s'était passé dans sa vie le soir du gala de collecte de dons.

Désormais, elle ne pouvait plus se regarder dans le miroir sans voir en elle un imposteur. Comment avait-elle pu ignorer pendant tant d'années toutes ces choses pourtant si évidentes ? Elle n'avait rien d'une Steele. Elle avait toujours eu un physique différent du reste de sa famille, elle, la seule brune au milieu d'une mer de blonds. Mais avant que la vérité éclate, jamais une seule fois elle ne s'était interrogée sur ce que cela signifiait vraiment.

À présent, elle se demandait ce que ses parents avaient vraiment pensé pendant toutes ces années. Son père avait-il cru qu'elle était le fruit d'une aventure extraconjugale ? En tout cas, il n'avait certainement pas imaginé que sa véritable petite fille avait été échangée avec une autre à la maternité, sans quoi elle n'aurait pas porté pendant près de trente ans le nom de Steele. Si ses parents avaient eu le moindre soupçon, ils seraient aussitôt retournés à l'hôpital pour se débarrasser de cette imposture qu'elle était en réalité.

Mais à présent ils ne pouvaient plus faire grand-chose. Le soir du gala, deux terribles nouvelles étaient tombées : non seulement Morgan avait été échangée avec une autre à la naissance, mais en outre, la véritable fille des Steele, Jade Nolan, avait été kidnappée juste devant leur maison. Personne n'avait eu le temps de se faire à ces bouleversements. Il avait fallu immédiatement rassembler dix millions de dollars pour payer la rançon demandée.

Morgan n'avait jamais vu son père si pâle avant ce soir-là. Pas même la nuit où il avait débarqué dans le chalet qu'elle avait choisi pour sa nuit de noces. Ce soir-là, il était furieux. La récente nouvelle, au contraire, avait semblé l'attrister. Mais malgré tout, il s'était aussitôt mis en action en se glissant dans son rôle de dirigeant de société. La rançon avait été payée, Jade avait été retrouvée saine et sauve, et ses ravisseurs avaient disparu sans laisser de trace. Ils avaient laissé derrière eux un lourd silence dans lequel tout le monde semblait désormais encaisser le choc.

Morgan, elle, se demandait toujours ce qui allait ressortir de tout ça. Toute sa vie durant, elle avait forgé son identité sur son état civil. Elle était Morgan Steele. La petite fille modèle. La petite dernière. Chérie et gâtée par ses parents et ses frères aînés. Riche, cultivée, élégante. Le membre de la famille idéal pour représenter l'entreprise Steele Tools. Cette identité ne changerait pas du jour au lendemain, quoi que puissent en dire les tests ADN. Il allait lui falloir du temps pour intégrer tout ça.

En attendant, elle se réveillait tous les matins avec le sentiment d'être perdue. Qui était-elle réellement ? Qui aurait-elle été si elle n'avait pas été échangée avec une autre à sa naissance ? Il était encore trop tôt pour avoir des réponses à toutes ces questions, mais les moments qu'elle avait passés avec Jade et ses parents avaient été assez édifiants. Elle n'aurait certainement pas fréquenté des écoles privées, n'aurait pas fait ses études à l'université de Georgetown. Elle n'aurait pas eu de Mercedes décapotable pour son seizième anniversaire ou de vacances en Europe pour la fin de ses études. Ses véritables parents n'auraient jamais pu lui offrir tout ça. Elle avait grandi avec tout le confort et le luxe dont Jade avait été privée.

Mais d'un autre côté, dans sa famille biologique, elle aurait peut-être été libre de mener sa vie comme elle l'entendait. Or, c'était là un luxe qu'elle ne pourrait jamais s'offrir, malgré toute la valeur que pourrait prendre son portefeuille d'actions.

Elle aurait, certainement, dû s'estimer heureuse que sa famille ne lui ait pas tourné le dos. S'ils avaient voulu se débarrasser d'elle, c'était là la parfaite occasion, mais ils ne l'avaient pas fait. Pourtant, elle avait beau avoir la réputation d'être une fille exemplaire, elle n'était pas dénuée de défauts. Régulièrement, elle décevait ses parents, elle le sentait bien. Pas intentionnellement, bien sûr. Mais le résultat était le même.

Jade, si semblable à sa mère avec sa peau de porcelaine, ses cheveux blond platine et ses grands yeux sombres, ne faisait que renforcer son sentiment d'être pour sa famille une source de déception. Pour Morgan, même ligotée sur le sol crasseux de cet entrepôt dans lequel ils l'avaient trouvée, Jade était bien plus proche de l'image de la fille idéale des Steele qu'elle-même ne le serait jamais.

Elle n'avait jusqu'ici eu que peu d'occasions de passer du temps avec Arthur et Carolyn Nolan, et jamais seule à seuls, mais ces rencontres l'avaient amenée à se demander si elle se serait sentie plus à l'aise avec sa famille biologique. Peut-être auraient-ils placé moins d'espoirs en elle. Peut-être se seraient-ils moqués qu'elle ne rentre pas dans une taille 36 ou qu'elle se soit enfuie avec un garçon modeste qu'elle aimait plus que tout. Peut-être auraient-ils soutenu ses choix au lieu de chercher à les effacer.

Mais il ne servait à rien de rêver. Si elle avait été élevée comme Jade Nolan, elle n'aurait sans doute jamais rencontré River dans ce bar de Columbia. Sa vie aurait pris un chemin différent. Elle ne pouvait pas réécrire l'histoire.

Une sonnerie, émanant de son ordinateur, la ramena brusquement à la réalité. C'était un message de son assistante.

Mademoiselle Steele, votre rendez-vous de 16 heures est arrivé.

Le diable incarné.

Elle prit une profonde inspiration. Et à présent, elle

avait cette situation à affronter... C'était une chose horrible à dire, mais elle s'était sentie soulagée par la distraction qu'avait constituée le kidnapping après la réapparition inattendue de River. Comme si elle n'avait pas suffisamment d'épreuves à endurer, il avait fallu qu'il sorte tout à coup de nulle part. En une soirée, elle avait été rattrapée deux fois par son passé. Et de deux bien douloureuses façons.

Et désormais, son ex-mari, allait s'asseoir juste de l'autre côté de son bureau pour lui parler de l'été qu'ils allaient devoir passer ensemble. Elle ne savait même pas comment elle allait faire pour supporter ça.

Elle avait envie de se rétracter. Elle ferait construire six maisons l'année prochaine pour se rattraper. Mais elle n'avait pas le choix. Steele Tools avait déjà annoncé son partenariat avec Southern Charm Construction. S'ils annulaient, cela susciterait des interrogations. Interrogations auxquelles personne ne voudrait répondre. En outre, si elle faisait du scandale, son père se sentirait obligé d'intervenir, et elle ne pouvait pas le laisser faire ça une deuxième fois.

Si son père lui avait appris une chose, c'était qu'un Steele restait courtois et professionnel en toutes circonstances, y compris la pire des catastrophes. Et c'était donc ce qu'elle allait faire.

Faites-le entrer.

Après avoir répondu à son assistante, elle ferma son ordinateur et se prépara à une nouvelle dispute. Ils n'avaient pas d'autre choix que de terminer ce qu'ils avaient commencé le soir du gala. S'ils devaient travailler ensemble, il fallait qu'ils clarifient les choses une bonne fois pour toutes.

La porte s'ouvrit, et il apparut devant elle. Le

smoking avait laissé place à un costume bleu marine, dans lequel il était cependant tout aussi époustouflant. Il avait un excellent tailleur, elle devait lui concéder ce point. La veste mettait en valeur ses larges épaules et ses hanches étroites. Sa silhouette était restée mince, un physique de coureur, mais son torse s'était étoffé. Travailler dans le bâtiment devait être un bon moyen de développer sa musculature. Plus elle le regardait, plus elle avait envie de caresser ses biceps pour les sentir fléchir et durcir sous ses doigts.

Il lui sourit, et elle sentit sa volonté faiblir tandis qu'une sensation de chaleur remontait le long de son cou. Elle aurait dû mettre un chemisier moins décolleté. Ou penser à boutonner celui-ci jusqu'en haut avant son arrivée. Car à la moindre émotion, sa poitrine et sa gorge avaient tendance à rougir vivement. Dans le pire des cas, son visage suivait, et elle devenait écarlate. Elle n'avait pas songé à ce problème quand elle avait choisi ses vêtements le matin.

Le mieux, naturellement, aurait été qu'elle cesse de penser à ses muscles. Ou à son sourire. Ou à tout ce qui pouvait être rattaché à lui.

Mais il était trop tard.

Machinalement, elle lui fit signe d'entrer. Et après avoir nonchalamment refermé la porte derrière lui, il prit place en face d'elle.

C'était son père qui avait commandé les meubles de son bureau, qu'elle n'avait jamais appréciés. Volumineux, ils pesaient une tonne et étaient beaucoup trop sombres à son goût. Leur bois d'acajou aurait été parfait dans une maison bourgeoise, mais ne correspondait pas à l'image qu'elle voulait donner de son projet. Il lui semblait déplacé de travailler dans le social derrière un bureau à plusieurs dizaines de milliers de dollars.

À présent, cependant, elle était contente qu'il soit là. Cette montagne de bois qui se dressait entre eux avait quelque chose de rassurant. Même si ce n'était certainement pas suffisant pour qu'elle se sente à l'aise en sa présence.

De toute façon, à l'aise ou pas, il était temps pour elle de prendre le contrôle de la situation. Elle n'était peut-être pas une Steele, mais elle avait été élevée comme telle, et elle ne le laisserait pas prendre l'avantage. Redressant le dos, elle croisa les mains sur son sous-main en cuir. C'était la pause sérieuse qu'elle prenait toujours pour se mettre dans l'ambiance du travail.

Mais à son grand étonnement, il adopta l'attitude opposée. Après avoir déboutonné sa veste, il s'installa dans le fauteuil comme s'il était chez lui dans son canapé. Dans une posture totalement insouciante, il croisa les jambes, la cheville sur le genou.

En voyant cela, elle sentit son sang bouillir dans ses veines.

S'il prenait les choses ainsi, elle allait s'efforcer de le mettre aussi mal à l'aise que possible.

— Avant de commencer, j'aurais une question à vous poser, monsieur Atkinson.

— M. Atkinson est mon père, répliqua River en soupirant.

À en juger par le ton de sa voix, Morgan était décidée à poursuivre la petite conversation qu'ils avaient eue à la fête. Une bonne chose qu'il soit dans un fauteuil confortable. Cet entretien risquait de se prolonger longuement. Ou de tourner court, en fonction de ce qui allait se passer dans les minutes à venir.

— Mais je t'écoute, ajouta-t-il.

— Qu'est-ce que tu es venu faire ici, exactement ? demanda-t-elle en soutenant son regard, l'air courroucé.

— Je suis venu pour parler de la construction de ces maisons destinées à des familles défavorisées. N'est-ce pas pour ça que tu es là, toi aussi ? rétorqua-t-il avec une ironie cinglante.

— Je suis sérieuse, River, affirma-t-elle après avoir étudié son visage pendant un long moment. Pourquoi t'es-tu engagé dans ce projet ? Si tu l'as fait uniquement pour me parler, tu peux t'en aller dès maintenant. Ce projet social est important pour moi. Si tu ne désires pas sincèrement aider les plus démunis, je trouverai un autre entrepreneur.

— Mais moi aussi, je suis sérieux, répondit-il honnêtement. Ce projet est essentiel pour moi et ma société.

— Donc, tu te sers du nom de Steele pour te faire toi-même un nom ?

— Je me suis déjà fait un nom, je te remercie, mais je serais idiot de ne pas saisir cette occasion pour donner une bonne image de ma société. Avec un peu de chance, il y aura des retombées positives pour moi et mes employés. Mais comprends-moi bien : je suis suffisamment riche pour pouvoir aider mes semblables dans le besoin. Or, je vois dans ce projet une belle occasion de le faire tout en attirant l'attention sur Southern Charm. Il n'y a rien de mal là-dedans. D'autant moins que l'entreprise qui est à l'origine du projet, Steele Tools, procède exactement de la même façon.

— Notre unique but est d'aider les plus démunis.

Il observa longuement son visage. Elle semblait vraiment croire à ce qu'elle disait.

— Le tien, peut-être. Mais ce qui intéresse ton père

et ses actionnaires, ce sont les déductions d'impôts et la publicité, je te le garantis.

— Donc, tu es vraiment intéressé par le projet ? dit-elle d'un air peu convaincu. Tu peux affirmer que ton engagement n'est pas un prétexte pour me revoir ?

À ces mots, il se mit à rire. Plus fort qu'il ne l'aurait souhaité. Et suffisamment pour qu'elle plisse le nez, l'air exaspéré. Ce qui le fit rire de plus belle. Elle était tellement imbue d'elle-même.

— Désolé de te décevoir, mais ça fait longtemps que je t'ai oubliée, Morgan. Et si j'avais voulu te revoir, j'aurais trouvé un moyen plus simple que de m'engager dans un projet de plusieurs mois qui ne me rapportera aucun bénéfice. Pour répondre à ta question, donc, ce n'est pas un prétexte pour te revoir, non.

L'expression de vexation qui marqua fugacement le visage de Morgan, juste avant qu'elle ne se reprenne, ne lui échappa pas. Se pouvait-il qu'il l'ait blessée ? Après tout ce qui s'était passé, il s'était longuement interrogé sur les sentiments qu'elle avait pour lui. Elle n'avait pas cherché à le contacter une seule fois après l'avoir laissé seul dans le chalet le soir de leur mariage. Il avait juste reçu un courrier, quelques jours plus tard. Une enveloppe qui contenait la bague qu'il lui avait offerte. La bague, et rien d'autre.

L'espace d'une brève seconde, donc, il avait pu revoir le visage de la fille qu'il avait jadis aimée. Celle qui débordait d'émotions et de vulnérabilité. Celle qui avait gardé espoir que son premier amour ait toujours des sentiments pour elle malgré tout le temps qui était passé. Mais aussitôt, la princesse glaciale et égocentrique l'avait remplacée.

— Je me doute bien que tu m'as oublié, répliqua-t-elle. Mais je pensais que tu avais peut-être des choses sur le cœur que tu aurais voulu me dire. Ou dire à mon père.

— Tout ne tourne pas autour de toi, tu sais ? Je ne savais même pas que je travaillerais avec toi quand je me suis engagé sur ce projet.

C'était un mensonge. Mais il ne pouvait pas lui laisser penser le contraire, et lui donner ainsi l'impression qu'elle avait un avantage sur lui. Il agissait peut-être par esprit de vengeance, voire par curiosité masochiste. Mais pas parce qu'il était resté attaché à elle.

— Et de plus, reprit-il, tu as l'air de m'en vouloir bien plus que je ne t'en veux. Pourquoi ? Je me le demande bien.

Comme si elle avait du mal à croire ce qu'il venait de dire, elle se redressa brusquement sur sa chaise.

— Tu es sérieux ? Tu ne comprends pas pourquoi je t'en veux ?

— Alors tu m'en veux vraiment ? Toi ? Tu en veux à moi ?

Il ne s'attendait pas à un tel retournement de situation. N'était-ce pas sa famille à elle qui avait gâché leur nuit de noces et effacé leur mariage de tous les registres officiels ? N'était-ce pas elle qui avait consciencieusement repris ses affaires pour rentrer chez ses parents à l'instant même où son père le lui avait demandé ?

— J'ai cent mille raisons de t'en vouloir, River.

Ah. Ça. Il avait su, dès le moment où il avait encaissé le chèque, qu'il reviendrait le hanter. Cet argent était sale. Mais il avait modifié la trajectoire de sa vie. Il n'allait tout de même pas s'excuser d'avoir su tirer parti d'une situation catastrophique.

Non. Il ne s'excuserait pas. Et pour la faire enrager, il allait même sourire.

— Quel est le problème, Morgan ? Tu pensais que tu

valais plus que ça ? Aurais-je dû demander un million pour garder le silence sur notre petit faux pas ? Je suis sûr que ton papa chéri aurait été prêt à vider son compte en banque pour sauver sa fille de ce désastre. Dis-moi, que s'est-il passé, exactement ? Tu as paniqué quand tu as pris conscience des conséquences de nos actes ? Tu as attendu que je m'endorme pour appeler ton père à la rescousse ?

— Bien sûr que non, répondit-elle sèchement. Je ne sais même pas comment il nous a retrouvés, et encore moins comment il a appris que nous nous étions mariés.

Sous le coup de l'incrédulité, il secoua la tête.

— Il devait te surveiller via ton téléphone et/ou tes relevés de banque. Pour être au courant de tes moindres faits et gestes. Tu pensais peut-être que tu étais une adulte qui faisait sa vie, mais c'était juste ce qu'il voulait te faire croire. Il t'a toujours tenue en laisse.

Tout en ricanant, il observa la pièce richement meublée.

— Et maintenant, tu travailles pour lui. J'imagine qu'il a créé ce poste exprès pour toi. J'imagine aussi que tu vis dans l'une de ses maisons et que tu paies tous tes achats avec l'une de ses cartes de crédit. Bref, il te tient toujours en laisse.

Elle le regardait désormais d'un air méchant. Et furieux.

— La ferme ! Tu ne sais rien de ma relation avec mon père.

— Ah oui ? La jeune femme que j'ai rencontrée dans ce bar près de la fac était sûre d'elle et indépendante, elle voulait se faire une place dans ce monde et y laisser une belle empreinte. La jeune femme qui a quitté mon lit tête basse était une personne tout autre. Pourrais-tu m'expliquer ce revirement de situation, puisque tu sembles penser que je ne comprends pas ce qui s'est passé le soir de notre mariage ?

Au niveau de son décolleté, sa gorge et ses joues, sa jolie peau claire avait pris une teinte cramoisie. Des souvenirs lui revinrent à l'esprit. Il se rappelait d'elle, piquant un fard après un compliment. Ou rougissant, le soir de leur nuit de noces, bien au-delà de la zone de peau actuellement exposée par l'encolure de son chemisier.

De l'autre côté du bureau, elle avait soudain serré les dents, comme pour ravaler les méchancetés qu'elle mourait d'envie de lui dire. On aurait dit qu'elle était sur le point d'exploser.

— Mon père est très attaché à moi, dit-elle entre ses dents serrées tout en reboutonnant le col de son chemisier comme pour se protéger de son regard.

— Non. J'étais attaché à toi. J'étais amoureux de toi. Mais tu n'es qu'un élément du décor dans l'image de famille parfaite que veut donner ton père. Soit tu tiens ta place, soit tu disparais dans l'ombre. Loin des feux de la rampe.

— Tout le monde ne veut pas être sous les feux de la rampe, River. J'aurais largement préféré vivre dans l'ombre la vie que je me serais choisie plutôt qu'une vie lumineuse mise en scène pour moi par mon père.

— Je ne te crois pas une seule seconde, répondit-il en secouant la tête. Tu aurais pu te battre pour tes idées. Tu aurais pu te battre pour moi. Pour notre mariage. Mais tu ne voulais pas risquer l'argent de papa pour un avenir avec un garçon pauvre qui avait un peu de potentiel mais pas d'éducation. S'il t'avait coupé les vivres, comment aurait été ta vie ? Tu aurais dû trouver un emploi et te débrouiller sans serviteurs comme nous les prolos. Si j'ai bien compris, d'ailleurs, c'est la vie que tu aurais dû mener si tu n'avais pas été échangée avec une autre à ta naissance ?

À ces mots, son visage devint blême. Il était allé trop loin en évoquant cette affaire, dont il avait eu connaissance en lisant les journaux. C'était encore tout frais pour elle. Il avait commis une erreur, il n'aurait pas dû libérer toutes ses émotions d'un coup. Mais il les avait sans doute refoulées pendant trop longtemps.

— Les choses auraient été plus faciles si je n'avais pas été échangée avec une autre à ma naissance, finit-elle par dire d'une voix à peine audible. Quand on n'a rien, on n'a rien à perdre.

— Je suis en total désaccord avec toi sur ce point. J'ai beaucoup perdu.

Elle fixa ses grands yeux vert doré sur lui pendant un instant, mais, l'air gêné, elle finit par se détourner.

— Ce n'était peut-être pas grand-chose pour toi, reprit-il. Une petite aventure avec un pauvre, un petit acte de rébellion juvénile. Mais pour moi, c'était déterminant.

Baissant les yeux, elle fronça les sourcils. Elle paraissait désormais prise de remords.

— On ferait mieux d'arrêter. Ça ne changera pas le passé. Alors autant le laisser derrière nous et essayer de se montrer courtois.

— D'accord. Je ne voudrais pas éclabousser de scandale la famille Steele. Encore une fois.

— River..., fit-elle d'un air de reproche.

— Comme je te l'ai déjà dit, je veux que ce projet soit une réussite. Nous avons beaucoup de travail à accomplir. Donc, tu as raison, on ne peut pas laisser notre passé interférer dans notre relation professionnelle. Alors on fait la paix ? lança-t-il d'un air de défi.

Il ne doutait pas de ses propres capacités à rester

calme, mais l'empêcher de cracher son venin pourrait s'avérer plus difficile.

Toutefois, à son grand étonnement, tout en poussant un soupir de soulagement, elle se recomposa un visage froid et souriant. Elle semblait elle aussi avoir confiance en ses capacités à rester détachée. Mais une fois qu'elle fut tempérée, il regretta presque sa colère, qui avait au moins le mérite d'être une véritable émotion.

— On fait la paix, répéta-t-elle en lui tendant la main.

Avec réticence, il la serra. Et au moment où leurs peaux entraient en contact, il sentit un délicieux frisson remonter le long de son bras, redescendre le long de son dos et se propager jusqu'à son sexe comme une voluptueuse onde de choc. Surpris, il se hâta de dégager sa main et de la frotter contre son genou pour se débarrasser de cette sensation. Exactement la même que celle qu'il avait ressentie le soir du gala. Une réaction dangereuse, qu'il était pourtant impatient de connaître à nouveau.

Ils étaient peut-être convenus d'une trêve dans leur combat, mais l'attirance qu'il y avait entre eux était loin d'être terminée.

- 3 -

Trois jours après cet entretien avec River, Morgan se surprenait régulièrement à y resonger. Ils avaient fini par discuter affaires et définir ensemble les différentes étapes du projet, mais cela avait été difficile. Au moins pour elle. Lui, de son côté, avait continué d'afficher ce sourire suffisant dont elle ne savait pas trop quoi penser.

Elle se sentait pour sa part totalement déstabilisée. Le retour dans sa vie déclenchait en elle tant d'émotions contradictoires que son état d'esprit ne cessait de changer. La plus difficile à surmonter, cependant, était l'attirance. Elle n'aurait pas dû se sentir toujours attirée par lui. Pas après ce qui s'était passé. Pas après ce qu'il avait fait. Et pourtant, son corps et son esprit semblaient en désaccord sur ce point. Elle avait toujours envie de lui. Si elle fermait les yeux, elle pouvait de nouveau sentir ses caresses. La chaleur de son corps contre le sien. L'empreinte de ses lèvres sur les siennes.

C'était agaçant.

Elle n'aimait pas se sentir déstabilisée, et depuis quelque temps, ce sentiment était constant. Assise dans le jardin de la propriété de ses parents, elle sirotait un verre de vin. Elle aurait dû se sentir sereine. Et pourtant, force lui était de constater que ce n'était pas le cas. Car elle attendait une autre visite stressante.

Cette fois-ci, la femme qui avait vécu sa vie pendant trente ans.

La porte arrière de la maison finit par s'ouvrir sur la gouvernante, Lena, qui fit sortir Jade. La petite blonde parcourut l'allée pavée de galets pour rejoindre la terrasse abritée du soleil par une pergola couverte de plantes grimpantes.

— Je t'en prie, assieds-toi, lui dit Morgan. Tu veux un verre de chardonnay ? Je viens d'en faire sortir une bouteille de la cave familiale.

Jade prit place en face d'elle, mais elle semblait nerveuse.

— Ça me ferait sûrement du bien. Je ne pensais pas que cette rencontre me rendrait si anxieuse.

Tout en souriant, Morgan lui servit un verre.

— Ça fait du bien, oui. C'est pour ça que j'en suis à mon deuxième verre. Je vais demander à Lena de nous apporter une autre bouteille. Avec ça, en un rien de temps, on sera toutes les deux beaucoup plus à l'aise avec cette situation complètement folle.

— Oh ! ne la dérange pas pour moi.

— Ce n'est pas un problème, je t'assure.

Fronçant les sourcils, Jade jeta un coup d'œil par-dessus son épaule. Manifestement, elle était déstabilisée par la présence du personnel.

— Il ne faut pas les voir comme des serviteurs, mais comme des employés. Ce sont des employés de maison. Leur présence est indispensable pour entretenir une propriété telle que celle-ci. Ma mère travaille beaucoup, elle n'a pas le temps de faire le ménage dans toutes les pièces et de faire la cuisine pour tout le monde. Elle est aussi occupée que mon père, qui est dirigeant d'une grande société. Tous nos employés sont exceptionnels, surtout Lena, et je peux te garantir que mon père les paie ce qu'ils méritent.

— Tu es sûre ? demanda Jade, qui affichait à présent un air méfiant.

— Tout à fait. Lena travaillait déjà ici avant ma naissance. Elle fait presque partie de la famille, mais je ne pense pas qu'elle reste ici par loyauté. Elle a toujours été récompensée de ses efforts. Et de plus, si moi ou l'un de mes frères lui avait manqué de respect, on se serait fait tirer les oreilles.

— J'ai vraiment du mal à y croire.

— Pourtant, tu peux. Nos parents étaient intransigeants sur ce point. C'est un équilibre délicat, une famille comme celle-ci. On a tous les avantages, tout ce qu'on veut, mais on n'a pas le droit de se comporter comme tel. D'autant moins qu'on est considérés comme des personnages publics, qui représentent l'entreprise. Mais mes parents ne toléraient pas le manque de respect, même derrière des portes closes. En définitive, nous sommes comme tout le monde.

Tout le monde, sauf les pauvres qui désiraient épouser un membre de la famille. Il fallait bien traiter les autres. Mais pas trop, tout de même.

Alors que Morgan se faisait ces réflexions, Lena était arrivée avec un plateau d'argent entre les mains. Dessus, quelques canapés, quelques cookies et une autre bouteille de vin. Déjà ouverte et prête à être bue.

— Tu lis dans mes pensées, Lena ! s'exclama Morgan avec ravissement. J'allais justement te demander une autre bouteille.

Tout en riant doucement, Lena posa le plateau sur la table.

— Je vous connais depuis que vous êtes née, mademoiselle Morgan. Une bouteille ne suffit jamais.

N'hésitez pas à faire appel à moi si vous avez besoin d'autre chose. À plus tard.

La gouvernante disparut aussi rapidement qu'elle était arrivée.

— Je pourrais facilement m'y habituer, murmura Jade en la regardant s'éloigner.

Morgan reprit son verre et but une gorgée.

— J'imagine.

Mais en prononçant ces mots, elle resongea aux paroles de River et sentit ses pensées s'obscurcir.

Tu ne voulais pas risquer l'argent de papa pour un avenir avec un garçon pauvre qui avait un peu de potentiel mais pas d'éducation. S'il t'avait coupé les vivres, tu aurais dû trouver un emploi et te débrouiller sans serviteurs comme nous les prolos.

Peut-être était-elle plus attachée à son style de vie qu'elle aurait voulu l'admettre. Elle avait aimé River, mais la vérité, c'était qu'elle n'avait pas beaucoup réfléchi. Qu'aurait-elle fait après leur lune de miel ? Quand ils se seraient installés ensemble dans un studio minable et auraient été contraints de se nourrir de boîtes de conserve ? Combien de temps leur amour aurait-il survécu ?

La voix de Jade la ramena doucement au temps présent :

— Je suppose que, si j'avais baigné dans ce milieu depuis mon enfance, je ressentirais les choses différemment. Mais je n'arrive pas à m'imaginer vivre ce genre de vie.

— Je croyais que ton fiancé avait bien réussi…

Morgan n'avait pas eu l'occasion de discuter beaucoup avec Harley Dalton, mais les articles qu'elle avait pu lire sur le kidnapping évoquaient tous l'immense réussite de sa société de sécurité. Il avait été en mesure de payer une grande partie de la rançon de Jade et était à présent sur la piste des kidnappeurs.

Pendant que Morgan songeait à cela, Jade avait baissé les yeux vers sa bague de fiançailles, qu'elle regardait à présent comme si elle avait du mal à croire qu'un si gros diamant puisse ainsi scintiller à son doigt.

— C'est vrai, finit-elle par répondre. Mais j'ai toujours du mal à me faire à cette idée aussi. Heureusement, il est lui-même parti de rien, ce qui lui permet de comprendre que j'ai besoin d'un temps d'adaptation. Nous vivons chez sa mère depuis quelques semaines, maintenant, et nous y resterons jusqu'à ce qu'il ait bouclé son enquête. Elle a du personnel de maison, elle aussi, mais malgré ça, je me sens toujours obligée de tout nettoyer derrière moi. L'autre jour, j'ai voulu acheter des barres de céréales discount à la supérette. Harley les a retirées du chariot pour les remplacer par des produits de marque. C'est un autre état d'esprit.

— C'est l'impression que j'ai aussi quand je pense à ce qu'aurait dû être ma vie. Je me demande bien ce que je serais devenue. Tu vois ce que je veux dire ?

Jade hocha gravement la tête.

— Plus je songe à notre situation, plus je me pose de questions. Certaines n'auront jamais de réponse, alors j'essaie de me concentrer sur celles qui pourraient en avoir. Par exemple, qui nous a fait ça ? Et pourquoi ?

— Pour tout te dire, d'un côté, j'ai soif de réponses, moi aussi, mais de l'autre, je me dis que j'ai vécu suffisamment de drames comme ça dans ma vie. Je sais que mon père… Enfin, notre père… Ou ton père ?

— Dis « mon père », intervint Jade avec un sourire plein de compréhension. C'est plus simple comme ça.

Morgan lui rendit son sourire. Décidément, Jade ressemblait beaucoup à sa mère. Avec ses cheveux blonds si clairs et ses yeux sombres, elle avait tout d'une Steele. Naturellement, elle n'en avait pas encore l'assurance et l'élégance, mais cela importait peu. Elle était l'une d'entre eux. Le reste viendrait après.

Elle sentit une petite pointe de jalousie en observant les traits fins de Jade. Ses parents l'avaient beaucoup gâtée, mais il y avait certaines choses qu'elle ne pourrait jamais avoir. River était la première d'entre elles. Mais il y avait aussi le physique de sa mère. Elle savait à présent qu'elle ressemblait à la mère de Jade, Carolyn, une belle femme pulpeuse aux yeux verts et aux cheveux sombres. Et elle ne voyait rien de mal là-dedans. En dehors du fait que ce n'était pas la silhouette fine qu'elle avait rêvé d'avoir depuis son plus jeune âge.

Ce qui l'amenait à se demander si elle se serait davantage acceptée, et même si elle avait été plus indulgente avec elle-même, si elle n'avait pas vécu dans l'ombre de la séduisante et élégante Patricia Steele. Encore une question qui n'aurait jamais de réponse.

— D'accord, finit-elle par dire. Je sais que mon père, donc, finance les recherches de ton fiancé, et je trouve ça très bien. Au bout du compte, j'ai envie de savoir. Mais je préfère vous laisser vous occuper de l'enquête, tous les deux. J'ai beaucoup de travail à accomplir, cet été, le moment n'aurait pas pu être plus mal choisi. Du reste, j'ai du mal à trouver du temps pour voir tes parents et Dean, et je suis sûre qu'ils pensent que je cherche à les éviter, mais ce n'est pas le cas, je t'assure.

— Je comprends, répondit Jade en hochant la tête. Et eux aussi, j'en suis certaine. Même si je ne les ai pas vus beaucoup moi non plus, ces temps-ci, entre mon travail et l'aide que j'apporte à Harley dans ses recherches. Depuis le kidnapping, je me suis davantage investie dans l'enquête. Les choses sont en quelque sorte devenues plus personnelles.

— J'imagine. Ton introduction dans la famille Steele s'est faite dans des circonstances dramatiques. Mon frère aîné, Tom, a été kidnappé, lui aussi, quand il était bébé. Être un Steele vient avec son lot d'avantages et d'inconvénients. Harley et toi pensez-vous que ton enlèvement soit en lien avec l'échange ?

— Je ne vois pas comment il pourrait en être autrement. Je n'avais jamais été victime de quoi que ce soit dans ma vie avant de rendre publics les résultats de ces tests ADN. Quand nous aurons rassemblé les dernières pièces du puzzle, je pense que tout fera sens. J'ai hâte que ce soit réglé. Je veux connaître la vérité et je veux que ces sales types soient enfermés. Après ça, on pourra reprendre le cours des vies qui sont les nôtres, désormais. J'ai envie d'apprendre à vous connaître, toi et ma nouvelle famille. J'ai envie de préparer mon mariage. Tu vois, un peu de normalité, pour changer.

— La normalité n'est qu'un état d'esprit. Mais je comprends. Nous avons vécu beaucoup de gros changements et n'avons pas eu beaucoup de temps pour nous y habituer. J'aimerais aussi apprendre à connaître tes parents. Et à te connaître, toi, naturellement…

Hésitante, Morgan s'interrompit.

— Je ne sais pas trop comment t'appeler. Nous n'avons aucun lien de sang, mais nous partageons nos familles à cause d'un étrange tour du destin. On pourrait être sœurs…

— C'est une bonne idée. En tout cas, c'est comme ça qu'on devrait se présenter. La vérité est trop compliquée pour être expliquée à un étranger. Et pour tout te dire, j'ai toujours rêvé d'avoir une sœur. Dean est un garçon super, mais un frère, ce n'est pas pareil.

— Excellent ! s'exclama Morgan avec enthousiasme. Je ne te raconte même pas ce que c'était que d'être la petite sœur de trois garçons. Enfant, je rêvais d'avoir un camarade de jeu qui ne décapiterait pas mes Barbie pour lancer leurs têtes à la catapulte sur une ligne de soldats ennemis.

Riant aux éclats, Jade reprit son verre de vin. Elle semblait enfin à l'aise.

— Alors c'est décidé : on est frangines.

Ravie par ce dénouement, Morgan fit tinter son verre contre le sien.

— Aux frangines, dirent-elles à l'unisson.

Aïe. Morgan était plus belle encore que les dernières fois qu'il l'avait vue.

River en était d'autant plus déstabilisé qu'il n'était même pas sûr qu'elle le rejoindrait. En partie parce qu'il n'avait pas directement parlé avec elle de ce petit rendez-vous, qu'il avait seulement évoqué dans un message vocal, laissé à un moment où il était quasi certain qu'elle ne serait pas disponible pour répondre. Il n'avait pas envie de s'expliquer, il voulait créer la surprise.

Mais à présent qu'elle était sous ses yeux, son sang bourdonnait dans ses oreilles et de voluptueux souvenirs de leurs ébats passés venaient lui brouiller l'esprit. Il fallait qu'il se maîtrise. Il ne devait surtout pas se laisser déconcentrer. Il avait déjà perdu suffisamment de temps comme ça à fantasmer sur elle.

Cependant, cette vision d'elle qui avançait gracieusement vers lui dans cette jupe crayon, ce petit haut en mailles et ces escarpins à talons hauts reviendrait certainement le tourmenter le soir au coucher. Avait-elle volontairement choisi cette tenue pour lui ? Pour le rendre fou ? Le soleil, qui l'éclairait à contre-jour, soulignait toutes ses formes pulpeuses qui lui donnaient l'apparence sexy d'une pin-up des années 1950.

Et il en était ravi. Même s'il lui fallut quelques minutes pour reprendre le contrôle de sa libido soudain déchaînée. Il n'avait pas vraiment songé à cette complication quand il s'était engagé à travailler avec Steele Tools sur le projet. Mais il comprenait désormais que cet été passé en sa compagnie allait être un long et difficile exercice de retenue. Il n'avait jamais été du genre à ignorer ses désirs, mais dans cette situation précise, se laisser aller serait sans conteste une très mauvaise idée.

Il ne devait surtout pas l'oublier.

— Bonsoir, monsieur Atkinson.

À ces mots, il baissa les yeux vers elle sans chercher à dissimuler son irritation. Ils avaient déjà parlé de ça, mais elle semblait prendre un malin plaisir à insister. *Ne pas se laisser aller, ne pas se laisser aller.* Il était évident qu'elle voulait le pousser à bout. Dans tous les domaines.

— Bonsoir, River, rectifia-t-elle avec un sourire froid qui ne parvint pas à illuminer ses yeux.

Il observa ses lèvres pulpeuses, admirant la teinte sombre de son rouge à lèvres qui faisait ressortir le tracé parfait de son arc de Cupidon.

Il avait envie de l'embrasser. Au diable ses bonnes résolutions. Il n'arrivait à penser qu'à ça.

— Bonsoir, Morgan. Je te remercie d'avoir accepté de me retrouver ici si rapidement. Je me suis dit que tu aimerais voir ça, dit-il en désignant le terrain couvert d'herbes hautes qui se trouvait juste devant lui.

Ils étaient dans un quartier proche du centre-ville dont la valeur immobilière était en plein essor. Grâce à ses contacts, il avait été prévenu de la mise en vente du terrain avant qu'elle devienne officielle.

— Ce terrain fait trois mille mètres carrés. Il est parfait pour être divisé en trois lots. C'est rare de trouver autant d'espace si près du centre-ville. Les jardins seraient suffisamment grands pour que les enfants de chaque famille puissent y gambader. On pourrait y mettre des balançoires, des transats, des barbecues, etc.

— Combien coûte-t-il ?

Il se tourna vers elle en souriant. Elle allait être surprise. Au cours de leur discussion professionnelle, il avait vite compris qu'elle était déterminée à faire du mieux qu'elle pouvait, mais qu'elle avait un budget extrêmement serré à respecter. Un critère qui paraissait essentiel pour que les sommes récoltées puissent bénéficier à un maximum de personnes.

— Cent mille dollars de moins que celui que tu m'as montré à West Alley quand nous nous sommes rencontrés l'autre jour.

L'air incrédule, elle se tourna vers lui en ouvrant de grands yeux.

— C'est vrai ? demanda-t-elle.

Et elle se mit à inspecter le terrain comme pour y chercher ce qui n'allait pas. Il avait fait la même chose quand on lui avait annoncé le prix de vente.

— Il n'y a aucun problème. J'ai déjà tout vérifié. Le propriétaire vient d'en hériter, et il est pressé de vendre. Il préfère donc le proposer en un seul lot plutôt que de perdre du temps à le diviser et à trouver plusieurs acheteurs, même si cela lui rapporte moins d'argent. Si on lui fait une proposition avant qu'il contacte un agent immobilier, je suis sûr qu'il sautera dessus.

— Comment l'as-tu découvert ? Il n'est mentionné nulle part. J'ai vérifié après avoir écouté ton message.

— Je connais du monde.

— Tu connais du monde. Ça ne m'a pas l'air très honnête…

— Ça l'est, je t'assure. C'est juste que je connais quelques personnes dans le milieu qui sont toujours contentes de me contacter quand elles entendent parler d'une propriété qui pourrait m'intéresser.

Tout en hochant la tête, elle se retourna vers le terrain.

— Si c'est vraiment au prix que tu dis, et si ce n'est ni un ancien cimetière ni une ancienne décharge, il faudrait faire une offre dès demain matin. On ne trouvera jamais rien de mieux à ce prix-là. Et certainement pas dans ce quartier.

— Ni morts-vivants ni déchets toxiques, tu peux vérifier. Je transmettrai l'offre et, avec un peu de chance, les choses avanceront vite.

— Parfait.

Tout s'était déroulé plus vite qu'il l'avait imaginé. Il n'avait plus aucune raison de s'attarder avec elle sur ce terrain qui n'offrait encore rien à voir. Ensemble, ils tournèrent donc les talons, et il la raccompagna jusqu'à la Mercedes décapotable blanche dans laquelle elle était arrivée. Du temps de l'université, elle conduisait déjà un modèle similaire, mais plus ancien. Cette voiture lui rappelait des souvenirs de routes tortueuses et de trajets insouciants, les cheveux au vent. Mais c'était une époque révolue. Où tout était beaucoup plus simple.

— River ? dit-elle à mi-chemin de la voiture, le ramenant doucement au temps présent.

— Oui ?

Elle s'arrêta pour se tourner vers le terrain désert.

— Tu sais, en tant qu'entrepreneur, tu pourrais prendre cette parcelle pour y bâtir des villas luxueuses et rentables. Au prix du mètre carré dans le quartier, ça te rapporterait certainement une petite fortune. Pas loin d'un quart de million de dollars, si tu veux mon avis. Tu es sûr de vouloir l'utiliser pour ce projet ? On pourrait trouver un autre terrain. Celui de West Alley n'était pas si mal. Je pourrais sûrement faire baisser le prix.

Elle se tourna vers lui, le regard plein d'interrogations.

Elle avait raison, mais il n'y avait même pas songé.

— Non, fit-il en secouant la tête. Quand j'ai vu ce terrain, j'ai tout de suite imaginé nos petites maisons dessus. Des enfants courant dans les jardins. Trois familles fières de leurs nouvelles habitations. Des maisons du genre de celle que j'aurais aimé avoir, que ma mère aurait aimé avoir, quand nous n'avions rien. C'est ça que je veux. Pas une immense villa au style pseudo-classique et au prix exorbitant. Il y en a déjà suffisamment comme ça en ville. À force, le quartier va finir par perdre tout son charme.

Elle l'avait attentivement regardé pendant tout le temps où il avait parlé, et quand il eut terminé, elle sourit. Comme si c'était là la réponse qu'elle avait rêvé d'entendre. Et soudain, sans lui laisser le temps d'ajouter quoi que ce soit, elle l'attrapa par les pans de sa veste et l'embrassa.

Il ne s'attendait pas du tout à ça. Et pourtant, à l'instant même où elle joignit ses lèvres aux siennes, il comprit qu'il avait attendu ce moment pendant les dix années où ils avaient été séparés. Tous ses soucis avaient disparu d'un coup. Il n'y avait plus qu'elle. Et ce baiser.

Une fois l'effet de surprise passé, il posa doucement les mains sur sa taille. Il avait envie de plus que ça, mais il se retint. Jusqu'ici, rien de ce qu'elle avait dit ou fait ne laissait entendre qu'elle attendait de lui autre chose qu'une relation professionnelle. Ce baiser pouvait signifier n'importe quoi. Il avait appris depuis longtemps à se méfier des réactions spontanées.

Tout aussi soudainement qu'elle l'avait embrassé, elle finit par s'écarter de lui, le laissant dans un état de confusion et d'excitation extrême.

Figé sur place, il la regarda dans un silence stupéfait. Son regard brumeux était fixé sur le sien, et elle vacillait un peu sur ses jambes dans ses escarpins à talons hauts.

Pour lui apporter un peu de stabilité, il posa doucement une main sur son épaule.

— Merci, dit-elle en souriant.

— Qu'est-ce qui s'est passé ?

Prenant une longue inspiration, elle croisa les bras sous la courbe de sa voluptueuse poitrine.

— Quand tu m'as expliqué tout ça, je me suis dit que tu n'étais pas un si méchant garçon, tout bien considéré.

— Euh… Merci.

Il ne voyait pas trop ce qu'il pouvait dire d'autre. Il ne s'était jamais considéré comme quelqu'un de méchant, même si elle semblait penser le contraire.

Elle venait de l'embrasser. Il n'en revenait toujours pas.

L'air embarrassé, elle finit par se détourner de lui pour observer de nouveau le terrain.

— Je n'aurais sans doute pas dû faire ça. Ce n'était pas très professionnel de ma part.

— Ça ne m'a pas gêné du tout.

Comme il avait prononcé ces mots un peu trop vite, elle se tourna vers lui avec un doux sourire aux lèvres.

— Mais tout de même. S'il le savait, mon père serait furieux. Je représente sa société, je te rappelle.

— Ton père désapprouverait toute chose ayant plus ou moins un rapport avec moi. Du reste, je n'arrive toujours pas à croire qu'il m'ait laissé passer les portes de sa maison.

Pensivement, elle baissa les yeux avant de secouer la tête.

— Je ne crois pas qu'il soit au courant. Ce sont mes frères qui se sont occupés des contrats. Et je suis certaine qu'ils ne savent rien de ce qui s'est passé entre nous.

— Waouh. Ta famille est vraiment douée pour garder des secrets. Je savais que ton père aimait que les problèmes privés restent privés, mais de là à se cacher des choses les uns aux autres… C'est pousser le concept de secret très loin.

Elle le regarda quelques instants en plissant les yeux avant d'acquiescer lentement, le regard empli de tristesse.

— Tu ne t'imagines même pas.

Il y avait quelque chose dans la façon dont elle prononça ces mots qui l'amena à se demander si la famille Steele n'avait pas d'autres secrets que leur mariage annulé. Il aurait aimé l'interroger là-dessus, mais ce n'était pas une bonne idée. Si elle avait envie de lui parler, elle le ferait.

En un éclair, elle avait repris son habituelle expression distante, mais quand elle releva les yeux vers lui, il y avait un brin de malice dans son regard.

— Je sais que ce n'est pas très professionnel de ma part non plus, mais qu'importe. Puis-je te proposer d'aller boire un verre ?

- 4 -

Le serveur plaça un verre de vin et une pinte de bière sur la table devant eux. River ne s'était pas imaginé finir dans un bar avec Morgan ce soir-là, mais il était bien content. Il n'avait rien de mieux à faire. Le choix se limitait à travailler dans son appartement du centre-ville ou travailler dans sa villa de Kiawah Island. En général, il restait en ville la semaine et se retranchait au bord de la mer le week-end. Mais quel que soit l'endroit où il se trouvait, il ne se passait pas grand-chose. À bien y réfléchir, cette journée lui avait apporté plus de sensations que tout le mois qui l'avait précédée.

Des sensations qui étaient toutes dues à Morgan. Mais mieux valait ne pas trop y songer.

— Et si tu me racontais ce que tu es devenu, River ? Ça fait presque dix ans que j'ai quitté ta vie. Que s'est-il passé depuis ?

Cette conversation personnelle lui faisait un drôle d'effet. Ils étaient passés outre la colère et le ressentiment initiaux, en étaient arrivés à des discussions courtoises et professionnelles, et à présent, ils parlaient de leurs vies privées. Il était lui aussi curieux de savoir ce qu'elle avait fait de sa vie, mais les anecdotes qu'il avait lui-même à raconter n'avaient rien de passionnant.

— Pour faire bref, depuis ton départ, j'ai passé tout

mon temps à travailler. Tu te souviens sûrement que je travaillais dans le bâtiment avec mon père à l'époque où nous sortions ensemble ?

Elle acquiesça.

— Eh bien, j'ai pris l'argent de ton père et j'ai monté ma propre société. C'était un milieu que je connaissais déjà bien. J'ai donc pu embaucher des personnes que je savais douées et, grâce à l'expérience de papa, j'ai pu lancer la société. Pour tout te dire, j'ai beaucoup travaillé pour en arriver là. Ça ne fait qu'un an ou deux que j'arrive à trouver un peu de temps pour respirer.

— Je comprends. Mon père a hérité d'une société qui était déjà très prospère, mais malgré ça, il était plus souvent au bureau qu'à la maison quand j'étais petite. Les choses bougent sans arrêt. Les concurrents vont et viennent. Le marché évolue. En ce moment, nous essayons de travailler avec une nouvelle chaîne de magasins et d'intensifier notre présence sur Internet. Si on n'est pas tout le temps sur ses gardes, on peut perdre tout ce qu'on a construit.

— Absolument. Monter une société de bâtiment à la toute fin du boom de l'immobilier pouvait sembler absurde. Les prix étaient beaucoup trop élevés. Mais j'ai étudié le marché et commencé par des petites maisons dont les prix étaient abordables. Je me suis associé à un organisme de crédit qui approuvait les dossiers de beaucoup de clients quand plus personne n'arrivait à obtenir un prêt immobilier. Et ça a marché. Ça a été difficile, et je t'avoue qu'il m'est souvent arrivé de douter. Du coup, j'ai même repris des cours par correspondance pour avoir un plan de secours.

— C'est vrai ? demanda-t-elle d'un air étonné.

— Tout à fait. J'ai d'ailleurs un beau diplôme de management industriel pour le prouver. Je ne vois pas trop ce que j'aurais pu en faire, et j'espère que je ne le saurai jamais, maintenant… Voilà pour moi. Et toi ? Je présume que tu as terminé tes études, même si je ne t'ai jamais revue à Columbia après l'été.

— J'y suis retournée à la rentrée, et j'ai repris mon cursus. Mais je ne m'attardais plus beaucoup sur le campus. Avec tout ce qui s'était passé, je n'avais pas trop la tête à ça. D'ailleurs, après le premier semestre, j'ai décidé de faire une petite pause.

Elle s'interrompit et but une longue gorgée de vin avant de reprendre :

— Je suis donc retournée à la maison quelque temps. Et puis j'ai demandé à être transférée à Georgetown, où j'ai terminé mes études.

— J'ignorais que tu avais quitté la Caroline du Sud.

Il n'avait pas vraiment cherché à s'informer sur elle, mais même s'il l'avait voulu, il n'aurait pas pu. La famille Steele ne laissait presque aucune empreinte sur la Toile. Après le soir où son père avait interrompu leur nuit de noces, elle avait totalement disparu des écrans, comme si elle n'avait jamais existé. Son nom n'était plus mentionné nulle part.

— Eh bien, si. Je vis à Washington la plus grande partie de l'année, à Georgetown, dans la maison que je louais déjà à l'époque où j'étais à l'université. Comme j'aimais beaucoup la ville, je suis restée. Je reviens à Charleston l'été pour travailler sur le projet social annuel, et ensuite, je rentre chez moi. Notre société dispose d'un grand entrepôt en Virginie, et c'est là que se trouve mon bureau.

— Où séjournes-tu quand tu es Charleston ?

— À la maison.

Évidemment.

Il lui adressa un regard à la fois moqueur et désapprobateur qui la fit sourire.

— Je sais, dit-elle. Vivre dans la même maison que mes parents n'est pas l'idéal. Ils me couvent beaucoup, comme ils l'ont toujours fait, mais ça ne me gêne pas tant que ça. J'imagine que je devrais acheter une maison ici. Mais si je le faisais, j'aurais l'impression que je ne pourrais plus jamais partir. Et je n'ai pas envie de me sentir enchaînée.

Il n'arrivait pas à s'imaginer passer tous ses étés sous le même toit que ses parents. Même s'il n'avait rien de spécial à cacher, il aurait eu l'impression de manquer de liberté. Ne serait-ce que celle de pouvoir de temps en temps laisser de la vaisselle dans l'évier ou mettre ses pieds sur la table basse.

— Tu n'es pas obligée d'acheter. Tu pourrais très bien louer une maison. Au bord de la mer, par exemple.

— Je sais. Mais mon père insiste pour que je reste avec eux. Pour des raisons pratiques, naturellement.

— Je vois.

— Mais tu as raison, dit-elle en soupirant. Je devrais songer à une autre solution.

Levant son verre devant elle, il lui adressa son sourire le plus charmeur.

— Eh bien, c'est ton jour de chance. Car il se trouve que je connais deux magnifiques propriétés à louer en ville.

En rentrant de son travail à la pharmacie, Jade retrouva son fiancé, Harley, dans la maison de sa mère. Elle n'était jamais retournée chez elle après l'intrusion. Harley avait fait déménager toutes ses affaires, et ils s'étaient installés dans la villa de sa mère, où ils envisageaient de rester jusqu'à ce que l'enquête sur l'hôpital St. Francis soit résolue.

C'était donc là qu'il travaillait sur cette sombre histoire d'échange de bébés qui avait eu lieu trente ans plus tôt. Son ordinateur, des dossiers, des cartons étaient étalés sur la grande table en chêne de la salle à manger. Assis sur une chaise, il regardait fixement l'écran de son ordinateur d'un air mécontent.

— Qu'est-ce qu'il y a ? demanda-t-elle en posant doucement les mains sur ses épaules tendues.

Il avait toujours pris l'affaire très au sérieux, mais après l'intrusion qui avait eu lieu dans sa maison et l'enlèvement dont elle avait fait l'objet, il avait fait de l'enquête une affaire personnelle. Il y mettait d'ailleurs toute son énergie. Certains soirs, elle devait pratiquement le traîner au lit.

— Il y a un dossier que je ne retrouve plus. J'ai cherché partout. Il contient toutes les informations sur le personnel de l'hôpital que j'avais passé en revue avec l'ancien dirigeant.

Sans répondre, elle se mit à lui masser les épaules, lui tirant un grognement de satisfaction. Ce faisant, elle observa les cartons de dossiers posés sur la table. Il avait beau être détective, il était d'abord et avant tout un homme. Qui, comme la plupart de ses congénères, pensait avoir perdu un objet quand il aurait suffi pour le retrouver d'en déplacer un autre qui le masquait à ses yeux.

— Quand l'as-tu vu pour la dernière fois ?

— Le jour où je suis allé le rencontrer chez lui. Il contenait les fiches et les photos de tous les membres du personnel qui travaillait à l'hôpital le jour de ta naissance. Ça fait des heures que je le cherche. Il faut absolument que je retrouve la fiche de cette sage-femme.

Tout en soupirant, elle s'approcha des cartons qu'elle se mit à fouiller en plissant les yeux.

— Il n'y est pas. J'ai vérifié dix fois.

Machinalement, elle souleva l'un des cartons. Et révéla ainsi une enveloppe en papier kraft barrée d'un coup de tampon rouge au logo de l'hôpital. Sans rien dire, pour ne pas l'énerver davantage, elle la déposa doucement à côté de l'ordinateur.

— Hein ? Où était-elle ?

— Peu importe. L'essentiel, c'est que tu l'aies. Qu'est-ce que tu recherches ?

— Des informations sur une infirmière. Elle s'appelait Nancy Crowley. Quand je suis allé voir l'ancien dirigeant de l'hôpital, il m'a dit qu'elle s'était suicidée moins d'une semaine après l'ouragan Hugo et l'échange.

Après avoir passé en revue le contenu de l'enveloppe, il lui remit la photo d'une jeune femme aux cheveux roux et au visage rond, qui dégageait quelque chose de gai et de jovial. Il était difficile d'imaginer qu'une semaine plus tard elle s'était donné la mort.

— Elle a sauté du toit de l'hôpital. Mon instinct me dit que ce n'est pas une coïncidence. D'après l'ancien dirigeant, il se murmurait qu'elle était alcoolique, ce qui aurait pu expliquer ce geste. Mais j'y vois davantage l'action désespérée d'une femme qui aurait eu des problèmes de conscience.

Ces paroles éveillèrent chez elle un vague souvenir. Quelque chose qu'elle n'arrivait cependant pas à cerner avec précision.

— Qu'est-ce que tu viens de dire ?

— Ça m'évoque l'action désespérée d'une femme qui aurait eu des problèmes de conscience.

On est restés sur notre faim pendant trente ans à cause de ses stupides problèmes de conscience...

— Attends. J'y suis. C'est ce qu'ils ont dit dans la camionnette.

— Qui ?

— Mes ravisseurs. L'un d'entre eux s'est plaint que la sœur de l'autre avait eu des remords et que cela avait anéanti leur plan. Tu crois que ça pourrait être lié ?

— C'est possible. Tu te rappelles autre chose ?

Le regard fixé sur la photo, elle essaya de se souvenir de la conversation houleuse qu'elle avait surprise alors qu'elle était bringuebalée à l'arrière de la camionnette de ses kidnappeurs.

— Il me semble que l'un d'entre eux a dit qu'elle était morte avant de leur avoir révélé ce qu'ils avaient besoin de savoir.

— Comme l'identité du deuxième bébé ?

Décontenancée, elle fronça les sourcils. Elle regrettait de ne pas avoir conservé davantage de souvenirs. Elle avait essayé de mémoriser chaque parole qui avait été dite, mais entre le stress et le choc, de nombreux détails étaient devenus flous dans sa mémoire au cours des semaines passées.

— Possible. Cette Nancy avait-elle un frère ? Si oui, ce serait un bon point de départ. Si non, on serait sûrs que c'est une fausse piste.

Après avoir passé en revue sa fiche, il pointa du doigt la section « Personne à contacter en cas d'urgence ».

— Elle a désigné son frère comme personne de confiance. George Crowley. Ça te dit quelque chose ?

— Je n'ai pas souvenir qu'ils se soient appelés par leurs noms, répondit-elle en haussant les épaules. Mais je suis certaine que l'un d'entre eux était le frère. Quant à l'autre… je n'en sais rien.

Tout en hochant la tête, il se mit à parcourir les notes

qu'il avait prises après avoir réécouté sa conversation enregistrée avec l'ancien dirigeant de l'hôpital.

— Il a mentionné un frère et un petit ami quand il a parlé du suicide de Nancy. Il a dit qu'ils paraissaient tous deux bouleversés. Je vais voir si je peux obtenir davantage d'informations sur sa mort auprès des autorités locales. Si c'est bien ce que nous pensons, ils auraient pu être bouleversés, oui, mais pour une tout autre raison.

Croisant les bras sous sa poitrine, elle secoua la tête.

— Si c'est bien cette Nancy qui nous a échangées, Morgan et moi, elle a emporté son secret dans sa tombe.

— Vous rentrez bien tard, mademoiselle.

Surprise, Morgan s'arrêta dans le hall de la maison de ses parents et se tourna vers l'endroit d'où semblait provenir cette voix. La bibliothèque. À travers la porte ouverte, elle reconnut son frère Sawyer, assis dans un fauteuil, un beau livre relié de cuir posé sur les genoux.

— On dirait papa.

Après avoir refermé le livre d'un coup sec, il vint la rejoindre sous le grand lustre à pampilles de l'entrée.

— Retire ça tout de suite, dit-il d'un air mauvais avant de lui sourire.

— Où est papa, d'ailleurs ?

— Bonne question. Il m'avait demandé de le rejoindre ici ce soir pour discuter affaires, mais il a dû être retenu au bureau. Je ne l'ai pas vu. Et j'imagine qu'il se fait tard, puisque Lena n'arrête pas de me dire de venir dîner. Elle a fini par jeter l'éponge, mais à chaque fois qu'elle passe devant moi, elle fait claquer sa langue pour me montrer sa désapprobation.

— Tu ferais mieux d'obéir.

Tout en soupirant, il baissa les yeux vers la montre Patek Philippe que leurs parents lui avaient offerte pour Noël.

— Seulement si tu te joins à moi.

— Pourquoi pas ? Moi non plus, je n'ai pas dîné.

River et elle avaient bu deux verres ensemble, mais elle n'avait pas voulu laisser cette soirée avec lui s'éterniser. Un verre pouvait mener à un dîner et lui-même à… un petit déjeuner. Elle ne pouvait pas en arriver là. C'est pourquoi elle l'avait poliment quitté après son deuxième verre de chardonnay et était sagement rentrée à la maison. Mais à présent, elle avait très faim.

La cuisine était faiblement éclairée et d'une propreté impeccable quand ils y entrèrent. Mais Lena, qui avait dû se retirer dans ses appartements pour la soirée, n'était plus là.

— Elle a fini par abandonner, murmura Sawyer.

— On peut se faire à manger nous-mêmes, dit Morgan en ouvrant les doubles portes de l'immense réfrigérateur.

Sur les étagères, des dizaines de produits, frais ou déjà cuisinés, avaient été soigneusement alignés. Elle prit un morceau de cheddar.

— Sors une baguette. On va se faire des tartines de fromage fondu.

Il prit un air dubitatif, mais s'exécuta.

— Depuis quand sais-tu cuisiner ? Tu avais le traiteur chinois dans la liste de tes contacts, si je me souviens bien ?

— Je peux préparer des tartines de fromage. Comment faisais-tu quand tu étais à la fac ?

— Je mangeais tout le temps au restaurant. Pas toi ?

— À chaque fois que je pouvais. Mais je me faisais aussi parfois des tartines.

Tout en souriant, elle prit un grand couteau et entreprit de trancher le fromage. Tâche qui se révéla bien plus ardue qu'elle ne l'aurait pensé. Le cheddar était plus dur qu'elle l'avait imaginé, et la première tranche qu'elle coupa, épaisse et informe, ne ressemblait que de très loin aux fromages spécialement conçus pour les sandwichs qu'elle avait l'habitude d'acheter.

— On va y arriver, insista-t-elle. On est des adultes. On dirige une société. Il y a des gens de notre âge qui ont des enfants et des maisons dont ils s'occupent tout seuls. On est tout de même capables de se faire à manger, non ?

Dix minutes plus tard, le fromage et le pain étaient rangés, et ils montaient ensemble dans le séjour avec un en-cas qui lui rappelait des souvenirs d'enfance : un sachet de chips tortillas, un pot de sauce mexicaine et une boîte de cookies que Lena avait dû préparer un peu plus tôt dans la journée. Quand ils étaient petits, il leur arrivait souvent de se faufiler dans la cuisine en fin de journée pour en extirper ce genre d'aliments peu diététiques, qu'ils consommaient ensuite en jouant à des jeux vidéo. La cuisine était alors pour eux un lieu aussi mystérieux qu'elle l'était à présent.

Le séjour, en revanche, avait été le cadre de leur enfance. Occupant une place centrale dans l'« aile des enfants », il était entouré par les chambres de ses frères et la sienne. C'était l'un des rares endroits de la maison où ils pouvaient faire tout ce qu'ils voulaient. Quand ils étaient petits, c'était une salle de jeux remplie de jouets divers et variés qui avaient avec le temps été remplacés par une grande télévision, des consoles de jeux et un baby-foot.

Elle s'installa sur le grand canapé et posa leur dîner de fortune sur la table basse tandis qu'il allait leur servir de l'eau. Après avoir retiré ses escarpins, elle replia ses jambes sous elle. Cela faisait tellement de bien de pouvoir être pieds nus après cette longue journée. Elle détestait porter des talons, mais comme elle était nettement plus petite que tous les autres membres de sa famille, elle n'avait rien trouvé de mieux pour compenser.

— Alors, où étais-tu, cet après-midi ? lui demanda-t-il. Je suis passé te voir à ton bureau pour te demander quelque chose et ton assistante m'a dit que tu étais absente pour la journée. Tu glandes ?

— Loin de là. Je suis allé voir le terrain que nous allons acheter pour la construction des maisons avec l'entrepreneur que nous avons embauché.

— Et pourtant, ton haleine sent le vin blanc. Comment est-ce possible ?

Tout en levant les yeux au ciel, elle ouvrit le sachet de chips.

— Nous sommes allés boire un verre après.

Elle essaya d'ouvrir le pot de sauce mais n'y parvint pas.

— Qu'est-ce qui se passe avec ce type ? lui demanda-t-il en le lui prenant des mains. River, c'est ça ? C'est un drôle de nom.

Il avait ouvert le pot sans aucune difficulté.

— Il ne se passe rien du tout. Et je te trouve mal placé pour juger son prénom, alors que tous les enfants de notre famille en ont un qui fait référence à des personnages de Mark Twain.

— N'essaie pas de changer de sujet. Je sais qu'il s'est passé beaucoup de choses difficiles pour toi depuis le gala, et c'est pour ça que je n'en ai pas parlé plus tôt, mais cela commence à dater, maintenant. Qu'est-ce qui se passe entre vous deux ? Quand je te l'ai présenté, j'ai bien vu qu'il y avait quelque chose entre vous.

Plusieurs solutions se présentaient à elle pour se tirer de cette situation : mensonge, mensonge par omission, vérité, ou encore vérité mêlée à une bonne dose de mensonge. De ses trois frères, Sawyer était le plus perspicace. Tout comme il avait remarqué qu'il y avait quelque chose entre elle et River, il était fort probable qu'il remarque qu'elle n'était pas tout à fait honnête avec lui.

— Nous nous sommes connus à l'université. Je ne l'avais pas vu depuis des années et je ne savais pas qu'il était impliqué dans le projet. J'ai donc été surprise.

Là. Juste ce qu'il fallait de vérité, mais sans les détails sordides.

Mais comme elle le craignait, il avait lu entre les lignes.

— Vous étiez ensemble ? Il te courait après ? En tout cas, il t'a regardée comme si tu lui plaisais.

— Ma tenue devait attirer les regards, ce soir-là. Mais tu as raison, nous sommes sortis ensemble. Brièvement. Rien de sérieux. Tu sais bien que papa ne l'aurait jamais permis.

Il acquiesça. S'il n'avait pas autant de pression qu'elle en sa qualité d'unique fille de la famille, il se montrait toujours très prudent dans ses relations affectives. Tous les jeunes Steele étaient la cible de parasites et de diverses personnes intéressées par leur argent. Leur père n'avait cessé de les mettre en garde contre ça.

— Et maintenant ? demanda-t-il en ouvrant le couvercle de la boîte de cookies, qui laissa échapper un délicieux parfum de cannelle et de beurre.

— Comment ça ? demanda-t-elle prudemment.

— Ne fais pas l'innocente. Il y a toujours quelque

chose entre vous. Vous êtes allés boire un verre ensemble. Tu crois que ça va aboutir à quelque chose ? Tu es une adulte, maintenant. Tu n'as plus à te soucier de ce que papa pense de tes fréquentations.

Elle n'était pas sûre que ce soit vrai, mais elle trouvait l'idée intéressante. Beaucoup de choses s'étaient passées dans sa vie depuis que son père avait écourté sa nuit de noces. Si elle n'était toujours pas certaine de la sincérité des motivations de River (il se pouvait qu'il ne s'agisse pour lui que d'une question d'argent, comme dans le passé), elle était désormais à même de se protéger.

— Je ne sais pas. Ce n'est sûrement qu'une réminiscence de l'attirance du passé. Ou alors, il voit là une deuxième chance de voler le cœur et l'argent de l'héritière des Steele.

— Officiellement, tu n'es plus l'héritière des Steele.

— Aurais-je été déshéritée à mon insu ? demanda-t-elle, surprise.

— Bien sûr que non. Tu sais bien que nos parents ne feraient jamais une chose pareille. Ce que je voulais dire, c'est qu'avec toutes les choses qu'on a apprises récemment tu pourrais facilement te débarrasser de ton masque d'héritière et faire ce que tu veux de ta vie. Tu te restreins. Tu l'as toujours fait. Et je te comprends. Papa t'observe plus étroitement que n'importe lequel d'entre nous. Mais tu vas avoir trente ans. Il faudrait que tu arrêtes de t'inquiéter de ce que pensent les autres, et notamment papa. Vis ta vie.

Ils avaient rarement l'occasion de discuter tous les deux en tête à tête. Sans Finn pour tourner les choses en dérision ou Tom pour noyer le poisson, elle n'avait pas d'autre solution que de réfléchir sérieusement aux paroles de son frère.

Et il avait raison. Elle n'était plus obligée d'être la parfaite fille Steele. Et elle pouvait peut-être essayer de vivre sa vie quelque temps dans la peau de Morgan Nolan pour voir ce que cela faisait.

Beaucoup de choses s'étaient passées entre elle et River. Y compris des choses que même River ignorait. Autant de bonnes raisons de ne pas ouvrir cette boîte de Pandore. Mais d'un autre côté, toutes les raisons pour lesquelles elle n'avait pas pu être avec lui avaient perdu leur validité à présent. Et même si elle aurait préféré que ce ne soit pas le cas, l'attirance avait subsisté. Il y avait quelque chose, une force qu'elle ne pouvait combattre, qui le poussait vers lui. Et plus elle passait de temps avec lui, plus cette attraction était forte. C'était un homme bien, à mille lieues de l'image de méchant que son père avait voulu donner de lui. Et si elle s'était trompée depuis le début ?

— Je ne te dis pas de t'enfuir avec lui pour l'épouser en cachette, reprit Sawyer. Mais pourquoi ne pas prendre un peu de bon temps ? Vous êtes tous les deux des adultes. Vous êtes attirés l'un vers l'autre. Sois prudente, mais fais ce que tu as envie de faire. Il est temps de vivre ta vie, Morgan.

Elle n'aurait jamais pensé avoir ce genre de révélation ce soir-là, et certainement pas grâce à son frère, mais il avait raison. Indépendamment de l'identité de ses parents et de la façon dont elle avait été élevée, elle était une adulte, à présent. Et elle avait une vie bien à elle, une vie qu'elle allait vivre pleinement.

- 5 -

River était fier de lui. Il ne voulait pas se montrer prétentieux, mais il y avait deux choses qu'il connaissait mieux que quiconque : le bâtiment et Morgan. Et comme la recherche de la maison de ses rêves nécessitait la combinaison de ces deux savoirs, il était certain qu'elle adorerait ce qu'il avait à lui montrer.

C'était pour cette raison qu'il lui avait demandé de le retrouver non pas à son bureau mais dans l'une de ses récentes acquisitions. Il l'avait appelée le matin pour lui faire savoir que l'offre qu'ils avaient faite pour le terrain à bâtir avait été acceptée. La machine était lancée. Ne restait plus qu'à lui faire signer quelques documents, et il pourrait commencer la construction.

Elle avait accepté le lieu de rendez-vous. Et en cette fin d'après-midi, ils se trouvaient donc dans cette jolie demeure dont il venait d'achever les rénovations. Ancien entrepôt du XIXe siècle, elle avait été transformée en maison dans les années 1940. Son charme reposait sur un délicat équilibre d'éléments anciens, comme la façade en brique et les grandes cloisons vitrées, et de confort moderne.

Assis sur le banc de la baie vitrée, il la regardait explorer l'espace. Il s'était volontairement mis en retrait pour la laisser découvrir la maison, et il était ravi de constater qu'elle paraissait fascinée. Le regard émerveillé, elle observait chaque recoin, faisait glisser ses doigts sur chaque surface. Elle n'avait pas soufflé mot depuis qu'ils avaient signé les papiers sur l'îlot central de la cuisine. Mais en observant le parquet de chêne du séjour, qu'il venait de poncer et de rénover, elle poussa un petit cri d'admiration.

Il avait gagné. Elle était conquise.

— C'est magnifique, finit-elle par dire en se tournant vers lui, les joues légèrement roses.

Et il reconnut l'expression de son visage.

L'amour.

Fut une époque où c'était lui qu'elle regardait ainsi. Mais il fallait à présent qu'il se contente de son amour pour son travail.

Tout en soupirant, il alla la rejoindre devant la cheminée carrelée de sa faïence originelle qu'elle était en train d'admirer.

— Content que ça te plaise.

— Et l'emplacement est extraordinaire aussi. C'est tellement proche de Broad Street et de Waterfront Park. Le plus beau quartier de Charleston.

— C'est aussi ce que je me suis dit quand je l'ai achetée. Il y avait pas mal de travail, ça n'avait pas été rénové depuis les années 1980, mais ça en valait la peine. Et tu n'as pas encore vu l'étage. Tu vas adorer la salle de bains, j'en suis certain.

Les yeux brillants d'admiration, elle se dirigea vers l'escalier en colimaçon, et il lui emboîta le pas. Au terme de la visite, après avoir observé les trois chambres et la luxueuse salle de bains en marbre de Carrare, elle se tourna vers lui. Et contre toute attente, elle se mit à le dévisager suspicieusement en plissant les yeux.

— C'est un piège, c'est ça ?

— Comment ça ?

Elle croisa les bras, attirant ainsi son attention sur ses seins fermes et opulents.

— Tu as dit que ce serait plus facile de se retrouver ici, mais ce que tu voulais vraiment, c'était me montrer cette maison. On aurait pu se rejoindre n'importe où, mais tu m'as dit que tu avais une surprise pour moi.

— Et c'est une agréable surprise, non ? répondit-il en haussant les épaules. Cette maison est magnifique. Alors, oui, je t'ai piégée. Mais je voulais juste que tu la voies avant que je la mette en vente, au cas où tu voudrais toi-même l'acheter. J'imagine qu'elle partira vite quand elle sera sur le marché, alors je ne voudrais pas que tu passes à côté. Mais je ne cherche pas à faire pression sur toi.

Tout en soupirant, elle releva les yeux vers les moulures qui ornaient le plafond.

— J'ai déjà une maison à Washington. Je n'ai pas besoin d'en avoir une autre ici.

— Je croyais que c'était une location…

— Je ne vois pas ce que ça change. Ça reste une maison dans une ville que j'aime.

— Alors ne l'achète pas, dit-il nonchalamment. Je voulais juste que tu saches que d'autres possibilités s'offraient à toi. Tu n'as aucune raison de passer tous tes étés dans la maison de tes parents. Tu es une adulte, tu as presque trente ans, et tu as les moyens financiers de faire ce que tu veux. Compte tenu du temps que tu passes ici, je pensais que tu aurais envie d'avoir ton espace à toi à Charleston. D'autre part, ce serait un bon investissement. La valeur de l'immobilier est impressionnante, ici.

— Merci de me rappeler l'âge que j'ai. Ce que tu n'as pas l'air de comprendre, c'est que la propriété de mes parents est vraiment immense. Depuis que mes frères ont déménagé, j'ai pratiquement tout l'étage pour moi toute seule. Ce n'est pas comme si on se marchait dessus, mes parents et moi.

Instinctivement, il se rapprocha d'elle. Il n'envahissait pas son espace personnel, mais il était suffisamment proche d'elle pour sentir son souffle chaud contre sa peau et humer son enivrant parfum.

— Alors tu peux faire ce que tu veux, non ? Pourquoi pas recevoir un homme ?

Tout en fixant un regard anxieux sur le sien, elle passa sa langue sur ses lèvres pulpeuses. Elle n'avait pas besoin de lui répondre à voix haute. Ils savaient l'un comme l'autre que, trente ans ou pas, son père ne tolérerait pas ce genre d'agissements sous son toit. Il était aussi protecteur qu'il l'avait toujours été.

— C'est un problème qui ne se pose pas, finit-elle par dire. Je suis à Charleston pour travailler, rien de plus. Je suis trop occupée pour me soucier de ma vie affective, en ce moment.

Il y avait quelque chose dans la façon dont elle le regardait, quelque chose qui lui donnait envie de s'approcher davantage, même si elle maintenait qu'elle n'avait pas le temps de se lancer dans une aventure.

— Tu travailles trop. Ce n'est pas bon, tu sais ?

Pendant qu'il parlait, elle avait concentré son regard vert doré sur sa bouche. Des souvenirs du bref et innocent baiser qu'ils avaient échangé devant le terrain à vendre lui revinrent brutalement en mémoire. Un observateur extérieur n'y aurait rien vu de fougueux, et pourtant, c'était la passion qu'il retenait de ce contact. L'embrasser suscitait toujours en lui la même réaction, c'était comme être frappé par un éclair. Tout son corps s'était éveillé au contact de ses lèvres, tous ses nerfs s'étaient mis à vibrer de son désir pour elle.

L'espace d'un instant, cela avait été comme si les dix années passées et le drame qui les avait séparés n'avaient jamais existé. Pour l'oublier, il avait trouvé beaucoup d'arguments. Elle ne l'avait jamais aimé. Elle n'était qu'une petite fille de riche pourrie gâtée qui s'était servie de lui pour attirer l'attention de son père. La relation qu'il avait avec elle n'avait rien de spécial.

Mais au moment où elle avait joint ses lèvres aux siennes, il avait compris que tout cela n'était que mensonges. Elle regrettait peut-être de s'être pliée trop vite à la volonté de son père. Et lui-même n'avait pas pris toute la mesure de l'attirance magnétique qu'il y avait entre eux. Et qui était restée aussi forte qu'elle l'avait toujours été.

— Fais-moi confiance, reprit-il. Je suis passé maître dans l'art de trop travailler.

Il s'approcha encore, baissa les yeux vers elle. Ils n'étaient plus qu'à quelques centimètres l'un de l'autre, mais elle ne bougea pas.

— On peut ignorer ses besoins… les mettre de côté… mais ce n'est pas pour autant qu'ils disparaissent. Ils ne font que se renforcer et finissent par nous laisser une sensation de bouillonnement brûlante. Au bout du compte, il faut relâcher la pression si on ne veut pas faire quelque chose de stupide.

Elle ne chercha pas à se détourner. Bien au contraire, elle posa les mains à plat sur son torse et écarta les lèvres en une douce invitation.

— Quelque chose de stupide… Comme ça ? demanda-t-elle en haussant les sourcils.

La chaleur de sa main s'infiltrait à travers le coton de sa chemise. Et cette douce sensation occupait tout son esprit, si bien qu'il ne pensait plus qu'à une chose : l'avoir.

— C'est… discutable. Si tu m'avais posé la question il y a une semaine, je t'aurais dit que c'était une mauvaise idée. Une très mauvaise idée. Mais si tu ne t'éloignes pas de moi tout de suite, je te dirai certainement que c'est un bon moyen de relâcher la pression. Et que je serais ravi de, euh… t'aider dans cette démarche.

La nervosité le poussait à combler le vide en parlant sans réfléchir, il le comprenait bien, mais il n'arrivait pas à s'arrêter. Sans doute à cause de la proximité de son corps si désirable et de l'intensité de son regard si magnétique.

Sensuellement, elle fit remonter sa paume jusqu'à sa nuque, qu'elle caressa du creux de la main. Fermant les yeux, il savoura l'instant.

— C'est très gentil de ta part, murmura-t-elle.

— Morgan…, souffla-t-il.

Si elle essayait juste de flirter, elle jouait à un jeu dangereux. Il avait très envie d'elle. Et si cette envie n'était pas partagée, il allait vraiment falloir qu'elle s'éloigne de lui. Et vite.

Mais elle ne le fit pas. Bien au contraire, elle appuya doucement sur sa nuque jusqu'à ce que leurs lèvres se joignent. Ce fut un baiser explosif qui raviva d'un coup le feu qu'il avait lutté pour éteindre. Toutes les réticences qu'il avait pu avoir à goûter à nouveau à ses lèvres se dissipèrent brusquement quand elle lui mordit la bouche en poussant un doux gémissement.

Elle était plus effrontée que dans ses souvenirs. Et il aimait ça. Trop. Il n'aurait su dire qui en avait pris l'initiative, mais soudain, ils se retrouvèrent allongés sur le grand lit qui occupait la chambre. Il n'y eut dans leur baiser ni rupture ni hésitation. Seulement une évolution. Il se fit plus profond et, à mesure qu'il s'intensifiait, il sentit son désir se renforcer encore, son sang se changer en lave.

Il ne lui avait pas menti quand il lui avait dit qu'il savait ce que c'était que de travailler trop et de refouler ses désirs. Il était devenu maître en la matière. Mais à présent, il ne pouvait plus se retenir une seconde de plus. Pas avec elle. C'était impossible.

Impatiemment, il faisait glisser ses mains sur son corps, comme pour se refamiliariser avec ce territoire qui avait quelque peu changé depuis la dernière fois qu'il l'avait exploré. Sous le coton de son T-shirt, il sentait que ses seins étaient devenus plus opulents sans rien perdre de leur fermeté. Et il pouvait en sentir les bouts durcis qui pointaient sous le tissu de son soutien-gorge, comme pour réclamer ses baisers. Sur ce point-là, au moins, elle n'avait pas changé. Elle avait toujours réagi à ses caresses de cette manière.

Impatient de sentir la chaleur qui couvait sous ses vêtements, il fit glisser sa main vers le bas pour commencer à relever son T-shirt. Mais à cet instant, elle se raidit. Tout en écartant vivement sa bouche de la sienne, elle l'attrapa par le bras pour éloigner sa main de son ventre.

— Arrête, River, dit-elle dans un dur murmure.

Les yeux qui l'avaient regardé avec un désir à peine dissimulé étaient désormais empreints de quelque chose qui évoquait de la panique.

— Qu'est-ce qu'il y a ? demanda-t-il en s'éloignant un peu.

Elle détourna son regard du sien et, brusquement, sortit du lit. Juste avant qu'elle lui tourne le dos, il lui sembla voir des larmes briller dans ses yeux.

— Rien. Il faut que j'y aille, répondit-elle.

Et elle se précipita dans le couloir. Une seconde

plus tard, il l'entendait dévaler l'escalier. Puis il y eut un claquement de porte. Elle était partie.

Qu'était-il arrivé ?

Décontenancé, il se leva à son tour. Le sexe toujours palpitant de désir, il se tourna vers le lit dans lequel ils étaient tous deux allongés un instant plus tôt. Il n'avait pas compris ce qui s'était passé.

Et il avait le sentiment qu'elle n'avait aucune intention de le lui expliquer.

— Mais qu'est-ce qui m'a pris ? murmura Morgan en accélérant pour laisser la maison, et River, derrière elle.

Elle était venue pour signer des papiers. Rien de plus. Et elle avait fini allongée dans un lit, à deux doigts de lui révéler ce secret qu'elle avait tant lutté pour lui dissimuler.

Serrant rageusement le volant, elle parcourut les petites rues animées du centre de Charleston pour se diriger vers le pont qui la conduirait à la maison de ses parents. Sa colère s'amenuisait à mesure qu'elle s'éloignait de River, mais la douloureuse brûlure du désir subsistait.

Faire la paix avec lui avait été une mauvaise idée. Se disputer n'était pas idéal, mais c'était un bien meilleur moyen de garder ses distances. Sans le mur de ressentiment qu'il y avait entre eux, elle ne pouvait que fondre entre ses bras. Elle pensait qu'il n'y avait pas de problème. Après sa conversation avec Sawyer, elle avait la conviction d'être une adulte qui pouvait faire ce qu'elle voulait. Cela lui avait semblé être une bonne idée. Jusqu'à ce qu'elle sente ses mains sur son ventre et que la réalité reprenne ses droits sur elle.

Ils avaient fait la paix, oui, mais la trêve s'achèverait

aussitôt qu'il saurait la vérité. Il y avait des secrets qui devaient être gardés. Surtout si elle voulait que le projet caritatif immobilier se déroule sans encombre cette année. Il ne pouvait pas connaître la vérité. Elle était tellement horrible, tellement douloureuse qu'elle le ferait bien plus souffrir qu'un mensonge.

C'était d'ailleurs ce qu'elle s'était dit dix ans plus tôt, allongée dans sa chambre du campus, en observant le test de grossesse.

Jusqu'à cet instant, elle avait vécu dans un déni total. Elle ne pouvait pas être enceinte puisque son père avait effacé son passé des registres. Pour l'État du Tennessee, elle n'avait jamais épousé River. Ils n'avaient jamais eu de nuit de noces. Elle ne pouvait donc pas être enceinte. Porter l'enfant d'un garçon qui avait extorqué de l'argent à son père et l'avait ensuite abandonnée. Le destin ne pouvait pas être si cruel. Voilà pourquoi elle avait ignoré tous les signes en prenant des anti-vomitifs et en se concentrant sur ses études pendant l'automne.

Mais quand décembre était arrivé, il lui était devenu impossible de nier la vérité. Que ce soit en son for intérieur ou devant ses parents. Quand sa mère était venue la chercher sur le campus pour les vacances, son regard avait été immédiatement attiré vers son ventre rond qu'elle cherchait vainement à dissimuler sous un sweat trop grand.

Après cela, il y avait eu une tornade d'événements dont elle avait désormais peine à se souvenir. Ses parents avaient immédiatement entrepris une série d'actions visant à limiter les dégâts, et elle s'était laissé faire mollement. Personne ne devait savoir la vérité, avaient-ils décidé. Pas même ses frères. Pour sa propre protection, ainsi que celle de sa réputation, naturellement. Ils avaient réussi à garder le secret de son bref mariage, ils n'avaient aucun doute qu'ils pouvaient en faire de même pour le bébé.

Cette année-là, donc, ils avaient offert à ses frères un luxueux séjour au ski qui leur avait permis de les éloigner de la maison pendant les fêtes. Pour tout le monde, Morgan avait la grippe et ne pouvait assister à aucun événement. Elle ne pouvait sortir de sa chambre que pour ses examens médicaux.

Elle n'avait pas cherché à s'opposer à la volonté de ses parents. Elle avait sombré dans la dépression. Son cœur avait été brisé quand elle avait perdu celui de River, qu'elle pensait lui être acquis. D'un côté, elle avait envie de garder le bébé pour avoir toujours un peu de lui, mais de l'autre, elle craignait que cet enfant ne soit pour elle un rappel constant de son ultime trahison.

Elle ne savait pas quoi faire, mais elle avait commis tellement d'erreurs qu'elle s'était dit qu'il valait peut-être mieux laisser ses parents choisir pour elle la meilleure solution. Envisageaient-ils de l'envoyer en Suisse pour qu'elle fasse ensuite adopter le bébé ? Avaient-ils au contraire décidé de l'élever eux-mêmes ? Dans cette hypothèse, la laisseraient-ils s'en occuper ? Elle n'avait pas eu l'occasion de connaître leur projet.

Car à la vingt-cinquième semaine de sa grossesse, quelques jours après Noël, un problème était survenu. Comme elle ne se sentait pas bien, elle était allée consulter son gynécologue. Sa tension était extrêmement élevée. On l'avait donc gardée une semaine à l'hôpital, et elle avait passé le nouvel an sous la surveillance étroite des médecins, qui avaient tenté par tous les moyens de faire baisser sa tension. Ils ne voulaient pas déclencher l'accouchement si tôt, c'était risqué. Trop risqué, même avec les dernières technologies. Mais la situation était tout aussi dangereuse pour Morgan que pour le bébé. Et bien vite, le personnel lui avait expliqué qu'ils n'avaient pas le choix s'ils ne voulaient pas les perdre tous les deux.

Dawn Mackenzie Steele, qui naquit par césarienne, pesait à peine quatre cents grammes. Morgan n'eut jamais l'occasion de la serrer contre elle, mais si ça avait été le cas, elle aurait tenu dans la paume de sa main. Elle ne savait toujours pas ce qu'elle voulait faire jusqu'à ce qu'elle voie sa fille couverte de tubes et de sondes dans un incubateur. Le personnel de l'unité de soins intensifs néonatale s'était battu, avait fait tout ce qu'il avait pu, mais les petits poumons de Dawn n'étaient tout simplement pas prêts pour le monde extérieur.

Morgan ne s'était pas aperçue qu'elle pleurait jusqu'à ce que sa vision commence à se brouiller. Bouleversée, elle se gara sur le parking d'un centre commercial, appuya son front contre le volant et serra son ventre entre ses bras comme elle l'avait fait quand Dawn était partie.

Les larmes coulaient désormais librement sur ses joues. Cela faisait longtemps qu'elle n'avait pas pleuré Dawn. Des années peut-être, dans sa détermination à laisser le passé derrière elle et à se concentrer sur l'avenir, comme son père le lui avait conseillé. Il l'avait serrée dans ses bras à chaque fois qu'il l'avait vu pleurer. Elle était sa petite fille, il n'aimait pas la voir souffrir. Mais il venait d'un milieu qui pensait que le meilleur moyen de surmonter un drame était d'oublier et de tourner la page.

C'était triste. Malheureux, disait-il. Mais peut-être devait-elle voir là sa deuxième chance d'avoir le genre de vie qu'il avait rêvé pour elle. Il était certain qu'elle aurait des enfants, un jour, avec un homme bien qui l'aimerait comme elle le méritait.

Elle ne le lui avait jamais fait savoir, mais les mots de son père n'avaient trouvé aucun écho en elle. À cette époque, et encore à présent, il y avait une part d'elle qui n'avait aucune envie de se marier et d'avoir des enfants. Elle avait essayé une fois et avait échoué. Elle n'était pas sûre que son cœur puisse supporter la douleur d'un second échec. Aussi avait-elle mis toute son énergie dans ses études puis son travail, tout en s'efforçant de devenir la fille parfaite que ses parents voulaient voir en elle.

Et elle avait fui la Caroline du Sud.

Des coups frappés au carreau la tirèrent brusquement de sa tristesse. En tournant la tête, elle vit un vieil homme tenant un cabas frappé du logo du supermarché devant lequel elle se trouvait. Il la dévisageait d'un air inquiet.

Tout en essuyant honteusement ses joues, elle ouvrit la fenêtre.

— Oui ?

— Vous allez bien, mademoiselle ? Je peux vous aider ?

En un instant, elle se recomposa, sourit, secoua la tête.

— Non, ça va. J'ai juste besoin d'être un peu seule. Mais c'est très gentil de votre part de vous inquiéter pour moi. Merci.

L'homme hocha la tête et lui rendit son sourire, mais elle vit bien qu'il ne la croyait pas.

— Bonne journée, lui dit-il en s'éloignant.

Machinalement, elle baissa le pare-soleil pour se regarder dans le miroir. Elle avait le teint rouge et brouillé, et son mascara avait coulé sur ses joues. Sortant un mouchoir de son sac, elle s'essuya le visage et reprit la route avant de se faire remarquer par quelqu'un d'autre.

Elle finit par arriver chez ses parents, mais n'entra pas tout de suite, préférant contourner la maison pour se diriger vers les jardins. Là, à l'ombre de grands arbres, se trouvait un banc de pierre. À côté, une plaque de marbre qu'on pouvait facilement manquer si on ne la cherchait pas.

Ce qui semblait un endroit agréable pour s'asseoir et profiter du jardin était en réalité un minuscule cimetière. Sa famille disposait d'un ostentatoire mausolée au Magnolia Cemetery où des générations de Steele avaient trouvé le repos, mais après la mort de Dawn, son père avait fait édifier une petite tombe dans l'enceinte même de la propriété. Il lui avait dit qu'elle pourrait ainsi venir s'y recueillir à chaque fois qu'elle le souhaiterait. Mais elle avait bien compris que son but premier était la discrétion.

Plus elle approchait, plus elle ralentissait la cadence de son pas. Bien qu'il fût tout proche, cela faisait longtemps qu'elle n'était pas revenue en ce lieu. En partie parce que, en enterrant sa fille, elle avait aussi enterré cette part de sa vie. Ou du moins avait-elle essayé. Mais la réapparition soudaine de River avait tout changé.

Elle s'assit sur le banc pour observer la plaque de marbre qui marquait l'emplacement de la tombe de son bébé. Dawn Steele, y lisait-on simplement, avec une date unique. Sa vie avait été si courte que l'on n'avait même pas pu en ajouter une autre.

Elle se pencha, fit glisser ses doigts sur la pierre froide. Le site était impeccablement entretenu. Le jardinier de la famille, Paul, devait être grassement payé pour garder ce secret. C'était l'un des rares à savoir. En plus de ses parents et de Lena, qui veillait à ce qu'elle prenne ses vitamines prénatales avant la naissance de Dawn, puis ses médicaments après son décès.

Depuis, à l'exception de Paul, tout le monde semblait avoir oublié cette minuscule tombe et le bébé pour laquelle elle avait été creusée. Et à songer à tout cela, Morgan se sentit soudain incroyablement triste.

Ses retrouvailles avec River avaient fait resurgir tout son désir et tous ses regrets. Elle comprenait désormais que les enjeux de sa relation avec lui s'étendaient bien au-delà du projet caritatif annuel.

C'était pour cette raison qu'elle avait paniqué quand elle s'était retrouvée au lit avec lui. À l'instant même où elle avait senti sa main sur son ventre, la réalité avait repris ses droits sur elle. Elle ne pouvait pas le laisser la toucher. La voir. Pas là, pas comme ça. Dans la lumière crue de l'après-midi, il aurait immédiatement remarqué la cicatrice. Il aurait voulu connaître la vérité, et elle n'aurait pas eu la force de lui mentir. Il l'aurait détestée. Il les aurait détestés, elle et sa famille, pour lui avoir caché la vérité.

Dans ce lointain passé, où elle pouvait encore sentir sa fille bouger en elle, elle s'était demandé si elle devait lui en parler. Qu'il se soit ou non intéressé à elle uniquement pour son argent, c'était son enfant. Il n'était peut-être pas l'homme qu'elle croyait, mais il méritait de connaître la vérité. Au bout du compte, la petite était partie sans lui laisser le temps d'informer River de son existence. Et quel intérêt aurait-elle eu à lui en parler, après cela ? Cela n'aurait été pour lui qu'une souffrance inutile. Et même si elle n'avait aucune envie de l'admettre, elle l'aimait toujours. Et ne pouvait donc pas lui faire de mal volontairement.

Aussi avait-elle tenu sa langue. Regardé vers l'avenir. Et essayé d'oublier.

— Je suis désolée, dit-elle à sa fille, alors que ses yeux s'emplissaient à nouveau de larmes. Tu n'aurais pas dû endurer ça. Tu méritais de vivre. D'être aimée. Tout comme moi. Mais j'ai tout raté.

- 6 -

Pas un mot. Pas un seul mot en deux semaines. Même pas pour évoquer leur projet ! Le terrain avait été acheté et nivelé, les fondations avaient été creusées, le gros œuvre avait été commencé. Mais Morgan ne lui avait pas adressé la parole depuis qu'elle s'était enfuie en courant cet après-midi-là.

À présent qu'il avait passé les portes de Steele Tools, River se demandait s'il devait monter dans son bureau pour se confronter à elle. Il fallait qu'il lui parle de sujets d'ordre professionnel, mais il aurait très bien pu le faire par mail. En réalité, s'il était là, c'était pour des raisons personnelles.

Elle était partie. Au beau milieu de… Au pire moment pour partir. Sans explications, sans rien. Elle avait déjà quitté sa vie une fois sans un mot. Il ne la laisserait pas faire une deuxième fois. Si elle ne voulait pas de lui, si elle avait des regrets, elle allait devoir le lui dire en face, sans intervention de son papa.

Il resserra sa cravate, et il était sur le point d'avancer vers l'ascenseur quand il entendit un bruit étrange. Un bruit qui évoquait un cri étranglé. Il s'attendait à voir Morgan, mais quand il se retourna, il fut surpris. Ce n'était pas elle, mais son père, Trevor Steele.

Il crut que celui-ci allait donner de la voix. Comme il l'avait fait quand il était venu lui arracher sa femme dans son lit dix ans plus tôt. Mais il se contenta de le dévisager d'un air mauvais.

River n'avait plus le même âge, cependant. Et Steele lui paraissait bien moins intimidant que par le passé. Aussi lui sourit-il en lui tendant la main pour le saluer.

— Monsieur Steele ! Ravi de vous revoir.

Ignorant sa main tendue, le père de Morgan étrécit les yeux.

— Qu'est-ce que vous faites là ? siffla-t-il d'une voix si basse que River eut peine à l'entendre.

Ce fut alors qu'il se souvint de ce que Morgan lui avait dit sur ses parents. Ils détestaient le scandale. Steele avait sans doute envie de lui taper dessus avec sa sacoche, mais il ne le ferait pas, pour ne pas se donner en spectacle.

— Vous n'êtes pas au courant, monsieur ? Ma société travaille avec la vôtre pour le projet social de construction de maisons.

Le visage de Steele se fit plus dur encore.

— Est-ce à l'initiative de ma fille ? demanda-t-il d'une voix glaciale.

— Absolument pas. Si j'ai bien compris, ma société a été sélectionnée parmi d'autres par l'un de vos fils.

Amusé, River sourit. Malheureusement pour Steele, le culte du secret n'avait pas que des avantages.

— Je ne suis pas surpris d'avoir été choisi, reprit-il. J'ai suivi votre conseil en faisant bon usage du pot-de-vin que vous m'avez laissé. Et j'ai assez bien réussi.

— Pot-de-vin ? répéta Steele d'un air consterné en jetant des coups d'œil anxieux autour de lui. Baissez le ton quand vous proférez ce genre d'accusations mensongères. Ce n'était absolument pas ça.

Croisant les bras sur son torse, il contempla pensivement le vieil homme.

— Alors comment appelleriez-vous le fait de me payer pour ne plus jamais revoir votre fille, monsieur ?

— J'appellerais ça « amortir le coup ».

Cette justification fit rire River. *Tu ne peux pas avoir ma fille, mais voici cent mille dollars pour te dédommager, mon grand.*

— C'est ce que vous vous êtes dit pour pouvoir dormir sur vos deux oreilles ?

— Je dors très bien, je vous remercie. Ou du moins était-ce le cas tant que je pensais vous avoir définitivement éliminé de la vie de ma fille.

— Rassurez-vous pour votre précieuse fille. Je ne fais plus partie de sa vie, dit-il avec une amertume qu'il ne put dissimuler.

Il ne savait toujours pas ce qui avait poussé Morgan à fuir et à garder le silence pendant deux semaines, mais il était bien décidé à le découvrir. Encore fallait-il que les vigiles ne le jettent pas dehors sans lui en avoir laissé l'occasion…

— Très bien. Pourvu que ça dure.

Tournant les talons, Steele fit mine de s'en aller.

— Évidemment, elle ne sait pas la vérité, dit River d'une voix sonore.

À ces mots, Steele s'immobilisa puis se tourna lentement vers lui.

— Quelle vérité ?

— Je n'en suis pas tout à fait sûr, mais elle a l'air de beaucoup m'en vouloir à cause de cette histoire d'argent. Presque comme si c'était mon idée.

Steele s'était raidi. River avait donc vu juste : il avait menti à sa fille. Il venait de le démasquer.

— Au départ, reprit-il, j'ai pensé qu'elle était peut-être en colère contre moi juste parce que j'avais pris l'argent que vous m'aviez proposé. Pour tout vous dire, j'ai hésité à l'accepter. C'était malhonnête, mais d'un autre côté, je n'avais plus rien. Ceci étant, maintenant que je vous vois en face, je crois comprendre le véritable problème. Elle pense que c'est moi qui vous ai demandé de l'argent pour disparaître. Et du coup, elle croit que je ne me suis jamais intéressé à elle que pour son argent.

Plissant les yeux, Steele croisa les bras sur son torse.

— Vous avez pris cet argent et vous avez disparu, River. Les conclusions qu'elle a tirées me paraissent logiques, compte tenu des circonstances.

— Non, fit River en secouant la tête. Non, si elle pense ça, c'est parce que c'est la version que vous lui avez donnée. Vous lui avez menti en lui disant que j'avais exigé cet argent en échange de mon accord pour l'annulation. Vous vous êtes dit qu'il vous serait plus facile de l'éloigner de moi si elle pensait que je n'étais qu'un pauvre type qui essayait d'extorquer de l'argent aux riches. Si j'étais comme ça, je ne pouvais pas l'aimer vraiment, non ?

L'air las, Steele baissa les yeux vers sa montre et haussa les épaules.

— Si c'est ce que vous avez envie de croire… Je veux dire, si ça peut vous consoler de l'avoir perdue, ça ne me gêne pas.

— Je dois lui dire la vérité. Elle mérite de savoir que vous lui avez menti pour nous séparer.

— J'ai un rendez-vous important. Je n'ai pas le temps de bavarder avec vous, River. Mais écoutez-moi, dit-il en se penchant vers lui. N'essayez pas de déterrer le passé. Il a fallu à Morgan des années pour se remettre de tout ça. Beaucoup d'eau a coulé sous les ponts depuis, et à ce que je peux en voir, vous vous en êtes tous les deux bien sortis. J'espère simplement que vous vous montrerez l'un comme l'autre intelligents et que vous ne jouerez pas avec le feu. Vous n'avez rien à gagner à rouvrir les vieilles plaies du passé. Ou rien d'autre que de la souffrance. Au revoir, monsieur Atkinson.

Sur ces dernières paroles, Steele s'en alla sans se retourner, laissant River seul dans le grand hall pavé de marbre.

Il y avait sans doute une certaine sagesse dans les paroles du vieil homme. Les choses étaient peut-être mieux ainsi, mieux valait peut-être ne pas y toucher. Mais la situation pouvait aussi s'améliorer si tout le monde connaissait la vérité. Ce n'était pas sûr, cependant. Tout allait dépendre de Morgan.

Prenant une profonde inspiration, il avança vers l'ascenseur.

À bout de nerfs, Greg Crowley poussa la porte de la maison de son père. Il avait encore passé la journée à chercher du travail au noir en ville et rentrait avec exactement vingt dollars en poche. Très loin de l'image qu'il s'était faite de sa future vie quand il avait obtenu ces dix millions de dollars, environ un mois plus tôt.

Après avoir déposé son vieux sac à dos élimé dans la cuisine, il entra dans le séjour. Assis dans son fauteuil, son père regardait la télévision. Il n'avait fait quasiment que ça depuis la mort de la mère de Greg et de Nancy, vingt ans plus tôt. Regarder la télévision et toucher sa retraite.

C'était un journal télévisé et, pour ne pas changer, il était question du kidnapping de la fille Steele. On ne parlait que de ça aux informations locales. Ou du moins était-ce l'impression qu'il avait. En tout cas, cela le rendait nerveux.

— Éteins ce truc, papa. Je n'ai pas envie d'entendre parler des problèmes d'une pauvre petite fille de riche.

— Si tu veux, ouais, répondit son père, sans néanmoins bouger d'un pouce.

Excédé, Greg alla se chercher une bière dans la cuisine et s'enferma dans sa chambre. La chambre qu'il avait occupée durant son enfance. Et qui n'avait pas changé depuis. Même décoration, même lit délabré qui, avec le temps, était devenu plus inconfortable encore. Retourner vivre chez son père n'était pas l'idéal, mais il n'avait aucun autre point de chute. C'était le seul endroit où il se sentait en sécurité, désormais.

Tout ça à cause de Buster.

Greg avait sans doute été naïf. Mais il connaissait Buster depuis plus de trente ans. Leur amitié semblait solide et fiable, même s'ils avaient pour point commun d'être tous deux des criminels. Mais selon toute vraisemblance, il s'était trompé sur son ami et complice. Après avoir récupéré la rançon de Jade Nolan, Buster avait insisté pour qu'ils se séparent quelque temps. Mais quand Greg était allé le retrouver dans sa planque une semaine plus tard, il s'était aperçu qu'il avait déserté les lieux depuis longtemps, en emportant l'argent de la rançon. Tout l'argent.

Au départ, Greg ne voulait même pas s'engager dans cette histoire. C'était Nancy et Buster qui avaient tout manigancé à l'époque où ils vivaient ensemble. Un soir, en rentrant du travail, sa sœur avait informé Buster que Patricia Steele avait été admise à la maternité pour de fausses contractions. Ils en avaient déduit qu'elle reviendrait bientôt pour mettre au monde son enfant. Ce qui leur laissait juste assez de temps pour échafauder un plan. Kidnapper le bébé des Steele aurait été risqué. Comme l'un de leurs fils aînés avait déjà été enlevé quelques années plus tôt, l'enfant à naître serait sans doute étroitement surveillé par des nourrices, voire des gardes du corps. Il avait donc fallu réfléchir à une autre approche, et Buster avait fini par trouver.

La manœuvre paraissait simple. Échanger des bébés. Envoyer celui des Steele chez un couple qui ne se douterait de rien. Et dont la demeure ne serait pas équipée de caméras, alarmes et autres personnes payés pour surveiller l'enfant vingt-quatre heures sur vingt-quatre. Ne leur resterait plus qu'à kidnapper le bébé chez le couple lambda et à appeler les Steele pour les informer de l'échange et leur demander une rançon.

Un moyen sûr d'engranger de l'argent. Tout se finirait bien pour tout le monde. Personne ne serait blessé. Le bébé serait rendu sain et sauf, les parents récupéreraient leurs enfants respectifs, et l'argent des Steele permettrait à Greg, Buster et Nancy de se ranger et de commencer une nouvelle vie.

L'ouragan Hugo ne faisait pas partie du plan, mais il leur avait facilité la tâche. Grâce au chaos qu'il avait généré, Nancy n'avait eu aucun mal à échanger les bracelets d'identification des bébés. Elle avait accès aux coordonnées du couple qui allait repartir avec le bébé des Steele. Tout s'était passé aussi bien qu'ils l'avaient espéré. Mais soudain…

Greg n'aurait jamais imaginé que les choses puissent si mal tourner. Notamment parce qu'il n'avait pas pris toute la mesure du problème d'alcoolisme de sa sœur. Et moins encore de l'état de dépression dans lequel elle s'était enfoncée. Elle dissimulait très bien tout cela derrière sa façade joviale. Mais brutalement, elle avait mis fin à ses jours, emportant dans sa tombe le secret de l'identité du second couple.

Quand Nancy avait été enterrée, Greg avait pensé,

ou du moins espéré, que les choses s'arrêteraient là. Ses parents ne s'étaient jamais remis de la disparition de leur fille. Le chagrin avait fini par venir à bout de sa mère. Quant à Greg, il avait essayé de tourner la page et de laisser son passé criminel derrière lui. Et il avait réussi. Grâce à ses efforts, il avait fini par se trouver un emploi stable, un bel appartement et même une petite amie avec qui il sortait dîner de temps en temps.

Mais un beau jour, Buster avait débarqué chez lui avec un article de journal traitant d'un échange de bébés qui avait eu lieu à la maternité trente ans plus tôt. Ils avaient enfin la pièce manquante du puzzle : Jade Nolan, l'héritière des Steele. Buster était convaincu qu'il s'agissait là de leur dernière chance d'être récompensés de leurs efforts. Mais Greg n'était pas très enthousiaste. Il aurait préféré que cette femme se taise et abandonne ses recherches. Pour l'y encourager, il lui avait envoyé une lettre de menaces et était même allé jusqu'à saccager sa maison dans le but de l'intimider.

Mais comme toujours, Buster avait obtenu gain de cause. Greg avait démissionné pour l'aider à mettre en œuvre son plan. À en croire Buster, son emploi ne lui servirait plus à rien. Il n'aurait plus besoin de travailler quand il serait riche, non ? Quoi qu'il en soit, ils avaient fini par kidnapper la fille Steele et, pour une fois dans sa vie, Greg était presque certain que tout se finirait bien.

Mais à présent, assis sur son lit dans sa chambre d'enfant, la seule impression qu'il avait était celle d'avoir raté sa vie. Tous ses espoirs, tous ses rêves lui avaient été arrachés. Par Nancy. Par Buster. Et même par ces bébés échangés à la maternité. Mais il ne pouvait en vouloir à aucun d'entre eux. En tout cas ni à Nancy ni à Buster. Sa sœur était morte et enterrée, Buster avait disparu. Il était trop tard pour ça.

Cependant, il n'était pas trop tard pour se venger de la famille Steele. Ces prétentieux se pavanaient en ville en exposant leur fortune et leurs privilèges, comme pour mettre les gens au défi de leur en voler des miettes, mais si quelqu'un tentait de le faire, ils l'écrasaient comme une mouche.

Pendant un temps, Greg avait pensé pouvoir repartir de zéro. Reprendre son travail, rappeler sa petite amie. Mais plus il y réfléchissait, plus il lui semblait qu'il était trop tard. Il avait cinquante-cinq ans, était sans emploi et sans le sou, et vivait chez son père. Il n'avait rien à proposer et plus rien à perdre.

Ce qui le rendait particulièrement amer et haineux.

En relevant les yeux de son écran d'ordinateur, Morgan trouva River sur le pas de sa porte. Décontenancée, elle resta quelques instants interdite, à se demander où était passée sa secrétaire, avant de se souvenir qu'elle avait quitté le bureau en début d'après-midi à cause d'un rendez-vous médical.

Évidemment.

— Tu n'as pas l'air contente de me voir, dit-il en refermant la porte derrière lui. Ceci étant, ça ne m'étonne pas vraiment, vu que ça fait deux semaines que tu te caches.

— Je ne me cache pas. J'étais… occupée.

C'était une excuse lamentable, mais sur le moment, elle n'avait rien trouvé de mieux à lui répondre. Dans un soupir, elle se leva pour le rejoindre. Elle espérait pouvoir l'intercepter avant qu'il se mette à l'aise dans l'un des fauteuils, mais nonchalamment, il s'adossa à la table de conférences. Croisant les bras, il se mit alors à l'observer en plissant les yeux.

— Occupée ? Je dirais occupée à tout faire pour éviter de parler de ce qui s'est passé.

Pour mieux réfléchir à la réponse qu'elle allait lui apporter, elle baissa les yeux. Elle ne pouvait pas lui dire la vérité, mais d'un autre côté, elle n'arrivait pas à trouver de bonne excuse.

— Je suis désolée, finit-elle par dire. C'était impoli de ma part.

— Impoli ? répéta-t-il en riant. Ce n'est pas le mot que j'aurais employé pour m'avoir laissé dans cet état d'excitation. Tu sais, quand j'étais plus jeune, les filles qui agissaient comme ça, on les appelait des allumeuses.

Vexée, elle secoua la tête.

— Tu as toujours été aussi grossier ? C'est curieux que je ne l'aie pas remarqué plus tôt.

— Je ne pense pas, non. Mais j'avais moins de colère en moi, dans le passé. Je n'avais pas encore rencontré ton père, naturellement, donc, l'idéalisme de ma jeunesse était toujours intact. Mais je viens de tomber sur lui dans le hall. Apparemment, tu avais raison, il ne savait pas que je travaillais avec toi sur le projet de construction. Il a eu l'air ravi de me voir, conclut-il avec un brin d'ironie dans la voix.

Elle avait espéré que son père n'interfère pas dans la relation nouvelle qu'elle avait nouée avec lui, mais apparemment, le destin en avait décidé autrement. Elle allait entendre parler de ça plus tard, elle n'avait aucun doute là-dessus. Mais pour l'heure, elle avait d'autres problèmes à régler.

— Je ne lui en ai pas parlé. Ça ne me semblait pas être une bonne idée. Les contrats étaient de toute façon déjà signés. Et comme il n'était pas impliqué dans le projet, j'ai pensé que ce n'était pas utile. Quant à mes frères, je ne me voyais pas leur expliquer qu'il y avait un problème sans leur en dire plus qu'ils n'ont besoin de savoir.

— Ta famille et ses secrets… Ce n'est pas très sain, tu sais ?

Tout en haussant les épaules, elle s'assit sur la table à côté de lui. Elle n'aurait peut-être pas dû se tenir si près de lui, mais c'était toujours mieux que de le regarder dans les yeux. Car quand elle le voyait ainsi, elle était tentée de lui dire tout ce qu'elle savait, et c'était là un risque qu'elle ne pouvait pas courir.

— Je ne pense pas qu'on ait plus de secrets qu'une autre famille. La différence, c'est que les nôtres sont de plus grande ampleur que la plupart. Plus dramatiques. J'imagine que ça vient de notre milieu.

— Tu veux dire de l'argent.

De nouveau, elle haussa les épaules.

— L'argent ne fait pas le bonheur, comme on dit. Mais il doit sûrement faire des secrets.

L'air las, il soupira. Après quoi il garda le silence une bonne minute.

— Qu'est-ce qui s'est passé dans la maison à vendre ? finit-il par demander d'une voix douce.

Il y avait tellement de choses qu'elle aurait pu dire. Qu'elle aurait dû dire. Et pourtant, elle ne parvint à formuler aucune d'entre elles à voix haute. Plus tard, peut-être. Quand les maisons seraient bâties, quand leur projet serait terminé, peut-être réussirait-elle à lui parler de Dawn. Si oui, il lui en voudrait à mort, il la détesterait. Ce qui aurait au moins l'avantage de faciliter leur séparation.

Du revers de la main, il effleura ses doigts et, au même instant, elle oublia tout. Malgré tous ses efforts pour le réprimer, elle sentit un délicieux frisson courir le long de son dos. Tôt ou tard, il allait falloir qu'elle se rende à l'évidence : il y avait entre eux quelque chose qui ne pouvait être ignoré.

— J'ai eu peur, finit-elle par dire.

Ce qui avait au moins le mérite d'être la vérité.

— De moi ?

Cette question la força à se tourner vers lui pour le regarder. Il y avait dans ses yeux sombres de la tristesse. Elle l'avait blessé quand elle l'avait fui, ce jour-là. Ce n'était pas son intention, mais le résultat était là. Cela lui avait sans doute rappelé de mauvais souvenirs, notamment celui de cette nuit où elle l'avait quitté, dans ce lointain passé. Sauf que cette fois-ci, c'était son choix à elle, et non celui de son père.

— Bien sûr que non, répondit-elle avec emphase. J'ai eu peur de ça. De nous. Cette chose qu'il y a entre nous. Je pensais qu'après tout ce temps ça se serait atténué, mais ce n'est pas le cas. Alors j'ai fui.

Pour ne pas avoir à affronter son regard qui semblait percer toutes ses faiblesses, elle fixa le sien sur son nœud de cravate. Au bout d'un temps, cependant, il posa doucement la main sur sa joue pour l'obliger à lui faire face.

— Tu n'es pas la seule à ressentir les choses de cette façon, affirma-t-il.

Et sans lui laisser le temps de réfléchir à la signification de ces paroles, il joignit ses lèvres aux siennes. Instinctivement, elle se serra contre lui pour retrouver le réconfort que lui apportait toujours la chaleur de ses bras. Plus jeune, elle se sentait toujours en sécurité entre ses bras. Quand elle avait perdu Dawn et que tout son univers s'était effondré autour d'elle, elle avait eu envie de cela plus que tout, mais c'était là la seule chose qu'elle ne pouvait avoir. Toutefois, elle était libre, à présent. Même si elle ne pourrait sans doute pas profiter de ce plaisir bien longtemps.

— River ? murmura-t-elle en s'écartant doucement de lui.

Comme si elle venait de lui infliger une souffrance physique, il grimaça.

— Tu ne vas pas t'enfuir, n'est-ce pas ? Je ne suis pas sûr de pouvoir supporter ça encore une fois.

— Non. Mais il y a quelque chose dont je voudrais te parler avant que les choses aillent plus loin.

— Je t'écoute.

Du bout de ses doigts, il caressait sensuellement la courbe de ses hanches, ce qui ne l'aidait pas vraiment à se concentrer sur la conversation.

— C'est juste que… Eh bien… Je préférerais que personne ne soit au courant de ça. Ce qu'il y a entre nous. Si quelqu'un l'apprend, tout sera gâché, j'en suis certaine. Et je préfère m'arrêter là plutôt qu'avoir une relation avec toi qui tourne court, encore une fois. Quoi que l'on décide de faire, est-ce qu'on pourrait le garder pour nous ?

Tout en soupirant, il s'écarta doucement d'elle. Sa déception était presque palpable.

— Génial. Encore un secret de Steele.

— Il ne s'agit pas de garder un secret, mais de ne pas laisser d'influences extérieures interférer dans notre relation. J'ai envie de toi. Tu as envie de moi. C'est aussi simple que ça. Nous ne recherchons rien d'autre qu'un peu de plaisir et de réconfort. Peut-être un moyen de tourner la page. Mais je ne veux pas que cela ait un impact sur nos projets professionnels. Garder les choses entre nous est le meilleur moyen de s'en préserver. Pas de drame, pas de scandale… Pas de quoi donner à papa des raisons de s'inquiéter. Juste de bons moments entre nous pour le temps que ça durera.

— Et après la cérémonie de remise des clés ?

Doucement, elle dégagea une mèche de cheveux de son visage. Cet événement, au cours duquel ils donneraient aux nouveaux résidents les clés des logements, marquerait la fin de leur projet. Un moment qui aurait sans doute pour elle une saveur douce-amère.

— Après la cérémonie, je pense que le mieux serait que je retourne à Washington et que tu restes ici. C'était ce qui était prévu, non ?

— Si, répondit-il.

Mais elle eut le sentiment qu'il n'était pas satisfait de cet arrangement.

En voulait-il davantage ? Aspirait-il à une véritable relation ? Ne comprenait-il pas que c'était impossible ? Ce serait pour eux un chemin jonché d'obstacles, un combat de tous les instants, et à un moment ou un autre, quelque chose viendrait une nouvelle fois les séparer, il ne pouvait en être autrement. Ils n'avaient aucun intérêt à envisager une relation à long terme.

— Tu as envie de moi, non ? demanda-t-elle.

— Comme tu peux le constater, répondit-il en prenant ses fesses entre ses mains pour l'attirer contre son sexe dur.

— Alors, quel est le problème ? Je pensais que tu serais content. Une aventure sans attache avec une femme pour laquelle tu éprouves une attirance puissante. Ça me semble être un bon arrangement, notamment pour deux personnes qui travaillent trop pour envisager quelque chose de plus compliqué.

— Ce n'est pas ça. Cet arrangement me convient. Je voudrais juste savoir ce qui a changé.

Prise de court, elle s'écarta de lui pour mieux le regarder.

— Comment ça ?

— La dernière fois que nous nous sommes vus, tu es pratiquement partie en courant. Tu m'as dit que tu avais peur de ce qu'il y avait entre nous, et maintenant, c'est à peine si tu ne te jettes pas dans mes bras. Qu'est-ce qui a changé ? C'est le secret qui te rend plus à l'aise ? Tu as honte que les gens sachent que nous sommes ensemble ?

— Bien sûr que non. Ça n'a rien à voir.

Tendrement, elle caressa sa joue dont l'aspect, légèrement rugueux, lui donna de délicieux frissons. Cette barbe naissante ne faisait que lui rappeler qu'il n'était plus le garçon qu'elle avait jadis aimé. C'était un homme, à présent. Un homme dont elle avait désespérément envie, malgré toutes ses bonnes résolutions. Elle avait passé deux semaines à réfléchir à un moyen d'aller de l'avant et d'obtenir ce qu'elle voulait de lui sans lui révéler son secret. Et la meilleure solution qu'elle avait trouvée était de dissimuler certaines parties de son corps pour qu'il ne soit pas tenté de poser des questions. À l'aide de lingerie fine, de lumière tamisée, ou en restant en partie habillée, peu importait. Son plan fonctionnerait. S'il acceptait d'entrer dans son jeu.

— Peu importe pourquoi j'ai changé d'avis. L'essentiel, c'est que je l'aie fait, non ?

Espérant ainsi faire taire ses objections, elle lui adressa son regard le plus séducteur.

Et comme elle l'avait espéré, il finit par céder.

— Tu as sûrement raison. J'imagine que je devrais juste me taire, remercier le ciel et profiter de cette belle chance qui se présente à moi. Mais j'ai parfois tendance à trop réfléchir.

Prenant son visage entre ses mains, elle plongea le regard dans les profondeurs obscures du sien.

— Ce qui compte, c'est que j'ai envie de toi, River. À chaque fois que j'essaie de m'en dissuader, à chaque fois que j'essaie de nier mes besoins, je ne fais en réalité que renforcer mon désir pour toi. Ce qui a changé, c'est que j'ai compris que je ne pouvais plus te fuir. À mon sens, donc, il ne nous reste plus qu'une chose à faire.

— Qui est ?

— Fermer le verrou de cette porte.

- 7 -

Appuyée à la table de conférence, un sourire malicieux aux lèvres, Morgan regarda River se précipiter vers la porte pour en tirer le verrou. C'était le moment qu'ils avaient tous deux tant attendu. Elle avait essayé de refouler ses désirs et de se défiler, mais à l'évidence, River ne la laisserait pas l'éviter plus longtemps. La seule solution était de céder à leurs désirs respectifs. Et elle savait qu'elle pouvait le faire sans susciter la moindre interrogation de sa part.

Son bureau, bien clos et isolé de celui des autres cadres, occupait tout le dernier étage. Elle n'avait aucun rendez-vous ce jour-là, et son assistante avait pris son après-midi. Quant aux fenêtres, elles étaient beaucoup trop hautes pour que qui que ce soit puisse voir ce qui allait se passer. C'était le lieu idéal pour enfin se laisser aller.

À son retour, il s'arrêta juste devant elle et laissa son regard, viril et appréciateur, glisser sur son corps. Elle était immobile et n'avait aucune intention de bouger. Cette table, en bois massif, semblait tout à fait en mesure de supporter le poids de leurs deux corps mêlés. Et pour cette première fois, elle avait envie de quelque chose de bestial et passionné.

Elle n'avait rien prévu de tout cela, mais son chemisier, et surtout sa jupe crayon taille haute, se prêtaient parfaitement à la situation. Elle pourrait se contenter de remonter la jupe, ce qui lui permettrait de dissimuler tous les endroits qu'elle ne voulait pas qu'il voie.

Son regard était toujours fixé sur elle, mais il semblait hésiter. C'était compréhensible, après la façon dont elle s'était enfuie la dernière fois. Cependant, elle n'avait aucune intention de recommencer. Et elle voulait que les choses soient claires sur ce point. Aussi prit-elle l'initiative de passer les bras autour de son cou pour l'attirer contre elle. En le fixant, elle lui adressa alors un sourire séducteur.

— J'ai envie de toi, River. Ici, maintenant.

Cela sembla suffire à dissiper ses derniers doutes. Car aussitôt, il se mit en action. D'un geste preste, il repoussa sur le côté un tas de dossiers. Après quoi il l'attrapa fougueusement par la taille pour la faire asseoir sur la table comme si elle n'était pas plus lourde qu'une plume. Fermant les yeux, elle savoura les douces sensations qui déferlèrent sur elle quand elle sentit ses mains brûlantes glisser le long de ses jambes pour faire remonter sa jupe. Alors, elle écarta les cuisses pour le laisser s'immiscer entre elles.

— C'est bien ce que tu voulais ? demanda-t-il en prenant ses fesses entre ses mains pour la serrer fort contre son sexe dur qu'elle sentait palpiter de désir sous son pantalon.

Tout en poussant un doux gémissement, elle enroula les jambes autour de sa taille.

— C'est encore mieux que ce que j'avais espéré.

Ivre de désir, elle se pencha vers lui pour l'embrasser, et au moment où ses lèvres rencontrèrent les siennes, ce fut comme si un barrage venait de céder, libérant un véritable déferlement de passion. Ils s'étaient retenus pendant trop longtemps. Cette fois-ci, il n'y aurait pas d'interruption, pas de changement d'avis. Tous les désirs et toutes les émotions qui n'avaient fait que grandir au cours des quelques semaines passées, voire au cours des dix années passées, avaient été libérés. Frénétiquement, ils se caressaient l'un l'autre, défaisant boutons et agrafes, écartant coton et soie, pour se retrouver enfin peau contre peau.

Elle avait désespérément envie de lui. Le parfum chaud et boisé de sa peau, la chaleur de ses mains qui glissaient sur son corps, les doux rugissements de plaisir qui s'échappaient de sa bouche virile… Tout cela lui rappelait quantité de souvenirs qui ne faisaient que l'exciter davantage. Souvenirs des nuits qu'ils avaient passées ensemble. De la passion qu'il lui inspirait alors et qu'il continuait de lui inspirer. La rapidité avec laquelle ces émotions étaient revenues malgré les années qu'elle avait passées à les refouler avait presque quelque chose d'effrayant. Tout bien considéré, la nature temporaire de leur arrangement serait peut-être plus difficile à respecter que prévu. Elle avait envie de lui, certes, mais elle ne pouvait pas se laisser aller à l'aimer. Notamment parce qu'il ignorait la vérité.

Le sentant remonter sa jupe un peu plus haut, elle finit par écarter ses lèvres des siennes.

— Ça devrait suffire, murmura-t-elle contre sa bouche. Nous sommes tout de même dans mon bureau, ajouta-t-elle, comme si son hésitation était due à la crainte d'être surprise nue alors qu'il s'agissait surtout de protéger son corps de son regard dans la lumière crue de ce bel après-midi ensoleillé.

Il hocha la tête et, laissant la jupe où elle était, s'attaqua à sa culotte en dentelle noire, qu'il fit impatiemment glisser le long de ses cuisses avant de la faire passer par-dessus ses escarpins à talons hauts.

Quand il se redressa, il poussa un rugissement de désir en observant son sexe humide et brûlant désormais exposé à son regard. Elle devait lui offrir un spectacle excitant, avec son chemisier déboutonné, son soutien-gorge exposé et sa jupe remontée sur ses hanches. En tout cas, à en juger par le regard intense qu'il portait sur elle, on aurait pu croire qu'elle était la plus belle femme qu'il ait jamais vue.

Elle se sentait sexy et désirable comme cela avait rarement été le cas. Cela faisait bien longtemps que personne ne l'avait regardée avec un tel désir. Qu'elle n'avait pas laissé quelqu'un la regarder avec un tel désir. Les murs qu'elle avait érigés autour d'elle après tout ce qui s'était passé étaient solides. Malgré son statut de riche héritière, qui devait la rendre attirante, peu d'hommes avaient essayé de percer ses défenses. Et ceux qui l'avaient fait avaient pour la plupart abandonné avant d'avoir atteint leur objectif. Ce qui ne l'avait cependant pas vraiment dérangée, dans la mesure où cela lui avait épargné la déception de découvrir qu'ils ne s'intéressaient à elle que pour son argent.

Mais River, lui, n'avait pas hésité une seule seconde à escalader ces murs, et au fond d'elle, elle l'aimait pour l'intrépide courage dont il avait fait preuve avec elle.

Jusqu'ici.

Car à présent, son manque d'assurance commençait à l'inquiéter. Elle s'était attendue à ce qu'il se jette sur elle pour la dévorer de baisers, mais il s'était immobilisé et se contentait désormais de la regarder.

— Je n'ai pas changé d'avis, River. Je suis prête.

Tout en hochant la tête, il sourit. Après quoi il déposa un doux baiser sur ses lèvres.

— Moi aussi. Plus que jamais. J'avais juste envie de graver cette vision dans ma mémoire. Mais maintenant, passons aux choses sérieuses.

Rapidement, il sortit de la poche arrière de son pantalon un portefeuille, dont il tira un préservatif. Gardant le sachet dans une main, il jeta impatiemment le portefeuille par terre.

Il s'en était souvenu, cette fois-ci. Contrairement au soir de leur nuit de noces, où il avait oublié d'en acheter. Ils étaient tellement pressés de vivre cette aventure que certains détails avaient échappé à leur attention. Mais comme ils étaient officiellement mariés, ils s'étaient dit que, pour cette fois, ils pouvaient s'en passer. Cela avait été une terrible erreur. Peu de temps après le décès de Dawn, Morgan s'était fait poser un stérilet. Elle ne voulait plus jamais se retrouver dans cette situation.

Naturellement, il ignorait tout cela. Mais avec le temps, il avait dû apprendre à se montrer plus prudent et plus prévoyant. S'étant glissé entre ses cuisses, il avait posé le préservatif sur la table, juste à côté d'elle. Un bras derrière son dos, il l'aida à s'allonger et se pencha doucement au-dessus d'elle pour finir de déboutonner son chemisier. Alors, fougueusement, il se mit à lui caresser les seins, ne s'arrêtant que pour déposer un fiévreux baiser sur son sternum. La chaleur des caresses de River changeait son sang en lave et se diffusait dans ses veines au rythme effréné des battements de son cœur.

Contre la surface froide de la table, elle gémissait de plaisir, ondulait instinctivement des hanches. Elle brûlait d'envie de se sentir enveloppée par la chaleur de son corps pour faire disparaître cette sensation de froid contre son dos, mais il semblait prendre un malin plaisir à la torturer. Quand elle sentit ses doigts s'enfoncer dans la chaleur humide de son sexe, elle oublia tout. Dans son esprit, il n'y avait plus rien d'autre que les vagues de plaisir qui déferlaient sur son corps. Instinctivement, elle se cambra, s'accrocha au rebord de la table. Elle ne pourrait pas refréner son désir, cette fois-ci. De toute façon, son corps l'avait déjà trahie. Il l'avait à peine touchée, et elle était déjà au bord de l'orgasme.

Au bout de quelques instants, elle le sentit s'écarter à nouveau d'elle. L'ayant entendu défaire sa ceinture, elle ouvrit les yeux juste au moment où il baissait sa braguette. Après avoir enfilé le préservatif sur son sexe long et dur, il la prit fougueusement par les hanches et, le regard fixé sur le sien, s'enfonça doucement en elle. Sentir son sexe en elle était un plaisir qui lui avait manqué pendant tellement longtemps. Elle arrivait à peine à croire qu'elle avait de nouveau la chance d'y goûter. Combien de nuits solitaires avait-elle passées à rêver de ses baisers, de ses caresses, et à s'en vouloir ensuite d'aimer toujours l'homme qui l'avait quittée et trahie ? Elle avait envie de se pincer pour vérifier si c'était bien vrai.

Ivre de désir, elle se redressa, enroula les jambes autour de sa taille, les bras autour de son cou. Elle voulait être aussi proche de lui qu'elle pouvait l'être en cet instant. Appuyant ses seins couverts de satin contre les muscles durs de son torse, elle se pencha vers son cou pour lui murmurer tout le désir qu'elle avait pour lui avant d'embrasser délicatement le lobe de son oreille.

Il fut alors secoué de frissons, et elle le vit serrer les dents comme s'il luttait pour se contrôler. C'était une bataille perdue d'avance, pour elle comme pour lui. Ils avaient tous deux attendu ce moment trop longtemps pour se montrer patients. Fougueusement, il s'accrocha à son dos, l'attirant si près du bord de la table qu'elle serait sans doute tombée sans son soutien. Après quoi il cessa de se retenir et lui donna ce qu'elle réclamait. Il s'enfonçait et s'enfonçait encore en elle, allant et venant fort dans son corps brûlant de désir.

Il semblait savoir exactement de quoi elle avait besoin, et une fois encore, elle se retrouva au bord de l'orgasme. Accrochée à lui, haletante, elle murmurait des paroles d'encouragement contre son cou.

— S'il te plaît, souffla-t-elle quand elle se sentit prête à venir.

Et il réagit aussitôt.

Appuyant ses doigts contre ses hanches, il accéléra encore la cadence jusqu'à ce que ses jambes se mettent à trembler. Elle sentit alors ses muscles se tendre puis fondre dans une explosion de sensations aussi intenses que voluptueuses. Si elle ne s'effondra pas, ce fut uniquement grâce à lui, qui la tint serrée contre son torse jusqu'à ce que les dernières vagues orgasmiques s'abattent sur elle. Ce ne fut qu'à ce moment-là, quand elle cessa de crier son plaisir, qu'il se laissa enfin aller. Il s'enfonça fort en elle et vint dans un grave rugissement de satisfaction. Après quoi, les yeux toujours fermés, il les attira tous deux vers le sol. Elle se retrouva alors blottie dans la chaleur réconfortante de ses bras, sur l'épais tapis d'Orient.

— Bien, dit le jeune homme en pivotant sur son fauteuil pour faire face à sa webcam, un morceau de réglisse coincé entre les lèvres. J'ai une bonne et une mauvaise nouvelle à vous annoncer, monsieur Dalton.

Assise derrière l'ordinateur avec Harley, Jade lui serra le bras un peu plus fort. Elle voyait bien qu'il n'aimait pas travailler directement avec son équipe technique de Virginie, préférant passer par l'intermédiaire de son bras droit, Isaiah Fuller, qui se trouvait hélas être très occupé par une autre affaire. Pas de tampon, donc, entre Harley et son équipe de geeks.

Ces personnes étaient censées être des experts, et pourtant, il leur avait fallu beaucoup plus de temps que prévu pour retracer le passé des deux principaux suspects, Gregory Crowley et Robert « Buster » Hodges. Et à présent qu'ils détenaient les informations dont River avait besoin, ils semblaient prendre plaisir à faire durer le suspense.

— Dis-moi juste ce que tu sais, Eddie, marmonna River en se pinçant l'arête du nez. Laisse tomber ta mise en scène.

Le sourire disparut du visage du jeune homme, qui se hâta de retirer de sa bouche le réglisse qui y pendait comme un cigare.

— Très bien. Alors à première vue, il n'y avait pas grand-chose d'intéressant. Je vous ai envoyé par mail les dossiers que j'ai pu constituer sur eux, et qui ne sont pas si mauvais que ça, somme toute. Pas beaucoup de pistes à suivre là-dedans. Le problème, c'est que vos deux types ont disparu de la surface de la terre après le kidnapping. Aucun ne se trouve à sa dernière adresse connue. Ils ne sont employés par aucune société payant des cotisations sociales. S'ils travaillent, c'est au noir.

— Si nous sommes sur la bonne piste, ce que je pense être le cas, ils disposent de dix millions de dollars qui nous appartiennent, à Steele et à moi. Pourquoi s'embêter à travailler quand on a ça ? Et leurs relevés de banque ? Aucune piste, de ce côté-là ?

S'éloignant un peu d'elle, Harley tira son téléphone de sa poche pour consulter le mail en question qu'il fit rapidement défiler tandis que son employé répondait à sa question.

— Pas pour Crowley. Il n'avait qu'un compte qui a été fermé peu de temps après le kidnapping pour cause de dépassement de découvert. Donc, soit il vit de l'argent du kidnapping et s'est offert une nouvelle identité sur le dark web, soit il est juste fauché et habite chez des amis ou dans un squat.

— Mais vous avez trouvé quelque chose pour Hodges ? demanda-t-elle dans l'espoir d'orienter la conversation vers une issue plus positive.

Il avait, après tout, promis une bonne nouvelle en plus de la mauvaise.

— Oui, répondit-il. Il n'a eu aucune activité bancaire récemment, mais il a acheté un billet d'avion quelques jours avant le kidnapping. J'imagine qu'il envisageait de s'enfuir avec l'argent si tout se passait comme prévu.

Elle sentit son cœur palpiter dans sa poitrine. C'était la première piste sérieuse qu'ils avaient, et elle était ravie d'apprendre cette nouvelle. Avec Harley, elle se sentait plus protégée qu'elle l'avait jamais été, mais l'idée que ses kidnappeurs soient toujours en cavale n'en demeurait pas moins agaçante.

— As-tu pu obtenir des informations sur ce billet ? demanda Harley.

— Ça a nécessité quelques magouilles, mais oui. D'après la compagnie aérienne, il a demandé un aller simple pour l'île de Cozumel, au Mexique. Il est parti le lendemain du jour où la rançon a été payée, après avoir remboursé son découvert et fait fermer son compte. La piste s'arrête net à ce moment-là.

— C'est un bon début, dit-elle, pleine d'espoir, en se tournant vers Harley.

Mais tout optimisme eut tôt fait de disparaître face à son expression renfrognée.

— C'est un début, mais avec ces dix millions de dollars à leur disposition, on va avoir du mal à aller plus loin. Comme l'a dit Eddie, ils pourraient avoir changé d'identités. Il suffit pour cela de deux faux permis de conduire. Je vais vérifier si nous avons des contacts en Amérique centrale qui pourraient nous aider en nous mettant en contact avec les autorités locales. C'est un lieu de résidence très populaire chez les expatriés… Il n'aura donc certainement pas eu de mal à se fondre dans la masse. Mais même si on retrouve Buster, on n'en aura qu'un sur deux.

— Tu ne penses pas qu'ils soient ensemble ? demanda-t-elle.

— Qui sait ? répondit-il en haussant les épaules. Si c'était moi, je prendrais ma part et je partirais aussi loin que possible de mon complice. Buster a commis l'erreur d'acheter son billet avec une carte de crédit, mais Greg a très bien pu payer en liquide un ticket de bus pour une destination opposée. Ce n'est pas parce qu'on en retrouve un qu'on retrouvera l'autre.

Il s'interrompit, se retourna vers l'écran.

— Recherchez toute trace de billet de transport qu'aurait pu prendre Greg. Même s'il a réglé en liquide, la compagnie doit avoir enregistré son dossier. Vérifiez les compagnies aériennes, mais aussi de bus et de train, au cas où. Et recherchez aussi des informations sur leurs proches. En lisant ton rapport, j'ai vu qu'ils avaient tous deux de la famille dans la région. Trouvez-moi leurs coordonnées. Il y a peu de chances pour qu'ils aient disparu sans avoir dit au moins à une personne où ils allaient.

— Ce sera fait, répondit Eddie en acquiesçant vivement. Autre chose ?

— Pas pour le moment.

L'image d'Eddie disparut de l'écran. Pleine d'espoir, elle se tourna vers Harley.

— C'est une vraie avancée, mon chéri. Je crois qu'on est sur la bonne piste.

Tout en soupirant, il se pencha vers elle pour déposer un baiser protecteur sur son front.

— On y vient. Lentement mais sûrement. Les gens qui t'ont fait du mal peuvent toujours essayer de fuir, mais ils ne pourront pas se cacher de moi bien longtemps.

— Où allons-nous ? lui demanda Morgan pour la dixième fois depuis qu'il était venu la chercher à son bureau.

Le regard toujours fixé sur l'autoroute, River sourit.

— Loin, comme je te l'ai dit quand je t'ai demandé de préparer tes bagages pour quelques jours.

— Ça ne m'aide pas beaucoup. Je n'ai pris des affaires que pour le week-end. Nous n'allons pas trop loin, j'espère ? Nous sommes en plein milieu de ce projet… Le moment ne me paraît pas spécialement bien choisi pour prendre des vacances.

Il se mit à rire, ce qui eut apparemment pour effet de l'agacer davantage.

— Je suis parfaitement conscient de nos responsabilités. Mais nous sommes à la veille d'un week-end de trois jours, et personne ne travaillera sur ce projet avant mardi, pas même toi ou moi. C'est pour cette raison que j'ai décidé de t'emmener dans ma villa de bord de mer. Pour qu'on puisse profiter au maximum du temps qu'il nous reste à passer ensemble.

L'air surpris, elle se tourna vivement vers lui.

— Je ne savais même pas que tu avais une maison au bord de la mer. Je pensais que tu n'avais que l'appartement en ville.

— Je ne t'aurais pas demandé de faire tes bagages pour passer le week-end dans mon appartement.

— Je ne sais pas, tu es compliqué, répondit-elle en se tournant vers la fenêtre, l'air embarrassé. Où se trouve ta maison ?

— Tu verras.

Sa réponse fut accueillie par un petit cri d'exaspération.

Depuis leurs premiers ébats dans son bureau quelques semaines plus tôt, ils s'étaient retrouvés dans son appartement tous les jours à l'heure du déjeuner. Comme il avait accepté de garder le secret sur leur relation, ils n'avaient pas beaucoup d'autres possibilités pour se protéger des regards indiscrets. Son appartement était proche de leur lieu de travail et disposait de tout ce dont ils avaient besoin pour ce qu'ils avaient à faire ensemble. Il ne pouvait donc pas se plaindre, mais pour ce week-end prolongé, il avait envie d'autre chose.

Il voulait l'emmener loin. Loin de tout ce qui pourrait l'empêcher de profiter pleinement de ce moment, à savoir, son travail et sa famille.

Pour quelque obscure raison, elle ne semblait avoir envie que de sexe intense et fougueux. C'était apparemment tout ce qu'elle avait à proposer. La semaine, ils avaient tous les midis des ébats passionnés, mais elle rentrait chez ses parents le soir et avait toujours des choses à faire le week-end, comme déjeuner avec ses parents biologiques ou rencontrer Jade pour se tenir au courant des avancées de l'enquête. Il comprenait parfaitement qu'elle souhaite passer du temps avec sa famille, mais quand ils se retrouvaient pendant leur pause déjeuner, elle voulait toujours que les choses soient rapides et l'éclairage limité. Parfois, ils se déshabillaient intégralement, parfois pas. Mais aussitôt qu'ils avaient terminé, elle se hâtait de remettre ses vêtements et retournait précipitamment à son bureau.

Il ne savait pas si elle était devenue complexée par son corps, mais il était las de tout cela. À ce qu'il avait pu en voir, elle n'avait nullement à rougir de son physique.

S'il y avait bien une chose que sa maison pouvait leur offrir, c'était de l'intimité. Même si sa chambre disposait d'une large baie vitrée qui donnait sur le marais, il n'y avait pas un voisin en vue. Ils pourraient faire l'amour sur la plage, sur la terrasse, dans la piscine, partout où ils le voudraient, sans interruption. C'était ce dont il avait besoin. Prendre son temps, chérir le corps de Morgan et le redécouvrir pleinement et entièrement. Les semaines étaient passées beaucoup trop vite à son goût, il ne lui restait plus que très peu de temps à passer avec elle. La cérémonie de remise des clés n'allait pas tarder à arriver. Il fallait qu'il profite au maximum du temps qu'il lui restait.

— Mon appartement est agréable et bien situé, mais il ne correspond pas vraiment à l'idée que je me fais d'un moment de détente. Je n'y séjourne que quand je travaille. Avec les embouteillages, les trajets entre la mer et le centre sont souvent longs et pénibles en semaine. Alors quand je vais dans ma villa, j'aime y rester un petit moment.

— Je dois admettre qu'un week-end au bord de

la mer me semble être une merveilleuse idée. Je ne me souviens même pas de la dernière fois que j'ai fait quelque chose dans ce genre-là. Peut-être l'été dernier, juste avant l'ouragan Florence. Tu n'as pas eu de problème avec celui-là ?

Cette tempête avait terrorisé la région de Charleston, faisant craindre à tous une répétition de la catastrophe de l'ouragan Hugo, mais au final, c'était surtout la Caroline du Nord qui avait été touchée. Lui-même avait eu peur pour les différents bâtiments qu'il construisait à ce moment-là, mais grâce à ses efforts de prévoyance, il avait réussi à éviter le pire, et avait ensuite pu envoyer quelques-uns de ses employés au nord pour aider les personnes qui avaient davantage souffert des intempéries.

— Rien de trop grave, heureusement. Connaissant bien les risques de la côte, j'ai conçu cette maison pour qu'elle résiste aux vents les plus violents et aux projections d'eau. Quand on vit au bord de la mer, on s'inquiète toujours des tempêtes. Florence a été le premier test de cette maison, et je dirais qu'elle l'a passé haut la main. J'ai dû acheter un nouveau salon de jardin. Je ne sais pas où l'autre est passé. Et il a fallu que je fasse vider et nettoyer la piscine, qui était pleine de boue et de poissons morts. C'était un beau bazar. Mais tout est revenu à la normale, maintenant.

— Ça doit être sympa de concevoir et de bâtir la maison de ses rêves.

Avant de répondre, il mit son clignotant pour prendre la bretelle qui menait à Kiawah Island.

— Très. La partie créative, c'est ce qui me plaît le plus dans le bâtiment. La plupart du temps, d'ailleurs, on me laisse carte blanche et je fais les choses exactement comme je les vois.

Pensivement, il regarda la magnifique jeune femme qui se trouvait dans la voiture à côté de lui. Il aurait aimé avoir ce pouvoir dans tous les autres aspects de sa vie. Le temps qu'il lui restait avec elle lui était compté. Et il ne voulait pas avoir le moindre regret quand il s'achèverait. Dans le cas contraire, il ne savait pas s'il pourrait le supporter.

- 8 -

River ouvrit les grandes portes vitrées et arriva sur la terrasse avec un verre de vin dans chaque main. Allongée sur un transat, Morgan regardait le soleil se coucher à travers les branches des chênes et des palmiers. L'arrière de la propriété était composé de plusieurs hectares de terres marécageuses qui donnaient sur la mer et, assis là, on aurait presque cru croire qu'on était seul au monde.

— C'est incroyable que ça soit ton jardin, dit-elle en prenant le verre de vin qu'il lui tendait.

— Quand j'ai vu ce terrain, j'ai tout de suite su que c'était là que je voulais faire construire. De toute façon, je n'aurais jamais pu trouver une maison comme ça. On est tout de même loin du pittoresque régional que tout le monde recherche. Ou de l'architecture stéréotypée de la maison de bord de mer que tout le monde veut louer l'été. Ce bâtiment, je le vois plus comme une grande cabane. Le genre de maison dont pourrait rêver un enfant. Et toi ? À quoi ressemble ta maison à Washington ?

— Comme je te l'ai dit, elle est près de Georgetown et j'ai commencé à la louer quand je me suis inscrite dans cette université. Elle a un étage mais est assez petite. Ça me suffit amplement, mais je regrette qu'il n'y ait pas de jardin. D'un autre côté, j'ai quelques plantes en pot sur l'escalier extérieur… et elles sont mortes depuis longtemps. Alors j'imagine que c'est mieux comme ça. Je suis trop souvent absente pour pouvoir entretenir un jardin.

L'air rêveur, elle regarda dans le lointain avant de reprendre.

— Mais si je décidais de rester à Washington, j'achèterais sûrement une maison un peu plus grande avec un petit jardin où je pourrais mettre un transat. J'aime cette ville. Pas tant pour l'ambiance universitaire que pour les musées et l'accès à la culture en général. Un jour, j'aimerais avoir un peu plus de temps libre pour pouvoir profiter pleinement de toutes ces choses.

— Tu vis au milieu de tous ces divertissements mais tu ne joues jamais les touristes ?

— Non. Je travaille trop. J'adorerais voir les musées de la Smithsonian Institution. Dans celui d'histoire naturelle, on peut voir le diamant Hope. Et aussi un collier avec un magnifique diamant rose dont je suis vraiment tombée amoureuse. J'adorerais pouvoir le voir en vrai un jour. Mais ces inestimables joyaux ne sont rien comparés à une vue telle que celle-ci. C'est comme une peinture de maître dans l'un de ces musées que je ne visiterai jamais.

Pensivement, il se tourna vers sa maison. Le soleil couchant commençait à illuminer le ciel de nuances d'orange et de pourpre. Au-delà du marais, Folly Island disparaissait dans l'ombre. La température s'était légèrement rafraîchie, et une brise océane s'était mise à souffler depuis le large. Un bon prétexte pour se serrer un peu plus fort contre elle en continuant d'admirer le paysage.

— Je suis vraiment émerveillée par la façon dont tu as réussi ta vie, murmura-t-elle. Est-ce que tu imaginais avoir une maison telle que celle-ci à l'époque où nous nous sommes rencontrés ?

— Certainement pas. Il y a des jours où j'ai envie de me pincer pour vérifier que c'est bien vrai. Cette maison, ma société, tout ce que j'ai accompli… Je savais que j'en avais le potentiel, mais je ne savais pas par où commencer. Comment monter une société en partant de rien ? Et n'oublions pas que je n'avais ni diplôme ni argent. Le bâtiment était mon seul domaine de compétences, mais du maniement du marteau au statut de dirigeant, il y a un gouffre. Les banques refusaient de me prêter la somme dont j'avais besoin pour me lancer. Sans l'argent que ton père m'a proposé ce soir-là, je ne sais pas ce que je serais devenu. Mais je n'aurais certainement pas monté ma…

— Quoi ? l'interrompit-elle brusquement.

Malgré la lumière déclinante du soir, il remarqua qu'elle avait blêmi.

— Je sais que tu m'en veux d'avoir pris l'argent, mais que voulais-tu que je fasse ? Refuser aurait été stupide. Cet argent m'a permis d'avoir quelque chose à quoi me raccrocher après t'avoir perdue.

— Non, fit-elle en secouant la tête. Je comprends parfaitement que tu l'aies pris. Tu aurais été bête de ne pas le faire. Mais tu dis que c'est mon père qui t'a proposé cet argent ? Ce n'est pas toi qui le lui as réclamé ?

Vexé, il grimaça. Ces paroles lui avaient écorché les oreilles. Après sa conversation avec son père, il avait compris qu'elle ignorait tout de la façon dont ce transfert s'était opéré. Cela expliquait certainement l'animosité dont elle avait fait preuve envers lui auparavant, mais à présent, elle devait connaître la vérité.

— Évidemment que je ne lui ai pas réclamé.

Des larmes se mirent à couler sur ses joues. Manifestement, la version de l'histoire qu'on lui avait servie n'était pas la même, loin de là.

— Après t'avoir fait monter dans la voiture, il a sorti un chèque de la poche intérieure de son manteau et me l'a tendu. Il m'a dit que c'était un petit quelque chose pour panser mes blessures. Et à toi, que t'a-t-il dit ?

Il avait envie de connaître le portrait déformé que son père avait fait de lui.

Mais sans répondre, la mine défaite, elle porta sa main à sa bouche. Des larmes continuaient de couler sur son visage. Pour la réconforter, il passa le bras autour de sa taille et l'attira plus près de lui.

— Dis-moi, Morgan, insista-t-il.

Il lui fallut quelques instants pour se reprendre, mais après s'être essuyé les yeux avec un mouchoir, elle se mit à parler en regardant ses mains. Comme si elle se sentait coupable, alors que rien de tout cela n'était sa faute.

— Il m'a dit que tu avais réclamé de l'argent pour garder le silence sur notre mariage et coopérer à la procédure d'annulation. En somme, il t'a fait passer pour un maître chanteur qui m'avait laissée tomber comme un vieux Kleenex aussitôt qu'il avait détecté une occasion d'empocher de l'argent. J'ai cru que c'était vrai… Ça m'a brisé le cœur.

Tout en grognant de rage, il la serra un peu plus fort contre lui. C'était bien ce qu'il avait craint.

— Si je t'ai laissée partir, c'est parce que je pensais que c'était ce que tu voulais. Quand ton père m'a donné ce chèque, j'étais sidéré. Il m'a dit de ne pas être stupide et d'accepter, mais que je devrais lui rembourser l'intégralité de la somme s'il nous revoyait ensemble. Il m'a aussi suggéré de l'utiliser pour faire quelque chose de ma vie, et j'ai suivi son conseil. J'ai lancé ma société et ai travaillé sans relâche pour en faire ce qu'elle est devenue aujourd'hui. Pour tout te dire, je pense que je n'aurais jamais pu le faire sans cet argent, mais au fond de moi, il m'arrive toujours de regretter de l'avoir pris. Même si, par voie de conséquence, je n'aurais jamais eu ni cette maison ni l'occasion de te revoir en collaborant avec toi sur un projet. Ceci étant, tu sais, cet argent n'a rien fait pour atténuer mes souffrances une fois que tu as été partie.

— Je n'ai aucun mal à imaginer mon père tenir ce genre de propos, répondit-elle en reniflant. Et agir ainsi. Transformer son pot-de-vin en un moyen de s'assurer que tu restes à l'écart et que je te déteste. Il a voulu nous séparer, et ça a fonctionné. Trop bien, même. J'étais folle de rage. Je te détestais tellement que je ne voulais plus jamais entendre parler de toi. Je croyais avoir donné mon cœur à quelqu'un qui s'était juste servi de moi pour obtenir de l'argent. Et quand je repense à ce qui s'est passé ensuite…

Elle ne termina pas sa phrase. Elle éclata en sanglots.

Il n'avait jamais beaucoup aimé Trevor Steele. Mais à présent qu'il voyait à quel point elle était peinée d'apprendre la vérité, il avait tout bonnement envie de lui refaire le portrait. Steele l'avait-il jugé si inadapté à sa fille au point qu'il soit nécessaire de la faire tant souffrir ? Il ne savait même pas si elle pourrait un jour s'en remettre. Comment pourrait-elle accorder à nouveau sa confiance pour nouer une relation sérieuse alors que la seule leçon qu'elle avait tirée de son premier amour était que les hommes ne s'intéressaient à elle que pour son argent ? Peut-être aurait-elle été disposée à envisager quelque chose qui allait au-delà d'une simple aventure si elle ne s'était pas sentie si trahie par l'amour.

Son amour.

— River, je…

De nouveau, elle s'interrompit, les lèvres tremblantes.

— Qu'est-ce qu'il y a ? demanda-t-il en prenant tendrement son visage entre ses mains.

Elle le regarda quelques instants avec de l'angoisse dans ses grands yeux verts humides de larmes. Elle avait peur de quelque chose. Mais pas de lui. Peut-être hésitait-elle à lui faire part de ses sentiments. Il comprenait parfaitement que tout cela puisse l'effrayer. Pour sa part, il ressentait une joie absolue quand il la tenait dans ses bras. Une souffrance infinie quand ils étaient séparés. Mais avec la cérémonie de remise des clés qui se profilait à l'horizon, il préférait ne pas trop réfléchir à tout ce que ces émotions intenses pouvaient signifier.

— Tu peux me parler, lui dit-il en dégageant doucement une mèche de cheveux de son beau visage. De tout.

Elle écarta les lèvres pour parler, mais aucun son ne sortit de sa bouche. Baissant les yeux, elle finit par secouer la tête.

— Je suis désolée, dit-elle. Je suis désolée pour tout ça.

— Tu n'as pas à l'être. Ce n'est pas ta faute. Tu n'as eu que la version de ton père. À ta place, j'aurais moi-même été bouleversé. Personne n'a envie de savoir que son amour a un prix.

— Tu as raison, dit-elle en soupirant et en se blottissant contre lui. Tout est la faute de mon père. Et lui et moi allons avoir une petite discussion à ce sujet.

***

— J'espère au moins que c'est un travail que tu cherches.

Greg releva la tête du journal qu'il était occupé à lire. Son père venait d'entrer dans la cuisine en traînant des pieds. À quatre-vingt-quatre ans, il n'avançait plus bien vite. Mais son esprit était resté vif et acéré.

— Pas vraiment, non.

Il avait, certes, brièvement passé en revue les offres d'emploi, mais il s'était rapidement lassé et lisait désormais tranquillement les nouvelles.

Après avoir poussé un soupir méprisant, son père, une bière à la main, repartit s'installer dans le séjour pour regarder ses émissions de télé de fin de journée. Greg décida de l'ignorer. Il avait trouvé une chose bien plus intéressante sur laquelle se concentrer : d'après le *Post and Courier*, la Steele Foundation devait donner une réception dans deux semaines. À mesure qu'il parcourait l'article, il sentait l'enthousiasme grandir en lui. C'était là l'occasion qu'il attendait. Il le sentait.

L'article était principalement orienté sur les maisons que les Steele avaient fait construire et les familles défavorisées qui avaient été choisies pour les recevoir. Ils faisaient ça uniquement pour soulager leur conscience, mais peu importait. L'information essentielle figurait dans le premier paragraphe. La famille allait organiser une soirée dans sa villa de Mount Pleasant pour célébrer la fin des travaux et remettre les clés aux bénéficiaires.

La dernière fois qu'ils étaient allés dans la villa des Steele, Buster et lui avaient patiemment attendu dehors qu'une occasion se présente de kidnapper Jade Nolan. Il ne pourrait pas recommencer, cela ne marcherait pas, surtout s'il était seul. Non, cette fois-ci, il fallait qu'il trouve un moyen de pénétrer dans la maison. Il y aurait des vigiles à la porte. Les seules personnes admises seraient celles figurant sur la liste des invités. C'est-à-dire les familles et les principaux donateurs. Ainsi que le personnel, naturellement. Il ne serait pas facile d'entrer chez les Steele, mais cela ne semblait pas non plus impossible.

En resongeant à ce soir-là, Greg se souvint s'être garé à côté d'une camionnette de traiteur près de la maison. Buster et lui avaient regardé le personnel décharger le matériel et les plats, une dizaine de serveurs en costume faisant la navette entre le véhicule et la maison. Le nom et le logo de l'entreprise étaient affichés sur le côté de la camionnette. Le logo était un smiley doté d'un nœud papillon, il en était presque certain. Quant au nom, il n'arrivait pas à se le rappeler.

Mais si les Steele prenaient le même traiteur pour chaque réception, il fallait absolument qu'il le retrouve. Pour un événement de cette importance, le dirigeant ferait certainement appel à des extra, sans doute via une agence d'intérim. En agissant vite, il pourrait peut-être se faire embaucher. Il obtiendrait ainsi un accès illimité à la maison, qui lui permettrait de se déplacer facilement parmi les invités et de mettre en œuvre son plan sans que personne ne s'interroge sur son identité et les raisons de sa présence.

Mais quel était ce plan, exactement ? Il ne savait pas encore ce qu'il ferait une fois qu'il serait dans la maison, mais il avait le temps de réfléchir à la question. Pour commencer, cependant, il fallait qu'il retrouve le nom du traiteur.

Déterminé, il alla ouvrir le placard où son père conservait ce qui devait être l'un des derniers annuaires encore existants. Dans cette maison, les ordinateurs et autres smartphones relevaient encore du domaine de la science-fiction.

Les mains tremblantes d'enthousiasme, il chercha la liste des traiteurs et tomba immédiatement sur un grand encart publicitaire présentant le logo souriant qu'il avait gardé en mémoire.

Black Tie Affairs !

C'était cette société, il en était certain. Tout excité, il jeta un coup d'œil à sa montre. La bibliothèque du quartier devait être encore ouverte. S'il s'y rendait tout de suite, il pourrait avoir accès à un ordinateur et envoyer une demande de candidature en ligne.

D'un coup, il referma l'annuaire et remit ses chaussures pour sortir. Des tas d'idées lui vinrent quand il monta dans sa camionnette. Il avait l'esprit en effervescence.

Enfin une occasion d'avoir un impact sur la famille Steele. Peut-être littéralement.

Morgan n'arrivait pas à trouver le sommeil.

Entre le vin et les ébats, elle aurait dû s'endormir comme une bienheureuse entre les bras de River, mais ce n'était pas le cas.

Lui, pour sa part, semblait profondément assoupi. Elle écoutait le rythme régulier de sa respiration, et elle l'enviait. Évidemment, il avait toutes les raisons de dormir sur ses deux oreilles. Il avait la conscience tranquille, et la vérité avait été rétablie. Mais dans son esprit à elle, des milliers de pensées et d'émotions contradictoires se bousculaient.

Il y avait quelque chose dans sa présence ici avec lui qui rendait la situation trop concrète. Passer une nuit avec lui pour la première fois depuis l'époque où ils étaient encore tout jeunes était une étape importante pour eux. Depuis qu'ils avaient commencé à travailler ensemble, quelques semaines plus tôt, malgré leur relation sexuelle passionnée, ils avaient scrupuleusement évité toute situation d'intimité trop marquée. C'était comme ça qu'elle voulait les choses. Et c'était comme ça qu'il les voulait aussi, lui semblait-il. Cela semblait être la meilleure attitude à adopter. Bien vite, ils auraient terminé leur projet et elle repartirait à Washington. Elle ne pouvait pas se laisser aller à développer de véritables émotions ou à envisager un quelconque avenir avec lui.

Mais à présent qu'elle était là, elle se sentait déchirée plutôt que réconfortée par la chaleur de son corps.

Peut-être appréciait-elle trop la situation. Elle se sentait toujours incroyablement bien en sa compagnie, tout comme cela avait été le cas quand ils étaient plus jeunes. Elle aurait très facilement pu se faire de faux espoirs quant à la nature de leur relation. Croire qu'il s'agissait justement d'une véritable relation plutôt que d'une simple aventure d'un été. Au fond d'elle, elle avait envie que tout soit vrai. Mais elle savait que c'était une idée dangereuse. Si elle se laissait aller à rêver, elle finirait nécessairement par souffrir tout comme la première fois qu'elle avait laissé libre cours à ses sentiments pour lui.

Car alors même qu'ils étaient allongés sur ce lit, peau contre peau, elle sentait qu'il lui échappait. Tout bien considéré, elle était déjà en train de le perdre. Plus vite elle l'accepterait, mieux ce serait.

La cérémonie de remise des clés était toute proche, désormais. Il lui restait exactement deux semaines avant l'événement, et si elle voulait que sa relation avec lui perdure au-delà de l'échéance qu'ils s'étaient fixée, il allait falloir qu'elle agisse.

Qu'elle lui parle de leur fille.

Ce secret qui était comme un sombre nuage au-dessus

de sa tête. À chaque fois qu'elle croyait voir le soleil, il revenait obscurcir son horizon pour lui rappeler qu'elle lui cachait la vérité.

Parler de Dawn n'avait jamais été facile. Peut-être parce qu'elle n'avait pas vraiment eu l'occasion de le faire. Quand tout le monde ignore ce qui s'est passé ou fait comme si rien ne s'était passé, on n'a personne à qui se confier.

Mais à présent qu'elle ressentait le besoin de parler, elle n'y arrivait pas. Elle en avait pourtant envie. Quelques heures à peine plus tôt, quand elle avait appris la vérité sur l'argent reçu par River, elle avait failli tout lui dire. À ce moment-là, elle n'arrivait à penser qu'à une chose : si elle lui avait caché la vérité sur sa grossesse et tout ce qui s'était passé ensuite, c'était uniquement à cause des mensonges que son père lui avait dits.

Et à présent, elle ne pouvait s'empêcher de songer au tour différent qu'auraient pu prendre les événements. Les complications de sa grossesse n'auraient pas pu être évitées, mais si elle avait eu River à son côté pour l'aider à surmonter ces épreuves, la situation n'aurait pas été la même, loin de là. Elle aurait eu son mari avec elle pour la serrer dans ses bras. Il se serait battu pour que Dawn soit enterrée dans un véritable cimetière où tout le monde aurait pu venir se recueillir sur sa tombe et savoir qu'elle avait existé. Même son nom aurait été différent. Elle aurait été Dawn Mackenzie Atkinson. Et non Steele. Peu importait que leur mariage ait ou non été effacé de l'histoire, elle aurait porté son nom.

Lui dire la vérité à ce moment-là aurait été tellement plus facile. Même en tenant compte de l'animosité de ses parents, lui parler aurait semblé tout naturel. Mais à présent ? Paradoxalement, la seule chose qu'elle avait à faire pour assurer la survie de leur relation était aussi la seule chose qui aboutirait irrémédiablement à sa destruction.

Dans un soupir, elle roula sur le dos pour regarder le plafond. Au milieu des caissons, un puits de lumière offrait une vue époustouflante sur le ciel étoilé. Elle pria pour voir une étoile filante. Faire le vœu que les choses s'arrangent enfin avec l'homme qu'elle aimait.

Cette pensée la fit grimacer de la naïveté stupide à laquelle elle s'était laissée aller. Mais elle ne pouvait plus se voiler la face. Il était évident qu'elle était amoureuse de lui. Ou plutôt qu'elle l'avait toujours été. Même quand elle avait cru à une trahison de sa part. Même quand elle était seule, qu'elle avait peur et qu'elle lui en voulait horriblement de l'avoir mise dans cette situation, elle l'avait toujours aimé.

À présent qu'elle savait qu'il n'avait rien fait pour se rendre indigne de son amour, ce problème était plus difficile à ignorer. Et puis, comment lui dire la vérité sur Dawn ? Elle n'avait plus d'excuse pour lui avoir caché son existence. Il ne méritait pas d'être ainsi dupé.

— Ça va ? fit soudain sa voix derrière elle, coupant court à ses pensées.

En se retournant, elle vit qu'il la regardait d'un air préoccupé, les yeux ensommeillés.

— Oui, je te remercie.

— J'en déduis que ça t'arrive souvent de te réveiller au beau milieu de la nuit pour contempler le plafond ?

— Ce n'est pas le plafond que je contemple, mais les étoiles. Mais j'admets que ce n'est pas un comportement normal. C'est que j'ai beaucoup de choses à l'esprit en ce moment.

L'air intrigué, il s'appuya sur son coude pour mieux la regarder.

— Je constate que mon projet de t'emmener ici pour profiter de ce cadre intime et paisible a échoué. Tu as envie de parler ?

C'était là l'occasion rêvée de se confier. Là, dans le noir, elle pouvait épancher son cœur. Les confessions étaient toujours plus faciles dans l'obscurité. Mais d'un autre côté, ce n'était peut-être pas une bonne idée. Mieux valait sans doute profiter de ce moment avec lui en toute légèreté. Savourer l'instant présent, comme elle avait prévu de le faire au départ, avant que leurs chemins se séparent une nouvelle fois.

Car en lui disant la vérité, ne risquait-elle pas de tout gâcher ? Pour l'heure, elle avait beaucoup de choses à l'esprit, mais elle était bien, au chaud dans son lit. Elle pouvait le caresser si elle le voulait. L'embrasser. Se lover contre lui. Elle ne pouvait pas prendre le risque de tout perdre et de finir seule dans la nuit, à attendre qu'un Uber vienne la chercher pour la ramener à Mount Pleasant.

Tout bien réfléchi, donc, mieux valait qu'elle se taise pour conserver un souvenir heureux de ce moment qu'ils partageaient. Le seul moyen de refermer la porte sur le passé était de s'assurer que River ne fasse pas partie de son avenir.

— Pas vraiment, finit-elle donc par répondre lâchement. Ce n'est pas le genre de chose dont on parle au beau milieu de la nuit.

— Essaie toujours.

— Non. Oublie ça. Je n'ai pas envie de perdre mon temps pour une chose sur laquelle je n'ai aucun contrôle.

C'était en effet tout le problème. Elle n'avait aucun contrôle sur la situation. Elle pouvait toujours lui révéler son secret, mais sa réaction dépendrait uniquement de lui. C'était cela qui lui faisait peur.

— Bon, d'accord. Alors que dirais-tu que je t'aide à oublier ?

Il lui adressa un sourire éclatant dans le clair de lune, et elle comprit que c'était une offre qu'elle ne pourrait pas refuser. Se perdre dans l'amour qu'elle avait pour lui, et essayer de garder ce souvenir dans son cœur pour ne pas se sentir trop seule quand il ne serait plus là.

- 9 -

Quelque chose tourmentait Morgan, mais une fois encore, elle ne voulait pas se confier. Était-ce parce qu'elle ne lui faisait pas confiance, ou était-ce encore l'un de ces satanés secrets de famille qui retenait son esprit en otage ? Dans tous les cas, son stress, presque palpable, gâchait complètement l'ambiance de leur week-end.

Jusqu'ici, les choses s'étaient bien passées, même si elles n'avaient pas été tout à fait conformes au plan de River. Elle était là, dans son lit, elle ne pouvait pas fuir. Mais ses fantasmes étaient restés à l'état de fantasmes. La lumière était toujours soit tamisée soit tout bonnement éteinte quand ils faisaient l'amour. Et quand Morgan n'était pas totalement ou partiellement vêtue, elle continuait de se cacher sous des frous-frous de dentelle.

D'ordinaire, il appréciait beaucoup la lingerie fine. Touché soyeux, transparence suggestive, découpes stratégiques… Il trouvait tout cela très excitant. Mais sur elle, cela faisait l'effet d'une barrière défensive qui la protégeait de quelque chose. Lui, certainement.

Il lui avait proposé de l'aider à oublier ses tourments, et à la façon dont elle avait enroulé ses jambes autour de lui, il avait cru à un accord de sa part. Du bout de ses doigts graciles, elle avait caressé sa barbe avant de glisser impatiemment ses mains dans ses cheveux. Tous les signaux semblaient indiquer qu'elle avait envie de lui, et pourtant, comme toujours, elle était un peu trop vêtue pour l'occasion.

Elle avait passé une nuisette en soie rose pâle avant de se mettre au lit. Il fallait qu'elle disparaisse. Il n'en pouvait plus.

Sensuellement, il fit remonter sa main le long de sa cuisse. Sous le tissu, il caressa du bout des doigts son ventre avant de remonter encore pour prendre entre ses mains l'un de ses seins fermes et opulents. Il observait ses réactions avec curiosité, mais, jusqu'ici, elle semblait pleinement apprécier.

Une attitude qui changea du tout au tout quand il entreprit de relever plus haut la nuisette. Brusquement, elle se crispa, exactement comme elle l'avait fait juste avant de prendre la fuite dans la maison qu'il lui avait fait visiter. Ne voulant pas la forcer à quoi que ce soit, il s'interrompit. Mais ils n'étaient pas dans le centre-ville ; si elle voulait s'enfuir, elle ne pourrait aller nulle part. Il allait donc en profiter pour essayer d'obtenir des réponses.

— Je veux que tu me dises ce qui te rend nerveuse chez moi.

L'air embarrassé, elle se mordit la lèvre. Et tout en secouant la tête, elle se recouvrit en tirant doucement sur le bas de sa nuisette.

— Rien, finit-elle par dire.

— Très bien. Alors retire ce truc. J'ai envie de te voir. De tout voir.

Impatiemment, il attrapa le bas de la nuisette pour le faire remonter, mais la terreur qu'il lut dans son regard l'arrêta avant même qu'elle se mette à parler.

— Je ne préférerais pas.

Tout en soupirant, il s'écarta d'elle.

— Je ne comprends pas ce que tu penses devoir cacher, Morgan. Je pourrais te dire que tu es la plus belle femme que j'ai jamais eue dans mon lit. Je pourrais te dire que je n'ai fantasmé sur personne d'autre que toi au cours des dix années passées. Et que dans tous ces fantasmes, tu étais totalement nue. Mais je ne suis pas sûr que ça changerait les choses si je le faisais.

— Il y a les fantasmes et la réalité. Je n'ai plus dix-neuf ans, tu sais ?

— Je ne veux pas que tu aies dix-neuf ans. Je te veux, toi. Ici et maintenant. Et telle que tu es. Et je pense vraiment ce que je dis, je peux te l'assurer. Je ne comprends pas ce que tu cherches à cacher. Un tatouage raté ? Une verrue ? Une vilaine cicatrice ? Rien de tout cela ne m'importe, Morgan. Tu es magnifique. Tout ton corps l'est, dans son intégralité.

Comme pour méditer ses paroles, elle baissa les yeux quelques instants.

— Laisse-moi une minute, finit-elle par dire.

Il fut tenté de refuser. Mais si elle avait besoin d'un peu de temps pour se faire à cette idée, il ne pouvait tout de même pas s'y opposer.

— D'accord.

Sans rien ajouter, elle sortit du lit, fouilla dans ses bagages quelques instants et disparut dans la salle de bains. Allongé sur le dos, il releva les yeux vers le ciel étoilé. Un instant plus tard, une traînée de lumière traversait le ciel. Si son vœu se réalisait, elle cesserait peut-être de se retenir et de se cacher. Car l'impression qu'il avait, c'était que les vêtements et l'obscurité n'étaient qu'une manifestation physique de sa volonté de résister à ses sentiments pour lui. Il avait espéré que ce séjour loin de la ville et des Steele arrangerait les choses. Son plan pouvait-il fonctionner ?

Quand la porte de la salle de bains finit par s'ouvrir, il ne vit rien d'autre que sa silhouette qui se détachait sous le chambranle, éclairée à contre-jour. La nuisette avait disparu, toutes ses courbes étaient exposées. Il voyait bien qu'elle ne portait rien en haut. Il pouvait parfaitement discerner la forme sombre de ses tétons sur ses seins libres. Mais quand ses yeux s'adaptèrent à l'obscurité, il remarqua qu'elle n'était pas totalement nue. Malgré la discussion qu'il venait d'avoir.

Après s'être lentement approchée du lit, elle alluma la lampe de chevet, qui inonda la pièce d'une lueur dorée. Ce n'était pas une lumière crue, mais c'était bien mieux que tout ce qu'elle avait permis jusqu'ici. Il voyait bien, désormais, ce qu'elle portait, et il ne pouvait pas vraiment se plaindre de ce choix. Un porte-jarretelles en satin noir orné de dentelle rouge et noir qui couvrait son ventre et ses hanches. Les jarretelles retenaient des bas noirs fins, à l'évidence en soie. Au-dessus de l'excitante bande de dentelle de la jarretière, la peau nue de ses cuisses était exposée à son regard, et il était presque sûr qu'elle ne portait pas de culotte.

Contre toute attente, elle fit un tour sur elle-même pour se faire admirer. Manifestement, ce n'était donc pas par timidité qu'elle cherchait à se cacher. Vu de dos, le porte-jarretelles se résumait à une fine ceinture à laquelle étaient accrochées les attaches qui couraient le long de ses cuisses. L'appétissante courbe de ses fesses rondes et fermes était pleinement visible, confirmant ses soupçons quant à l'absence de culotte.

— Waouh, souffla-t-il quand elle se retourna pour lui faire face.

Si elle ressentait vraiment le besoin de porter quelque chose, il devait reconnaître que c'était un bon choix.

— Ça te va ? demanda-t-elle en relevant le drap pour se glisser dans le lit. Plus rien en travers de ton chemin, comme ça.

Un nœud s'était formé dans sa gorge, il ne pouvait plus parler.

— Viens, finit-il par dire d'une voix âpre en lui tendant les bras.

Et elle vint aussitôt se lover contre lui, lui permettant de couvrir son corps. N'y tenant plus, il fit glisser ses doigts sur ses bas, savourant la sensation de cette surface soyeuse contre sa peau rugueuse. Quand il fit sensuellement remonter sa main, elle n'hésita pas à écarter les cuisses, lui donnant pleinement accès à son sexe brûlant et humide.

Au moment où il se mit à la caresser, elle laissa échapper un petit gémissement de volupté. Après un simple effleurement, il augmenta progressivement la pression jusqu'à ce qu'il la sente se cambrer totalement contre sa main. Alors, il glissa un doigt en elle et poursuivit ses caresses avec plus d'entrain encore. Bien vite, le souffle haletant, elle releva la tête vers lui.

— J'ai besoin de toi, River, gémit-elle. Je ne veux pas venir sans toi.

Hésitant à lui donner cet orgasme qu'elle semblait de toute façon sur le point d'avoir, il s'immobilisa, mais finit par se décider à faire ce qu'elle lui avait demandé. S'étant hâté d'enfiler un préservatif, il se nicha entre ses cuisses et s'enfonça en elle, lentement, profondément. Fermant les yeux, il prit alors le temps de savourer : la douce sensation de sa chaleur qui l'enveloppait ; celle, soyeuse, de ses bas contre ses hanches quand elle enroula les jambes autour de lui ; celle, plus rugueuse, de la dentelle du porte-jarretelles contre son ventre.

En dépit de ce morceau de tissu entre eux, il avait l'impression d'avoir remporté une victoire. Il ne s'était jamais senti aussi proche d'elle qu'en cet instant.

Et elle devait partager cette impression, car ils bougeaient désormais ensemble comme s'ils n'étaient qu'une seule et même personne. Cette fois-ci, il refusa de précipiter les choses, ralentissant la cadence pour goûter sa bouche sensuelle, sa gorge alléchante, sa poitrine voluptueuse. Cette nuit-là, ils avaient tout le temps de se délecter l'un de l'autre. Il se réjouissait de chacun des doux sons qui sortaient de sa gorge, de la sensation de ses doigts appuyés sur ses épaules. Après les quelques semaines qu'ils avaient passées ensemble, il pouvait même sentir le plaisir monter en elle à mesure que ses muscles se resserraient autour de lui et que le rythme de sa respiration s'accélérait contre sa peau.

— River, gémit-elle.

Elle était tout proche de l'extase. Il savait que ce serait rapide, comme il l'avait poussée presque à bout peu de temps auparavant. Mais cette fois-ci, il ne s'arrêterait que lorsqu'il l'entendrait crier son nom.

— Laisse-toi aller, ma chérie, murmura-t-il contre la peau sensible de son cou. Lâche prise.

Il ne parlait pas simplement de son orgasme. Il voulait qu'elle cesse de lui résister. Peut-être pensait-elle avoir de bonnes raisons de lui dissimuler ses sentiments, mais il ne voulait plus qu'elle les combatte. Il voulait que ce moment dure. Se prolonge au-delà de cette nuit, ce week-end, la cérémonie de remise des clés. Il voulait essayer de faire fonctionner les choses sans interférence de qui que ce soit.

Ils méritaient une seconde chance. Une véritable chance, et non une petite aventure visant à revivre leur jeunesse et panser les blessures de leur passé. Ils savaient l'un comme l'autre que cela allait au-delà de ça. Il s'était perdu à l'instant même où il avait reposé les yeux sur elle. Tous ses vieux sentiments, bons et mauvais, avaient brusquement refait surface. Et à présent que la plupart des mauvais avaient disparu, il était las de se battre contre les bons.

— Oui, River ! cria-t-elle en s'accrochant à ses épaules, le corps secoué de spasmes extatiques. Oui ! cria-t-elle encore et encore.

Il attendit qu'elle se soit immobilisée sous son corps pour s'autoriser à se laisser aller à son tour. Alors, enfouissant le visage dans le creux de son cou, il s'enfonça au plus profond d'elle et laissa le plaisir exploser en lui, tel un feu d'artifice de sensations aussi intenses que voluptueuses.

Un instant plus tard, il s'écartait d'elle pour reprendre son souffle. D'un pas chancelant, il se rendit ensuite dans la salle de bains pour se nettoyer. Il aurait aimé pouvoir être réveillé comme ça plus souvent. Mais à son retour, quelques minutes plus tard, il constata qu'elle avait remis la nuisette qu'il avait bannie du lit un peu plus tôt.

Dans un soupir, il se glissa entre les draps. Il mourait d'envie de dire quelque chose à ce sujet. Mais il se contenta de la serrer dans ses bras. Mieux valait profiter de cette nuit, savourer l'instant présent. Ils avaient fait des progrès. Des petits pas en avant, mais des progrès tout de même.

— Dis-moi, lança-t-il pourtant malgré lui, c'est un tatouage que tu me caches ? Tu t'es fait tatouer un crapaud sur la hanche ? Ou bien le nom d'un ancien amant ?

En guise de réponse, elle lui jeta un oreiller au visage.

— Bonne nuit, River, se borna-t-elle à dire.

— Bonne nuit, répondit-il en riant.

Tendrement, il l'attira contre lui et sombra immédiatement dans un sommeil profond.

En règle générale, quand elle travaillait au siège social de Steele, Morgan essayait de se tenir aussi loin que possible de la direction. C'était le domaine de son père, ses frères et des quelques personnes triées sur le volet qui avaient été jugées à même de contribuer à la gestion quotidienne de Steele Tools. Là, on discutait et s'inquiétait de choses qui lui passaient largement au-dessus de la tête. Comme l'évaluation des bénéfices de l'exportation en Chine ou le positionnement du logo sur le manche des marteaux.

Tools était l'entreprise familiale et elle profitait largement des avantages qui en découlaient, mais ça ne voulait pas dire pour autant qu'elle était obligée de se couler dans le moule. D'ailleurs, si son père n'avait pas insisté pour créer une antenne sociale qu'elle pourrait diriger, elle n'aurait sans doute jamais travaillé pour la société. Plusieurs personnes de la famille avaient commencé leur carrière à Steele Tools avant de se lancer dans la politique ou de monter leurs propres entreprises. Au fond d'elle, elle avait le sentiment qu'elle finirait elle aussi par prendre son envol. Mais pour voler vers quel horizon ? Elle n'en avait aucune idée.

Cependant, le mardi matin, après son week-end prolongé chez River à Kiawah Island, elle arpentait les couloirs de la direction avec la détermination d'une femme en mission. Il était tôt, à peine 8 heures du matin, mais elle savait que son père serait dans son bureau. Il avait passé la plus grande partie de sa vie dans son bureau.

Son assistante, en revanche, n'était pas encore arrivée. Tant mieux. Cela lui ferait un obstacle en moins. Après avoir jeté un coup d'œil à travers la cloison vitrée pour vérifier qu'il était seul, elle entra brusquement sans frapper.

Manifestement surpris, il sursauta et manqua renverser son café sur son clavier.

— Morgan ! Qu'est-ce qui se passe ? Il y a un problème ?

— Oui. J'ai quelque chose à te demander, et je veux que tu sois honnête avec moi.

L'air intrigué, il inclina légèrement la tête sur le côté avant de lui indiquer un fauteuil.

— D'accord. Assieds-toi, mon trésor.

Ce dernier mot la fit grimacer. Elle n'était pas d'humeur à jouer les petites filles à son papa. Elle était furieuse contre lui et ne voulait pas qu'il dénature ses sentiments avec ce genre de mots. Elle finit cependant par s'asseoir sur le rebord du fauteuil désigné, raide comme la justice et bien décidée à rester sur ses gardes.

— J'ai eu une discussion avec River ce week-end. Il m'a expliqué comment il avait utilisé le pot-de-vin que tu lui avais laissé pour lancer sa société. Sa version m'a paru un peu différente de celle que tu m'as donnée.

— « Pot-de-vin » n'est pas l'expression qui convient, Morgan.

Il lui souriait gentiment, mais elle ne se laisserait pas berner par sa douceur. C'était avec sa vie qu'il était en train de jouer. Elle n'était pas un pion qu'il pouvait déplacer à sa guise.

— Ne joue pas sur les mots, papa. Est-ce River qui

t'a demandé de l'argent pour partir, ou est-ce toi qui le lui as proposé ?

Tout en s'adossant à son fauteuil, il soupira.

— Qu'est-ce que ça change ? De toute façon, il a pris l'argent. C'est ça qui compte, tu ne trouves pas ?

— Non, je ne trouve pas. Je ne lui en veux pas d'avoir pris ce qui lui était proposé. Que lui restait-il d'autre après que tu m'as arrachée à lui ? Ce qui compte, c'est que tu m'as fait croire qu'il avait réclamé cet argent pour partir sans faire d'histoires. Tu m'as dit que tu avais dû le payer pour l'empêcher de s'opposer à l'annulation et de demander une part de mon patrimoine, comme j'avais été trop naïve pour signer un contrat de mariage. Tu m'as dit qu'il t'avait menacé de contacter la presse pour tout révéler si tu ne lui faisais pas un chèque sur-le-champ. Mais rien de tout cela n'était vrai, non ?

Les mâchoires crispées, il resta un long moment à la regarder.

— J'ai menti, oui, finit-il par dire. Je t'ai dit ça pour que tu te tiennes à l'écart de lui. Ce n'était pas un garçon pour toi, mais tu étais trop aveuglée par cette amourette pour t'en rendre compte. Je lui ai proposé cet argent dans l'espoir qu'il le prenne et qu'il disparaisse. Et c'est ce qu'il a fait. Il a réussi sa vie. Tu as réussi la tienne. Tout est bien qui finit bien, non ?

— Je n'en crois pas mes oreilles, murmura-t-elle en secouant la tête. Quand il m'a parlé de l'argent, je me suis dit qu'il mentait peut-être pour essayer de se dédouaner. Mais il m'a dit la vérité. Tu lui as versé un pot-de-vin, et ensuite, tu m'as fait croire que ce n'était qu'un garçon intéressé qui s'était servi de moi pour t'extorquer de l'argent.

— Je me suis dit que c'était la meilleure chose à

faire, mon trésor. C'était une histoire tellement horrible que je voulais une séparation nette et physique pour que tu ne sois pas tentée de revenir à lui dès que j'aurais eu le dos tourné.

— La meilleure chose ? Papa, tu te rends compte de ce que tu as fait ? Tu n'as pas juste séparé deux jeunes amants. Tu as brisé mon cœur quand tu m'as dit ça. Tu m'as poussée à croire qu'aucun homme ne pourrait jamais m'aimer pour ce que je suis, que mon argent était mon principal attrait pour tous les hommes qui manifestaient de l'intérêt pour moi. À présent, je suis tellement suspicieuse que je ne peux plus accorder ma confiance à qui que ce soit. Après tout ce qui s'est passé…

Il avait froncé les sourcils en l'écoutant mais ne l'avait pas interrompue.

— Morgan, je ne me suis pas rendu compte que cela avait eu cet impact sur toi. Je voulais juste que tu épouses un homme digne de toi.

— River l'était. Il a énormément de qualités. Il n'était pas riche, mais c'était un garçon bien, et il m'aimait. Alors dis-moi la vérité, quand tu dis « digne de toi », tu veux dire « riche », n'est-ce pas ?

L'air las, il soupira.

— Quand on dispose d'une fortune telle que celle de notre famille, il n'est pas rare d'être pris pour cible par des individus qui cherchent à vous piéger en jouant sur les sentiments. Comment pouvais-je savoir si River était sincère ou pas ?

— En tout cas, pas en lui parlant comme tu lui as parlé. Si je me souviens bien, les premières paroles que tu lui as adressées étaient : « Retire tes sales pattes de ma fille et habille-toi. »

— Ce qui n'a pas aidé non plus, dit-il en se penchant

vers elle, c'est que je n'ai pas eu l'occasion de rencontrer mon gendre avant qu'il prenne ce titre. Comme tu as fait les choses dans mon dos, j'ai eu le sentiment que tu avais quelque chose à cacher.

— Et tu as raison. Je t'ai caché tout ça parce que je savais que tu ne nous autoriserais pas à nous marier.

Attristée, elle baissa les yeux vers ses mains croisées sur ses genoux avant de reprendre.

— Tu as contrôlé chacun des aspects de mon existence depuis ma naissance. Et au moment où j'ai essayé de vivre ma vie comme une adulte, tu as tout fait pour m'en empêcher.

— Tu t'es mariée, Morgan. Ce n'est pas comme si tu t'étais fait faire un piercing ou que tu avais commis je ne sais quel acte de rébellion juvénile anodin. Tu as épousé un garçon que tu connaissais depuis moins de trois mois. Sans ta famille. Sans contrat de mariage. Te laisser vivre ta vie aurait été de la non-assistance à personne en danger. Tu n'avais que dix-neuf ans.

Son sang ne fit qu'un tour. Folle de rage, elle serra les poings.

— Arrête immédiatement. Je t'interdis de transformer cette conversation en une leçon de morale sur les erreurs que j'ai selon toi commises dans ma vie. Nous sommes là pour parler de ce que tu as fait. Tu m'as menti. Tu m'as manipulée. J'ai presque trente ans, maintenant, et parfois, j'ai encore l'impression que tu tires les ficelles de ma vie comme si je n'étais rien de plus qu'une marionnette.

— Tu ne crois pas que tu en fais un peu trop ?

— Peut-être. Mais c'est comme ça que je ressens les choses. Et ça, tu ne peux pas le contrôler.

Elle prit quelques instants pour réfléchir à la façon dont elle allait formuler les choses.

— Étant à la fois mon père et mon supérieur, tu as acquis beaucoup trop de pouvoir dans ma vie. Je crois que je ferais bien de prendre un peu mes distances.

L'air méprisant, il se mit à ricaner.

— Tu ne peux pas cesser d'être ma fille.

— Techniquement, si. Je suis certaine que les Nolan seraient ravis de me voir plus souvent. Je n'ai pas eu l'occasion de passer beaucoup de temps avec eux, mais je suis certaine qu'ils n'iraient jamais me dire qui je peux aimer ou ce qui est bon pour moi. Ceci étant, je ne peux pas faire ça au reste de la famille. Ni à toi, papa, d'ailleurs, malgré tout le mal que tu m'as fait. Mais je peux démissionner de mon poste.

Il parut choqué par ces propos. Il avait presque sursauté sur son fauteuil, songeant sans doute à tous les projets qu'elle laisserait inachevés si elle partait tout de suite en claquant la porte.

— Tu es sérieuse ?

Après avoir pris une inspiration forcée, elle acquiesça.

— Oui. Mais ne t'en fais pas, je terminerai le projet de cette année. Il est trop tard pour en confier les rênes à quelqu'un d'autre. Tu peux donc compter sur moi jusqu'à la cérémonie de remise des clés. Mais pas plus.

Elle sentit ses genoux trembler quand elle se releva et tourna le dos à son père. Luttant pour garder son sang-froid, elle avança jusqu'à la porte, mais elle venait de poser la main sur la poignée quand sa voix résonna derrière elle.

— Est-il au courant pour Dawn ?

La main crispée sur la poignée, elle resta figée sur place. Elle ne pouvait se résoudre à se retourner pour lui faire face parce qu'ils savaient l'un comme l'autre que la réponse était non.

— Tu ne le lui as pas dit, hein ? Parce que tu pensais que c'était la meilleure chose à faire ? Que la vérité le ferait souffrir ?

Elle sentit sa présence derrière elle juste avant qu'il pose la main sur son épaule, doucement mais fermement. Et elle ne chercha pas à s'écarter, car en dépit de tout ce qui s'était passé, c'était un réconfort de l'avoir avec elle. Il était toujours là pour la soutenir, même quand elle pensait ne pas avoir besoin de lui.

— Tu te sens dans ton droit d'avoir gardé ce secret, mais s'il le découvre maintenant, tu ne crois pas qu'il sera en colère contre toi ?

— Si.

Elle n'en doutait pas. Elle l'avait puni pour une mauvaise action qu'il n'avait pas commise, et désormais, ils souffraient tous de cela.

— Maintenant, tu comprends ce que j'ai vécu, trésor. Je suis désolé de t'avoir fait du mal. C'est la dernière chose que je voulais. Mais on a tous des choix à faire, et parfois, la meilleure réponse n'est pas non plus dénuée de tout problème. Parfois, on finit par faire souffrir ceux qu'on aime alors qu'on cherchait au contraire à les protéger.

Elle comprenait, oui. Elle aurait préféré que ce ne soit pas le cas, mais elle comprenait. D'un certain côté, si elle avait caché la vérité à River concernant leur fille, c'était parce qu'elle voulait le protéger. Mais aussi parce qu'elle était en colère contre lui. Mais ces excuses ne tenaient plus à présent. Alors, qu'est-ce qui l'empêchait de lui parler ? La certitude que la vérité le ferait souffrir. Et qu'il lui en voudrait énormément.

— Tu penses qu'il arrivera un jour à me pardonner ?

demanda-t-elle d'une toute petite voix, qu'elle eut elle-même du mal à entendre.

En un geste de réconfort, son père serra un peu plus fort son épaule.

— Pour ton propre bien, je l'espère, ma chérie.

- 10 -

Tout en réajustant le nœud papillon procuré par son employeur temporaire, Greg prit une profonde inspiration. Le moment était enfin arrivé. Ses longues semaines de préparation et ses années de frustration allaient enfin aboutir à quelque chose. Non pas une récompense financière mais une douce revanche.

Malgré le plateau couvert de flûtes de champagne qu'il avait entre les mains, les riches invités ne lui prêtaient aucune attention. Ils ne voyaient en lui qu'un simple serveur, c'est-à-dire peu de chose, voire rien du tout. Ils s'intéressaient au champagne, cependant. Sans se donner la peine d'interrompre leurs conversations, ils attrapaient des flûtes sur le plateau, l'ignorant royalement une fois qu'ils avaient obtenu ce qu'ils voulaient.

« Mais de rien », brûlait-il d'envie de leur dire, ironiquement. Il lui fallait se faire violence pour se retenir. Mais il n'aurait pas à le faire bien longtemps.

Quand la dernière flûte eut été prise, il retourna dans la cuisine où travaillait l'équipe du traiteur. Comme prévu, Black Tie Affairs l'avait embauché sans trop se pencher sur son CV. Ils ne s'étaient même pas rendu compte que son identité était fausse. Ils pensaient qu'il s'appelait Carl. De toute façon, ils l'avaient à peine regardé. Il était juste là pour faire le sale boulot.

Ils allaient être bien surpris, tous autant qu'ils étaient.

S'ils avaient été un peu plus attentifs, ils auraient remarqué les drôles de cartons qu'il avait apportés dans la salle de bal avec le matériel du traiteur. Bientôt, ces explosifs minutieusement dissimulés sous la nappe blanche qui couvrait la table pulvériseraient la salle et toutes les personnes qui se trouvaient dedans. Quant au serveur, celui que personne n'avait regardé, il disparaîtrait dans le chaos, telle une victime présumée de l'explosion. Personne ne retrouverait « Carl » dans les décombres. Leur arrogance allait se retourner contre eux. Ce serait grâce à elle qu'il s'en tirerait impunément.

— Carl, tu peux sortir ce sac-poubelle, s'il te plaît ?

Dans un soupir, il posa son plateau pour prendre le lourd sac rempli de restes qu'il alla déposer dans la benne que les Steele avaient commandée pour l'occasion. Là, il regarda la marée de luxueuses voitures garées devant la maison. Il n'avait même pas de quoi acheter un pneu de l'un de ces véhicules. Il en avait assez. Assez que les riches et puissants aient tout ce qu'ils voulaient, et lui rien.

Il aurait très bien pu s'en aller tout de suite et écouter les explosions et les hurlements en disparaissant dans la nuit. Mais il voulait observer. Pour une fois dans sa vie, il voulait voir l'un de ses plans se dérouler sans accroc, comme il l'avait espéré. Aussi retourna-t-il à l'intérieur.

— Apporte ce plateau, Carl, lui dit le chef en lui tendant un assortiment de minuscules petits fours.

Machinalement, il prit le plateau pour l'apporter dans la salle. Mais au lieu de se mêler à la foule, il alla se poster dans un coin sûr, à l'écart des bombes. Après avoir posé le plateau sur une table, calmement, il sortit de sa poche le détonateur. Il voulait attendre le moment idéal. L'air de rien, il jeta un dernier regard à la pièce. Un petit groupe s'était rassemblé sur la piste de danse. Parfait. Il songea à sa sœur, sa mère, puis il positionna son pouce au-dessus du bouton et prit une profonde inspiration.

Tout était fini. Les clés étaient entre les mains de trois familles méritantes et, au lieu de se sentir heureux ou même soulagé, River avait l'estomac noué.

Ce n'était pas le champagne. Debout dans un coin de la salle de bal, il voyait bien que tout le monde buvait le même et que personne ne paraissait malade. Mais naturellement, aucune de ces personnes n'était sur le point de perdre la personne la plus importante de sa vie.

Attristé, il essaya de penser à autre chose. C'était censé être un événement heureux, après tout. La villa des Steele était une fois encore drapée de luxueux tissus et décorée de sublimes arrangements floraux. La salle de bal était emplie de personnes élégamment vêtues, venues pour célébrer leur généreuse contribution à cette bonne cause. Ce soir-là, les invités allaient obtenir leur récompense : ils pourraient applaudir la remise des clés aux familles défavorisées et se dédommager de leurs efforts financiers en se gavant de champagne et de petits fours.

Tout comme la soirée de collecte de dons, cette cérémonie était un peu trop huppée et guindée à son goût. Il aurait largement préféré qu'on se passe de cette fête et qu'on réatribue son budget à une autre bonne cause. Il comprenait bien l'importance de ce cérémonial pour les Steele, mais ayant lui-même dû vivre de la charité dans le passé, il n'était pas vraiment à l'aise avec tout cela. Les gens n'ont pas nécessairement envie d'attirer l'attention sur le fait qu'ils ont besoin de se faire aider pour vivre décemment.

Heureusement, les familles ne semblaient pas trop embarrassées. On les repérait assez facilement dans la foule, avec leurs tenues endimanchées. Un inconfort qui ne semblait pas un prix si cher à payer pour obtenir en échange une maison.

En tout cas, il y avait moins de monde que la fois précédente. Il pouvait donc facilement repérer Morgan dans la foule, occupée à parler avec un couple âgé, qui devait certainement être ses parents biologiques. Il n'avait jamais été présenté aux Nolan, mais Morgan était le portrait craché de la femme avec qui elle discutait : même peau blanche, même silhouette pulpeuse et même luxuriante chevelure noire.

Il lui était difficile de se concentrer sur autre chose qu'elle, cependant. Sa robe longue écarlate lui allait comme un gant. Son encolure asymétrique révélait l'une de ses gracieuses clavicules et son appétissante épaule. Cintrée à la taille, elle moulait ses hanches généreuses et retombait sur le sol en une longue traîne. Morgan. Elle était époustouflante, l'incarnation même de la riche héritière, malgré la découverte récente de ses origines modestes. La couleur de sa robe suffisait à la distinguer des autres invités, dont les tenues étaient pour la plupart plus sombres, mais il l'aurait de toute façon repérée n'importe où. Elle était comme un phare qui brillait dans la nuit.

Il avait l'impression qu'une éternité était passée depuis qu'il était entré dans cette même salle de bal et avait posé son regard sur elle pour la première fois en dix ans. Les semaines qui avaient suivi, ils les avaient passées dans les bras l'un de l'autre. Ils avaient réglé une grande partie de leurs problèmes du passé. Des vérités avaient été dites, pansant les vieilles blessures qu'ils avaient gardées durant tout le temps où ils avaient été séparés.

Ils s'étaient mis d'accord pour que leur relation ne se prolonge pas au-delà de cette soirée, mais il ne pouvait pas se résoudre à accepter que tout soit terminé. Alors qu'il se faisait cette réflexion, elle s'était tournée vers lui, et un doux sourire était venu étirer ses lèvres rouge cerise. En lui rendant son sourire, il sentit quelque chose en lui se contracter, comme si elle avait pris son cœur dans sa main et avait serré. Non, il ne la laisserait pas partir encore une fois. Peu importait tout ce que son père ou qui que ce soit pouvait en dire. Il allait lui parler, c'était décidé. Dès que l'occasion se présenterait. Car pour l'heure, elle était occupée à jouer son rôle de représentante officielle de la soirée.

Au bout d'un temps, elle finit par s'éloigner des Nolan pour s'approcher de lui.

— Bonsoir, monsieur Atkinson, lui dit-elle en souriant.

— Mademoiselle Steele. Quelle délicieuse soirée, fit-il en mimant le ton excessivement courtois qu'elle avait employé pour le saluer.

À présent encore, des semaines plus tard, elle voulait que leur relation demeure secrète. De sorte que personne ne puisse gâcher leur bonheur. Ou quelque chose comme ça. Désormais, il se demandait si ce n'était pas davantage lié à la désapprobation de son père. Steele avait incontestablement le pouvoir de tout gâcher. Depuis le début de la soirée, River l'avait surpris une ou deux fois à lui jeter des regards mauvais, mais ils ne s'étaient pas parlé depuis la discussion qu'ils avaient eue dans les locaux de Steele Tools quelques semaines plus tôt.

— Merci, finit-elle par dire en jetant un coup d'œil autour d'elle. Je regrette qu'il n'y ait pas davantage de personnes qui dansent, mais à part ça, tout semble bien se passer.

— J'ai toujours cru en la nécessité de montrer l'exemple, affirma-t-il en lui prenant la main pour la conduire vers la piste de danse à moitié vide.

Il savait bien que c'était une proposition dangereuse, et à en juger par le regard méfiant qu'elle lui adressa, elle l'avait compris elle aussi. Au cours des quelques semaines passées, ils avaient fait beaucoup d'efforts pour garder le secret sur leur relation. En s'affichant au milieu de la piste de danse, ils prenaient le risque de la mettre en lumière. Avec l'alchimie qu'il y avait entre eux, ils allaient se faire remarquer. Les gens les verraient comme un couple. En particulier Trevor.

Il fut donc ravi, et aussi un peu surpris, de constater qu'elle se laissait faire. Posant une main sur sa taille, il se tint à une distance courtoise de son corps quand il commença à onduler avec elle au rythme de la musique jouée par l'orchestre. Et sa stratégie fonctionna. Quelques minutes plus tard, plusieurs couples, dont les Nolan, étaient venus les rejoindre.

— Tu vois ? lui dit-il. Les gens dansent, maintenant.

— Merci, répondit-elle, même si elle paraissait un peu nerveuse.

Elle ne cessait de jeter des coups d'œil anxieux autour d'elle et ne soutenait jamais son regard plus de quelques secondes.

— Tu es très belle, ce soir. Cette couleur te va à merveille. Ça me rappelle ce petit truc en dentelle que tu avais mis pour notre week-end à la mer.

Enfin, un sourire sincère se dessina sur son beau visage. Il remarqua aussi qu'elle avait légèrement rougi.

— Merci, River. Permets-moi de te dire que tu es toi aussi très beau dans ce smoking. Tu as parcouru un long chemin depuis le jean et le T-shirt que tu portais dans le bar où nous nous sommes rencontrés.

Il se mit à rire à l'évocation de ce moment. Dès ce premier instant, son regard avait été irrésistiblement attiré par elle dans la salle bondée.

— J'ai dû te faire une forte impression.

— Je crois qu'on peut dire ça, oui. Je me rappelle t'avoir trouvé culotté d'approcher ce groupe de filles pour me proposer de m'offrir un verre. Toutes ensemble, on devait tout de même être assez intimidantes.

— Ça m'était complètement égal. Tu aurais été entourée d'un groupe de chiens affamés que je serais tout de même allé droit vers toi. Je ne pouvais pas résister.

Il laissa son regard glisser sur la courbe gracieuse de sa gorge, exposée par son chignon haut et le décolleté de sa robe. Brûlant d'envie de l'embrasser, il se fit violence pour se remettre à parler. Occuper ses lèvres d'une autre façon.

— Morgan, il faut que je te parle.

Elle releva vers lui ses grands yeux vert doré.

— Je t'écoute. Quelque chose ne va pas ?

— Eh bien… Oui et non. Je voulais juste te parler de… Te dire… que je t'ai menti.

L'air décontenancé, elle fronça les sourcils.

— Tu m'as menti ? À quel sujet ?

— Je ne me suis pas rendu compte que je mentais sur le moment, mais quand je t'ai dit que j'étais d'accord pour mettre un terme à notre relation ce soir… Eh bien, en réalité, je n'étais pas d'accord. Je veux plus qu'une simple aventure, Morgan. Je veux être avec toi. Aux yeux de tous. Sur le long terme.

— River, je…

Pour faire taire ses objections, il leva une main devant lui avant de la replacer sur sa hanche.

— Je veux que tu regardes ton père dans les yeux et que tu lui dises que nous sommes ensemble. Et que c'est sérieux. Parce que ça l'est, malgré toutes nos bonnes résolutions. En tout cas, ça l'est pour moi.

Il avait envie de lui en dire plus. De lui confier qu'il pensait être retombé amoureux d'elle. Mais le regard désorienté qu'elle affichait l'en dissuada.

— Est-ce sérieux aussi pour toi ? demanda-t-il.

Elle jeta un coup d'œil autour d'elle avant de se reconcentrer sur lui.

— Oui, mais… Ne pourrait-on pas parler de cela après la fête ? C'est un sujet de conversation un peu lourd pour la piste de danse.

Ravalant sa déception, il hocha la tête.

— Bien sûr.

Il était certain qu'elle avait plus de sentiments pour lui qu'elle ne voulait le montrer. Et que, si elle se retenait, c'était parce qu'elle avait peur. Peur de dire à son père qu'elle était retombée dans le piège de ce garçon qui n'était pas assez bien pour elle. Peur de se donner en spectacle au beau milieu de cet événement officiel et de devenir la cible de cruels murmures.

— Écoute, euh… Oublie tout ce que je t'ai dit. C'était idiot de ma part de soulever ce sujet maintenant.

— Non, River, je ne veux pas oublier. Je veux juste…

Ces paroles furent interrompues par une explosion, à l'autre bout de la pièce, qui ébranla toute la maison.

Un chaos absolu régnait partout. Après l'assourdissante détonation, la partie gauche de la salle de bal s'était enflammée. Des chaises et des verres avaient volé à travers la pièce, des hurlements d'horreur avaient suivi. Les invités, qui criaient toujours, cherchaient désormais à fuir la maison en courant.

Dans l'épais nuage de fumée qui avait envahi la pièce, Morgan ne savait que faire. Elle n'arrivait à penser qu'aux autres personnes présentes. Qui se trouvait près du lieu de l'explosion ? Ses frères, ses parents, les Nolan ? Venait-elle de perdre toute occasion d'apprendre à connaître ses véritables parents ? Et les familles qui s'étaient vu remettre les clés ? Le cœur battant à tout rompre, elle plissait les yeux pour essayer de reconnaître des visages dans la fumée.

Mais River finit par lui prendre la main pour la faire sortir avec un empressement communicatif. En sens inverse de la foule, ils se précipitèrent vers la porte de derrière, qu'il ouvrit d'un coup de pied. Arrivés à bonne distance de la maison, ils s'effondrèrent ensemble sur un banc de pierre qui bordait l'un des jardins.

Elle avait mal aux yeux, peinait à reprendre son souffle, mais elle voulait retourner à l'intérieur. Aider tous ceux qu'elle pouvait aider. Cependant, serrant toujours sa main, River la retenait fermement. Comprenant qu'il ne la laisserait pas partir, elle porta sa main libre à son visage et étouffa un sanglot.

— Qu'est-ce qui s'est passé ? Je n'ai rien vu. Tu crois que c'est une fuite de gaz ?

— Ça m'étonnerait. J'ai plutôt eu l'impression d'un acte délibéré.

— Mais qui aurait pu faire une chose pareille ?

Faire exploser une bombe au beau milieu d'une fête organisée en l'honneur de familles défavorisées… Cela semblait monstrueux.

— Je ne sais pas. Mais ils seront arrêtés et livrés à la justice. S'il y a bien quelque chose que je sais sur ton père, c'est qu'il ne faut pas se mettre en travers de son chemin. Il s'en chargera personnellement.

— S'il est en mesure de le faire. Tu crois que… ?

Elle s'interrompit en songeant à ce qui avait pu arriver aux personnes qu'elle aimait. Et s'il y avait des blessés ? Et si quelqu'un était mort ?

Comme il l'avait attirée contre son torse musclé, elle laissa reposer sa joue humide de larmes sur le col de son smoking. Et quand elle rouvrit les yeux, son regard tomba sur la petite plaque de marbre qui reposait juste à côté du banc. Pour fuir le danger, il l'avait conduite dans un endroit mille fois plus périlleux que la maison en flammes. Elle resta immobile un instant à espérer que la pénombre dissimule cette forme que son regard percevait si nettement.

— Ça va aller, lui dit-il d'une voix rassurante.

Puis elle le sentit se raidir contre elle, et elle comprit que quelque chose avait changé.

Elle avait peur de respirer. Peur de bouger. Peut-être ne l'avait-il pas vu. Ou bien n'avait-il pas compris ce que cela signifiait. Ce n'étaient après tout qu'un nom et une date. Une date beaucoup trop précoce pour correspondre à la naissance de leur enfant.

— Morgan ?

Elle sentait ses doigts s'enfoncer plus fort dans ses avant-bras.

— Oui ?

— Qu'est-ce que c'est ?

Bouleversée, elle serra fort les paupières puis se força à redresser le dos. Le moment était arrivé. Elle y était, dans cette situation qu'elle avait cherché à esquiver pendant dix années. En définitive, cette explosion les avait menés droit au cœur de son plus sombre secret.

— Dawn, lut-il à voix haute comme elle ne répondait

pas. Je me souviens t'avoir entendu dire que tu aimais ce nom quand nous parlions de nos futurs enfants. N'était-ce pas le prénom de ta grand-mère ?

— Mon arrière-grand-mère, se força-t-elle à répondre.

Elle le regarda, et vit le changement en lui. Tous les muscles de son corps étaient tendus, sa mâchoire crispée, son regard rivé sur la pierre tombale de Dawn. Des milliers de pensées se bousculaient désormais dans son esprit. Raisons. Explications. Mais elle ne savait pas par où commencer.

Il finit par écarter ses mains d'elle, la douce chaleur de son corps laissant place à un froid intolérable. Une sensation affreuse, en cet instant où elle avait plus que jamais besoin de son soutien. Mais il ne la regardait toujours pas. Rien, pas même les hurlements et les sirènes qu'on entendait au loin, n'aurait pu arracher son attention à la petite plaque de marbre, elle en était certaine.

— Dis-moi.

Des larmes se mirent à couler sur ses joues quand elle commença ce récit qui avait été si longtemps différé.

— C'est là que mon père a enterré l'urne qui contient les cendres de ma fille. Notre fille.

— Nous avons eu une fille.

C'était une affirmation. Pas une question.

— Oui. J'ai découvert que j'étais enceinte quelques semaines après notre mariage, quand je suis retournée au campus. Pendant longtemps, je suis restée dans le déni et je n'en ai parlé à personne. J'étais tellement blessée, tellement décontenancée par tout ce qui s'était passé. Je pensais avoir encore du temps pour réfléchir à ce que je devais faire, mais des complications sont apparues. Le bébé n'était pas encore prêt à naître, mais les médecins n'avaient pas le choix.

Elle ne voulait pas entrer dans les détails de la détérioration de son état de santé et des risques qu'elle avait elle-même encourus. Pas tout de suite. Plus tard, peut-être, une fois que le choc serait passé et qu'il pourrait comprendre tout ce qu'elle avait enduré.

— Les médecins ont fait tout leur possible, mais je l'ai perdue quelques heures à peine après sa naissance. Après l'accouchement, ils l'ont directement transférée en réanimation néonatale. Je n'ai jamais pu la tenir dans mes bras.

— Nous sommes deux, dit-il d'une voix glaciale.

C'était la réaction qu'elle avait tant redoutée. Ces mots furent comme du sel sur ses blessures béantes. Elle n'avait jamais vraiment cicatrisé, mais depuis le retour de River dans sa vie, elle se sentait de nouveau à vif.

— Comment as-tu pu me cacher ça, Morgan ?

— Après tout ce qui s'était passé entre nous ? Je ne savais même pas par où commencer. J'étais tellement en colère contre toi. J'étais persuadée que tu t'étais servi de moi pour extorquer de l'argent à mon père. J'étais persuadée que tu m'avais abandonnée. Même si tu n'étais pas au courant pour le bébé, je crois que je t'en voulais d'être parti en me laissant tout régler toute seule.

— Je ne suis pas parti.

— Je le sais, maintenant. Mais à cette époque, j'étais abasourdie par tout ce qui s'était passé dans ma vie. J'avais peur, j'avais mal et je ne savais pas quoi faire. Et puis j'ai perdu Dawn et j'ai pensé qu'il valait peut-être mieux que tu ne le saches pas. Pourquoi te faire souffrir en te disant que nous avions eu une fille et qu'elle était décédée ? Je sais que j'ai fait le mauvais choix, et je te demande pardon.

— Et maintenant ? dit-il en tournant enfin vers elle un regard froid et triste. J'entends bien qu'à cette époque les choses étaient compliquées entre nous. Mais depuis que nous nous sommes retrouvés ? Depuis que tu sais la vérité concernant l'argent et ce que ton père a fait ? Toutes ces fois où nous étions seuls et où nous avons parlé de nos vies ? Tu as eu des milliers d'occasions de m'en parler au cours des semaines passées.

— Je sais. Et tu ne peux même pas imaginer à quel point ça m'a tourmentée. Je mourais d'envie de te le dire à chaque fois que nous étions ensemble, mais les mots ne sortaient pas. Plus j'attendais, plus ça devenait difficile. Et quand j'ai fini par comprendre ce que je ressentais pour toi, j'ai… Je ne savais pas comment… J'ai eu peur que tu me détestes.

Elle avait manqué de peu de lui dire qu'elle était amoureuse de lui. Elle l'était, c'était certain, mais elle ne voulait pas que cela ait une influence quelconque sur cette discussion. Il ne l'aurait pas entendue, de toute façon, et elle ne voulait pas qu'il l'accuse de chercher à le manipuler.

— Et si le bébé était né à terme et que tout s'était bien passé… m'en aurais-tu parlé ? L'aurais-tu fait adopter sans même m'informer de cette décision ? Aurais-je pu un jour tomber sur une petite fille qui avait mes yeux en passant devant un parc ?

— Évidemment que je t'en aurais parlé, répondit-elle, même si elle était loin d'en être sûre.

Elle n'était jamais arrivée aussi loin dans le processus de réflexion, mais il n'avait pas besoin de le savoir.

— Dawn Steele, lut-il encore en se retournant vers la plaque de marbre. Tu ne lui as même pas donné mon nom. Tu l'as cachée dans un recoin obscur du jardin comme tous tes autres secrets de famille. Comme si elle et moi n'avions jamais existé dans ta vie.

— River, je…

— Tais-toi, coupa-t-il en se détournant d'elle pour observer le chaos qui régnait sous leurs yeux.

Il y avait des voitures de police et des camions de pompiers tout autour de la propriété, des sirènes, des gyrophares et des flammes qui s'échappaient d'une fenêtre. Il observait tout cela d'un œil froid, comme s'il s'agissait non pas d'un épouvantable événement mais d'une scène qui lui permettait de se distraire du drame de sa propre vie.

Il ne la regardait pas et elle le regrettait amèrement. Elle était désespérée d'établir un contact avec lui et de lui expliquer tout ce qu'elle avait enduré, mais il n'écouterait pas un mot de ce qu'elle avait à lui dire.

— On dirait qu'ils ont arrêté quelqu'un, finit-il par marmonner.

En suivant son regard, elle discerna la silhouette d'un homme qui semblait âgé mais robuste. Il était allongé par terre, face contre terre, et Harley Dalton était assis sur son dos. Un policier était en train de passer des menottes à l'homme qu'elle ne reconnut pas, même s'il semblait porter le même uniforme que les serveurs du traiteur qui avait été embauché pour la soirée.

— Apparemment, ils ont la situation sous contrôle, dit-il en se levant. Je pense que tu es en sécurité maintenant.

— Tu t'en vas ?

Elle avait l'impression que son cœur était lentement arraché de sa poitrine à mesure qu'il s'éloignait d'elle.

— C'est mieux comme ça, répondit-il en acquiesçant.

Elle resta assise, impuissante, à regarder l'homme qu'elle aimait, l'homme qu'elle avait fait souffrir, quitter le jardin et quitter sa vie.

À présent, elle comprenait ce qu'il avait pu ressentir.

- 11 -

Morgan avait disposé tous ses vêtements sur le lit. D'ordinaire, après la cérémonie de remise des clés, elle restait quelques semaines à Charleston pour voir ses amis et prendre un peu de congés. Elle aurait pu passer davantage de temps avec les Nolan qui, heureusement, n'avaient pas été blessés dans l'explosion. Mais cette année-là, pour d'évidentes raisons, elle était pressée de retourner à Washington. Fuir ? Non, elle préférait voir là un moyen de reprendre le cours normal de sa vie.

Si tant est qu'elle ait jamais été normale.

Les gens normaux ne sont pas harcelés par des malades mentaux qui essaient de les faire exploser quand ils organisent des fêtes. La police avait déserté les lieux depuis longtemps, à présent, mais la salle de bal était toujours recouverte de bâches, son accès interdit par du scotch de police. Heureusement, le feu, qui avait été rapidement maîtrisé, n'avait pas endommagé les autres pièces de la maison, mais tous ces signaux étaient un rappel constant de l'explosion et de tout ce qui avait suivi.

Elle avait envie de rentrer dans sa maison de Georgetown. Laquelle n'était pas imprégnée des bons et mauvais souvenirs de River et de tout ce qui s'était passé. C'était un territoire neutre, son territoire, toute sa vie était là-bas. Et après les quelques mois passés, elle était désespérée de retrouver ce refuge.

Machinalement, elle prit deux paires de chaussures dans le placard et les posa près du lit. Quand elle releva les yeux, son père se trouvait sur le pas de la porte. Cette apparition soudaine la surprit. Il ne venait jamais dans l'aile des enfants, et moins encore depuis que lesdits enfants étaient devenus adultes.

— Tu as besoin de quelque chose ?

Il la regarda quelques instants en plissant les yeux avant de secouer la tête.

— J'étais juste venu te voir. Je suis étonné que tu fasses déjà tes bagages. Est-ce à cause de l'explosion ? Le coupable a été arrêté, tu sais ? Tu ne cours aucun risque à rester.

— Ça n'a rien à voir, répondit-elle en haussant les épaules. C'est juste qu'il est temps pour moi de partir. Je n'ai aucune raison de rester. Et je te rappelle que je ne vis plus ici.

— Il m'arrive parfois de l'oublier, répondit-il avec un sourire nostalgique. Il m'est bien plus facile de continuer de voir en toi la petite fille avec ses couettes et ses poupées.

— Ça fait longtemps que je ne porte plus de couettes, papa. J'aurai trente ans dans moins d'une semaine.

Croisant les bras sur son torse, il soupira.

— Je sais. Et si je n'avais pas déjà reconnu ton statut d'adulte, la cérémonie de remise des clés aurait achevé de me convaincre.

— Comment ça ?

— Je ne sais pas. C'est peut-être le fait de t'avoir vue avec River.

Pour éviter de le regarder, elle ramassa une paire de Jimmy Choo qu'elle glissa dans un sac de protection.

— Je n'imaginais pas que tu remarquerais quoi que ce soit. On ne peut pas vraiment dire qu'on se soit donnés en spectacle. Par ailleurs, je remarque que c'est la première fois que je t'entends prononcer son nom de tout l'été.

— Quand je l'ai rencontré dans le hall des bureaux et que j'ai compris pourquoi il était là, je me suis dit qu'il valait peut-être mieux que je reste en dehors de tout ça, cette fois-ci. Tout semblait bien se passer pour le projet de construction, et tu m'as clairement fait comprendre que ma dernière intervention avait eu des effets désastreux. C'était la meilleure chose à faire. Le projet a eu un succès étonnant cette année, et vous paraissiez plutôt bien ensemble à la cérémonie de remise des clés. En vous regardant danser, j'ai eu la nette impression que le feu s'était ravivé entre vous.

— Tu n'as pas à t'inquiéter pour ça, répondit-elle sèchement.

Et pour éviter de trop penser à River, elle se concentra sur ses bagages, poursuivant ses rangements en accélérant la cadence.

— Je ne m'inquiète pas. Vous me semblez un peu mieux placés pour débuter une relation de couple. Vous êtes plus âgés, votre carrière est lancée. Je ne compte pas m'interposer cette fois-ci, voilà ce que j'essaie de te dire.

Elle eut un petit rire amer. Évidemment, il avait fallu attendre que les choses soient terminées entre eux pour que son père approuve enfin River.

— Ravie de l'apprendre, mais c'est un peu trop tard. Quoi qu'il ait pu se passer entre nous, c'est terminé.

Elle entendit les pas hésitants de son père sur le plancher juste avant de sentir sa main se poser sur son épaule.

— Que s'est-il passé ?

Dans un soupir, elle referma sa valise et se laissa tomber sur le lit.

— Il a su pour Dawn.

Prenant son visage entre ses mains, elle laissa couler les larmes qu'elle avait lutté pour retenir toute la journée.

Un instant plus tard, elle sentait le lit s'affaisser à côté d'elle, les bras de son père s'enrouler autour de ses épaules.

— Oh ! mon trésor.

— Il m'en veut à mort. Il a dit que, même si je croyais qu'il t'avait extorqué de l'argent, ça ne me donnait pas le droit de lui cacher ma grossesse. Et moins encore après avoir perdu le bébé. Il a raison. Il avait le droit de savoir. Mais notre famille est tellement obnubilée par les apparences. Tous ces secrets et ces mensonges… Tes mensonges… Tu en as fait un réseau si intriqué qu'il est impossible de ne pas s'y faire prendre.

Elle le sentit se crisper à côté d'elle. Peut-être se sentait-il coupable. Il aurait dû, en tout cas. Cette catastrophe était en partie de son fait. Pas complètement, mais en partie. Elle y avait elle-même joué un rôle en gardant le silence. Depuis le départ de River, quelques jours plus tôt, elle avait beaucoup réfléchi. À River, mais aussi aux mensonges et secrets qui lui inspiraient tant de mépris. Il avait eu raison quand il lui avait dit que ce n'était pas sain de tout garder en soi. Elle préférait encore provoquer un scandale plutôt que de vivre sa vie en marchant sur des œufs de crainte qu'un secret ne soit révélé.

— Il a raison. Et je ne mentirai plus, papa. Cacher les choses ne les rend pas moins douloureuses, et je ne peux plus faire comme si rien de tout ça n'était arrivé. Je vais faire transférer Dawn dans un véritable cimetière, je ne veux plus qu'elle soit cachée à la face du monde. J'envisage même de créer une association à son nom pour collecter des fonds pour l'achat de matériel de réanimation néonatale. Comme j'en ai fini avec Steele Tools, je pense que je vais me lancer immédiatement là-dedans. Grâce aux dernières technologies et aux récentes recherches, je pourrais peut-être épargner à d'autres femmes la douleur de perdre leur enfant comme j'ai moi-même perdu le mien.

Il y eut un long silence, au cours duquel elle attendit que son père proteste. Lui explique pourquoi ce n'était pas une bonne idée, lui affirme qu'il voulait juste la protéger.

— Morgan…, se borna-t-il cependant à dire, au bout d'un temps, l'air hésitant.

— Je suis désolée si tu penses que ça nuira à la famille ou à l'image de la société, mais je dois le faire. Tu pourras toujours rappeler que je ne suis pas vraiment ta fille, si ça rend les choses plus faciles pour tout le monde.

— Morgan ! cria-t-il cette fois-ci en se tournant vers elle avec une expression sévère qu'elle avait rarement, si ce n'est jamais, vue sur lui. Je ne veux plus jamais t'entendre dire une chose pareille ! Jamais ! Tu m'entends ? Tu es ma fille, quoi que puisse en dire l'ADN ou je ne sais quoi. Peu importe que tu commettes des erreurs, peu importe que tu ne sois pas la fille modèle que tu as toujours rêvé d'être. Je t'aime telle que tu es.

Ces mots puissants eurent sur elle un impact qui le fut tout autant. Elle s'était toujours battue pour être conforme à l'image que ses parents se faisaient d'elle. Et depuis les résultats des tests ADN, elle se demandait si la véritable Morgan Steele aurait été davantage à la hauteur de leurs espérances. Mais l'essentiel était que ses parents l'aimaient. Elle regrettait de ne pas l'avoir compris plus tôt. Cela lui aurait épargné beaucoup de stress et de souffrances.

— C'est vrai ?

— Évidemment.

Tout en soupirant, il baissa pudiquement les yeux.

— Tu es ma petite fille. Depuis la première fois où je t'ai prise dans mes bras, j'ai tout fait pour te protéger du monde extérieur. Je me rends compte à présent que j'ai parfois fait de mauvais choix, qui n'ont peut-être eu pour effet que d'empirer les choses. Je ne suis pas parfait. Mais je sais maintenant que je ne peux pas te protéger de tout. Tu dois vivre ta propre vie et prendre tes propres décisions. Je te demande pardon d'avoir mis tant de temps à le comprendre.

Émue, elle s'appuya un peu contre son épaule. Ils se comprenaient mieux, désormais. Elle savait qu'il l'aimait et qu'il ne voulait que son bien. Alors autant tourner la page et aller de l'avant. Ils ne pouvaient de toute façon pas remonter le temps pour réparer les erreurs du passé.

— Et si tu es d'accord pour rester encore quelques jours, je pourrai parler à mes juristes et comptables du lancement de cette association pour Dawn. Je trouve que c'est une excellente idée. D'ailleurs, je compte bien être le premier à faire un don. Plus de secrets, c'est terminé.

Assis à la table d'interrogatoire, Greg regardait fixement ses poignets menottés. Il avait longuement réfléchi pour élaborer son plan, mais n'avait pas pensé à une stratégie d'évasion. Il était persuadé que le chaos généré par l'explosion lui permettrait de disparaître facilement. Il regrettait à présent son manque de prévoyance.

Rien ne s'était passé comme il l'avait espéré. La deuxième charge, à droite de la pièce, n'avait pas explosé. Si cela avait été le cas, il aurait sans doute pu s'éclipser facilement, mais il était resté là, à appuyer et appuyer encore sur le bouton, furieux que rien ne se produise. Et quand il avait fini par lâcher la commande pour se diriger vers la porte de derrière, quelqu'un l'avait repéré.

Une armoire à glace qu'il avait immédiatement reconnue comme Harley Dalton. Le fou furieux dont ils avaient kidnappé la petite amie pour une rançon de dix millions de dollars quelques mois plus tôt.

Depuis la détonation, il avait les oreilles qui sifflaient, mais malgré cela, il avait entendu des bruits de pas qui se rapprochaient rapidement de lui. Bien avant d'avoir pu atteindre sa voiture, il avait senti une énorme main l'attraper par le col. Un instant plus tard, il était face contre terre. Un coup avait été porté à son crâne, et aussitôt il avait perdu connaissance. Quand il s'était réveillé, il se trouvait à l'arrière d'une voiture de police.

Machinalement, il se tourna vers le miroir et les hommes qui devaient sans nul doute l'observer derrière. Il ne s'en tirerait pas impunément cette fois-ci. Ils trouveraient ses empreintes sur le détonateur qu'il avait imprudemment manipulé. Dalton travaillant sur l'affaire, ils n'auraient sans doute aucun mal à le rattacher au kidnapping, et peut-être même à l'échange originel de bébés. Il était fait comme un rat et, cette fois-ci, il ne pouvait en vouloir à personne d'autre qu'à lui-même.

La porte finit par s'ouvrir sur Dalton et un autre détective. Dalton avait un bandage autour du front, masquant une probable blessure liée à l'explosion. Ce qui, ajouté à son air hargneux, lui conférait une apparence des plus inquiétante.

— Bonjour, Greg. Voulez-vous un café ou de l'eau ? lui demanda le détective.

Il secoua la tête. Il ne voulait ni leur laisser un échantillon ADN ni laisser sa vessie le trahir. Il avait vu suffisamment de films policiers pour savoir comment les choses fonctionnaient.

— Nous avons trouvé votre deuxième bombe dans la salle de bal. Vous avez tellement mal fait le boulot que les démineurs n'ont réussi ni à l'amorcer ni à la désamorcer. Un vrai miracle que la première ait fonctionné. Enfin, façon de parler… Mais vous avez de la chance. Si les deux avaient marché, quelqu'un aurait pu être gravement blessé, voire tué. Et vous auriez alors été inculpé de meurtre.

Les Steele et leurs amis s'en étaient donc sortis avec tout au plus quelques égratignures. Logique. Ils étaient intouchables.

— Grâce au travail de M. Dalton ici présent, nous avons réussi à vous rattacher non seulement à cette tentative d'attentat, mais aussi au récent kidnapping de Jade Nolan, ainsi qu'à la tentative d'enlèvement dont elle a fait l'objet il y a trente ans. Vous êtes un homme très actif.

Dalton s'adossa au mur, croisa les bras sur son large torse. À bien y regarder, rien d'étonnant à ce qu'il ait réussi à l'assommer d'un seul coup de poing.

— Que s'est-il passé, Greg ? lui demanda-t-il. À ce que j'ai cru comprendre, vous n'avez pas vécu l'existence de rêve que vous visiez. Vous m'avez soutiré dix millions de dollars, et vous n'avez rien. Même pas une maison. Apparemment, vous êtes retourné vivre chez votre père. Ça doit être humiliant pour un homme de votre âge.

Il ne répondit pas à cette attaque. Cela n'aurait été d'aucune utilité. Au point où il en était, il avait, certes, peu de chances de s'enfoncer davantage. Mais son instinct lui dictait de garder le silence.

Tandis qu'il se faisait ces réflexions, le détective s'était assis à la table et s'était penché vers lui.

— Alors, qu'est-il arrivé à la rançon, Greg ? Ou devrais-je dire, où sont passés Buster et l'argent ?

Ulcéré, il poussa un lourd soupir.

— Si je savais où est Buster, je serais déjà allé le trouver pour récupérer ma part et lui faire payer sa trahison.

Dalton leva les yeux au ciel tandis que le détective notait quelque chose sur un calepin. Ce ne fut qu'à ce moment-là que Greg comprit ce qu'il venait de faire. Et dire qu'il s'était promis de garder le silence. Voilà pourquoi Buster avait toujours été le cerveau des opérations.

— Je veux un avocat, dit-il avant de s'enfoncer davantage. Et je veux un accord.

S'il devait tomber, il ne comptait pas le faire sans entraîner son complice dans sa chute.

Assis à son bureau, River contemplait les plans d'un nouveau projet dans lequel il s'était lancé. Un complexe immobilier dans le centre-ville, où commerces, restaurants, cinémas, bureaux et logements coexisteraient. Les banlieues étaient l'idéal de la génération passée. Les milléniaux, qui préféraient vivre dans de plus petits espaces en plein cœur de l'action, étaient à l'origine de multiples projets de rénovation urbaine dans tout le pays.

C'était un immense projet, et si Southern Charm

obtenait le marché, l'entreprise deviendrait une référence dans le milieu de l'immobilier. C'était d'ailleurs pour cette raison qu'il avait eu l'idée de coopérer au projet caritatif de Steele Tools : augmenter sa visibilité pour pouvoir ensuite décrocher des offres plus lucratives telles que celle-ci.

À moins bien sûr que tout cela n'ait été un prétexte. Tout en repoussant les plans, il soupira. Pour être tout à fait honnête avec lui-même, il aurait dû reconnaître que le but était d'abord et avant tout de revoir Morgan. De la forcer à le regarder dans les yeux et à assumer ce qu'elle lui avait fait. De leur montrer, à elle et son père, qu'il n'était pas la cause perdue qu'ils avaient vue en lui. Mais les choses ne s'étaient pas passées comme il l'avait prévu. Elles s'étaient beaucoup mieux passées qu'il l'avait prévu. Et tout à coup, tout s'était effondré.

— Monsieur Atkinson, un certain M. Steele voudrait vous voir, fit la voix de son assistante, coupant court à ses pensées.

Intrigué, il regarda fixement l'Interphone. L'espace d'une demi-seconde, à l'évocation du nom Steele, son cœur s'était rempli d'espoir. Mais ce n'était pas la Steele qu'il aurait aimé voir. Sûrement l'un de ses frères, venu pour discuter avec lui d'un sujet purement professionnel.

— Faites-le entrer.

Il se hâta de ranger les plans, et quand il releva les yeux, il fut surpris de se trouver face à Trevor Steele. Le père, et non l'un de ses fils.

S'étant levé d'un bond, il réajusta sa cravate.

— Je ne m'attendais pas à vous voir, monsieur Steele.

Le père de Morgan s'approcha et, pour la toute première fois, lui tendit la main. Ayant accepté son geste, River, perplexe, lui indiqua un siège.

— Asseyez-vous, je vous en prie. Que puis-je faire pour vous, monsieur Steele ?

— Je vous en prie, appelez-moi Trevor. De toute façon, je ne suis pas venu vous voir pour affaires.

River fit de son mieux pour dissimuler son étonnement. Pour quelle autre raison serait-il venu le trouver à son bureau ? À ce qu'il avait cru comprendre, le vieil homme ne supportait même pas l'idée de se trouver dans la même pièce que lui.

— Très bien. Alors que me vaut cet honneur ?

— J'ai eu une discussion assez déroutante avec ma fille ce matin. Une discussion qui m'a permis de comprendre qu'il fallait absolument que je vous parle.

Que pouvait-elle avoir dit à son père d'assez déroutant pour qu'il traverse la ville pour venir le trouver à son bureau ? Certes, ils s'étaient disputés et séparés. Mais en quoi son père était-il concerné ?

— Je ne comprends pas.

Trevor Steele hocha la tête et, l'air pensif, joignit les mains sur ses genoux.

— Elle m'a dit que vous aviez rompu après la réception. Que vous aviez appris pour Dawn.

Il s'interrompit, secoua la tête.

— Tout est ma faute, conclut-il brusquement.

River ne s'attendait certainement pas à ça. Évidemment, il en voulait beaucoup au père de Morgan pour le rôle qu'il avait joué. Mais il n'imaginait pas une seule seconde qu'ils seraient d'accord sur ce point.

— Tout, reprit Trevor Steele. Tout ce qui s'est mal passé entre vous. Dawn. C'était moi qui tirais les ficelles, et je veux maintenant m'assurer que vous le comprenez. N'en voulez pas à Morgan.

Une fois encore, il s'interrompit, sembla hésiter.

— Je vais vous dire quelque chose, reprit-il. Quelque chose que je n'ai jamais dit à personne.

River redressa le dos. Il ne savait pas ce que le père de Morgan allait lui dire, ou si cela changerait quelque chose entre elle et lui, mais il était curieux de le découvrir.

— J'ai toujours su que Morgan n'était pas ma fille. Bien avant les tests ADN et la révélation sur l'échange des bébés, j'avais compris qu'elle n'était pas de moi. Elle ne me ressemblait pas, ne ressemblait à aucun de mes autres enfants. Alors évidemment, j'ai pensé que Patricia avait fauté.

River en eut le souffle coupé. Il n'en croyait pas ses oreilles. Steele était-il vraiment en train de lui faire cette confession ? Cela semblait tellement en décalage avec l'homme qu'il connaissait. Captivé, il l'écoutait sans oser parler.

— Quand j'ai commencé à douter, j'ai essayé de prendre mes distances avec le bébé. Mais il m'était impossible de résister au charme de cette petite fille. Avant même de savoir marcher, elle avait conquis mon cœur. J'aime mes fils, ne vous y méprenez pas, mais Morgan a toujours été le centre de mon univers. Toutefois, quand elle a commencé à grandir et que ses différences physiques avec le reste de la famille se sont accentuées, j'ai commencé à m'inquiéter.

— De rumeurs sur la supposée liaison de votre femme ?

— Non, répondit Trevor Steele.

Face à son expression ulcérée, River se jura de tenir sa langue jusqu'à ce qu'il ait terminé de dire ce qu'il avait à dire.

— À ma connaissance, personne ne s'est jamais interrogé, en public ou en privé, sur la paternité de

Morgan. Mais j'ai commencé à craindre qu'un jour son père biologique se manifeste et essaie de me la prendre. J'étais paralysé par la peur que mon bébé me soit arraché par un inconnu aux yeux verts et aux cheveux noirs. Alors je l'ai surprotégée. Je l'ai couvée pour m'assurer qu'elle reste en sécurité, avec moi. C'était mon obsession. Et un jour, au moment où je m'y attendais le moins, il y a bien un homme qui est arrivé dans sa vie pour me la prendre. Pas celui que je croyais…

Trevor releva les yeux vers River pour lui adresser un sourire amer.

— Vous êtes sorti de nulle part et vous m'avez pris mon bébé. J'ai paniqué quand j'ai appris que vous vous étiez enfuis pour vous marier. J'ai agi par réflexe et j'ai fait de mauvais choix pour essayer de régler ce que je percevais comme un problème. Il ne m'est jamais venu à l'esprit que mon bébé n'en était plus un et qu'il ne m'appartenait pas de corriger son erreur.

« Tout ce qui s'est passé ensuite est uniquement de mon fait. Je voulais la protéger émotionnellement, mais en réalité, je n'ai fait qu'empirer les choses. L'ironie du sort, c'est qu'en me battant pour la garder je n'ai fait que l'éloigner de moi. Après ça, les choses n'ont plus jamais été les mêmes entre nous.

Trevor poussa un lourd soupir, avant de s'adosser au fauteuil.

— Et maintenant, quand je repense à Dawn… et que j'essaie de me mettre à votre place, vous, le père du bébé… Avec tout l'amour que j'ai pour Morgan, je me demande ce que j'aurais ressenti si j'avais appris que j'avais perdu une fille dont on m'avait caché l'existence. Une fille que je n'aurais jamais pu serrer dans mes bras, voir ou même pleurer après son départ. J'aurais été dévasté, c'est certain. Et furieux qu'on m'ait empêché de le faire. Alors je comprends pourquoi vous êtes parti.

Il regarda River dans les yeux.

— Mais c'est contre moi que vous devriez être en colère, pas contre Morgan. Tous les secrets qu'elle a gardés, tous les mensonges qu'elle vous a dits… C'était à cause de moi.

— Ce n'est pas aussi simple que ça, monsieur St… Trevor. Évidemment, j'étais furieux d'apprendre qu'elle m'avait caché tout ça, mais ce n'est pas le seul problème.

— Je comprends. Les relations de couple ne sont pas faciles. Patricia et moi avons connu des hauts et des bas en quarante ans de mariage, et Morgan et vous avez sans doute des problèmes sans lien aucun avec moi. Mais vous devez comprendre que cela en vaut la peine. Qu'elle en vaut la peine. Qu'elle mérite des efforts. Qu'elle mérite d'être protégée. Qu'elle mérite des sacrifices. Elle le vaut, River.

River savait tout ça. Il ne se serait pas cogné la tête contre des murs si le bonheur d'être avec elle n'avait pas supplanté la douleur. Mais quels sacrifices devrait-il encore faire pour l'avoir dans sa vie ? Il avait déjà vécu les quelques semaines passées dans l'ombre pour cacher leur relation aux autres. Il ne voulait pas recommencer, et il espérait qu'il n'aurait pas à le faire. De toute façon, Trevor avait compris qu'il y avait quelque chose de fort entre eux, sans quoi il ne serait pas venu. S'ils pouvaient être ensemble à la face du monde, cela ferait un problème de moins, mais il n'y avait pas que ça.

— Je ne peux pas vous dire ce qui va se passer entre Morgan et moi. Il y a beaucoup de choses auxquelles je dois réfléchir.

— Bien sûr. Ça peut faire peur d'aimer quelqu'un à ce point. Malgré tout le temps qui est passé, toutes les choses que j'ai faites pour protéger Morgan, j'ai toujours peur de la perdre. Quand la vérité a éclaté et que j'ai su avec certitude que ce n'était pas ma fille biologique, j'ai été pétrifié. J'aurais pourtant dû me sentir soulagé que ma femme ne m'ait pas trompé, mais non, j'avais peur. Évidemment, ce n'était que la confirmation de ce que j'avais toujours su et redouté. Sauf que, désormais, il n'y avait plus de lien de sang pour la retenir ici si elle voulait aller dans son autre famille. Et si elle l'avait fait, je n'aurais même pas pu lui en vouloir. Ce n'était évidemment pas mon intention, mais j'ai plus fait pour l'éloigner que pour la garder près de moi.

« Mais elle n'est pas partie. Même après cette révélation. Même après votre deuxième rupture, qui est une fois encore de mon fait. Elle continue de me regarder avec de l'amour dans les yeux, elle continue de m'appeler papa. Ce qui prouve que je me suis conduit comme un imbécile. Bref, je vous demande pardon pour ce que je vous ai fait à cause de mes angoisses indues.

River avait fait de son mieux pour se concentrer sur la conversation, mais cela faisait beaucoup de choses à intégrer. Trevor Steele venait de se mettre à nu devant lui et de lui présenter ses excuses. Pris de court, il ne savait pas comment réagir.

— Je ne sais pas quoi dire, se contenta-t-il donc d'expliquer.

Trevor hocha doucement la tête.

— Je comprends. Alors dites-moi simplement ça : êtes-vous amoureux de ma fille ?

Malgré la colère que lui inspirait toujours la trahison de Morgan, il n'hésita pas une seule seconde à répondre :

— Oui.

— Bien. Ce que je veux plus que tout, c'est que Morgan soit heureuse. Vous l'avez rendue heureuse à l'époque, et vous la rendez heureuse maintenant, River. Vous vous demandez sûrement pourquoi je suis venu ici à l'improviste, pourquoi j'ai vidé mon sac devant vous. Il y a une bonne raison à cela. Aujourd'hui, j'ai vu ma petite fille brisée, comme rarement je l'avais vue dans sa vie. Je ne peux pas effacer les souffrances que je lui ai occasionnées dans le passé, mais il n'est pas trop tard pour faire quelque chose maintenant. Je suis venu ici dans l'espoir de m'expliquer devant vous pour que vous ne laissiez pas les erreurs que j'ai commises détruire votre avenir ensemble.

Le vieil homme, qui paraissait sincère, était bouleversant dans sa dignité. Peut-être avait-il raison.

— Elle a accepté de rester encore une semaine en ville pour régler quelques affaires, reprit-il. Allez la voir pour lui dire ce que vous ressentez. Et si elle a pour vous ne serait-ce que la moitié de l'amour que je pense qu'elle vous porte, cette fois-ci, ne laissez ni moi ni qui que ce soit se mettre en travers du chemin que vous devez suivre ensemble.

- 12 -

— C'est bientôt ton anniversaire.

En relevant les yeux de son téléphone, Jade vit Harley entrer dans la pièce. Il arborait un sourire satisfait quand il se pencha vers elle pour l'embrasser.

— Merci de me le rappeler.

— Trente ans, ce n'est pas rien. Il faut organiser quelque chose.

— Comme quoi ?

En guise de réponse, il sortit de sa poche un chèque qu'il lui tendit.

— Comme tu veux. Je viens d'être payé par l'hôpital St. Francis.

Émerveillée, elle resta quelques instants à regarder la somme inscrite sur le chèque. Étonnant. Mais ce qui l'intéressait davantage était ce que ce morceau de papier signifiait. S'il avait été payé par l'hôpital, c'était que la mission pour laquelle il avait été engagé – trouver qui l'avait échangée avec un autre bébé à la maternité – était enfin terminée.

— Alors c'est fini ?

— C'est fini, ma belle.

Elle se leva pour se glisser entre ses bras musclés.

— Dis-moi tout !

Après l'avoir serrée fort contre lui, il la conduisit jusqu'au canapé.

— Greg Crowley voulait absolument obtenir un accord, dans l'espoir de voir sa peine réduite. Il a tout avoué, de l'échange des bébés à la tentative d'attentat, en passant par le kidnapping. Nancy, la sage-femme de la maternité, était sa sœur, et elle s'est suicidée avant d'avoir révélé à Greg et à son petit ami, Buster, dans quelle famille était tombée la fille des Steele. Ils ignoraient totalement où tu étais jusqu'à ce que tu passes au journal télévisé, presque trente ans plus tard. Alors, ils ont décidé de tenter leur chance pour enfin obtenir la récompense de leurs efforts. Et ils ont réussi.

— Mais alors, pourquoi ce Greg est-il revenu pour essayer de faire sauter la villa des Steele ? À sa place, j'aurais pris les dix millions et j'aurais disparu.

— Parce qu'il était plein d'amertume. C'est Buster qui a pris les dix millions et qui a disparu. Il l'a roulé. Dans un esprit de vengeance, donc, Greg a pris pour cible la famille Steele qui, à son sens, était la cause de tous ses problèmes. Grâce à l'excellent travail de mon équipe de détectives, nous sommes parvenus à retrouver Buster, juste avant qu'il passe la frontière mexicaine. Il est en détention jusqu'à son procès.

— Waouh, souffla-t-elle en essayant d'évaluer les conséquences de tout ce qui venait d'être dit.

Cela faisait un peu plus de six mois qu'elle avait obtenu les résultats de ces tests ADN et que son univers avait été bouleversé. Enfin, elle connaissait toute la vérité. Et surtout, elle savait que les hommes qui étaient derrière tout ça étaient désormais derrière les barreaux. Elle se sentait tout à coup plus légère. Comme si on venait de retirer un lourd poids de ses épaules.

— Quand ils ont retrouvé Buster, ils ont aussi retrouvé l'argent. Cet abruti avait tout gardé dans le sac que j'avais pris pour leur remettre la rançon. Il n'avait encore dépensé que cinquante mille dollars environ. Trevor et moi avons donc pu récupérer la plus grande partie de notre argent.

Elle laissa échapper un profond soupir de soulagement. Elle ne l'avait jamais dit ni à Harley ni à Trevor, mais elle se sentait horriblement coupable à cause de l'argent qu'ils avaient déboursé pour sa rançon. Quand elle avait su que ses ravisseurs avaient pris la fuite, elle avait eu la sensation que ces dix millions de dollars s'étaient évanouis dans la nature. Savoir qu'ils avaient été récupérés était presque aussi réconfortant que savoir les coupables derrière les barreaux.

La belle voix grave de River la ramena doucement au temps présent.

— Je me disais donc qu'on pourrait faire quelque chose de tout cet argent. Pour fêter ton anniversaire, bien sûr, mais on pourrait aussi s'offrir… je ne sais pas, moi, une maison dans le coin ?

— Une maison ? Ici ? demanda-t-elle, surprise.

Ils s'étaient tellement concentrés sur l'enquête qu'ils n'avaient presque pas parlé de ce qu'ils feraient une fois qu'elle serait bouclée. Elle avait présumé que Harley voudrait retourner à Washington, mais les discussions concernant leur mariage et le lieu où ils vivraient avaient été remises à plus tard. Et ce « plus tard », apparemment, était arrivé plus tôt que prévu, sans qu'elle s'y soit préparée.

— Oui. Ici. Tu adores Charleston, et je ne t'imagine pas vivre autre part.

— C'est vrai que j'aime la vie ici, mais je pourrais travailler n'importe où. Alors que ton entreprise est basée à Washington. C'est plus important.

— Et cette entreprise a été parfaitement bien gérée

au cours des semaines que j'ai passées ici. Isaiah s'est bien débrouillé, mais si je reste à Charleston, j'engagerai quelqu'un pour diriger la société à plein temps. De toute façon, je n'ai jamais beaucoup aimé cet aspect de mon travail. Mais je prendrai peut-être un petit avion pour pouvoir faire des allers et retours plus facilement.

Elle était littéralement sous le choc. Mais ravie. Même si elle n'avait pas envie de s'éloigner de ses familles, l'ancienne et la nouvelle, elle était prête à faire tous les efforts qu'il faudrait pour lui. Mais elle n'avait jamais imaginé qu'il soit disposé à faire de même pour elle.

— C'est vrai ?

Tout en souriant, il se rapprocha d'elle pour la prendre dans ses bras.

— Tes désirs sont des ordres, mon amour. Avec tout ça derrière nous, on peut commencer notre vie ensemble sans s'inquiéter de cette ombre planant au-dessus de nos têtes. Jamais plus quelqu'un ne te fera de mal, je te le promets, et je te promets aussi de passer tout le reste de ma vie à te faire sourire.

River regarda la bague que le joaillier venait de lui remettre. Il lui avait fallu attendre trois jours pour qu'elle soit prête, mais le travail était enfin terminé. Le joaillier devait le penser fou d'avoir fait monter ces deux énormes diamants roses sur cette bague bon marché. Un anneau en or dix carats serti d'un minuscule solitaire. Le plus beau bijou que le jeune homme de vingt et un ans qu'il avait été avait pu trouver.

Quand il le lui avait offert, elle s'était pourtant montrée rayonnante d'enthousiasme. Elle lui avait dit qu'elle pouvait avoir tous les diamants qu'elle voulait, mais que celui-ci demeurerait toujours le plus beau à ses yeux.

Ce souvenir lui était revenu quand Trevor Steele avait quitté son bureau cet après-midi-là. Il avait alors essayé de prendre la mesure de tout ce qui lui avait été dit, et beaucoup de choses s'étaient passées dans son esprit. En allant se coucher, ce soir-là, il s'était dit qu'il s'était montré trop dur avec Morgan. Sur le moment, il avait eu l'impression que ce secret était l'ultime trahison, et peut-être était-ce le cas, mais il devait aussi essayer de comprendre les choses de son point de vue.

Mariés ou pas, ils n'étaient encore que des enfants. Et en découvrant sa grossesse, sous le coup de la peur, et convaincue qu'il était la pire des ordures, elle avait fait ce qu'elle pensait être le mieux en lui cachant la vérité. Puis elle avait accouché dans la terreur et la douleur, et s'était trouvée seule quand elle avait perdu sa fille. Il n'arrivait même pas à imaginer la souffrance que cela avait été pour elle. Elle avait perdu son amour et son enfant, et, à cause de sa famille, il lui était impossible de se confier à qui que ce soit.

Rien qu'à y penser, River avait senti son cœur se serrer douloureusement. Mais le lendemain matin, il avait compris ce qu'il avait à faire pour rectifier la situation. Retourner à elle et regagner son cœur. Non pas pour une brève aventure, mais pour une véritable relation de couple. Il voulait donner une nouvelle chance à leur mariage.

Pendant un temps, il avait envisagé de lui offrir une autre bague de fiançailles. Il ne lui aurait pas été difficile d'en trouver une plus jolie et plus impressionnante, avec un gros diamant monté sur un anneau de platine. Il pouvait se le permettre à présent. Mais il y avait quelque chose dans l'ancienne qui lui semblait trop spécial pour être laissé de côté, aussi avait-il décidé de la sortir de ce fond de tiroir pour demander à un joaillier de l'embellir.

Le travail étant terminé, il admira la bague et paya, avant de sortir du magasin. Le concept de demande en mariage ne lui était pas inconnu. Il l'avait déjà fait une fois et avait obtenu la réponse qu'il attendait de la part de la femme qu'il convoitait toujours. Mais la situation était très différente à cette époque.

La Morgan du passé était folle de lui et parfaitement insouciante. Elle n'avait besoin que d'une chose : de l'amour. Mais peu après ses fiançailles, cette jeune femme naïve avait compris à quel point la vie pouvait se montrer cruelle. La Morgan qu'il allait voir à présent avait vécu dix années de plus. Et elle avait connu bien plus de peine et de souffrance que ce qu'une personne de son âge devrait connaître. Or, il était en partie responsable de cela. Raison pour laquelle il ne savait pas trop comment elle allait réagir. Son père semblait certain qu'elle avait des sentiments pour lui, mais était-elle prête à les faire passer avant son besoin de se protéger ? Peut-être pas.

Une fois dans son pick-up, il posa la bague sur le siège passager et prit la direction de Mount Pleasant. C'était le moment ou jamais. Trevor l'avait appelé dans la matinée pour l'informer que leur affaire professionnelle avait été réglée plus vite que prévu et que Morgan envisageait de retourner à Washington dès le lendemain. Il avait également affirmé que sa femme et lui ne dîneraient pas chez eux ce soir-là et que leur fille serait donc seule à la maison.

Pas très subtil, mais River appréciait ses efforts. Il fallait qu'il y aille, et surtout, qu'il réussisse. S'il échouait, elle s'en irait le lendemain.

Washington, certes, n'était pas à l'autre bout du monde, mais ce n'était pas tout près non plus, et plus le temps passait, plus ses liens avec Charleston semblaient devenir ténus. Elle lui avait dit qu'elle avait démissionné de son poste chez Steele Tools. Il ne savait pas ce qu'elle envisageait de faire à présent, mais si elle trouvait un emploi ailleurs, elle risquait de se retrouver sur la côte ouest avant qu'il ait eu le temps de lui faire changer d'avis.

Après tout ce qui s'était passé au cours des dernières semaines, il avait l'intuition qu'elle ne retournerait pas à Charleston avant très longtemps.

Une seule lumière brillait derrière les fenêtres quand il se gara devant la villa des Steele. Le coupé Mercedes était dans la cour ; elle était donc là. Avant de sortir, il glissa l'écrin de la bague dans sa poche.

Après ce qui s'était passé le soir de la cérémonie de remise des clés, il éprouva une étrange sensation en approchant de la maison. Mais il monta les marches du perron d'un pas déterminé et alla sonner.

Quelques minutes s'écoulèrent en silence, mais il finit par entendre des pas résonner dans le hall de marbre. Il s'attendait à être reçu par la gouvernante, mais quand la porte s'ouvrit, ce fut Morgan qui apparut devant lui.

Manifestement surprise, elle resta quelques instants à le regarder sans rien dire. Puis elle étrécit les yeux. Alors, l'expression de son visage devint dure, et plus méprisante encore que lorsqu'ils s'étaient retrouvés quelques mois plus tôt dans la salle de bal.

— Qu'est-ce que tu fais là, River ?

Un accueil plus froid encore que celui auquel il

s'attendait. C'était elle qui lui avait menti, mais à l'évidence, il lui avait lui aussi fait du mal par la façon dont il avait réagi. Il prit une profonde inspiration, se dit qu'il fallait de toute façon y aller. Il ne pouvait pas se laisser décourager.

— J'aimerais te parler.

En un geste défensif, elle croisa les bras sous son opulente poitrine.

— Eh bien moi, je n'aimerais pas. Quand j'ai essayé de m'expliquer, tu ne m'as pas écoutée. Tu t'es contenté de hurler et de me faire des reproches. J'ai eu ma dose de tout ça pour la semaine.

— Je suis prêt à t'écouter, maintenant. Et je te demande pardon pour la façon dont j'ai réagi. Tu ne t'imagines même pas à quel point je regrette. J'avais juste besoin d'un peu de temps pour réfléchir. Nous avons tous les deux commis des erreurs, Morgan. Dans un passé lointain, et plus récemment. S'il te plaît, laisse-moi entrer pour qu'on puisse parler. Je n'ai pas envie de le faire sous le porche, mais s'il le faut, je le ferai.

Elle l'observa pendant quelques instants de ses grands yeux verts avant d'acquiescer en s'effaçant pour le laisser passer.

— Entre, dit-elle d'un ton qui n'était cependant pas très accueillant.

Une fois dans le hall, il jeta un coup d'œil à la porte de la salle de bal. L'entrée était toujours barrée par du scotch de police, mais il pouvait tout de même discerner à l'intérieur les marques noires qu'avait laissées l'incendie. Sans même jeter un œil dans cette direction, elle le conduisit vers l'aile ouest de la maison, qui n'avait pas été touchée par l'explosion.

L'air maussade, elle finit par pousser de lourdes

portes de bois qui s'ouvrirent sur une bibliothèque sombre mais chaleureuse qui sentait le cuir et l'encre d'imprimerie. Après s'être assise sur un grand canapé en velours vert, elle lui fit signe de prendre place à l'autre bout.

— J'ai réagi de façon excessive quand tu m'as parlé de Dawn, commença-t-il.

Mais elle l'interrompit en levant la main devant lui.

— Non, pas du tout. Tu as réagi comme n'importe quel homme aurait réagi à une nouvelle telle que celle-ci. C'est pour ça que j'avais si peur de te dire la vérité. Je ne voulais pas gâcher notre relation, même si je savais qu'elle ne pourrait pas durer si je ne me montrais pas honnête avec toi. C'était un vrai dilemme. Devais-je tout t'avouer tout de suite, ou grappiller encore quelques minutes de bonheur avec toi ? J'ai reculé et reculé encore, jusqu'à me retrouver coincée dans une impasse. Mais à l'instant même où je me suis rendu compte du lieu où nous nous trouvions dans le jardin, j'ai compris que tout était terminé.

— Ce n'est pas terminé, loin de là, affirma-t-il en lui prenant doucement la main.

Elle contempla leurs mains jointes quelques instants avant de serrer doucement la sienne.

— Si, River. Nous avons trop de poids émotionnels qui pèsent sur nous. Trop de secrets, trop de blessures. Malgré tous les efforts que nous pourrions faire pour garder le cap, tôt ou tard, cela finirait par nous couler. Je porterai toujours sur mon corps les cicatrices que la naissance de Dawn m'a laissées. À chaque fois que je les verrai, à chaque fois que tu les verras, le passé reviendra nous hanter.

Enfin, il comprenait. Elle venait de lui donner la

pièce manquante du puzzle. Sous le coup de l'émotion, il serra fort les paupières.

— C'était donc ça que tu essayais de me cacher…

— J'aurais préféré que ce soit un tatouage raté, répondit-elle en acquiesçant. Mais cette cicatrice… Si tu l'avais vue, tu m'aurais posé des questions. C'est un rappel physique de la souffrance que j'ai endurée, et il est très difficile à ignorer. Tu penses peut-être nous avoir pardonné, ma famille et moi, pour ce qui s'est passé, mais ce type de blessure ne cicatrise jamais vraiment complètement.

— Ce n'est pas vrai.

— Si. River, ne me demande pas de te donner mon cœur, parce qu'à chaque fois que je l'ai fait je l'ai récupéré en lambeaux. Ne me fais pas de promesses, ne me dis pas que tout se passera bien, parce que, le jour où je m'y attendrais le moins, tu changeras d'avis et tu te rendras compte que tu ne peux pas me pardonner. Je ne pourrais pas le supporter. Je préfère m'en aller maintenant et me préserver plutôt que céder et souffrir encore.

— Parce que tu penses que je n'ai pas souffert moi aussi ? Évidemment que si. La femme que j'aimais m'a été arrachée pour la seule raison que je n'étais pas assez bien pour elle. Notre amour n'a pas eu le droit d'exister parce que j'étais un garçon modeste et sans éducation. Ça a été le pire moment de ma vie. Après t'avoir perdue, je n'aurais pas trouvé le courage de me lever le matin si je n'avais pas eu la volonté de lancer ma société. Je voulais devenir un homme meilleur pour que jamais plus il ne m'arrive une chose pareille. Pour tout te dire, je voulais devenir digne de l'approbation de ton père. Je ne pensais pas avoir une chance de te reconquérir un jour, mais il fallait que j'essaie. C'était ça, ou tout abandonner.

Enfin, ses belles lèvres s'étaient mises à trembler, ses yeux verts à luire d'émotion.

— J'ai peur, River.

Sans même y réfléchir, il se rapprocha d'elle pour la prendre dans ses bras. Elle s'accrocha à ses épaules, enfouit le visage au creux de son cou.

— J'ai peur moi aussi, chuchota-t-il contre son oreille. Je ne peux pas te promettre que tu ne souffriras jamais. C'est impossible. Je ne peux pas te promettre de ne jamais rien dire ou faire qui te fera du mal. Ou que nous ne commettrons jamais plus d'erreur. C'est dans la nature des couples de se quereller. Mais s'ils s'aiment et se battent pour cet amour, ils réussissent toujours à surmonter leurs différends. Nous avons connu des débuts chaotiques, mais j'ai pleinement l'intention d'aller jusqu'à la ligne d'arrivée avec toi à mon côté, Morgan.

Il s'écarta légèrement d'elle pour plonger son regard dans le sien.

— Le risque en vaut la peine. Tu l'as toujours mérité.

D'un geste mal assuré, il sortit l'écrin de sa poche et mit un genou à terre. Et quand il lui eut fait sa demande, il retint son souffle. Le moment décisif était arrivé.

Une demi-heure plus tôt, Morgan terminait son bagage en songeant à son retour à Washington. Lena venait de la sommer d'aller dîner, mais elle n'était pas d'humeur à manger. Pour tout dire, elle avait perdu l'appétit depuis la cérémonie de remise des clés. À chaque fois qu'elle essayait de manger, elle avait l'impression d'avoir la gorge nouée. Mais tout bien considéré, cela valait mieux que de noyer son chagrin dans la crème glacée.

La sonnette retentit. Elle venait d'entrer dans la buanderie pour récupérer un chemisier quand elle l'entendit. Lena ayant une énorme pile de linge entre les mains, Morgan prit l'initiative d'aller ouvrir.

Elle ne s'attendait à rien ni personne en particulier. Quand les allées et venues de la police avaient fini par se terminer, de nombreux journalistes étaient venus les interroger, mais tout cela avait fini par se tasser. Jamais une seule seconde elle n'aurait pu imaginer ce que ce coup de sonnette allait préfigurer.

— On a déjà perdu des années à cause des exigences des autres. Je donnerais tout pour pouvoir remonter dans le temps et jeter ce chèque au visage de ton père. Si j'avais fait ça, j'aurais certainement pu te tenir la main quand nous avons perdu notre fille. Mais je ne peux pas revenir là-dessus, et toi non plus. Ce qui est fait est fait. Et maintenant, tout ce que je sais, c'est que je t'aime. Je t'ai toujours aimée, Morgan. Et je ne supporte pas l'idée de passer une minute de plus loin de toi. Si tu es d'accord, j'aimerais que notre avenir ensemble commence dès maintenant.

Son cœur cognait si fort dans sa poitrine qu'elle arrivait à peine à entendre ces tendres paroles. Il lui fallait se concentrer intensément sur chaque phrase, mais cette tâche devint plus difficile encore quand il ouvrit le petit écrin. Totalement émerveillée, elle n'arrivait plus à réfléchir correctement. Non pas à cause de sa demande en mariage, qui était pourtant une formidable surprise, mais à cause de la bague qu'il venait de lui présenter.

Sa bague.

Il lui fallut un certain temps pour la reconnaître,

parce qu'elle n'était pas exactement comme dans ses souvenirs, mais elle finit par la sortir de son écrin de velours pour lire les mots qu'elle savait être gravés à l'intérieur de l'anneau.

Tu es mon univers.

C'était bien sa bague de fiançailles originelle. Avec quelques améliorations.

Elle était tellement émue qu'elle ne savait pas quoi dire. Quand elle avait compris ce qui allait se passer, elle s'était attendue à ce qu'il lui présente un impressionnant bijou. Il était un homme riche, désormais, il semblait logique qu'il lui offre un nouveau diamant pour la demander en mariage. Mais non. Ce qu'elle avait sous les yeux, c'était la bague qu'il avait choisie pour elle dix ans plus tôt.

— C'est ma bague, murmura-t-elle, époustouflée.

Il aurait pu dépenser une somme indécente dans un nouveau bijou, mais il lui proposait celui qu'il lui avait offert la première fois. Celui pour lequel il avait dû économiser pendant des mois en sacrifiant le peu de confort qu'il avait pour mettre de l'argent de côté. C'était un symbole bien plus fort que tous les joyaux qu'elle avait pu voir scintiller aux doigts des femmes de la haute société lors des soirées de gala.

— Oui, répondit-il.

— Comment as-tu… ?

Elle baissa les yeux vers lui. Un genou toujours à terre, il avait les yeux brillants de larmes.

— Tu l'as gardée pendant tout ce temps ?

— Oui. Quand tu me l'as renvoyée, je n'ai pas eu le courage de m'en débarrasser. Je l'ai même gardée sur moi pendant des années, dans mon portefeuille, pour ne pas oublier.

— Ne pas oublier à quel point je t'avais fait souffrir ?

— Non. Ne pas oublier à quel point je t'aimais. Et puis j'ai fini par la ranger au fond d'un tiroir, mais je n'ai jamais oublié où elle était. Après notre dispute, j'ai beaucoup réfléchi à tout ça, et je me suis dit qu'il était temps d'en refaire bon usage. Ça faisait trop longtemps qu'elle prenait la poussière.

Le cœur débordant d'émotion, elle laissait désormais les larmes couler librement sur ses joues.

— Elle a changé depuis la dernière fois que je l'ai vue.

C'était une observation stupide, mais il fallait bien qu'elle dise quelque chose. Et elle était tellement émue qu'elle n'arrivait plus à penser correctement. Elle était par ailleurs comme hypnotisée par les deux diamants roses qui avaient été montés de chaque côté du diamant originel. Des joyaux magnifiquement taillés qui mettaient en valeur le centre sans pour autant l'éclipser. Cela lui rappelait ce diamant rose qu'elle avait admiré sur le site du musée d'Histoire naturelle. S'était-il souvenu qu'elle lui en avait parlé ?

— J'ai demandé à un joaillier d'y faire ajouter deux diamants. Pour Dawn.

Serrant la bague dans sa main, elle la porta à sa poitrine, le cœur battant à tout rompre. Elle ne voyait pas comment il aurait pu lui faire un cadeau plus précieux. C'était un signe, indéniable, que l'amour qu'ils avaient partagé dans leur jeunesse était un amour réel et éternel, et non une simple amourette d'adolescents. Si ce symbole de leur amour, et désormais de leur fille, avait pu survivre durant tout ce temps, c'était qu'ils pouvaient survivre, eux aussi.

Après avoir pris une longue bouffée d'air, elle essuya les larmes de ses yeux et glissa la bague à son doigt.

Elle prit un moment pour l'admirer avant de répondre à la question qu'il lui avait posée :

— Oui.

Le regard de River était également rivé sur la bague qui scintillait désormais à son doigt. Mais quand elle eut prononcé ce mot, il releva vers elle des yeux perplexes.

— Oui, quoi ?

Cette question la fit sourire. Ils avaient passé tellement de temps à parler de la bague que l'acceptation de sa proposition semblait hors contexte, désormais.

Tendrement, elle prit ses mains dans les siennes.

— Oui, j'accepte de vous épouser, River Atkinson.

À ces mots, il se redressa, l'attirant à lui. Tombant dans ses bras, elle passa les mains autour de son cou pour joindre les lèvres aux siennes.

Oui, elle allait l'épouser. Et cette fois, rien ne pourrait les séparer. Ils seraient mari et femme. Pour toujours.

Épilogue

Neuf mois plus tard, personne n'aurait jamais pu imaginer qu'une bombe avait explosé dans la villa des Steele, qui avait été restaurée avec goût et préparée pour le grand jour de Morgan et River.

Tout comme la première fois, ils avaient choisi un beau samedi d'été ensoleillé. Mais ce jour-là, quand elle remonta l'allée, Morgan portait une robe Vera Wang et un somptueux bouquet de roses pêche et de lys blancs. Et ce furent ses deux papas qui la menèrent à l'autel : Trevor Steele et Arthur Nolan.

Elle avait passé beaucoup de temps à apprendre à connaître sa nouvelle famille après avoir décidé de s'installer de façon permanente à Charleston avec River. De ce fait, au cours des préparatifs, quand les familles et leur rôle dans la cérémonie avaient été évoqués, elle n'avait pas hésité. Et désormais, ses deux mamans lui souriaient, radieuses, au premier rang, tandis que ses deux papas, en larmes, l'embrassaient chacun sur une joue avant de la laisser à son futur époux.

La comparaison avec leur précédent mariage aurait été difficile. La première fois, ils étaient seuls dans une petite chapelle de montagne ; là, dans la maison familiale, ils étaient entourés de centaines de visages familiers. Leurs familles et leurs amis, rassemblés pour fêter avec eux cette belle journée.

Le seul point commun, tout bien considéré, était l'amour qu'ils se portaient, et qui était demeuré aussi fort que lors de la première cérémonie. Elle sentit ses yeux s'emplir de larmes quand elle récita ses vœux, exactement comme elle l'avait fait dix ans plus tôt. Et quand ils s'embrassèrent, elle sentit son cœur se gonfler d'amour. Enfin, elle allait pouvoir vivre avec l'homme qu'elle aimait. Pour toujours. Plus de secrets. Plus de malentendus.

Parmi les invités, Jade était certainement la plus enthousiaste. Sachant tout ce que sa sœur avait enduré juste à cause de la vie dans laquelle elle s'était retrouvée par erreur, elle était ravie de la savoir enfin heureuse avec l'homme qu'elle aimait. Mais malgré cela, au milieu de la réception, elle se pencha vers Harley pour lui chuchoter à l'oreille :

— C'est magnifique, mais quand on se mariera…

Il leva la main devant elle pour l'interrompre.

— Je préférerais qu'on ne soit que tous les deux. On pourrait le faire sous une cascade à Hawaï et partir ensuite en lune de miel à Bora Bora ? Séjourner dans l'une de ces huttes en paille et se nourrir de fruits de mer et de glaces. Je n'ai pas besoin d'une cérémonie en grande pompe pour sceller notre union devant la loi.

— Et moi non plus. J'adhère totalement à ce plan. On est vraiment sur la même longueur d'onde, toi et moi. C'est comme si tu lisais dans mes pensées.

— Je suis très fort pour ça, répondit-il en portant théâtralement ses doigts à ses tempes. Et je sens aussi que tu as envie de danser.

S'étant levé, il lui tendit la main pour l'inviter à faire de même.

Sur la piste de danse, quelques couples dansaient déjà au son d'une douce ballade jouée par l'orchestre.

Elle reconnut parmi eux les mariés, ainsi que ses deux couples de parents. Elle était ravie que toute sa famille soit réunie. Leur situation était compliquée, mais ils faisaient beaucoup d'efforts pour devenir une grande famille soudée.

Alors qu'elle ondulait en rythme entre les bras protecteurs de Harley, elle remarqua que l'un de ses nouveaux frères dansait non loin d'eux avec une magnifique blonde. C'était l'un des jumeaux. Elle avait honte, mais elle ne parvenait toujours pas à distinguer Sawyer de Finn.

Soudain, un cri perçant résonna dans la salle :

— Sale petite ordure !

Les couples de danseurs s'immobilisèrent, et même les musiciens s'interrompirent. Tout le monde se tourna vers la ravissante rousse qui se tenait près de la piste. Manifestement hors d'elle, elle avait le regard rivé sur le jumeau qui dansait avec la jolie blonde.

— Qui est cette femme, Sawyer ? lui demanda cette dernière.

— Aucune idée, répondit-il en secouant la tête.

Il se tourna vers la rousse.

— Je peux vous aider ?

— M'aider ? répéta la rousse d'un air ulcéré. Tout à fait, oui. Ne bouge pas.

Elle s'approcha vivement de lui. Et lui administra une gifle magistrale.

De petits cris de surprise retentirent puis tous les invités semblèrent retenir leur souffle, comme s'il attendait de voir ce qui allait se passer.

Cependant, les gardes de sécurité de Harley intervinrent avant que les choses ne dégénèrent. Aussi discrètement que possible, deux d'entre eux chuchotèrent quelque chose à l'oreille de la jeune femme avant de la reconduire à l'extérieur. Une seconde plus tard, Sawyer tentait de rattraper la rousse, laissant la blonde seule, et manifestement dépitée.

— Je me demande bien ce qui se passe…, dit Jade une fois que la musique eut repris.

— Avec cette famille, il faut s'attendre à tout, répondit Harley en riant. Tout ce que je sais, moi, c'est que nous allons nous marier.

Retrouvez en avril 2020,
dans votre collection

Passions

Un bébé en héritage, de Janice Maynard - N°857

Infâme goujat. Jonathan Tarleton, le directeur de l'entreprise où Lisette exerce celui qui l'a suppliée de devenir sa femme au moment où il a découvert qu'i était malade vient de la repousser en apprenant sa guérison. Comment peut il se montrer si cruel, après avoir dérobé son cœur et lui avoir offert le plu beau des cadeaux ?

Le désir pour guide, de Christy Jeffries

Durant un bref instant – le temps d'un baiser avec Ethan Regnault entre le rayons de sa bibliothèque –, Monica a fait taire ses problèmes pour se laisse porter par la passion. Pourtant, elle n'aurait jamais dû céder à son désir e mettre ainsi en péril la seule relation qui apportait un peu d'équilibre dan sa vie chaotique…

Une romance avec toi, de Marie Ferrarella - N°858

En rencontrant Daniel, le frère et tuteur d'Elena, Shania pensait juste venir e aide à son élève en pleine crise d'adolescence. Sans présumer un seul insta qu'elle se confronterait à un mur, froid, insensible et aussi déstabilisant qu son métier de shérif le requiert…

L'amour en chantier, de Sara Orwig

Un million de dollars et un sourire d'ange. Jake Ralston sait négocier, Emi l'admet volontiers. Malgré cela, elle ne peut consentir à remettre en état l ranch qui appartient à l'ennemi de sa famille, comme il le lui demande. A risque que les siens lui tournent le dos à jamais…

nsolent patron, de Katy Evans - N°859

)*ésormais, c'est moi qui fixe les règles.* Face au discours si plein d'assurance le son nouveau patron, un tentateur au regard céruléen, Alexandra perd son ang-froid. Pour qui se prend-il à vouloir tout révolutionner dès son arrivée ici ? ılexandra est déterminée à le remettre à sa place.

Jn mariage pour un bonheur, de Teri Wilson

:pouser Ryan Carter pour lui permettre de conserver la garde de son fils ? Cela st insensé pour Amanda. Elle a beau tenir à Ryan et son bambin, elle n'est rien our eux si ce n'est celle qui leur a permis d'adopter un chien dans le refuge ù elle exerce. Sans compter qu'elle doit se focaliser sur sa carrière si elle veut e faire un nom dans le milieu fermé de la gastronomie.

'enfant du scandale, de Dani Wade - N°860

Ine danse lascive et un baiser voluptueux durant le bal masqué... Il n'en allait pas plus pour qu'Ivy obéisse à son désir. Mais cette parenthèse brûlante ntre les bras de son patron devait rester sans lendemain. Pourtant, à présent, silence est impossible. Ivy va devoir se confronter à cet homme pour lui nnoncer qu'elle attend un enfant de lui...

Jne folle escapade, de Allison Leigh

es vacances à Paseo et un mariage ! Georgia ne manquait pas d'enthousiasme l'idée de fuir sa routine de riche héritière. Mais, passé le choc d'un accident ur la route et de sa rencontre déstabilisante avec le séduisant Paxton Price – shérif qui l'a recueillie dans sa voiture –, elle n'aspire plus qu'à retrouver sa anquillité, loin du trouble que cet homme provoque en elle.

Hors-limites, de Reese Ryan - N°861

SÉRIE : PASSIONS AU BUREAU 3/4

Retrouver lors d'un concert Gideon Johns, l'homme qui l'a repoussée alors qu'elle lui déclarait sa flamme – ce qui lui a inspiré sa première chanson à succès quelques années plus tôt –, Jessie ne s'y attendait guère. Et, malgré le temps envolé, ni sa blessure ni son amour pour lui ne semblent s'être taris, bien au contraire...

Secourue par un milliardaire, de Joss Wood

SÉRIE : PASSIONS AU BUREAU 4/4

Teresa est au bord de la crise : son agence événementielle risque de mettre la clé sous la porte à cause d'un scandale impliquant son jeune frère, menacé par un puissant réseau criminel. Elle a terriblement besoin d'aide, mais ne peut accepter celle de Liam, son ex-petit ami milliardaire, qui insiste pour la secourir en remboursant les dettes contractées...

Sur la route de Paradise, de Michelle Celmer - N°862

Paradise, 1 632 habitants. Jamais Reily, en route pour vivre son rêve à Nashville, ne se serait arrêtée dans ce village si elle n'avait pas perdu sa voiture et toutes ses économies. Résolue à repartir dès que ses finances le lu permettront, elle trouve un travail auprès de Joe Miller, un homme ténébreux et père dévoué. Désemparée par les sentiments inédits qu'il provoque en elle, Reily n'a bientôt plus qu'une crainte : quitter ce lieu et cet homme...

Un sentiment inoubliable, de Heidi Betts

Lorsqu'elle découvre que l'homme d'affaires censé sauver son entreprise de la faillite n'est autre que Marcus Keller, son ex-mari, Vanessa sent la panique l'envahir. Jamais, même dans ses pires cauchemars, elle n'aurai imaginé le revoir. Mais ce qu'elle craint le plus, en réalité, ce n'est pas tan de se retrouver face à cet homme qui n'a pas hésité à lui briser le cœur mais qu'il découvre le secret qu'elle a emporté avec elle lorsqu'ils se son séparés près de deux ans plus tôt...

Composé et édité par HarperCollins France.

Achevé d'imprimer en février 2020.

CPI
BLACK PRINT

Barcelone

Dépôt légal : mars 2020

FSC
www.fsc.org
MIXTE
Papier issu de sources responsables
FSC® C108412

Pour limiter l'empreinte environnementale de ses livres, HarperCollins France s'engage à n'utiliser que du papier fabriqué à partir de bois provenant de forêts gérées durablement et de manière responsable.

Imprimé en Espagne.